NORTH 1

UNDERGROUND
Bastards

SOPHIE MOORE

Bibliografische Information der Deutschen Nationalbibliothek:

Die Deutsche Nationalbibliothek verzeichnet diese Publikation in der Deutschen Nationalbibliografie; detaillierte bibliografische Daten sind im Internet über http://dnb.dnb.de abrufbar.

UNDERGROUND BASTARDS - North
Band 1 von 2

Korrektorat: Lektorat meerwoerter
Covererstellung: Jaqueline Kropmanns-Design
Bildmaterial: Shutterstock
Innendesign und Buchsatz: Sophie Moore

ISBN: 978-3-98595-676-0
Bestellung und Vertrieb:
Nova MD GmbH, Vachendorf

Sophie Moore
c/o AutorenServices.de
Birkenallee 24
36037 Fulda

SOUNDTRACK

LION - Saint Mesa
THE DEVIL & THE HUNTSMAN - Sam Lee, Daniel Pemberton
IF I HAD A HEART - Karin Dreijer Andersson, Fever Ray
THRONE - Saint Mesa
BLOODY CITY - Sam Tinnesz
BLACK THUNDER - The HU
VALHALLA CALLING - Peyton Parrish
NOUMENIA - Roniit
RÚN - SKÁLD
UM HEILAGE FJELL - Ivar Bjørnson & Einar Selvik
TRØLLABUNDIN - Eivør
HEAR OUR CALL (MAIN THEME) - Adam Skorupa, Krzysztof
Wierzynkiewicz
MARTYR - Roniit, Saint Mesa
THE WOLVES - Cyrus Reynolds, Keeley Bumford

ACHTUNG!

Du näherst dich dem Revier von North McTavish, Leannan. Ja, genau *dem* North McTavish. Du weißt, wie man ihn nennt: *Den Bastard mit den Klauen, Schattenadler, den Wikinger, den Teufel des Nordens* ... Also geh besser wieder zurück, bevor seine Adler merken, dass du da bist!

Siehst du seine Burg am Rande der Klippen? Willst du wirklich wissen, was hinter den dicken Mauern passiert? Ich sage nur so viel: North steht auf Orgien, Gewalt und Prügel, und er ist verflucht gern nackt. Oh, apropos *verflucht* ... Er flucht wie ein Seeräuber. Noch dazu verschleppt er ab und an mal eine Frau und sperrt sie in seinen Kerker, um mit ihr zu spielen, es wäre also wirklich besser, wenn du jetzt ...

O Hölle!

Zu spät!

(Ausführliche Triggerwarnungen am Ende des Buches)

V

PROLOG

North

Einige Jahre zuvor

»Sag es«, grollte ich jetzt schon zum fünften Mal und blickte hinab auf den vor mir kauernden Abschaum, in dessen Miene nicht die geringste Reue zu erkennen war. Langsam verlor ich die Geduld, und scheiße, das war nicht gut für ihn. Mein Jagdmesser saß locker in meinem Gürtel und ich liebte es, damit tiefe Kerben zu schneiden.

»Was soll der Unsinn, Junge?« Craig Senior hustete Blut und Rotz vor sich auf die struppige Wiese. Seine Fratze sah beschissen aus. Meine Jungs und ich hatten ihn auf dem Weg hierher ordentlich zugerichtet. Das graue Haar fiel ihm in die Stirn. Normalerweise steckte er immer in einem Anzug, der feine Herr Deputy Chief Constable, aber weil wir ihn nachts rausgeholt hatten, trug er heute nur Pyjama. »Du weißt doch so gut wie ich, dass das hier gleich vorbei ist. Meine Männer sind schon auf dem Weg hierher. Sie finden mich überall. Mein Sohn wird euch zur Strecke bringen.«

Sein Sohn ...

Mein Atem kondensierte, während ich in den violetten Himmel blickte. Wir standen über dem Abgrund, an der Kante der Klippe. Der eisige Ozean lag uns zu Füßen. Ein neuer Tag erwachte über Schottland und er würde wieder klirrend kalt werden.

»Soll er kommen.« Glenn schulterte hinter mir sein Gewehr. Mein engster Kumpel liebte große Kaliber. »Den puste ich direkt über den Jordan.«

»Sag es!« Mein Stiefel landete vor der Brust des Polizeichefs und er fiel keuchend nach hinten.

Mit einem Satz war ich über ihm und riss seinen Kopf an den Haaren zurück, damit meine Klinge seine Kehle küssen konnte.

Er ächzte und versuchte verunsichert, mich anzuvisieren. Die Blutergüsse in seinem Gesicht färbten sich bereits schwarz.

»Es ist verdammt einsam hier draußen«, raunte ich gegen seine schwitzige Wange. »Genau das liebe ich an diesem Ort. Und du solltest dir diese Aussicht gut einprägen, denn sie wird das Letzte sein, das du zu sehen bekommst.« Ich drückte mein Messer in das Fleisch seines Speckhalses und ein kleiner Tropfen Blut perlte über seine Haut, als sie nachgab.

»Das ziehst du nicht durch, Kleiner.« Seine Stimme klang erstickt.

Er hatte ja keine Ahnung!

Nicht die leiseste Ahnung, wozu ich fähig war.

»Du hast es in der Hand. Gestehe und ich lasse dich leiden, tu es nicht und ich hole mir als Nächstes Andrew.«

Er schluckte schwer und sein trüber Blick flackerte. Sein Sohn war eine Schwachstelle. Wie alles eine Schwachstelle war, was wir liebten. Ich konnte ein Liedchen davon singen.

Gefühle machten uns schwach und gaben dem Feind Macht.

Die Ratte wand sich unter meiner Klinge, schüttelte den Kopf, würgte und keuchte. Er rang mit sich, starrte hinaus in die eisige Weite, an die ich ihn übergeben würde. Geständnis oder nicht, ich wusste, dass dieser fette Pisser es getan hatte. Aus dieser Scheiße konnte er sich nicht herauswinden, wie es diese Made so gern tat. Jeder puderte ihm den fetten Arsch und kroch auf allen Vieren vor ihm. Er war von widerlichen Speichelleckern umgeben und nutzte es aus, bis einem die Kotze hochkam. Craig Senior war Abschaum. Nichts als Dreck unter meiner Schuhsohle. Ein spießiger heimtückischer Mistpisser, der das schottische Blut nicht verdiente, das durch seine Adern floss.

Sein Blick tastete sich zu meinem und er würgte unter meinem Griff. »Nein, das ziehst du nicht durch. Das ziehst du nicht mal durch, wenn ich dir sage ...« Er verstummte.

Jetzt wurde diese kleine Show doch noch interessant.

»Wenn du mir was sagst?« Nur wenige Zentimeter trennten mein Gesicht von seinem.

Für ein paar Atemzüge überlegte er, stierte hinaus in den eisigen jungen Tag, und ich wartete. Tauschte einen kurzen Blick mit meinem Bruder, der direkt neben uns stand. Roher Hass lag in seinen Zügen und sein dunkles Haar steckte unter der Kapuze eines schwarzen Hoodies. Er fühlte, was ich fühlte. Wie so oft. Und in diesem Moment besonders.

»Ich hab sie umgebracht«, flüsterte der Abschaum nah bei meinem Ohr und alles in mir wurde zu festem Zement, während ich die Augen schloss und den kalten Wind in meine Lunge sog.

»Ich hab sie umgebracht«, wiederholte Craig jetzt entschlossener. »Hab die Schlampe von der Klippe geworfen, weil sie ihre Nase in Dinge gesteckt hat, die sie nichts angingen. Und sie hat es verdient. Sie war ein viel zu neugieriges kleines ...«

»Gut. Hoch mit dir!« Mit einem Ruck riss ich ihn auf die Füße. Sein massiger Körper bebte unter meinem Griff, aber dieser abgebrühte Wichser hatte all das hier verdient. Und bevor er noch weiter ihren Namen beschmutzte, würde ich dem ein Ende machen.

»Du verdienst den Boden nicht, auf dem du stehst, *Amadain!*«

Glenn spuckte ihm direkt in die wutverzerrte Fratze.

»Ihr Bastarde«, brüllte Craig jetzt, da er wusste, dass es zu spät war. »Ihr dreckigen stinkenden Bastarde! Ihr seid keinen Deut besser. Keinen Deut besser.«

In meinem Inneren tobte ein Hagelsturm. Er machte mich kalt und gleichgültig und ich fühlte nichts als Eis.

»Tu es schnell und sauber«, knurrte mein Bruder und die blauen Augen in seinem harten Gesicht blitzten dabei.

Eigentlich war er das Eis und ich das Feuer ... Aber in diesem Moment fühlte ich nichts. Nichts als den brausenden Wind in meinen Ohren und das kalte Herz hinter meiner Brust.

»Ich bin eher der Typ für laut und dreckig, kleiner Bruder«, erwiderte ich rau und ein Zittern ging durch den Leib des mörderischen Sacks in meinem Klammergriff.

Mir war klar, dass mein Bruder Elijah es nicht guthieß, aber ich wollte, dass die Seele Schottlands den alten Craig bestrafte. Und Hölle, es war nicht schade um ihn. Er war der Fürst des dreckigen Hinterhaltes. Vergewaltigte, raubte und hinterging insgeheim unsere Familie schon viel zu lange. Noch dazu warf er unschuldige Frauen von Klippen. Konsequenzen waren für einen wie ihn nicht vorgesehen, denn er stellte das selbst ernannte Oberhaupt von Prayer's Well dar, regierte mit unserem Vater gemeinsam die schottische Unterwelt. Leider war unser Vater schwach. Vollkommen anders als wir. Wir besaßen das kriegerische Herz unserer Mutter. Und er hatte das schon vor langer Zeit erkannt und uns den Norden und den Süden der Stadt übertragen.

So wurde ich zu *North* und Elijah zu *South*.

»Bindet ihn an der Klippe fest!« Am liebsten hätte ich diesem verräterischen Abschaum einfach die Fresse zu Brei geschlagen, ihn von oben bis unten aufgeschlitzt und gesehen, was so aus ihm herausfiel, aber der Plan sah anderes für ihn vor.

Glenn und Piet, meine besten Jungs, packten den ächzenden Sack und wuchteten ihn in Richtung der Kante, die über der tosenden See thronte. Der Ort war günstig, denn der Fels verlief abschüssig und Kletterer hatten vor vielen Jahren Metallstiegen angebracht, um sich den Weg nach unten zu ebnen. Ich nutzte das verrostete Metall nur allzu gern für meine Zwecke. Meine Männer waren groß und kräftig genug, um Craig zu halten, während er kurz über dem Nichts baumelte. Sie hievten ihn auf den breiten Vorsprung direkt unter uns, dann befestigten sie seine Handgelenke mit Seilen an den Stiegen zu unseren Füßen. Craig Senior brüllte wie am Spieß. Würdelos. Auf die Art würde ich nie den Abgang machen, wenn es mich eines Tages erwischte.

»Eliot ...« Elijah griff fest nach meiner Schulter und mein Kiefer mahlte.

»Sei bei mir oder sei es nicht, Bruder.« Meine Stimme war vollkommen erkaltet und ich drehte mich nicht zu ihm um, blickte einfach nur ausdruckslos über die endlose See.

»Das werdet ihr büßen«, brüllte Craig, während er in den Abgrund starrte und einzelne Kiesel direkt vor ihm in die Tiefe rieselten. Ob der knappe Vorsprung unter seinem Gewicht hielt, war fraglich, aber das musste er auch nicht. Meine Jungs hatten seine Arme sicher befestigt. »Macht mich los! Was soll das? Wollt ihr mich hier verhungern lassen? Andrew wird mich finden. Andrew wird mich finden!«

»Immer bei dir«, erwiderte mein Bruder und ich griff kurz nach seiner Hand auf meiner Schulter, um sie zu drücken.

Wir McTavishs waren loyal bis in den Scheißtod, komme,

was wolle. Deshalb überraschte mich seine Aussage nicht. Trotzdem wusste ich, dass er meine Hitzköpfigkeit nicht immer guthieß.

Heute und hier war ich vollkommen bei mir, und als Craig endlich aufhörte, zu brüllen, umgab uns für einen Moment eine herrlich winterliche Ruhe.

»Lässt du den Sack jetzt erfrieren, Boss?« Das war Glenns Stimme. Meine Männer standen verstreut hinter mir, während Elijahs Gefolge sich in seiner dunklen Einheitskleidung formierte wie die Bodyguards der Queen.

Der Verräter hing jetzt direkt unter uns, mit ausgebreiteten Armen wie ein Geschenk für die hungrigen Götter der See. Wenn er den Kopf nur ein Stück gedreht hätte, hätte er direkt zu mir heraufblicken können, aber er tat es nicht. Wirkte eher, als hätte er sich inzwischen damit abgefunden, dass keiner seiner feigen Schoßhunde kommen würde, um ihn hier rauszuholen.

»Ihr müsst nicht zusehen, wenn ihr nicht wollt«, brummte ich und wandte mich Elijah zu, in dessen eisblauen Augen die aufgehende Sonne glänzte. »Das gilt auch für dich.«

Er schüttelte nur düster den Kopf, als sei ich nicht mehr ganz sauber in der Birne. Was so ziemlich den Tatsachen entsprach. O Teufel, ich hatte schon vor einer ganzen Weile den Verstand verloren.

Im nächsten Moment stieß ich einen langen Pfiff durch die Zähne, dann warteten wir.

Der erste schrille Schrei ließ nicht lange auf sich warten und ging nahtlos in das panische helle Kreischen von Craig Senior über.

Was für ein ehrloser Schlappschwanz.

Ein Mann hatte die Dinge zu nehmen wie ein Mann.

Mit Würde und Demut.

Auch den Tod.

Vor allem den Tod!

Dorchadas erreichte uns als Erster. Sein großer gefiederter Körper glitt beinahe sacht an der Klippe entlang. Die Spannweite seiner Schwingen maß mehr als zwei Meter.

Er streckte die scharfen Klauen aus und rammte sie in Craigs speckige Flanke, knapp gefolgt von seinem spitzen Schnabel.

Gebrüll. Gezappel. Gerechtigkeit. Von hier oben konnte ich genau sehen, was geschah. Fünf weitere Steinadler segelten lautlos heran. Sie waren es gewohnt, dass ich sie fütterte. Normalerweise holten sie sich Steinböcke oder Füchse. Ein wehrloser heimtückischer Verräter hier und da stellte eine nette Abwechslung für sie dar. Ich sah nicht weg, als sie über ihn herfielen und ihn in Stücke rissen, lauschte seinen entsetzten Schreien, bis sie in der Weite verhallten. Und ich sah noch immer hin, als die Sturmmöwen heransegelten, um ihren Teil abzubekommen. Sie beseitigten die Spuren zuverlässiger als jeder Profi. Den Rest würden die See und der Regen übernehmen. Es sollte Unwetter geben.

Aber zuerst wurde alles ganz ruhig. So viel ruhiger als zuvor. Es war eine reinigende, gerechtfertigte Ruhe. Hölle, wie lange hatte ich auf diese Ruhe gewartet. Auch wenn sie nicht besser machte, was bereits geschehen war, für den Moment hielt sie an und ich genoss ihre zerbrechliche Vergänglichkeit.

»Deine Seele ist verloren, Eliot McTavish«, sagte mein Bruder, während er mit mir gemeinsam in die Ferne blickte. In die immerwährende freie Weite, die auch uns eines Tages richten würde. Wenn es so weit war, würde ich bereit sein.

»Das ist sie. Schon zu lange und noch nicht lange genug.«

Mit dem heutigen Tag hatte ich alles verloren. Das Einzige, was mir noch heilig war auf der beschissenen Welt stand direkt neben mir.

Alles andere war bereits zwischen meinen Fingern zu Asche zerfallen.

Ich war der Todesbote des brüllenden Ozeans, der sich

selbst eines Tages den Tod brachte – genau wie jedem, der ihm etwas bedeutete. Ab heute würde ich mich nie wieder hinreißen lassen, jemandem in meinem Leben zu viel Bedeutung zuzugestehen. Ab heute gab es nur noch meine Stadt, meine Familie und meinen Namen.

Alle sollen erfahren, wer North McTavish wirklich ist, und sie sollen Scheiße noch mal wegbleiben, wenn sie nicht zu spüren bekommen wollen, wie verdammt gottlos es inzwischen in ihm aussieht.

KAPITEL 1
SHONA

Heute

Lüstern. Gierig. Unbeherrscht. Genauso ließ er seinen Blick über ihre Kurven gleiten. *Maddy.* Seine neue Sekretärin ... Als bräuchte man so dringend eine Sekretärin auf einem Revier wie diesem ... Nein, er tat all das nur, um mich zu bestrafen. Eine kleine Lektion für die Frau an seiner Seite, die immer gute Miene zum bösen Spiel zu machen hatte. Mir war klar, dass er Maddy nur zum Begaffen eingestellt hatte. Für sein Ego und meine Erziehung, wenn ich mal wieder zu aufmüpfig wurde. Der große Andrew Craig, Polizeichef des gesamten Umlandes, dem die Frauen zu Füßen lagen. Akkurat glattrasiert, dunkelhaarig, markante Kinnpartie, stechend grüne Augen wie die einer Katze. Eine Katze, ja, genau. Aber nicht der Schmusetiger, der einem abends schnurrend um die Beine streicht, nein. Eher ein Panther, der einem von hinten die Krallen in den Schultern versenkt, einem in die Kehle beißt und genießt, wie unter seinen spitzen Zähnen langsam der Atem verebbt.

Und ich würde diesen Panther heiraten, ich Glückspilz. Tja, die Liebe verlief sich manchmal auf dem Weg, aber sie war auch bei Weitem nicht das Wichtigste. Prinzen auf weißen Pferden waren ein Mythos. Es gab sie nicht, schon gar nicht hier draußen in den schottischen Sümpfen.

Prinzen waren Mumpitz!

Schlösser waren Mumpitz!

Hier gab es nur zerfallene Burgen, in denen Ungetüme hausten, keine Krönchen und Türme voller Rosen.

Wenn man erwachsen wurde, verlor man diese albernen Geschichten mit der Zeit und begann, zu verstehen, dass alles einen greifbaren Sinn hatte, und für diesen Sinn musste man Opfer bringen. Nichts geschah ohne Grund. Genauso wenig wie Andrew und ich ohne Grund geschehen waren. Er gehörte an meine Seite. Wir sollten zusammen hier sein. An genau diesem Punkt.

»Es wäre nett, wenn du auf dem Revier einen längeren Rock tragen würdest, Maddy.« Trotz der Ansage geierte mein Zukünftiger seiner Sekretärin weiterhin unverhohlen auf den Arsch, der plump unter dem knappen Stoff hervorlugte. Sie kicherte pikiert und warf mir einen *Ich-werde-dir-eines-Tages-die-Augen-auskratzen*-Blick zu, bevor sie zur Tür hinaus verschwand.

Ich war nicht mehr empfänglich für diese Dinge, hatte gelernt, mich abzuschotten. Mit den Gefühlen für Andrew war auch die Eifersucht gegangen, aber meinen Stolz ... den würde er mir nicht nehmen. Es machte mich rasend, wenn er mich in der Öffentlichkeit vorführte.

»Könntest du dir wenigstens morgen einmal diese schwarze Abscheulichkeit von den Fingern waschen?« Andrew betrachtete den Lack auf meinen Nägeln aus dem Augenwinkel, wie alles, was er zu abstoßend fand, um es direkt anzusehen. »Tu's für mich. Rot wäre doch hübsch oder flieder.«

»Rot wird es wohl tun«, erwiderte ich, weil ich keine Lust auf die nächste Rüge hatte. Auch wenn es mir überhaupt nicht entsprach. Ich war nicht sein *kleines Schneewittchen*, wie er mich immer nannte, weil meine Haut so blass und mein Haar so schwarz war. Ich würde nicht schlafend in einem gläsernen Sarg darauf warten, bis er mich wachküsste, wann immer es ihm in den Kram passte. Nein, ich schlief nicht.

Ich war wach.

Wacher als jemals zuvor.

»Was?« Er betrachtete mich mit schief gelegtem Kopf und hob eine seiner gezupften Brauen. »Du schmollst, weil ich Maddy ansehe?« Kopfschüttelnd wischte er sich über das fein geschnittene Gesicht. »Dann zieh du doch mal so etwas Hübsches für mich an, hm? Du willst schon seit einer Ewigkeit keinen Sex mehr, vertröstest mich auf die Hochzeit, obwohl das überhaupt nicht mehr zeitgemäß ist, und ich warte, bis ich alt und grau bin. Ich bin auch nur ein Mann.«

»Musst du das hier vor allen ausbreiten?«

Du wartest, mein Freund, natürlich. Und ich bin die Kaiserin von China.

Wahrscheinlich dachte er tatsächlich, ich sei so naiv, nicht mitzubekommen, dass er mit anderen Frauen schlief. Aber es störte mich nicht, denn so musste ich es nicht tun.

Mann, wir mussten uns dringend auf die Reihe bekommen. Zumindest so weit, dass es wieder erträglich wurde.

»Sieh sie an. Gern. Ist mir gleich.« Das war keine Lüge, aber es würde ihn vielleicht wütend machen und ich musste vorsichtig sein. »Sieh sie an, fick sie, heirate sie. Bitte!« Manchmal gefiel es ihm, wenn ich um ihn kämpfte. Und an anderen Tagen bestrafte er mich für solche Entartungen. Man wusste nie so genau, was ihm gerade gefiel und was nicht.

»Gib ihr am besten auch das verdammte Kleid, in dem ich

morgen stecken werde! In diesem Korsett kann ich ohnehin kaum atmen.«

»Bitte nicht wieder deine Gossensprache, Shona!« Okay, heute gefiel ihm die eifersüchtige Shona also nicht. »Sei lieber ein wenig dankbar für alles, was ich für dich tue.«

Dankbar ... Gut.

Ein Atemzug fiel tief in meine Lunge und ich straffte die Schultern. Er hatte recht. Ich sollte dankbar sein, aber es fiel mir schwer, denn wir waren nicht wie andere Paare.

Mein Verlobter trug eine Dunkelheit in sich, die er akribisch vor der Außenwelt wegzuschließen wusste ...

»Dankbar sind nur Menschen, die von anderen abhängen«, zitierte ich meinen Vater und es stach in meiner Brust dabei. Mein Vater würde mich nicht vor den Altar führen, wie jedes kleine Mädchen es sich so sehr wünschte und das höhlte mich innerlich aus. Er war wie mein bester Freund gewesen, bis er bei diesem verfluchten Autounfall umgekommen war. Hatte mit mir die Felsen und Höhlen erkundet, mir die Geschichte der Highlands beigebracht, bis unsere eigenen Geschichten daraus entstanden waren. Vom Rest meiner Geschichte war er nun kein Teil mehr und es schmerzte mich jeden einzelnen Tag, ihn nicht mehr bei mir zu haben. Seine Liebe. Seine Güte und Wärme.

Andrew blitzte mich aus seinen giftigen Augen an, die mich manchmal hassten und manchmal liebten. Jetzt gerade hassten sie mich. Das schrie quasi nach einer Lektion.

Du kannst dir seinen Hass nicht leisten, Shona! Sei brav!

»Sir ...« Andrews Scherge Ian kam mit einem Stapel Akten aus dem Lager. Er war schmächtig, hatte zusammengewachsene Augenbrauen und einen merkwürdigen Schnauzbart, aber er war ein top Schütze. Außerdem konnte er mit Zahlen jonglieren wie kein zweiter. Deshalb hatte Andrew ihn gern um sich. Und weil er Menschen liebte, die ihn *Sir* oder *Chef* nannten.

»Was gibt es?« Andrews Kiefer mahlten.

Okay, er war eindeutig sauer.

»Nichts Gutes, Sir. Nichts Gutes.« Es war eine Eigenart von Ian, ewig um den heißen Brei zu reden. Damit verschaffte er sich eine Sekunde Ruhm, in der ihn der Boss erwartungsvoll anstarrte und seinen Informationen entgegengierte.

»Rede schon, Mann.« Mein Zukünftiger winkte mit der Hand, als wollte er ein lästiges Insekt vertreiben.

»North kommt frei«, erwiderte Ian mit wankender Stimme und Andrew fiel auf einen Schlag regelrecht die Farbe aus dem Gesicht.

»North McTavish?«, fragte ich ungläubig.

Ach du ... Das war doch viel zu früh.

»Nein, North, der Wichtel vom Nordpol«, blaffte Andrew und vergrub das Gesicht in den Händen, als nahte die Apokalypse. »Natürlich North McTavish, Himmel Herrgott! Wann?«

Als Ian ihm nicht antwortete, blickte er auf und sein Gesicht war hassverzerrt. »*Wann, hab ich gefragt, zum Teufel*«, spie er und griff an sein Holster, als wollte er uns alle nahtlos für die Information abknallen, die gleich folgte.

North McTavish ... Das konnte nicht ... Andrew hatte gesagt, er hätte diesen Irren für immer hinter Gitter gebracht. Jeder in ganz Schottland kannte seinen Namen. Und jeder wusste, was er Grausames getan hatte, um in dieser Zelle zu landen.

Nur ein Vollidiot würde ihn dort so einfach wieder hinauslassen.

Ein trockenes Schlucken machte meine Kehle eng.

»Ist wohl so gut wie draußen. Passiert gerade.« Ian versuchte, sich vor Andrews Wut wegzuducken. Er war kein guter Nahkämpfer und in Andrews Nähe wäre genau das ab und zu von Vorteil. Vor allem, seit er Prayer's Well, die größte und übelste Stadt hier draußen, an North und seinen ebenso missratenen Bruder verloren hatte. Er hasste es, wenn Dinge nicht nach Plan liefen.

»*Passiert?*« Haareraufend lief Andrew im Raum auf und ab

und sein Blick raste hektisch von einem Fleck zum nächsten. »Warum schon jetzt? Was soll das? Was ist da schiefgelaufen? Dieser Psychopath hätte eigentlich ein Leben lang einsitzen müssen.«

»Sir, das tun sie nie, Sie wissen doch ...« Jetzt wirkte der kleine Bückling meines Fast-Mannes beinahe ängstlich.

»Können wir ihn irgendwie abfangen?«

»Keine Befugnis.«

»Schwachsinn! Ich habe für alles eine Befugnis. Wir können ihn ohne Grund vierundzwanzig Stunden festhalten.«

»Und *wollen* wir das auch, Chef?« Ians Stimme wurde mit jedem Wort dünner.

Andrew stoppte in der Mitte des Raumes und sah sich wild um. Seine Schultern hoben und senkten sich ungehalten und er griff sich seinen Laptop, um ihn brüllend gegen die Wand zu schmeißen. Krachend flogen die Einzelteile durch das Zimmer. Ein *Vaio*. Neuestes Modell. Echt teures Teil.

Abschätzend musterte ich Andrews Bewegungen. Man musste auf der Hut sein, wenn er so ausflippte. Und dieser North war ein unglaublich wunder Punkt. Immer wenn sein Name fiel, eskalierte Andrew. Und das verstand ich sogar. Nach dem Tod von Andrews Vater und dem Verlust von Prayer's Well, das einmal unter der gemeinsamen Obhut von Craig Senior und McTavish Senior gestanden hatte. Ich hatte mir diesen Ort nie ansehen dürfen. *Ein gesetzloses Drecksloch, das von Barbaren regiert wird*, so nannte Andrew es inzwischen.

Aber warum war er dann so versessen darauf, es zurück-zubekommen?

»Aktiviere alle Einsatzkräfte im Umland«, richtete er das Wort jetzt wieder an Ian. »Dieser Bastard wird nicht in die Nähe meines Reviers kommen, verstanden? Sichert die Grenzen und gebt mir sofort Bescheid, wenn etwas Verdächtiges passiert.« Keuchend stützte er sich auf die Platte seines Schreibtisches und starrte ins Nichts. Eine Strähne seines dunklen Haares fiel ihm in die Stirn.

Wut, Hass, Jähzorn, Hohn, all das war mir vertraut an ihm, aber in diesem Moment ...

Verwirrt zog ich die Brauen zusammen. Ich konnte jede Regung lesen, die sein Körper machte, kannte ihn in- und auswendig, aber das hier ... das hatte ich noch nie an ihm gesehen. Andrew Craig hatte Angst. Dieser North machte ihm solche Angst, dass er die Kontrolle verlor.

»Meinst du, er würde das noch einmal durchziehen?«, fragte ich vorsichtig. Ich wusste, was man sich über ihn erzählte. Er war ein Gesetzloser. Ein brutaler Bastard, der keine Grenzen kannte und einen großen, blutigen Auftritt liebte, das hatte er mit dem Mord an Andrews Vater mehr als bewiesen. Aber würde er tatsächlich kommen, um sich für seine Zeit im Gefängnis zu rächen, in das Andrew ihn gebracht hatte? Wäre das nicht unglaublich unüberlegt? Andererseits ... überlegten sich Tiere wie McTavish überhaupt, was sie taten, oder taten sie einfach nur?

»Hast du verstanden, Ian?«, presste Andrew durch die Zähne und ignorierte mich dabei vollkommen.

»Geht klar, Boss. Wir kümmern uns um die Zufahrten.« Ian wollte aus dem Raum eilen, aber mein Verlobter bellte ihm noch hinterher: »Bring meine Frau zur Anprobe des Brautkleides! Shona, bitte trag dein Haar morgen offen! Und Ian ...« Der Rest kam etwas dunkler: »Hol mir Maddy her!«

Er brauchte jetzt jemanden, an dem er sich abreagieren konnte. An mir wagte er es nicht. Vielleicht sollte ich dafür dankbar sein, aber mein Stolz meldete sich zu laut.

»Er würde nicht ...«, wollte ich meinen Verlobten beruhigen, um das hier zu verhindern, aber er blitzte mich nur aus seinen Katzenaugen an. »Du hast ja keine Ahnung, was er würde! Und jetzt verschwinde!«

Im Gehen konnte ich sehen, wie er seine üppige Sekretärin in das Aktenlager schob, mich ein letztes Mal anblickte und sie vor sich auf die Knie drückte, bevor er die Tür schloss.

Tja, für einen Andrew Craig würde es immer jemanden geben, der ihn an meiner statt wollte, aber ich hatte einiges mehr zu bieten, als einen billigen kurzen Rock und das wusste er. Er wusste es genauso wie er es manchmal hasste.

Da hast du deine Lektion, Shona Blythe! Pass besser auf dein Mundwerk auf, sonst führt er der Welt unaufhörlich vor, welche Macht er über dich hat.

Während ich in Ians Wagen stieg, war die Welt um mich herum dumpf geworden. Der mitleidige Blick, der mich durch den Rückspiegel traf, machte es nicht besser, aber ich ließ mir nichts anmerken. Das tat ich nie.

Was passiert, passiert, Shona. Du bist stark! Das wirst du immer sein.

Der Verlobungsring an meinem Finger funkelte in der trägen Sonne, und während ich ihn anstarrte, versuchte ich das, was ich da eben sehen musste, aus meinen Gedanken zu radieren.

Trag dein Haar morgen offen.

Ja, ich sollte es immer offen tragen, wenn es nach ihm ginge. Andrew hasste die kleine schwarze Schlange, die ich mir vor vielen Jahren hatte in den Nacken stechen lassen, denn sie stand für meine dunkle Seite. Für die kleine böse Stimme, die mir früher immer geraten hatte, nicht auf meine Eltern zu hören und die sich heute mit den Dämonen meines zukünftigen Ehemannes biss, wann immer sie die Möglichkeit dazu bekam. Ich sollte besser ein braves Frauchen sein, keine Widerworte geben und immer zu allem Ja und Amen sagen, aber konnte ich das überhaupt? Die Schlange der Versuchung bäumte sich fauchend in mir auf.

Zum ersten Mal wünschte ein kleiner schwacher Teil von mir sich etwas vom Universum, das sich ohnehin nie erfüllen würde, denn es wäre falsch und ganz und gar nicht der Plan. Trotzdem wollte dieses zischende Stimmchen tief in mir genau das.

Beende das, Universum! Schick mir endlich den reißenden Sturm, der diesem Wahnsinn ein Ende bereitet!

NORTH

I ch war so unfassbar sauer. O Hölle, ich kochte!

Eigentlich hatte ich gedacht, drei Jahre in diesem Rattenloch würden etwas ändern, mich vielleicht milder stimmen, mir mehr Fokus geben, denn ich war schon sauer gewesen, als ich einwanderte. Aber jetzt, wo die Zeit um war, hätte ich die Zelle, in der ich eingesessen hatte, am liebsten allein mit meiner brodelnden Wut nach Walhalla gesprengt.

Kurz vor dem Ausgang gab man mir meinen Kram zurück und ich fuhr mir durch den blonden Undercut, der hier in diesem Moloch eindeutig zu lang geworden war. Der Wärter neben dem Ausgabefenster senkte den Blick, als ich ihn mit meinem streifte. Sie hatten Respekt vor mir. Die ganze Zeit über gehabt. Hatten auf harte Kerle gemacht, mir dann aber trotzdem Kippen und Smartphones geschmuggelt, ohne dass ich danach verlangen musste.

Tja, sie wussten, wie man sich Eliot *North* McTavish gegenüber verhielt, und die anderen Wichser – mit schmalen Augen rieb ich mir die vernarbten Fingerknöchel – hatten lernen müssen.

Mein Lederarmband mit dem silbernen Kreuz lag oben auf den wenigen Habseligkeiten, die ich hier mit hineingebracht hatte, und ich presste die Zähne aufeinander, während ich es betrachtete.

Ihr müsst immer glauben, Jungs. Wenn schon nicht an einen Gott, dann wenigstens an euch. Verliert diesen Glauben nie!

Ich hauchte dem Anhänger einen kurzen Kuss auf, bevor ich das Leder über meine zerschundene Hand streifte und am Gelenk festzog. Es gab nicht viel, was mir auf dieser Welt noch heilig war, aber diese Worte würde ich nicht vergessen. Durch diesen Fetzen Leder war sie wieder bei mir und das fühlte sich verdammt gut an. Wir hatten sie vielleicht körperlich verloren, aber Dinge, die man liebte, ließ man nie ganz gehen. Es blieb einem immer etwas. Und wenn es nur der Glaube war. Oder ein unscheinbares Kreuz. Es bedeutete mir so viel, dass ich ein Ebenbild von ihm in die Haut hinter meinem Ohr seitlich des Nackens hatte stechen lassen.

»Viel Erfolg da draußen, Mr. McTavish«, flötete die kleine Blonde an der Ausgabe, der ich am liebsten heute Nacht auf *North Castle* direkt gezeigt hätte, wie ein *Mr. McTavish* am liebsten Erfolg hatte …

»Mr. McTavish war mein Vater«, brummte ich und sie bekam schmale Lippen, weil jede Frau hier drin auf harte Nuss machen musste. Das war ihr Job. Keine Schwäche zeigen. Vor niemandem. O ja, ich würde sie wirklich liebend gern mitnehmen. Das wäre ein Genuss. Gott, ich musste dringend Druck abbauen. Drei Jahre …

Vielleicht hatte ich in all der Zeit ja vergessen, wie man eine Frau vögelte und war zum verdammten Eunuchen geworden.

»Dann eben North, wenn es Ihnen lieber ist.« *Frech.*

Mit einer hochgezogenen Braue und glühenden Wangen musterte sie die keltischen Tätowierungen auf meinen Armen und blieb an dem verschlungenen Baum hängen, den das keltische Kreuz durchstieß. *Dair,* die Eiche des Lebens.

Musst du nicht verstehen, Puppe. Wahrscheinlich war sie nicht einmal eine echte Schottin. Pilgerte für den Job täglich aus irgendeinem englischen Kuhkaff hierher, um uns Häftlingen den Arsch aufzureißen und ihrer Junkie-Mutter den nächsten Schuss zu finanzieren. Knurrend drehte ich mich in Richtung Kabine, um mich endlich wieder in meine gewohnte Kleidung zu pellen. Hätte auch kein Problem damit gehabt, direkt hier blankzuziehen, aber die Kleine spielte schon mit dem Taser an ihrem Gürtel und ich wollte sie nicht endgültig verschüchtern.

Dann eben North, wenn es Ihnen lieber ist ...

Ja, ich bin North. Genau der. Eliot North McTavish.

Hier drin waren Namen vielleicht nicht wichtig. Jeder kam als das gleiche Frischfleisch und musste sich behaupten, damit er nicht von fünf Schwanzlutschern gleichzeitig in den Arsch gefickt wurde, aber da draußen, in Freiheit, da brauchte ich meinen Namen. Ich *wollte* ihn, damit ich mich wieder als der fühlen konnte, der ich war. Damit meine Hülle wieder ihre Seele bekam.

Ganz richtig, Püppchen. Ich bin North! Der verfickte Herrscher über den Norden von Prayer's Well. Der Sturm Schottlands, der über dich kommt, wenn du es drauf anlegst. Mit scharfen Klauen, spitzen Schnäbeln und der rohen Wut des brüllenden Ozeans.

Das graue Shirt spannte mir etwas um Brust und Bizeps. Ich hatte hier drin nicht viel zu tun gehabt, außer zu trainieren und Typen auf die Visage zu geben, die meinen Namen schlechtredeten oder meinten, ich sei niemand mehr, nur weil mich ein paar läppische Gitterstäbe umgaben.

Einen McTavish hält kein Käfig auf. Einige mussten sich diese Erkenntnis schmerzlich aneignen. Aber jeder, der wusste, wofür ich einsaß, hatte freiwillig Abstand gehalten. Die Leute redeten, wenn man ihnen kein Hobby gab ... oder ein paar Frauen.

Sie redeten wie die Waschweiber und bald war ich nur noch *Der Bastard mit den Klauen* oder *Der Wikinger mit dem Herz aus Stein.*

Teufel, ich liebte Ehrfurcht und Respekt!

Mein Puls schlug kraftvoll, als ich auf die Tür zuschritt, die in die Freiheit führte. Noch auf dem Gang zündete ich mir eine der vertrockneten Kippen aus meinem Hab und Gut an und inhalierte tief. Der Wärter, der mich am Ausgang empfing, musterte mich kurz strafend, sagte aber nichts.

Freiheit! Ich konnte sie beinahe schon riechen.

Nur noch wenige Schritte und ich hatte mich vollkommen zurück.

Meine zerrissene schwarze Jeans kam mir plötzlich reichlich unangemessen für diesen Anlass vor, aber wir McTavishs waren keine Wichser in schmierigen Anzügen.

Alles, was ich für meine Transformation zurück zu mir brauchte, waren meine Lederbänder, meine Silberkette um den Hals, den Duft der schottischen See in der Nase, meine Männer um mich herum und eine willige Frau auf meinem Schoß.

»Na dann, viel Erfolg, McTavish.« Der Unterton des Wärters klang beinahe höhnisch, aber ich hatte jetzt keine Zeit, mich um ihn zu kümmern.

Der Duft der Freiheit traf mich unerwartet hart.

So hart, dass ich kurz stehen bleiben musste, um mich zu fangen.

Gott, war das gut!

Ich schloss die Augen, legte den Kopf in den Nacken und atmete. Möwen. Wolken. Gischt. All das konnte ich schon jetzt wieder fühlen und es ließ meine Wut verrauchen. Konnte glatt für einen Moment vergessen, dass ich mich noch immer in dem stinkenden Moloch von Glasgow befand. Aber nicht mehr lange … Ich musste nach Hause zu meinen Männern. Ich musste feiern. Das Leben, die Freiheit. Was redete ich! Eine verfluchte *Orgie* musste ich organisieren. Schleunigst!

»North, du verdammter Sack! Bist du zum Yogi geworden da drin?«

Ein Schmunzeln stahl sich in meine Züge, als ich seine Stimme hörte, aber ich blickte nicht auf. Dieser Moment ... Er war wertvoll. Ein Neuanfang. Hypnotisch.

»Alter, was hast du in deiner Zelle getrieben? Du hast Arme wie Baumstämme bekommen.« Glenn musste direkt vor meiner Nase stehen. Noch ein tiefer Zug meiner Zigarette, dann öffnete ich die Augen und sah ihn an. Tatsächlich. Da war er.

Meine rechte Hand, mein bester Freund und Berater. Und ich hatte mich selten mehr gefreut, die vernarbte Fratze mit den schmutzig braunen Augen zu sehen. Seine Haut war vollkommen zerfurcht, weil er sich schon so oft für mich vors Messer geworfen hatte. Ein guter Mann. Der beste in meinem Sauhaufen. Trotzdem hatte mir jeder einzelne von ihnen gefehlt. Sogar der zynische Zac mit dem roten Zauselbart, dem ich so oft auf die Fresse geben musste.

»Lebendige Boxsäcke an jeder Ecke. Das Loch ist das reinste Paradies.« Bedächtig trat ich meine Zigarette aus und lauschte den Schreien der Sturmmöwen in weiter Ferne an der Klippe, die auf mich wartete. Sie riefen nach mir. Schrien meinen Namen. Und ich würde folgen.

Glenn lachte und spuckte durch seine vollen Lippen aus. »Na ja, wenigstens ist deine Visage nicht schöner geworden in der Zeit da drin. Machst mir ohnehin schon immer alle Frauen streitig.«

Für einen langen Moment musterten wir einander. Etwas blitzte schelmisch in seinen Augen auf, und die Braue, in die er eine Lücke rasiert hatte, als wären all seine Narben nicht schon Verhunzung genug, zuckte.

»Ich bin so froh, dass du wieder draußen bist, Mann.« In einer Bewegung packte er mich und umarmte mich wie ein

Mädchen seine zu lange verschollene Mami. Hölle, der Mistkerl quetschte mir fast die Luft ab.

»Als würde man eine zähe alte Eiche umarmen.« Schnaubend drückte Glenn noch fester zu und ich hieb ihm brüderlich auf den Rücken, während ich mit ihm lachte. Vor
Erleichterung. Vor Freude, dass wir bald wieder alle vereint
waren und alles sein würde, wie es zu sein hatte.

Nur vor zwei Menschen unter dieser Sonne ließ ich ab
und an meine Maske fallen: vor Glenn und vor meinem
Bruder. Kein anderer würde meine Emotionen je wieder
bekommen. Nicht nach allem, was geschehen war.

»Und? Wie feiern wir diesen herrlichen Hundesohn von
einem Tag?«, fragte ich, während wir auf meinen dunkel-
blauen Shelby GT Mustang zusteuerten. Blau wie das endlose
wilde Meer. Eigentlich fuhr ich lieber meinen schwarzen
Range Rover. Protz war nicht mein Ding, aber heute ... heute
war alles richtig und alles erlaubt.

»Erst einmal mit Pferdestärken.« Mein alter Freund
wackelte mit den Brauen, als hätte er meine Gedanken gele-
sen. O ja, ich wollte wieder PS unter dem Hintern. Wie lange
hatte ich das schnittige Baby nicht mehr schnurren gehört?

Eindeutig zu lange!

Glenn warf mir um den Rücken herum die Autoschlüssel
zu.

»Und heute Abend gibt es eine Feier, die die Wände
deiner verdammten Burg wackeln lassen wird, du verfluchter
Bastard von einem McTavish!«

»O Hölle, genau das wollte ich hören«, raunte ich wie ein
wildes Tier und spürte, wie das Feuer, das in mir geschwelt
hatte, explosionsartig zu einem Flächenbrand heranwuchs.

»Also dann ... hauen wir ab.« Der Shelby heulte laut unter
uns auf und die pissfarbene Abscheulichkeit von einem
Gebäude des HMP Barlinnie wurde rasend schnell kleiner in
meinem Rückspiegel.

Heute wollte ich alles! Und ich würde alles bekommen,

denn ich war der König des Nordens, in dessen Adern das Blut eines Wikingers brodelte. Und wenn ich zur Audienz bat, hatte der Hofstaat zu folgen.

Der Norden war lange genug ohne Herrscher gewesen.

Jetzt war ich verdammt nochmal zurück!

NORTH

Sobald wir diesen Abschaum von Glasgow verlassen hatten und auf die A9 auffuhren, brachte ich das Schätzchen unter uns an seine Grenzen und ließ alle Scheiben herunter, damit der schottische Wind endlich wieder mein Gesicht peitschen konnte.

Glenn wollte etwas sagen, schluckte es aber doch noch rechtzeitig herunter und schnallte sich stattdessen lieber an.

Sehr gut, Sicherheit geht vor, mein Freund!

Ich konnte es nicht erwarten, wäre am liebsten geflogen. Mit breiten Schwingen auf den Ozean hinausgesegelt und für immer und ewig dort gekreist.

»Ich brauche meine Burg. Das Meer. Meine Männer«, ließ ich Glenn über die heulenden Motoren wissen. Er nickte nur zufrieden. Der kleine Pisser liebte es, wenn ich über die Stränge schlug, und das tat ich so gut wie immer. Es lag mir im Blut, ein verdammter Anführer zu sein. Wir waren auf dieser Welt, um Spaß zu haben, und davon brauchte ich jetzt eine ganze Wagenladung voll.

»Das verstehe ich, Mann ... Und all das wirst du bekommen.« Mein Kumpel zwinkerte mir zu, als ich über ihn griff, meine Sonnenbrille aus dem Handschuhfach zog und mir das blonde Haar zurückstrich. Scheiße, er himmelte mich an wie eine verknallte Jungfrau.

»Was ist los, Glenn? Haben sie dich zur Pussy gemacht, als ich nicht da war?«

Der Shelby raunte, als ich ihn wieder auf die Überholspur trieb.

Ich umfuhr Swamp Head in großem Bogen, und als ich das Schild zu der Ausfahrt sah, kehrte die Wut in Form einer Stichflamme in meinen Magen zurück. *Andrew Craig* ... Für diesen kleinen Ficker in seinem sumpfigen Exil würde ich mir morgen besonders viel Zeit nehmen. Heute gehörte der Tag der Freiheit.

»Keine Vorfälle mit ihnen, als du weg warst, North«, las Glenn meine Gedanken.

»Craig und seine Köter sind ein einziger Vorfall, Glenn«, erwiderte ich und presste die Zähne aufeinander, während meine tätowierte Hand das Steuer umklammerte. Craig Junior war ein fast noch schlimmerer Abschaum, als es sein alter Herr gewesen war, denn er war feige. Drückte sich im Schatten herum, plante widerliche kleine Aktionen gegen uns und intrigierte schwelend vor sich hin, weil er nicht akzeptieren konnte, dass seine Zeit vorbei war. Und noch dazu ... Knurrend packte ich das Leder des Steuers so fest, dass meine Knöchel hervortraten. Ich konnte kaum daran denken, was er mir neben den letzten drei Jahren noch alles schuldete. Durfte es nicht, nicht jetzt. Denn sonst hätte ich sofort diese Abfahrt genommen, um ihm mit bloßen Händen das Genick zu brechen.

Ruhig, Eliot! Atmen!

Dieser Witz von einem Polizisten und seine Lakaien waren wie ein Virus. Wussten sich anzupassen, sich feige zu verstecken, bis sie heimtückisch von hinten den nächsten Schlag landen konnten. Aber jetzt war all das vorbei, denn ich war zurück. Diese Wanze rechnete bestimmt mit vielem, aber nicht mit meiner Wut. Und ich griff nicht von hinten an wie ein erbärmlicher Schwächling. Nein, ich kam frontal über ihn wie eine verfluchte Lawine.

Ein paar tiefe Atemzüge und der Schrei der ersten Möwe halfen mir, mich wieder ein wenig zu erden. War überhaupt nicht mein Ding, das mit dieser Kontrolle.

»Du wirst ihnen schon geben, was sie verdienen«, wollte Glenn mich aufmuntern. »Hat ja schon einmal geklappt, Boss.«

Mir war nicht nach einer Erwiderung, denn die rauen Klippen am Rande von Prayer's Well kamen in Sicht und mein Herz explodierte mit einem Mal wie ein verdammtes Tischfeuerwerk.

Freiheit! Leck mich, ich bin frei!

Wir passierten das Ortseingangsschild und eine unserer Grenzpatrouillen salutierte vor mir, als wäre ich ein fucking General.

Grüßend hob ich die Hand, roch das Salz des endlosen Meeres, hörte das Gackern der Raubmöwen, sah die Konturen von North Castle am Rande der grauen Felsen in der Abendsonne. Meine Burg, meine Stadt, mein Land, *mein Herz.*

Glenn drehte verwirrt den Kopf in meine Richtung, als ich auf die Bremse trat und ein paar tiefe Atemzüge nahm.

Während ich ihn ansah, konnte ich förmlich spüren, wie mein Blick in Flammen stand.

»Was wird das jetzt, verfluchter Schotte?«, fragte er alarmiert, weil man bei mir selten wusste, was als Nächstes kam.

Ganz genau. Wir waren Schotten. Und ein schottisches Herz war leidenschaftlich, kriegerisch und frei.

Ohne eine Erwiderung stieg ich aus dem Wagen, atmete die Heimat und riss mir auf dem Pfad nach unten zum Ozean ein Kleidungsstück nach dem anderen vom Körper, um schließlich splitternackt mit einem sauberen Kopfsprung in die Wellen zu tauchen.

»Du irrer Hund«, brüllte Glenn mir nach. »Die Männer warten auf dich.«

Ja, ich habe auch gewartet, dachte ich, während ich mit ein paar kräftigen Zügen aufs Meer hinausschwamm, *viel zu lange auf genau diesen Moment.* Das Wasser war herrlich kalt. Stach auf der Haut, reinigte mich von dem Schmutz der letzten Jahre.

Ich schloss die Augen und spürte mein Herz wieder schlagen. Kräftig. Wütend. An genau dem Ort, wo es hingehörte.

Du fühlst zu viel an genau den falschen Stellen, rieb mir mein kleiner Sack von Bruder immer so gern unter die Nase. *Und in den richtigen Momenten, da wo du es tun solltest, fühlst du nichts, Eliot McTavish.*

Die kühlen Gemäuer meiner Burg nahmen mich in sich auf, als wäre ich nie weg gewesen. Die Wellen der Nordsee klatschten gegen die Klippen unter uns. Ich liebte die Wildheit der See, ich liebte den Sturm und ich liebte das Feuer. All das war ein Teil von mir. Ich trug es in mir und genau deshalb pisste sich am Ende jeder, der sich gegen mich stellte, so in die Hosen. Ich konnte ein netter Typ sein, wenn mir danach war. Der, mit dem man feierte. Der, der einem die Zeche zahlte und noch dazu immer schöne Frauen mitbrachte. Aber ich bestand aus nichts als roher Wildnis. Der Sturm Schottlands atmete in mir, und ab und zu brach er los, ohne dass ich ihn halten konnte. Ich war ein unberechenbarer Sack, der sich schwer kontrollieren konnte, so viel Selbstreflexion, um das zu wissen, besaß ich noch.

»North, du Bastard!« Zac kam die steinernen Stufen herunter und verschränkte die Arme vor der Brust. »Gehst du etwa erst mal planschen, während wir alle auf dich warten und uns die Ärsche platt sitzen?«

Als wir einander anstarrten und mir das Wasser aus dem Haar tropfte, bildete sich ein breites Grinsen unter seinem roten Bart. »Hölle, du bist zurück. Es wurde Zeit.« Er hieb mir die Faust gegen den Arm und ich klopfte ihm hart auf den Rücken.

»Kannst du laut sagen.«

»Du riechst nach Salz und Wind, genau wie es sein soll. Komm rauf, die anderen warten.« Seine Augen leuchteten, als er sich durchs Haar fuhr.

»Wag es ja nicht noch einmal an mir zu schnuppern, ich hatte wirklich lange keine Frau mehr«, grummelte ich, während ich ihm in den großen Saal folgte.

Glenn lachte laut hinter mir.

Alles roch wie immer. Nach Felsen, Algen, Whisky und Wachs. Nach Vergangenheit und Zukunft zugleich. Nach Macht und Gewalt. Und Zac hatte recht. Nach Salz und Wind. Genau wie der Norden zu riechen hatte.

Wir betraten meine Halle und ein warmes Gefühl rollte durch meine Brust. Alles war, wie ich es verlassen hatte. Die Schwerter an den Wänden, die scheißteuren Kerzenleuchter aus Lavagestein, die steinernen Relikte der Kelten, die ich auf dem illegalen Untergrundmarkt in Edinburgh gekauft hatte. Und sogar mein schwarzer Thron am Ende der langen Tafel, den Spezialisten für mich aus einer Katakombe unter der Burg geborgen hatten. Das Feuer im Kamin auf der anderen Seite des Raumes brannte knisternd vor sich hin und die roten Samtsofas, die dem altertümlichen Charme ihren Hauch Luxus einhauchten, erzählten mir bereitwillig all ihre schlüpfrigen Geschichten, sobald ich sie ansah.

Mein Zuhause!

Scheiße, war das ein gutes Gefühl.

Meine Jungs hockten um die gedeckte Tafel wie die verkappten Ritter der Tafelrunde und strahlten mich an wie zu groß geratene Kinder.

»Der König ist zurück«, grölte Glenn hinter mir und stieß die Faust in die Luft.

»Lang lebe der König«, antworteten die anderen im Chor. Ich verdrehte kopfschüttelnd die Augen. Da sollte mir noch einmal jemand sagen, *ich* würde übertreiben. Hölle, das war sogar mir unangenehm.

»Was soll der Scheiß?« Streng blickte ich in die Runde, in der alle verstummten und auf ihre Teller starrten. Braten und Klöße, Pie, Whisky und Haggis. Wie hatte ich unsere Fressorgien vermisst! Und nicht nur die ...

»Ich dachte, mich erwarten ein paar nackte willige Frauen, stattdessen hockt hier nur ein Haufen verlauster schottischer Wanzen. Was soll ich davon halten? Ich komme gerade aus dem Bau. Mein Schwanz ist um einiges hungriger als ich.«

»Ganz ruhig, du Hengst«, sagte Glenn mir direkt ins Ohr und hieb mir unsanft auf den Rücken, während die anderen verunsichert vor sich hin glotzten. »Erst wird geschlemmt und zum Nachtisch bekommst du Lacey und Sugar. Die Mädels kommen gleich, wenn wir fertig sind.«

Hmmmm ... Der Gedanke gefiel mir. Sugar war eine der schönsten Frauen aus unserem Rotlichtbezirk, endlos lange Beine, gebräunte Haut, straffe Titten. Sie konnte einiges ab, Glenn wusste offenbar, wonach mir war. Aber Lacey ... Ich hob eine Braue und sah mich zu ihm um. Lacey war seine Beute. Er hatte sie nach Prayer's Well geschleppt und sie war inzwischen so etwas wie der Kummerkasten für die anderen Huren geworden. Blonde Locken, Augen wie ein Reh und eine schlanke Silhouette mit ausladenden Hüften. Auch wenn ich jeglichen Respekt vor Ehe, Monogamie und all dem anderen

Bullshit unserer Zeit verloren hatte, etwas lag ihm an ihr. Und ich würde keinem Freund auf den Schlips treten.

Er erwiderte meinen Blick fest und nickte nur zwinkernd. Gut, offenbar wollte er tatsächlich alles mit mir teilen. Bei dem Gedanken an ihre großen Augen und die Art, wie sie immer vor mir davonhuschte, wenn wir uns zufällig im Castle begegneten, wurde es heiß in meiner Lendengegend. Sie hatte Angst vor mir, und ich liebte es, wenn sie Angst hatten. Lacey hatte ich noch nicht gehabt und ein Zucken ging durch meinen Unterleib, wenn ich mir vorstellte, wie ich sie so hart nahm, dass sie am Ende einen Scheiß auf Glenn gab. Sie war perfekt für meine Zwecke. Sie mochte mich nicht und wahrscheinlich würde sie mich danach noch weniger mögen, aber das sollte mir recht sein. Ich hasste es ohnehin, wenn sich Weiber in meiner Burg herumstahlen, in denen mein Schwanz noch nicht gesteckt hatte.

»Jetzt lasst uns essen. Der Braten wird kalt.« Zac schob uns auf die Tafel zu und ich konnte mir ein Schmunzeln nicht verkneifen. »Hast du wieder gekocht, Zac?«

»Rezept meiner Granny, ihr Hundesöhne.« Er blickte in die Runde, als wollte er jedem, der jetzt etwas gegen seine Gran sagte, direkt eine auf die Fresse geben. Als ob wir uns das trauen würden. Ein paar der Männer lachten brummend und alle starrten mich ehrfürchtig an, als ich mich auf dem Thron-Sessel niederließ.

»Gut, dass du wieder da bist, North«, brummte Piet, mein Mann fürs Grobe, in seinen Bart und ließ seinen Stiernacken knacken.

»Genau. Wurde Zeit, Boss!«

»Aye!«

Mich räuspernd griff ich nach dem Whisky neben meinem Teller. *Ardbeg* von der Insel Islay. Ich roch seinen rauchigen Duft und ließ ihn auf der Zunge schmelzen, als ich den ersten Schluck nahm.

Das Scheißparadies, North! Du lebst im Scheißparadies!

»Wir alle wissen, wer mir das eingebrockt hat.« Meine Stimme klang dunkel und der Zorn brodelte wieder durch meine Innereien, während ich kalt auf die hölzerne Tischplatte starrte.

Bestätigendes Gemurmel ging durch die Reihen.

»Und wir alle wissen auch, dass er mich viel lieber tot gesehen hätte, als mich nur in ein schimmliges Loch zu stecken.« Aber dazu hatte er nicht den Mumm. Er wollte mir so gern den Arsch aufreißen, aber er war ein zu feiger Abschaum, um seine Wünsche in die Tat umzusetzen. Erbärmlich! Ein tiefer Schluck Whisky brodelte durch meine Kehle, während ich den Kopf in den Nacken legte und die Augen schloss.

»Ich werde ihm morgen einen Besuch abstatten und mir anhören, was dieser Wurm zu sagen hat.« Meine Augen waren noch immer geschlossen, mein Kiefer mahlte, während ich mir vorstellte, was ich mit ihm anstellen würde, wenn ich ihn in die Finger bekam.

Du wirst nur reden, Eliot! Diesmal reden wir nur. Vorerst.

Ein tiefer Atemzug, und ich spürte, wie meine Muskeln langsam wieder flexibler wurden. »Immerhin habe ich ihn lange nicht gesehen. Bin doch gespannt, wie es meinem alten Freund so erging in den letzten drei Jahren.« Motiviert blickte ich in die Runde. Aber heute Abend waren wir nicht zusammen gekommen, um Geschäftliches zu klären. Dafür war morgen noch genug Zeit. Heute würden wir nur trinken, schlemmen und ficken.

»Und du, Boss, wie oft musstest du im Bau die Seife aufheben?« Piet lachte und stieß Zac neben sich den Ellbogen in die Seite, aber der kaute nur schweigend seinen Braten und blickte ins Nichts. Für ein paar Sekunden war die Luft im Thronsaal zum Schneiden dick. Nur das Knistern des Kaminfeuers durchkroch die Stille, dann sprang Glenn hoch und packte Piet am Kragen.

»Was hast du da gerade ...«

»Lass gut sein, Glenn.« Ich richtete mich langsam auf und tupfte mir die Lippen ab. »Ein ganz hervorragender Braten übrigens, Zac.«

»Danke, Boss«, murmelte Zac kleinlaut und pflückte ein Stück Kartoffel aus seinem wirren Bart.

»Was denn ... War doch nur ein Scherz.« Piet warf die klumpigen Hände in die Luft und blickte ratlos in die Runde. »Jetzt seid doch nicht so, ihr ...« Er sprach nicht weiter, denn ich ragte hinter ihm auf und legte ihm die Hände auf die Schultern. Wie merklich er zusammenfuhr. Da war er wieder. Der Respekt, den ich eben vermisst hatte.

»Was denkst du denn, wie oft ich die Seife aufheben musste, hm?«

»Oh, komm schon, Boss, ich hab doch nur ...« Er wollte sich mir ein Stück zudrehen, aber ich packte seinen Hinterkopf und schlug ihm das Gesicht auf den Teller. Ein knackendes Geräusch vermischte sich mit dem Klirren des Porzellans und seinem erschrockenen Keuchen.

Japsend wollte er herumfahren, aber ich fixierte seine Visage auf dem Tisch und beugte mich von hinten über ihn, um ihm direkt ins Ohr zu grollen: »Wie wäre es, wenn du mal die Seife für mich aufhebst, Piet? Das wird sicher genauso ein Spaß wie das hier gerade.« Mit einem Ruck ließ ich ihn los und er hielt sich fluchend die lädierte Grimasse. Unsanft hieb ich ihm auf den Rücken. »Der Zinken war ohnehin krumm und schief. Ein Schlag mehr oder weniger wird deine Fratze auch nicht hässlicher machen, als sie schon ist.«

»Verdammt noch mal, North«, schimpfte Piet und kniff sich in den Nasenrücken, während er den Kopf zurücklegte. »Tut mir leid, Mann.«

Genau so sollte das sein. Ich gab meinen Männern auf die Fresse und sie entschuldigten sich. So drehte sich die Welt in die richtige Richtung. Ich war gern für jeden Spaß zu haben, aber der Respekt durfte nicht darunter leiden. Jeden Tag riss ich mir den Arsch für diese Bande auf und keiner wusste auch nur ansatzweise, wie viel ich auf mich genommen hatte, um sie zu schützen. Ich hatte für sie alle eingesessen. Da konnte man ja wohl ein Mindestmaß an Respekt verlangen.

»Du wirst morgen mein Frontmann sein, Piet.« Noch ein Hieb auf seine Schulter und er hustete. »Wenn ich bis dahin nicht an meinem eigenen Blut ersoffen bin, liebend gern, Boss.«

Wir schlemmten wie die Götter, lachten, feierten, und das Geschäft konnte uns mal.

Nach dem fünften Whisky kamen endlich die Mädels an und wurden unter meine Männer gescheucht wie die Hühner in den Stall. Sie alle sahen umwerfend aus. Mein Bruder leistete ganze Arbeit mit seinen Bordellen. Wir arbeiteten die Frauen gemeinsam ein, aber er suchte sie aus. Und das machte er gut. Der kleine Bastard fehlte mir. Ein Jammer, dass er geschäftlich in Edinburgh war und uns gerade nicht beiwohnen konnte. Wahrscheinlich hätte er es gehasst. Er war nicht so ein schmutziger Scheißkerl wie ich, hat die guten Eigenschaften unserer Mutter geerbt, wo ich die Schlechten abbekam. Er war beherrscht, ich impulsiv. Ihre blauen Augen hatten wir beide, aber die Attraktivität, die hatte sie eindeutig mir vermacht.

Sugar steckte in einem dieser zusammengenähten Dinger, die man so scheiße schwer ausgezogen bekam und ihre Absätze waren sündhaft hoch, während sie lasziv lächelnd auf mich zusteuerte.

»Hallo North.« Ihr Lippenstift war rot wie Kirschen und ihre Wimpern flatterten, während sie den Blick an mir nach unten gleiten ließ. »Siehst verdammt gut aus.«

»Gleichfalls.« Neben uns stöhnte schon die erste der Frauen. Meine Männer waren keine Kostverächter.

Sugar biss sich auf die volle Unterlippe, während sie so nah kam, dass sie an meinem Hals schnuppern konnte. Mein Schwanz zuckte, als ich ihre Wärme spürte und das süße Parfüm in meine Nase stieg.

»Darf ich dich berühren?«, flüsterte sie in mein Ohr und rieb im selben Atemzug ihren festen Körper an meinem.

Berühren ... Dieses Wort. Mich hatte schon viele Jahre keine Frau mehr berührt. Ich packte sie. Fickte sie. Rammte mich in sie, bis ihnen die Luft wegblieb ... Aber eine *Berührung,* eine echte Berührung hatte ich seit vielen Jahren nicht mehr gespürt. Sie wollten mich, weil ich North war. Eliot war ihnen egal. Und das war gut, denn ich wollte sie auch nicht. Mein Körper aber schon. Sehr sogar. So verfickt sehr, dass ich fast platzte.

Als ich nicht widersprach, zog sie mir das Shirt aus und erkundete mit den Augen gierig meine Narben und Tattoos. Ich war fast komplett mit Tinte bedeckt und jedes einzelne der Bilder hatte eine Bedeutung für mich.

»Gott, du bist so stark«, seufzte sie, während ihre Nägel über meine Brust glitten.

Brummend senkte ich die Lider, während ich in ihr Haar griff und sie an mir nach unten schob. Sie nestelte am Reißverschluss meiner Jeans und blickte devot zu mir auf, als sie meinen harten, schweren Schwanz mit ihrer schmalen Hand umgriff. Allein das ließ mich fast explodieren. So lange hatte mich keine mehr angefasst. Das hier war wie die Offenbarung einer höheren Macht.

Stöhnend dirigierte ich ihre Lippen zu meinem Schaft,

auch wenn die Gefahr bestand, dass ich abspritzte, sobald sie mich in ihrem warmen Mund aufnahm.

Reiß dich zusammen, Mann! Reiß dich …

»O Fuck …«, grollte ich, als sich ihre vollen Lippen um meine Spitze schlossen. Es fühlte sich warm und nass an. Und leider wusste sie sehr genau, was sie tat, denn ich hatte sie trainiert.

Sie seufzte erstickt, während sie erst meine Eichel durch ihre Lippen hinein- und hinaus gleiten ließ und dann meine ganze Länge in sich aufnahm. Mich tief in ihrer Kehle versenkte und meinen breiten Schaft massierte.

Scheiße! Gott, das hatte ich zu lange nicht mehr gehabt.

Die Hand, die ich in ihrem Haar vergraben hatte, bebte, während sie mich seufzend lutschte und dabei unterwürfig ansah.

»O Scheiße, Kleines. Genau so.« Stöhnend schloss ich die Augen und schob mich weiter in ihren Hals. Sie würgte, ich hörte nicht auf. Sugar konnte das ab, und ich brauchte sie jetzt nur so, wie ich sie haben wollte. Noch ein Stück tiefer und ich verharrte keuchend in ihr. Sie zog die Wangen um meinen Schaft zusammen und die Veränderung des Druckes zerrte sich herrlich pochend durch meinen gesamten Unterleib.

Scheiße … Scheiße …

Als ich die Augen öffnete, um ihr unterwürfiges Puppengesicht ansehen zu können, kurz bevor ich in ihre Kehle spritzte, fiel mein Blick auf Lacey, die mit den Fingern über die Lehne meines Thronsessels fuhr, und ich zog mich auf einen Schlag aus Sugar zurück.

»Alles okay?« Sie wischte sich über die Lippen und ich sammelte mich einen Moment, nur um kurz darauf die Jeans wieder über meinen Ständer zu ziehen.

»Alles okay.«

»Aber North, du bist doch noch nicht mal …«

Während ich knurrend zu Lacey hinüberging, passierte

ich Glenn, der gerade am BH einer Blonden fummelte, die ich noch nicht kannte.

Lacey trug ein so kurzes Kleid, dass man ihren Hintern sah, und ihr blondes Haar fiel ihr in Wellen über die Schultern. Sie lächelte herausfordernd, als sie mich kommen sah, und legte die Hand auf die samtene Sitzfläche. »Darf ich mich mal draufsetzen, North?«

Meine Augen wurden schmal. »Wenn ich dabei nackt unter dir sitze.«

Sie kicherte und wurde rot. Ich hasste Kichern. Es war ein Zeichen von Schwäche und ich mochte schwache Menschen nicht. Schwache Menschen konnten zu viel anrichten. Unser Vater war das Paradebeispiel dafür, aber der Gedanke an ihn verflog schnell, als ich Laceys kleine Möpse unter dem dünnen weißen Stoff betrachtete. Sie trug keinen BH. Ob Glenn ihr das aufgetragen hatte? Hätte ihr auch gleich sagen können, dass ich Kichern hasste. Aber gut. Sie fickte sich leichter, wenn ich sie nicht mochte. Da musste ich ihr nicht erst Komplimente auftischen, die ich nicht ernst meinte, sondern konnte ihr direkt meinen Schwanz so tief in den Hals schieben wie Sugar eben, damit aus dem Kichern ein Würgen wurde.

Manchmal war es beinahe langweilig, wie einfach es ging.

Man hatte es nicht leicht als König des Nordens... oder eben *zu* leicht.

Ich war noch immer hart. So hart, dass es langsam wehtat. Die ganze Härte von drei Jahren steckte in meinem Schwanz und wartete darauf, sich endlich entladen zu können.

Wieder legte sie die Hand auf meinen Sessel. Das gefiel mir nicht. Keiner, dem ich es nicht vorher erlaubt hatte, fasste diesen Stuhl an. Sie provozierte mich.

Das ist gefährlich, Kleine ...

»Dein Freund will, dass ich dich ficke«, grollte ich in ihr

Ohr und sie erzitterte. »Während er eine andere fickt. Wie findest du das?«

Ihr Blick huschte kurz zu Glenn, der mit der drallen Blonden zugange war, dann wieder zu mir.

»Jede will dich, North.«

Das war keine Antwort auf meine Frage.

Ihre Wangen glühten, ihre großen Augen glänzten, als sie mit ihren Lippen meinen zu nahe kam. Wollte sie mich etwa küssen? Das konnte sie direkt vergessen.

»Was wirst du morgen mit ihm anstellen, diesem Andrew Craig, hm?« Wieder rutschten ihre Finger über den Stoff meines Thronsessels und ich packte sie, zog sie an mich und griff mit einer Hand ihren festen Apfelarsch. Sie quiekte erschrocken auf, dann huschte ihr Blick hinauf zu meinem. »Erzähl es mir, bitte. Das macht mich scharf.«

Okay ... Glenn musste ihr dringend den Kopf waschen.

»Reden.« Ich zog an ihrem Träger und legte einen ihrer kleinen Möpse frei. Eine gute Handvoll. Der rosafarbene Nippel reckte sich mir entgegen.

»Und danach?« Beinahe fiebrig blickte sie mir in die Augen und ich senkte den Kopf über sie, um ihre Brust mit der Zunge zu bearbeiten. Sie jauchzte hell. Es tat mir in den Ohren weh.

Meine Hände umgriffen ihre Hüften und ich erwiderte ihren Blick dunkel. »Nicht mehr reden.«

In einer Bewegung drehte ich sie um und drückte ihren Oberkörper auf die Tischplatte. Dann rollte ich mir ein Gummi über und schob ihr das Kleid über ihren runden Arsch bis zur Taille. Keine Ahnung, ob sie mit meiner Grobheit klarkam, aber es war mir egal. Ich wollte jetzt ficken, und zwar so, wie ich es brauchte. Nach drei verdammten Jahren.

Meine Finger zogen unsanft ihren schmalen String zur Seite und ich platzierte mich direkt an ihrem heißen kleinen Eingang. Stück für Stück drängte ich meinen Schwanz in sie und sie ächzte, weil ich zu gut gebaut für sie war.

Dann zog ich sie an den Haaren ein Stück zurück und raunte gegen ihre Wange: »Drei Jahre sind eine scheiß lange Zeit, also schrei ruhig, wenn es zu grob wird. Ich kann nur nicht versprechen, dass ich dann aufhöre.«

Langsam zog ich mich zurück und schob mich unsanft wieder in sie. Hölle, sie war feucht und warm, umgab mich wie eine enge Faust.

»Genau so, sehr gut.« Meine Hände packten ihre Taille und ich fickte sie hart gegen die Tischplatte, auf der wir gerade noch gegessen hatten. Meine Lenden klatschten mit jedem Stoß auf ihren prallen Hintern, und der Anblick meines Schwanzes, wie er sich aus ihr zurückzog und wieder in ihr versank, machte mich rasend. Immer schneller rammte ich mich in sie. Sie keuchte, klammerte sich an den Tisch und ich krallte mich in ihr Fleisch, benutzte sie, bis ich hatte, was ich wollte. Sugar trat hinter mich, um mir über den Hals zu lecken und ihren schmalen heißen Körper gegen mich zu pressen, während ich rhythmisch weiter die Hüften nach vorn stieß. Ihre Nägel fuhren über meinen Hintern, ihre Zunge schob sich warm und nass in mein Ohr. Sie sah gern zu. Das machte sie an. Genau wie mich. Hölle, genau wie mich. Der Höhepunkt kündigte sich an. Es gab keinen Grund, ihn zurückzuhalten. Das hier war gut genug, um mich nach all der Zeit endlich mal wieder richtig zu entladen. Ich benutzte eine Frau für meine Zwecke und sie benutzte mich. So war ich es gewohnt.

»Aah, verdammt!« Ich packte ihre Schulter und zog sie näher an mich, drückte mich fest in ihren engen Gang, während mein Samen sich erlösend in das Gummi pumpte.

Als ich abgespritzt hatte, verharrte ich für einen Moment in ihr und betrachtete die roten Flecken meiner groben Griffe auf ihrer Haut.

Fuck, das hatte ich viel zu lange nicht gehabt.

Nichts baute besser Druck ab als ein netter kleiner Fick.

Sie richtete sich auf und zog ihr Kleid zurecht.

Weiß wie die Unschuld.

Der liebevolle Blick, den sie mit Glenn tauschte, entging mir nicht. Sie holte sich erneut seine Erlaubnis ein.

Wohl doch etwas verknallt, was? Sollte man auf North Castle besser sein lassen. Hier gibt es nur Bastarde, die auf Herzen scheißen und Gefühle in den Arsch ficken.

»Danke.« Ich klatschte ihr die flache Hand auf den Hintern.

»Ich danke *dir*.« Sie zwinkerte und ging davon. Sugar sah mich mit glänzenden Augen an, sie betrachtete mich gern, das taten sie alle. Was davon echt war und was nicht, war mir scheißegal. Als ich sie mit einem dunklen Blick bedachte, machte sie sich davon. Brummend griff ich nach einem Glas Whisky, das irgendeinem meiner vögelnden Freunde gehörte, und trank es aus.

Sie bedankten sich immer.

Und sie ließen sich immer von mir nehmen, wie ich es wollte.

Egal welche Frau ich aussuchte, ich bekam sie.

Keine hatte je Widerworte.

Keine störte sich an meiner Grobheit oder meiner Dominanz. Glenns Kleine hatte sich nicht einmal beschwert, dass mich ihre Befriedigung einen Dreck scherte.

Ich rollte das Gummi von meinem Schaft und warf es in den Eimer mit den Knochen neben dem Tisch.

Dann ging ich hinaus auf den steinernen Balkon vor dem Saal und ließ den schottischen Seewind meine verschwitzte nackte Haut kühlen. Ich zündete mir eine Zigarette an und nahm einen innigen Zug. Über mir das endlose Sternenmeer, unter mir die rauschenden Wellen, in meinem Rücken ein Haufen williger Frauen, die ich nach dieser Kippe gleich wieder durchpflügen konnte, wie immer ich wollte.

Was war ich doch für ein verfluchter Glückspilz.

Ich war der König der Scheißwelt.

I ch musste zugeben, dass es mich nicht kalt ließ, als ich seine Nummer wählte. Natürlich würde ich ihm das niemals auf die Nase binden, aber wahrscheinlich wusste er es sowieso schon.

Trotz unseres unterschiedlichen Äußeren war dieser kleine Sack der beste Bruder, der mir je hätte geschenkt werden können. Für ihn würde ich im Knast verschimmeln, bis mich die Würmer verputzt hatten. Und ich würde es gern tun, wenn es ihm half.

»Eliot McTavish, na so eine Überraschung. Hat die Freiheit dich wieder?« Seine Stimme war meiner so ähnlich. Rau und ständig ein bisschen angepisst im Unterton.

»Und wie, Bruder.« Lächelnd lehnte ich mich gegen die steinerne Balustrade und blickte auf das dunkle Meer hinaus. »Du verpasst hier gerade ein rauschendes Fest.«

Elijah stieß ein Lachen durch die Zähne. »Sicher, dass ich in deinen Hort aus Wilden kommen und sehen wollen würde, was dieser Haufen da gerade veranstaltet?«

Er war nicht der Typ für Partys. Zumindest nicht für meine.

Mein Blick streifte die Tür nach drinnen. Die Blonde war noch immer bei Glenn zugange. Oder schon wieder.

»Ist mir egal. Ich muss dich sehen, Mann. Und ich brauche mein Mädchen zurück. Wie geht es ihr?«

»Keine Sorge, ich hüte sie wie einen Schatz. Auch wenn sie einigen meiner Männer bereits die Augen ausgekratzt hat. Wie schaffst du es nur, sie zu bändigen, Bruder?«

»Mit Liebe, Elijah. Einfach nur mit Liebe.«

Mein Bruder lachte grollend. »North McTavish und Liebe, deine Witze waren auch schon mal besser.«

Hm, er hatte wohl nicht unrecht, dieser kleine Scheißer. Diese Art Gefühle gehörten nicht zu meinen Stärken. War auch besser so. Richtete zu viel an.

Ich räusperte mich und wünschte mir einen neuen Whisky, aber die Orgie da drin war mir gerade zu viel. Ich brauchte den Wind, die See und die Ruhe. Vielleicht war ich im Bau ja doch zur Pussy geworden.

»Also, komm schon, wann sehen wir uns? Wenn du dich weiter so zierst, komme ich rüber und reiße dir eigenhändig den Arsch auf.«

»Oh, sag bloß, mein Bruder hasst es, wenn man Nein zu ihm sagt.« Elijah klang amüsiert. Er wusste, dass Geduld nicht mein Ding war, und offenbar unterschätzte er, wie sehr er mir tatsächlich gefehlt hatte. Ich wollte ihn an mich drücken wie eine ... Shit, ich war eindeutig zur Pussy geworden.

»Tja, ich muss mal sehen, wie ich es die Woche einrichten kann.« Hatte er das tatsächlich gesagt? Dieser kleine Drecksack!

»Gut, dann komme ich doch jetzt gleich vorbei und reiße dir den Arsch auf«, grollte ich. »Denn ich ...«

»Machst du Witze, Eliot?«, unterbrach er mich. »Du bist aus dem Bau raus, natürlich sehen wir uns, so schnell es geht. Und wenn ich nicht in Edinburgh festhängen würde, um die

Kohle wieder einzufahren, die du Bastard uns gekostet hast, wäre ich schon lange bei dir, hörst du?«

Ja, finanziell musste es wehgetan haben, einen kriminellen Sack mit einer Tat, wie ich sie auf dem Kerbholz hatte, wieder freizukaufen. Aber die Bösen bleiben nie lange im Bau. So lautete das ungeschriebene Gesetz.

Geld hatte die Macht, schmutzige Westen wieder reinzuwaschen. Aber der Tod verschwand nicht einfach. Er klebte stinkend und gierend an einem, bis man irgendwann selbst an der Reihe war. Und dann erst kam der wahre Zahltag.

»Dein Glück, du kleiner Scheißer«, brummte ich ein bisschen beleidigt. »Du fehlst mir nämlich, verflucht noch mal.«

»Du mir auch, Mann. Und du mir den Arsch aufreißen? Ich wäre vorsichtig. Ich bin noch immer ungeschlagen. Hat sich in den drei Jahren rein gar nichts dran geändert.«

»So soll das sein, Kleiner.«

Mein Bruder war ein Fighter mit Leib und Seele. Seine schmutzigen Kämpfe wurden vom gesamten schottischen Untergrund besucht und teuer bewettet. Vor allem von denen, die angeblich nicht darauf standen, wenn sich zwei Männer bis zum bitteren Ende auf die Fresse gaben. Elijah kannte keine Grenzen, Schmerz konnte ihm nicht viel anhaben. Er war ein genauso gefühlskalter, brutaler Mistkerl wie ich.

Für ein paar Sekunden sah ich rauf zu den Sternen, ging hinüber zur Gewölbewand und lehnte mich mit dem Rücken dagegen. Genoss einfach nur, dass Elijah am anderen Ende war und wir gemeinsam schwiegen.

»Ich fahre morgen zu ihm«, sagte ich und meine Stimme klang rau und düster dabei.

Eine ganze Weile erwiderte Elijah nichts. Kurz dachte ich, er würde es komplett unkommentiert lassen, weil er wusste, dass ich mir da nicht reinreden ließ, aber ich sollte ihn besser kennen.

»Du fährst morgen zu ihm, um *was genau* zu tun?«

Er wusste, dass ich uns gern in Schwierigkeiten brachte. Er war der Vernünftigere von uns beiden. Der kleine Bruder mit dem kühlen Kopf. Beinahe musste ich deshalb grinsen.

»Reden«, erwiderte ich knapp.

»*Reden*.« Okay, das klang angepisst. Er wusste, dass ich selten redete. Ich handelte lieber.

»Eliot.« In diesem Ton hatte unsere Mom auch immer den Satz begonnen, wenn sie meinte, ich hatte eine Abreibung verdient. Und das hatte ich oft. »Jetzt bau keinen Mist, okay? Ich bin froh, dass du gerade wieder draußen bist. Dein Arsch war teuer, Bruder.«

Ich wollte lachen, aber es blieb mir im Halse stecken, denn mein Inneres wurde vollkommen dunkel und leer, wenn ich an den morgigen Tag dachte. Drei lange Jahre hatte ich darauf gewartet, das konnte mir nicht einmal Elijah nehmen.

»Ich hab kein gutes Gefühl dabei«, versuchte es mein kleiner Bruder erneut. »Dieser Wichser kann dich auf direktem Weg wieder in den Bau bringen. Das ist es nicht wert. Du hast das erledigt. *Wir* haben das erledigt, es ist vorbei.«

»Es ist nicht vorbei. Noch lange nicht.« Meine Stimme war Eis, mein Inneres Feuer. Es war nicht vorbei. Ich war der lebende Beweis dafür. Er wollte mich in einer Zelle verrotten lassen und lachend dabei zusehen, wie die Ratten sich an meinem verwesenden Körper labten. Knurrend ballte ich die freie Hand zur Faust. »Ich hab dich rausgehalten, Elijah, und ich werde es wieder tun. Das ist alles, was zählt.«

»*Bau keine Scheiße!*«

Er vertraute mir nicht, aber das würde er müssen. Denn eine bessere Version von mir würde er nicht bekommen.

KAPITEL 5
SHONA

M eine Haut war schon ganz verschrumpelt, als ich nach viel zu langer Zeit die Dusche verließ und mich so akribisch abrubbelte, als hinge mein Leben davon ab. So viel musste ich von mir spülen, was eigentlich er sich hätte vom Körper waschen müssen. Aber er hatte es nicht einmal für nötig gehalten, zu duschen, bevor er ins Bett gekrochen war.

In *unser* Bett, stinkend nach dieser anderen Frau. Sein Betrug war eine Strafe für mein Fehlverhalten. Ich schlief immerhin nicht mit ihm. Seit diesem einen Tag nicht mehr ... Aber morgen würde ich damit aufhören müssen, denn dann wurde ich seine Frau.

Schwer schluckend wickelte ich mir das Handtuch um den dampfenden Körper und ging hinüber zum Fenster, um es zu öffnen.

Gott, diese Sterne ...

Für einen Moment blickte ich einfach nur hinaus und schlichtete meine Gedanken. Diese dunkle, ruhige Weite über all unseren Leben. Dieses unendliche Nichts um unser Sein.

Es umhüllte uns wie ein Kokon aus tröstlicher, alles steuernder Macht.

Wie wichtig wir uns doch immer alle nahmen mit unseren Problemen, unserem Gejammer, vergaßen dabei so gern, worum es wirklich ging im Leben.

Der heiße Wasserdampf stieg hinaus in die kühlen Schatten der Nacht über den Sümpfen. Es ging nicht um Gefühle, sondern um Verantwortung. Alles, was zählte, war das große Ganze, und wenn man das einmal verstanden hatte, lernte man, sich selbst hintanzustellen. Es war ein beinahe befreiender Prozess, nahm all den Druck und die nie endende Suche von einem, den perfekten Mann zu finden, den perfekten Job und das perfekte Leben.

Man wurde genügsam. Zufrieden. Und ja, auch dankbar.

Irgendwo draußen in der Dunkelheit rief eine Schleiereule. Als Kind hatte ich mich so sehr vor diesen markerschütternden Schreien gefürchtet, aber dann war mein Großvater mit mir losgezogen und hatte diese Wesen gemeinsam mit mir im Wald beobachtet. Wie ruhelose Geister schwirrten sie umher, und ihre schwarzen Augen wirkten, als könnten sie einem direkt in die Seele blicken.

Manchmal besiegt die Faszination deine Angst, kleine Shona, hatte er gesagt. Und er hatte es als Warnung gemeint. Denn ich war ein ruheloses, waghalsiges Mädchen gewesen und meine Art hatte mir so einiges an Ärger eingebracht.

Ich hatte unendlich viel Mist gebaut, und genau dieser Mist hatte mich zu dem gemacht, was ich jetzt war. Denn in dieser einen Nacht hatte ich es mit dem Mist übertrieben und eine Quittung bekommen, die meinem ganzen restlichen Leben eine scharfe Wendung gegeben hatte. Bis heute. Was redete ich! Bis zu dem Tag, an dem ich den letzten Atemzug tun würde.

Aber jetzt ist Andrew da, er ist ein ehrbarer Mann. Er wird Ruhe in deinen Flausenkopf bringen. Die Worte meiner Mutter.

Und genau das sagte ich mir immer wieder im Stillen,

während ich hinaus in die Nacht blickte und der Wind mein erhitztes Gesicht kühlte.

Sicherheit ist wichtig.

Verantwortung ist wichtig.

Ich war eine andere geworden. Andrew hatte mich zu einer anderen gemacht und das war gut, sonst hätte ich mich wahrscheinlich eines Tages selbst umgebracht mit all meinem Wahnsinn im Kopf.

Eine Sternschnuppe rauschte über mich hinweg und ich drängte die Tränen zurück, die mir in die Augen stiegen.

Ja, er hatte mich verändert und morgen würde ich für ihn in ein weißes Kleid schlüpfen und meine Metamorphose vervollständigen.

Morgen würde ich zu Shona Craig werden.

Und eines Tages konnte ich vielleicht sogar lernen, ihn wieder zu lieben.

KAPITEL 6
NORTH

Meine Männer waren noch immer mit ihrer Orgie zugange, als ich in die Felsen hinunterstieg und den Wellen beim Klatschen gegen den nackten Stein zuhörte.

Nachher, vor dem Schlafengehen, würde ich mir noch einmal Sugar auf einem meiner Sofas vornehmen und ihren unpraktischen Einteiler dabei bis zur Unkenntlichkeit zerfetzen. Einfach weil ich es liebte, hässliche Dinge zu zerstören.

Und weil ich harte Ficks liebte. Beides in Kombination ... mmh, was konnte man sich Besseres wünschen!

Aber jetzt waren andere Dinge wichtig, als mir meinen Schwanz tief in der Pussy einer unserer Huren vorzustellen.

Jetzt musste ich in mich gehen.

Dieser Ort verdiente all meinen Respekt.

Den ganzen Rest der verkümmerten Gefühle, die noch hinter meiner verkorksten Brust übrig waren.

Dieser Ort tat weh. Gleichzeitig war er alles, was mir geblieben war. Von ihnen. Und dem anderen Eliot. Dem fühlenden Eliot. Dem armen glücklichen Bastard, der nicht gewusst hatte, wie verflucht zerbrechlich das Glück sein konnte. Typen wie ich waren nicht zum Glücklichsein gemacht. Oder zum Fühlen. Wir hatten zu funktionieren. Vollkommener Bullshit wie Glück war anderen vorbehalten.

Mein Glück gefährdete alle um mich herum, und so viel Anstand besaß ich noch, meinem Umfeld diese Scheiße zu ersparen. Nach allem, was …

Der Wind frischte auf und trotzdem brannten die Kerzen in der kleinen Kapelle, die wir am Rande der Höhle errichtet hatten.

Elijah kam hier runter, wenn er leiden wollte. Ich kam her, um Beistand zu suchen und um Verzeihung zu bitten. An diesem Ort erinnerte ich mich, wie es gewesen war, zu fühlen. So tief und bedingungslos, dass es gefährlich wurde.

Ich hatte für meine Dummheit bezahlt. Und ich würde es nicht wieder tun. Nie mehr. Trotzdem fehlten sie mir. Und das schmerzte wie das verdammte Höllenfeuer aus dem Schlund, der sich gerade wieder unter mir auftat.

Der Kies, über den ab und zu eine seichte Welle spülte, knirschte leise unter meinen Füßen, und der Mond spiegelte sich riesig und verzerrt in dem schwarzen Ozean.

Meine Finger spielten mit dem Kreuz an meinem Armband, während ich mich der windschiefen Kapelle näherte.

Das Kreuz auf der Dachspitze glänzte, als sei es poliert worden. Meine Männer wussten, wie heilig mir dieser Ort war, und hielten alles in Stand, wenn keiner von uns McTavishs die Möglichkeit dazu hatte.

Trotzdem hielten sie sich nie zu lange hier unten auf, denn sonst mussten sie Angst haben, dass ich sie aufmischte. Und das verdammt noch mal zu Recht. Dieses Heiligtum gehörte nur meinem Bruder, mir und den Geistern der Vergangenheit.

Die hölzerne Tür knarrte, als ich sie hinter mir schloss.

Alles hier berührte ich nur vorsichtig, beinahe ehrfürchtig. Dabei war mir eigentlich gar nichts mehr heilig auf dieser beschissenen Welt.

Drei morsche Bänke standen vor dem Altar, vom Salz der Nordsee zerfressen. Ich musste sie erneuern. Die letzten Jahre hatten ihnen zugesetzt.

Aber die Bilder waren alle heil und mehr als präsent. Meine Mutter, eine starke Frau mit unseren sturmblauen Augen, Elijahs dunklem Haar und meinem Kampfgeist im Blick.

Ihr Abbild war umgeben von Kerzen, die in dem Seewind flackerten, der leise durch die Ritzen im Holz pfiff.

Wir hatten sie gerächt, und ich hoffe, sie hatte es sehen können von dem Ort aus, an dem sie sich jetzt befand.

Es roch nach Wachs, nach dem Meer und nach Erinnerungen.

Und direkt neben ihr ... Ich schluckte schwer und strich sacht mit den Fingern über die vergilbte Fotografie hinter dem Glas. Zehn lange Jahre war es jetzt her und es machte mich noch immer so ungebrochen wütend, ihr in die gütigen dunklen Augen zu blicken. Ich erinnerte mich zu wenig an sie, um mich nach ihr zu sehnen, trotzdem war es nicht vorbei.

Arran ... Sie hatte geheißen wie eine Insel in der schottischen See. Und für eine viel zu kurze Weile war sie meine Insel gewesen. Die einzige Frau, die ich länger als für ein paar bedeutungslose Vögeleien in mein Leben gelassen hatte. Aber zu der Zeit war ich auch noch ein anderer gewesen. Hatte gedacht, ich könnte sein wie jeder andere Bastard unter der blassen Sonne Schottlands.

Das war deine Quittung, du Dämlack!

Behutsam ging ich vor dem Altar auf die Knie und betrachtete das Portrait meiner Mutter.

Hölle, ich war nicht wie die anderen, das hatte sie mir von Kindesbeinen an eingetrichtert.

Ich war der Herrscher über den Norden, und all der Bullshit, der mich zu dem gemacht hatte, der ich war, hatte ein Feuer in mir geweckt, das ich inzwischen selbst nicht mehr kontrollieren konnte.

Tief atmend senkte ich die Lippen auf das Kreuz in meiner Hand, um einen Kuss darauf zu hauchen.

»Vergib mir, Mutter, ich habe vor, zu sündigen.« Meine Stimme klang rau und tief, füllte die Stille der kleinen Kapelle mit Leben. Mit Erwartung. Unheil. Wut.

»Sei bei mir, wenn ich losziehe. Lenke meinen Geist und gib mir deine Weisheit, wo ich selbst nicht in der Lage bin, weise zu sein.« Ich sprach leise und hielt die Augen geschlossen, während ich mit der Stirn das Kreuz zwischen meinen Fingern berührte. Es war meine Verbindung zu ihr.

»Wenn ich zu wütend werde, zügle mich, und wenn meine Wut angemessen ist, treibe mich an. Ich brauche dich bei mir. Du bist Erinnerung.« Langsam öffnete ich die Augen und blickte meiner Mutter in das leblose Abbild. »Du bist Jetzt. Ich kämpfe für Elijah, für dich und meine Männer. Ich kämpfe für unsere Stadt. Denn das ist, was wir sind. Ohne Sturm kann sich kein Feuer ausbreiten.«

Also lasse ich ihn zu.

Für einen Moment blieb ich auf den Knien, senkte den Blick und spürte den gewaltigen Herzschlag des Ozeans. Das hier gab mir Kraft für morgen und alles, was danach kam. Sie war bei mir, ich wusste es ganz sicher.

Behutsam richtete ich mich auf, blickte noch eine Weile auf die Kerzen hinunter und lauschte dem Wind.

Dann drehte ich mich um und ging wieder hinaus in die Nacht.

Die Felsen glänzten im Licht des Mondes, das Plätschern der Wellen klang dumpf in der Bucht.

Als ich den Kopf hob, raste eine große Sternschnuppe über mich hinweg und ich schlang mein Lederarmband wieder um das Handgelenk.

KAPITEL 6

Ohne Sturm kein Feuer! Ohne Wut keine Rache!
Ich war so weit. Bereit für das Feuer. Und eins mit dem Sturm.

Der morgige Tag konnte kommen.

NORTH

D as Blut prickelte in meinen Venen, während ich an meinem zerbeulten Buick lehnte und mir eine Zigarette ansteckte. Dass es diese alte Dreckskarre noch immer tat, grenzte an ein Wunder, aber wir fuhren heute lieber unauffällig vor. Deshalb musste der Shelby in der Garage bleiben. Mit etwas Glück wusste der gute Andrew noch nicht einmal, dass ich frei war. Wichste sich wahrscheinlich in aller Seelenruhe einen auf die Vorstellung, dass Ratten mich in meiner Zelle bis auf das verschissene Skelett abnagten.

Zac fuhr unsere Gespielinnen von letzter Nacht in meinem Van zurück in die Stadt. Sugar zwinkerte mir mit geröteten Wangen aus der Ferne zu. Letzte Nacht hatte ich sie am Ende für ihre vollkommene Unterwerfung belohnt und meinem Ruf bei den Mädels als Houdini der Zunge alle Ehre gemacht. Fuck, ich liebte es, wenn sie sich unter mir wanden. Und ich sie bis an die Schmerzgrenze quälen konnte, damit sie bettelten, jammerten, weinten und mich anflehten, es endlich zu Ende zu bringen. Nur Glenns kleine Perle blieb noch, und mir entging nicht, was zwischen den beiden lief. Meine Männer kannten keine Monogamie. Und gerade Glenn war kein Kind von Traurigkeit. Er machte sich etwas vor.

Ich nahm einen tiefen Zug meiner Zigarette und inhalierte den Rauch so tief, dass er in der Lunge brannte.

Ja, du machst dir etwas vor, mein Freund.

Ich würde es ihm vor Augen führen müssen, denn er selbst war offensichtlich schon zu blind dafür.

»Bin da, Boss.« Piet sah aus wie ein verkappter Loser mit seinem Nasenpflaster und den blau geschwollenen Augen. Sicher hätte er mir am liebsten ordentlich eine zurück gegeben und vielleicht hätte ich es ihm sogar gestattet. Aber meine Männer wussten, wann sie Scheiße bauten, und das, was er da gestern verzapft hatte, war die Mutter allen Bullshits gewesen.

»Siehst echt zum Kotzen aus, Mann.« Die Glut der Kippe erstarb unter einem meiner Boots. »Hat dich bei der Hackfresse gestern überhaupt eine rangelassen?«

Er brabbelte etwas in seinen Bart, das verdächtig nach *Du mich auch* klang, und ich ließ es ihm durchgehen.

»Werden wir da einfach so reinfahren wie verkackte Gäste zum Kaffeekränzchen?« Sein massiger Körper schob sich in meine alte Karre und die Federung knarrte unter ihm.

»Genau das werden wir tun.« Ich zwinkerte und blickte ein paar Möwen nach, die kreischend über uns hinweg auf die See hinausflogen.

Die Sonne schien bereits hell. Nur vereinzelt klebten Wolken am Himmel und der Wind ging seicht. Ein herrlicher Tag, um Sodom und Gomorra über den Pisser zu bringen, der mir all das hier so lange verwehrt hatte.

»Die werden dich nicht einfach zu dem Kerl durchlassen, North.« Piet lehnte sich im Sitz zurück und drehte sich eine Zigarette, während Glenn auf uns zuschlenderte wie die beste Freundin auf dem Weg zu einem Shoppingtrip. Eine beste Freundin mit einer AK-47 über der Schulter.

»Oh, mit Sicherheit nicht«, knurrte ich und spürte wieder diese Dunkelheit in mir. Das waren die Momente, in denen ich Eliot ablegte und komplett zu North wurde. Zu dem North, der einen Namen zu verteidigen hatte. Eine Stadt. Einen Ruf.

»Geht's noch ein bisschen dezenter, Alter?«, motzte Piet zu Glenn hinüber, der neben mir zum Stehen kam wie ein Zinnsoldat für Arme. »North will nur mit dem Kerl reden.«

Korrekt. Ich wollte reden. Scheiße, und wie ich reden wollte! Und die P226 im Hosenbund meiner abgewetzten Jeans würde für diesen kleinen Plausch vollkommen ausreichen. Noch dazu besaß ich zwei etwas ramponierte, aber gesunde Hände, die nur zu gern etwas zu tun bekamen.

»In den Kofferraum damit.« Ich untermalte meine Aussage mit einer Kopfbewegung in Richtung Heck.

Für eine Sekunde flackerte Bedauern durch Glenns Blick, aber dann nickte er nur knapp, und tat wie ihm geheißen.

»Wir wollen den Ärger an der Grenze ja nicht heraufbeschwören«, brummte mein Lieblingsschläger und zog sich mit den vernarbten Fingern seinen dunklen Pferdeschwanz fest.

»Ganz genau, Piet.« Dreckig schmunzelnd schob ich mich auf den Fahrersitz. »Ganz genau.«

Der Buick ächzte und rumpelte unter uns, während er sich die Straße hinauf nach Swamp Head quälte.

»Sicher, dass dieses Ungetüm uns nicht unter dem Arsch wegbröselt, bevor wir da sind, North?« Piet biss herzhaft in irgendetwas, dessen Geruch mir in der Nase brannte. Was sollte das darstellen? Eine tausendjährige Mini-Salami? »Klingt verdächtig, als würden wir bereits auf den Felgen kriechen.«

Meine Erwiderung war nicht mehr als ein Knurren. Ich hätte zu gern die letzte Ausfahrt in den Süden zur Heimat meines Bruderherzes genommen, um mir mein Mädchen zurückzuholen. Ohne sie fühlte ich mich nur wie ein halber Kerl.

Aber auch ein halber Kerl würde reichen, um diesen Pisser von Craig ein wenig aufzumischen.

»Du hättest den alten Kahn schon lange von Zac auseinandernehmen lassen sollen.« Etwas bröckelte aus Piets Mund direkt auf seinen Sitz. Wäre das hier mein Shelby, wäre er jetzt reif für das nächste Pflaster.

Aus schmalen Augen tauschte ich einen Blick mit Glenn, der Piet nicht entging.

»Hey, wartet mal, ihr Bastarde.« Er blickte von mir zu ihm und zurück. »Was verheimlicht ihr mir hier, hä?«

Konzentriert wischte ich mir übers Gesicht und blickte hinaus in die Landschaft, die immer trister und moderiger wurde.

Wir hatten diese Würmer ins Ödland zurückgedrängt, wo sie hingehörten. Hier draußen würde ich eines Tages Craigs halbtoten Körper in einen der Sümpfe werfen und dabei zusehen, wie er bei vollem Bewusstsein in dem braunen Moder erstickte. Dieser Tag war nicht heute. Aber irgendwann würde es so weit sein.

Ja, schon klar, Elijah ... Ich trat das Gaspedal durch, während sich die Dunkelheit langsam bis in meine letzte Pore ausbreitete. *Es war ein Unfall. Ich soll es einfach gut sein lassen. Ich weiß, ich weiß.*

Aber ich kann nicht, Bruder!

Ich würde nicht eher ruhen, bis auch der letzte verdammte Craig vom Angesicht dieser Erde gefegt war.

»Gut möglich, dass wir zurücklaufen werden«, hörte ich Glenn in Piets Richtung säuseln. »Und auch gut möglich, dass genau das der Plan ist.«

»Alter ...«

»Konzentration, Männer.« Meine Stimme klang kratzig und so düster wie mein Gemüt. Das Ortseingangsschild kam in Sicht und ich sah schon von Weitem das Abbild ihrer Angst vor mir, genau wie erwartet.

Sie patrouillierten dort vorn an der Grenze wie ein paar Hosenscheißer, die durch den Aufnahmetest der Army gefallen waren. Und Gott, das machte mich geil. Ich stand darauf, wenn jemand die Hosen voll hatte, sobald er mich erblickte.

Schief grinsend ließ ich meinen Nacken knacken.

Ach, es war gut, wieder zu Hause zu sein.

»Eine Straßensperre«, stieß Piet amüsiert durch die Zähne. »Süß, die kleinen Pussys. Seht sie euch an.« Er würgte den Rest dieser kulinarischen Todsünde herunter und schob sich seinen abgewetzten silbernen Schlagring über die Finger.

»Soll ich ein bisschen nett zu ihnen sein, damit sie ihre Röcke für uns heben?«

»Ganz ruhig«, knurrte ich und ließ den Buick langsam auf sie zurollen. Zwei Männer. Der eine war riesig, grob und pockennarbig, die Arme vor der Brust verschränkt wie ein Gorilla. Seine graue Einheitskluft und die wulstigen Lippen vervollständigten das Bild. Wie dieser Bananen sammelnde Wichser, der früher immer auf meinem Gameboy herumgesprungen war. Und der andere ... der war bereits in Panik ausgebrochen, telefonierte wild gestikulierend mit irgendwem und flatterte auf und ab wie ein viel zu dürrer Hahn.

Ja, ganz recht. Der Fuchs ist zurück im Bau, Kleiner ... und er hat es auf einen besonders fetten Gockel abgesehen.

»Haben uns wohl schon erkannt.« Glenn legte die Stirn in Falten. »Meinst du, es gibt Darjeeling und Scones?«

»Selbstredend.« Wenige Millimeter vor den Füßen des Gorillas kam ich zum Stehen, berührte mit den Vorderreifen bereits die ausgelegten Krähenfüße und mit dem Scheinwerfer sein Bein. Er rührte sich keinen Zentimeter. Starrte mir nur finster entgegen und griff an seinen Gürtel, unter dem eine Glock hervorblitzte. Lächerliche kleine Pimmel! Craigs Furcht stank bis hierher. Er schickte uns eine Blockade und zwei Marionetten, die mir schon auf den Sack gingen, bevor ich überhaupt ein Wort mit ihnen gewechselt hatte und, dachte ernsthaft, das könnte mich aufhalten?

Es war fast schon eine Beleidigung.

»Sie werden doch nicht so dämlich sein und die Männer des Nordens nicht angemessen willkommen heißen.« Eine Zigarette fand den Weg zwischen meine Lippen.

»Raus aus der Karre, Jungs!«

Während die beiden sich auf ein Handzeichen von mir ein Stück in die andere Richtung entfernten, stieg ich in aller Seelenruhe aus und steckte mir meine Marlboro an. Die Karre quietschte unter mir. Ein trauriger Auftritt, aber wären wir mit dem Shelby gekommen, hätten sie uns mit Sicherheit schon viel eher von der Straße gesammelt. Und dann mit mehr Aufwand als diesen beiden Suppenkaspern hier.

Den McTavishs und ihrem Gefolge war die Zufahrt zu Swamp Head strengstens untersagt. Aber Hölle, ich liebte Verbote. Allem voran dieses Gefühl, wenn sie unter meinen Fingern nachgaben und brachen.

»Wen erwartet ihr Zuckerpüppchen denn? Den verschissenen Papst?« Rauchend schlenderte ich auf die Absperrung zu und deutete allumfassend auf das ganze Trauerspiel.

»Fast«, grollte der Gameboy-Gorilla. »Nur noch gottloser.«

Oh, das gefiel mir. Er hatte Humor.

Schmunzelnd trat ich noch näher an ihn heran, lehnte mich an die Motorhaube, die noch immer sein Bein berührte, und pustete ihm meinen Rauch in die grimmige Fratze. Keine Regung. Null. Wow, echt böser Bube. Ich machte mir schon ein bisschen in die Hose, musste ich gestehen.

»Wir haben so früh nicht mit dir gerechnet, McTavish«, haspelte der Gockel mit dem Pferdegesicht, der nun auch auf uns zugeeilt kam, als wäre ich im Begriff, unerlaubt heiliges Land zu betreten. *Heiliges Bumsland aus Moder und Dreck.*

»Überraschung.« Nicht so früh vielleicht, aber sie hatten mit mir gerechnet. Das war gut. Man sollte immer mit mir rechnen. Noch ein Zug an meiner Zigarette. Ich konnte Glenns tadelnden Blick beinahe im Rücken spüren.

Ja, zu nah an der Karre, aber keine Angst. Odin liebt uns, Kleiner.

»Dreht lieber mal gleich wieder um. Hier ist kein Durchkommen für stinkende Prayer's Well-Hunde.« Jetzt änderte sich doch etwas in der Visage meines klumpigen Gegenübers. War das Provokation? O Fuck, das mochte ich.

Schweigend presste ich die Zähne aufeinander und sah ihn einfach nur an. Das tat ich gern. Ich liebte es, auszukosten, was in Menschen vorging. Was ich in ihnen auslöste. *Das* war Macht. Nicht zehn fette Karren, drei Hubschrauber und ein historischer schwarzer Thron, nein. All das war nur Spielzeug. Angst war Macht. *Gefühle* waren Macht.

»Müsste da mal was Dringendes mit eurem Boss klären«, ließ ich meinen neuen Kumpel wissen.

»Der ist unabkömmlich«, erwiderte er. »Ganz besonders für dich.«

Puh, das war hart.

»Sicher?« Ich war kein Unmensch und ließ ihm noch eine Chance, seinen lächerlichen Spielzeugzaun für mich zu öffnen. Jeder hatte eine faire Chance verdient.

Der andere glotzte mich selbstgefällig über Mutter Gorillas Schulter hinweg an. »Es ist schon Verstärkung unterwegs. Die werden dich zurück nach Räuberhausen treten. Also geh lieber gleich freiwillig!«

Räuberhausen? Was für ein Bullshit sollte das denn sein?

»Hmm.« Die Glut der Zigarette flammte vor meinen Augen auf, als ich noch einmal zog.

»Verpiss dich, North«, mischte sich King Kong ein. »Und

nimm dein Rudel Rottweiler direkt wieder mit, du Abschaum eines räudigen Hundes!«

»Wird er beleidigend, Glenn?«, rief ich zu meinen Jungs hinüber, die mich mit etwas Abstand deckten.

»Ja, wird er wohl, Boss.«

Ja, das wurde er wohl.

Mein Blick tastete sich zurück zu meinem Gegenüber und ich verengte die Augen. »Wir stehen nicht drauf, wenn man uns beleidigt, Mann.«

»Dann verpisst euch endlich! Hier stinkt es nach Prayer's Well-Moloch.« Hinter den beiden rollte bereits eine Karre an, fast so schnittig wie mein alter Buick.

»Kann dir direkt alles von unserem Boss ausrichten, was du wissen musst.« Der Affenmann verschränkte die Arme vor der Brust und ein dümmliches Grinsen breitete sich auf seinem Matschgesicht aus.

Ozean, steh mir bei, was kommt jetzt wieder?

»Du und deine Köter, ihr seid allesamt Ziegenficker.«

Der andere sah ihn fragend an und bekam prompt eine ebenso wenig helle weitere Ausführung. »Ja, was? Sie hausen in einer Ritterburg. Da wird es ja wohl Ziegen geben.«

Womit hatte ich das verdient ...

Seufzend nahm ich den letzten tiefen Zug meiner Zigarette und schnipste den glühenden Rest in ihre Richtung hinter die Absperrung. »Wenn deine Frau zu Besuch ist, vielleicht.« Ein kleines Zwinkern bekam er noch von mir, weil ich Humor hatte, dann drückte ich mich von der Kühlerhaube weg.

»Pass auf, was du sagst, McTavish!« Er wurde beinahe panisch, als ich wieder einen Schritt auf ihn zumachte. Tja, hinter einem Zaun konnte man zetern und mit Bullshit um sich werfen, der Löwe hatte keine Chance, zu tun, was er tun wollte, aber wenn dieser Zaun fiel – was dann?

»Mach einen Schritt hinter diese Barrikade und wir knallen dich ab. Scheißegal, wer oder was du bist! Wag es ja nicht!« Fahrig zog der Gorilla seine Knarre, die in seinen klobigen Händen wie eine winzige Attrappe wirkte.

Bedauernd schüttelte ich den Kopf. »Ich hab es versucht. Wirklich versucht.« Die Zustände hier waren untragbar geworden, ich hatte es befürchtet. Vor drei Jahren hätte es kein dreckiger Craig-Scherge je gewagt, so mit einem McTavish zu sprechen. Es wurde höchste Zeit, dass ich wieder andere Saiten aufzog.

»Komm schon, North. Wir wollen keinen Stress. Steig wieder in den Wagen«, versuchte es einer der hinzugekommenen Typen aus dem anderen Auto. Oh, und wie sie Stress wollten. Sie schrien geradezu danach, und die Lava in mir brodelte, wenn ich mir die höhnische Fratze meines Gegenübers so ansah.

»Hast ihn gehört.« Er beugte sich mir ein Stück entgegen und raunte abschließend noch gedehnt: »Ziegenficker! Wirst eines Tages genau so enden wie deine schäbige Mutter.«

Im nächsten Moment hatte ich ein Stück des Holzzaunes beiseite gerissen und meine Faust raste in sein Gesicht. Er ächzte überrascht und sackte zurück. Der Hieb hatte gesessen und sein Nasenbein direkt zertrümmert. Die anderen Männer brüllten und liefen hektisch durcheinander. Während der Bastard wieder aus dem Traumzauberwald zurückkehrte und sich erinnerte, dass er eine Waffe trug, griff ich ihn mir wieder, drehte ihn um und presste ihm den eigenen Lauf gegen die Schläfe. Mit meinem anderen Arm hielt ich ihn im Klammergriff und drückte zu, bis er röchelte. Er war vielleicht unnormal riesig und klobig, aber ich war schnell und stark. Keuchend versuchte er, sich aus meinem Griff zu winden, während ihm bereits die Augen aus den Höhlen quollen. Ich brauchte keine Waffe, um zu töten. Mit einem geschulten Griff könnte ich innerhalb einer Sekunde sein Genick brechen, aber hatte er das verdient? Es brodelte in mir, während ich weiter zudrückte. Kochte und tobte. Das Blut pulsierte wild durch meine Adern und ich zischte direkt in sein Ohr: »Ich sagte, wir stehen nicht drauf, wenn man uns beleidigt, Wichser. Das gilt vor allem für meine Mutter.«

Er bebte, seine Augen verdrehten sich nach oben. Lange würde es nicht mehr dauern. Seine Kollegen riefen sich Anweisungen zu und überlegten, wie sie mich am besten abknallen konnten, ohne dass ich ihrem Freund dabei fünf Gramm Blei in den Schädel jagte. *Los, schießt auf mich, ihr Pisser! Aber passt auf, dass ihr auch trefft, sonst bringe ich die Hölle über euch.*

»Lass ihn los, North!«

»Mach keinen Scheiß, komm schon!«

»Du killst ihn. Hör auf!«

»Geh zurück, ich drücke ab.«

Ich hörte ihr beschwichtigendes Gequatsche kaum, so laut toste es in mir. Und ich wollte nicht loslassen. Am liebsten hätte ich diesem respektlosen Abschaum den Schädel zerquetscht, aber im allerletzten Moment, in der Sekunde, als sein massiger Körper bereits unter meinem Griff zu zucken begann, stieß ich ihn vor mir in den Dreck. Keuchend starrte ich zu den anderen Wanzen hinüber, die ihre kleinen Waffen auf mich richteten und mich mit Augen groß wie Scheißtellern anglotzten.

Der fette zuckende Mistsack würgte, hustete und kroch im Schlamm vor mir. Ich konnte nicht widerstehen und trat noch einmal nach, bevor ich seine Waffe nach ihm warf.

Diesen Zirkus hier hatte ich nicht nötig. Ich musste nicht zurückdrohen. Diese Kakerlaken würden mich nicht abknallen. Das wäre noch dämlicher, als ich sie einschätzte.

Mein Blick war dunkel, als ich wieder zu ihnen aufblickte, und meine Stimme nicht mehr als ein dumpfes Grollen. »Keiner baut einen Scheißzaun vor Eliot McTavish! Also tretet jetzt zur Seite oder tut es nicht.«

Die munteren Gesellen schüttelten nur die Köpfe. »Geh einfach!«

Einfach ... Nichts auf dieser Erde war einfach. Man hörte nie *einfach* auf und man ging auch nicht *einfach*.

Ich wischte mir über die Lippen. Es schmeckte nach Eisen, stank nach dreckigem respektlosem Scheißer. Die pure Wildheit brodelte durch meine Adern, als ich mich umdrehte und langsam loslief. Wenn sie schießen wollten, würden sie es jetzt tun. Es reichte, wenn eine einzige von Craigs kleinen Bitches die Nerven verlor. Ich war beinahe gespannt, wer von ihnen mir zuerst feige eine Kugel in den Rücken jagen würde. Und auch etwas enttäuscht, als nichts passierte.

Die Welt besteht nur noch aus Pussys ... Ein echter Jammer!

Bedächtig trat ich zurück durch den zertrümmerten Holzzaun, zog mein Zippo aus der Tasche, ließ eine kratzende Flamme erwachen und warf es durch die offene Tür des Buick auf den Rücksitz.

Ruhig ging ich weiter, atmete tief. Den Dunst der Sümpfe, die Freiheit der schottischen Luft.

Meine Jungs gingen in Deckung, als der Buick hinter mir Feuer fing und kurz darauf mit einem ohrenbetäubenden Krachen explodierte.

Flammen rasten in die Höhe, küssten mit ihrer Hitze beinahe sanft meinen Rücken und die Druckwelle zwang mich fast in die Knie. Aber ich war bereits weit genug entfernt, um es beim *Fast* zu belassen.

Das Dynamit im Fußraum hatte seinen Job getan.

Meine Männer blickten mir entgegen, während hinter mir Ruhe einkehrte.

Piet schüttelte verblüfft den Kopf und stemmte die Hände in die Hüften. »Ich glaub's ja nicht. Wie das verfickte Pferd von Troja. Das habt ihr geplant, ihr verfluchten Genies.«

Mit meinen blutigen Fingern wischte ich mir das Haar aus der Stirn.

Glenns Augen waren schmal und er schüttelte ebenfalls den Kopf, aber auf eine ganz andere Art. »Hättest wenigstens vorher meine AK rausholen können, Mann.«

Ich hieb ihm entschuldigend die Hand auf die Schulter. »Ich kauf dir eine Neue. Auf geht's, ihr faulen Scheißer.«

Teufel, ich liebte das Feuer! Das reinigende, herrliche todbringende Feuer.

Und jetzt komme ich, Andrew Craig. Keines deiner Äffchen kann mich aufhalten. Denn ich bin der verfluchte Endboss in diesem Spiel!

SHONA

»Du siehst absolut wundervoll aus.« Das, was da in Andrews Augen leuchtete, war Freude. Oder zumindest etwas, das er als das bezeichnen würde.

»Eigentlich darfst du mich noch gar nicht sehen, Mr. Craig.« Skeptisch zog ich eine Braue nach oben, konnte mir aber ein kleines Lächeln nicht verkneifen. Er grinste, wie ich ihn schon ewig nicht mehr hatte grinsen sehen. Fast wie früher, als wir einem normalen Paar noch so viel ähnlicher gewesen waren als jetzt.

»Ich darf alles tun, was ich tun will, *Mrs. Craig*. Und jetzt ab in die Kirche mit dir, damit wir es endlich offiziell machen können.«

Offiziell. Das war ihm wichtig. Erst Dinge, die mit Verträgen und Akten belegt waren, existierten überhaupt für ihn. Alles musste bürokratisch korrekt und akkurat unterschrieben sein. Andrews Leben war nach außen hin sauber und steril wie die Gänge eines Krankenhauses. Aber man musste Viren und Keime nicht immer sehen, um zu wissen, dass sie existierten.

Gerade erst war die begabteste Visagistin Schottlands abgefahren, die er bezahlte, damit ich heute konkurrenzlos wundervoll neben ihm aussah. Sie war extra aufs Revier gekommen, weil heute niemand arbeitete und wir hier eigentlich ungestört sein sollten. Pustekuchen!

Andrew hatte eben keine Geduld. Er hatte sie nie gehabt und würde sie auch nie haben.

Das Hochzeitskleid gehörte seiner Mutter. Es war schön und teuer, aber ich verband nichts damit. Meine Eltern hatten nicht viel gehabt, und in der alten Gardine zu heiraten, die meine Mom damals für ihre Hochzeit umgenäht hatte, kam nicht infrage. Nicht für den Polizeichef von Swamp Head und Umkreis. Undenkbar! Andrew hasste schlechte Publicity und deshalb steckte ich jetzt in diesem Traum in Weiß. Einem eng anliegenden Boho-Kleid aus Spitze und Glitter, bei dem jede Prinzessin vor Neid erblasst wäre. Mein Busen war nicht so üppig wie der seiner Mutter und meine Hüften nicht ganz so ausladend, aber man hatte die Korsage für mich abgeändert und so passte es einigermaßen. Außerdem hatte man den Stoff an der Seite gerafft und einen tiefen Schlitz in die Seite genäht. Andrew liebte es, wenn ich Bein zeigte. Das Geglitzer der Pailletten blendete mich, als die Sonne durch das Fenster des Reviers hereinfiel.

»Ein bisschen wie eine Discokugel, was?«, konnte ich mir nicht verkneifen und er bedachte mich mit einem tadelnden Blick.

Ja, Shona Blythe, immer ein bisschen zu laut und zu aufmüpfig für Familie Craig.

Andrews Mutter konnte mich nicht ausstehen. Sie hatte mich einmal als Gossenmädchen bezeichnet, als sie dachte, ich würde es nicht hören. Und sein Vater ... tja, sein Vater war nicht mehr. Ich persönlich fand das sehr bedauerlich, denn er hatte Andrew in Schach gehalten, wenn er cholerisch wurde. Und das kam ziemlich oft vor.

Nur konnte ich es mir nicht leisten, aufsässig zu sein,

denn das hätte mehr Konsequenzen als ein paar zu feste Griffe an meinen Armen oder das Vögeln eines bedeutungslosen Flittchens vor meinen Augen.

Ich war auf diesen Mann angewiesen.

Meine Finger strichen den weichen Stoff glatt. Und dass ich vor ihm eine andere sein musste, als ich eigentlich sein wollte, war die Sache mehr als wert, weil diese Sache jedes Opfer wert war. Selbst mein eigenes Leben.

Andrew musterte mich von oben bis unten. Ich konnte seinen Blick nicht deuten. Nachdenklich. Ein bisschen glücklich. Ein bisschen bedauernd. Ob er tatsächlich glücklich mit unserer Situation war?

Aus Gewohnheit, weil es vor Jahren einmal gut mit uns lief?

Oder wegen der Macht über eine Blythe und ihr Land? Immerhin war mein Vater einmal der Sheriff von Swamp Head gewesen, bevor man ihn enteignet hatte. Nie besonders erfolgreich und auch nie besonders wohlhabend. Sein Revier war ein Karton gewesen im Gegensatz zu dem, was Andrew sich hatte errichten lassen, trotzdem hatte meine Mutter sich immer für die Craigs ausgesprochen.

Lach dir den Craig-Sohn an und führ unsere Tradition weiter ...

Tja, und dann war alles so gekommen, wie sie wollte. Und trotzdem gleichzeitig so gar nicht, wie sie geplant hatte.

Denn Andrew und ich ... Wir waren nicht das Weiterführen einer Tradition. Wir waren eine Notwendigkeit.

»Siehst hübsch aus, Schneewittchen.« Das erste Kompliment aus seinem Mund seit Langem.

Ja, ich trug dunkelroten Lippenstift und Smokey Eyes für ihn.

»Und genau das dürftest du eigentlich erst vor dem Altar feststellen, also raus mit dir.« Schimpfend schob ich ihn vor mir her und hatte die Tür schon fast erreicht, da stürmte plötzlich Ian herein. Beinahe hätte er meinem

Verlobten die Tür vor die Nase gehauen und ich machte einen Satz zurück.

»Pass doch auf«, fuhr Andrew ihn an und tastete sich mit der Hand über das Gesicht, als wollte er testen, ob er nicht doch eine Schramme davongetragen hatte.

»Ich ... Entschuldigung, Sir ... Ich ... ich ...« Ian war aufgescheucht wie ein Frettchen, rannte an uns vorbei und umkreiste uns haareraufend.

Wir blickten ihm nur verdutzt nach, und als Andrews Blick meinen traf, konnte ich nichts Gutes darin erkennen.

Ian kaute auf seinen Nägeln wie ein Wahnsinniger.

»Also, wenn ich ... Gott ... Ich weiß nicht, wie ...«

Was in drei Teufelsnamen hatte ihn bitte geritten?

»Hey!« Andrew packte ihn bei den Oberarmen und schüttelte ihn einmal kurz, aber effektiv durch wie eine besonders blasse Piña Colada. »Rede, Ian! *Jetzt!*«

Andrews Lieblingsscherge wand sich und verzog schmerzerfüllt das Gesicht. »Tja, also, an der Grenze ...«

»An der Grenze *WAS*?« Andrew wurde unwirsch. Das Gestammel war aber auch schwer auszuhalten.

»An der nördlichen Grenze. Eine der Straßensperren ... Sie ... sie konnten sie nicht halten. Er hat einfach ...«

»*WER* hat einfach?!« Andrews Gesicht wurde zu eiskaltem Stahl. Seine Finger bohrten sich in Ians Arm, der nur noch unbehaglich wimmerte.

»North.«

Wie dünn konnte eine Stimme klingen?

Trotzdem jagte mir dieses eine Wort einen Schauder über den Rücken. Und kurz darauf die Tatsache, dass Andrew einfach so zu Stein erstarrte, als wäre dieser Name ein böser Fluch, der genau das erwirken konnte. Stein. Hass. Scherben. Tod.

»Was hat er getan?«, presste mein Zukünftiger durch die Zähne und brannte mit seinem Blick Löcher in Ians ausweichende Augen.

»Er wollte mit Ihnen reden, Chef. Die Kollegen untersagten es, da hat er wohl einfach die Sperre in die Luft gesprengt. Ich habe mit Bron gesprochen. Ist ziemlich übel zugerichtet und die anderen Männer sind in naher Zukunft auch nicht mehr einsetzbar.«

Für einen Moment war die Luft zum Schneiden dick.

Andrew starrte nur, seine Brust hob und senkte sich unter gepressten Atemzügen und er starrte und starrte.

Mir wurde schlecht und die enge Korsage machte es nicht besser.

Eine Sperre gesprengt?

Übel zugerichtet?

Welche Mutter hatte diese Bestie bitte großgezogen? Diesen Dämon, der dort draußen in seiner Burg hockte und sich als der König des Nordens aufspielte? Wie in dem Märchen mit dem grässlichen Biest und den verfluchten Dienern.

Wahrscheinlich war er tatsächlich verflucht. Ein Teufel, der bei Vollmond seine Schwingen ausbreitete und in die Nacht hinaussegelte, um wahllos zu töten.

Iolair dubhar, Schattenadler. So nannte man ihn hier. Und ich wusste sehr genau warum. Aber ich wollte nicht weiter darüber nachdenken, weil es mir dann so eiskalt den Rücken hinunterlief, dass mir das Atmen noch schwerer fiel. Trotzdem formten sich die Bilder wie von allein in meinem Kopf. Und ich würde lernen müssen, damit umzugehen, denn North McTavish war jetzt zurück und ganz offensichtlich kein Stück freundlicher als vor seinem Aufenthalt im Gefängnis.

Der Krieg zwischen den Craigs und den McTavishs war aus seinem Winterschlaf erwacht und der alte Hass schlug wieder Funken. Viel zu schnell konnte aus einem Funken ein ganzer Flächenbrand heranwachsen. Nichts und niemand hatte die Macht, das Feuer zu kontrollieren. Schon gar nicht Andrew, der eher Erde als Feuer war.

»Verfluchter Mistkerl!« Andrew stieß Ian unsanft von sich, als hätte dieser die Sperre selbst in die Luft gejagt. »Verfluchter, elender, arroganter Abschaum! Am Tag meiner Hochzeit! Teufel! *Du!* Du passt auf sie auf!« Er griff sich Ian wieder und schubste ihn in meine Richtung.

»Aber ich ...«, wollte seine rechte Hand widersprechen.

»Du bist der beste Schütze, den ich habe! Bleib bei meiner Frau! Knall jeden ab, den er hier herbeordern sollte. Ich trommle die Männer zusammen und hole ihn mir, bevor er auch nur einen Schritt in meine Stadt machen kann.« Mit diesen Worten war Andrew aus dem Revier gewirbelt wie eine Schneewehe.

Die Tür fiel ins Schloss und wir sahen ihn draußen durch die Scheibe, wie er mit dem Telefon am Ohr in den Wagen sprang.

Für ein paar Atemzüge sagte keiner etwas. Dann drehte Ian sich in meine Richtung und musterte mich vollkommen ratlos.

»Wir müssen dich verstecken, Shona. Sicher ist sicher.«

Mein Atem ging gepresst und ich ballte die Hände zu Fäusten. »Ich fürchte keinen Mann aus Fleisch und Blut, verstanden?« Dieser Tag hier war verflucht wichtig, denn es war der Tag meiner Hochzeit. Und irgendein dahergelaufener schottischer Wilder würde mir das ganz bestimmt nicht verderben!

Ians Blick wurde bang, sein Gesicht vollkommen fahl.

»Er hat den Vater deines Verlobten an einen blanken Felsen über dem Ozean gekettet.« Für einen Moment pausierte er, weil ihm der Gedanke daran genauso schwerfiel wie mir.

Alles in mir schnürte sich zusammen und ich musste mich an der Tischplatte abstützen. *Bitte nicht weiterreden! Bitte lass es einfach!*

»Hat ihn wahrscheinlich stundenlang dort hängen lassen«, fuhr er mit belegter Stimme fort und senkte den leeren Blick. »Um ein Geständnis zu erzwingen.« Er schüttelte den Kopf und presste kurz die Lippen zusammen. »... Nur um ihn dann von einer Horde Adler bis zur Unkenntlichkeit zerhacken zu lassen und seine Überreste im Meer zu versenken. Die Möwen erledigten den Rest. Wir hätten es nie herausgefunden, wäre da nicht seine Uhr gewesen. Der Chef ... Wäre er nicht so verbissen geblieben und hätte sie ...«

»Ich weiß«, unterbrach ich ihn. »Ich weiß, was man sich erzählt. Bitte hör auf!«

Mir war ganz schwummerig. In diesem verfluchten Kleid konnte ich keinen klaren Gedanken fassen, es zurrte mich zusammen wie einen Weihnachtsbraten. *Er wird nicht herkommen. Was soll er hier? Er kommt doch nicht hierher! Oder doch?*

»Was ich damit sagen will, Shona: Eliot McTavish ist kein Mann«, verlieh Ian seinen Worten noch Nachdruck. »Er ist ein Monster, und es ist nur gesund, Monster zu fürchten.«

»Ein Geständnis ... Welches Geständnis war das?«, fragte ich über das Rauschen in meinen Ohren hinweg und Ian sah mich fassungslos an.

»Was?«

»Welches Geständnis wollte er von Andrews Vater hören, bevor er ihn ermordete, Ian?« Andrew hatte mir immer erzählt, der Tod seines Vaters sei eine reine Schikane gewesen, eine Sinnlosigkeit, der kaltblütige Mord eines Irren.

Von einer eventuellen Rache hörte ich heute und hier das erste Mal.

»Er hat ...«, begann Ian und etwas krachte draußen auf der Straße, gefolgt von einem Schrei und einer vorbeirennenden Frau.

»Nein! Oh, bitte steh uns bei, Herr. Los jetzt, verstecken! Rein in das Aktenlager!« Ians Blick wurde panisch und er schob mich mit Nachdruck in Richtung der schmalen Tür hinter dem Schreibtisch. Klang ganz danach, als hätte das Monster doch zu uns gefunden.

NORTH

Piet war manchmal wirklich unnötig unhöflich. Das Schild des Friseurladens flog quer über die Straße und krachte gegen ein geparktes Auto. Gutes schweres Material. Die hübsche kleine Friseurin rannte schreiend aus ihrem Geschäft, als sie mich erkannte, und hechtete auf die andere Straßenseite.

»Ganz toll gemacht, Piet«, motzte Glenn. »Vielleicht hätte ich mir das hübsche Ding gern mit auf die Burg genommen?« Lüstern starrte er ihr nach. Er stand auf rotes Haar und schmale Ärsche.

»Keine Weiber mehr auf meiner Burg«, knurrte ich finster und nahm das Revier des popeligen Sheriff Hosenscheißer ins Visier. »Außer, ich beschließe es.«

Merkwürdig, dass er uns nicht aufhielt. Keiner hielt uns auf, als wir durch die Straße dieser vermoderten Sumpf-Stadt marschierten, die so tat, als sei sie eine Vorstadt von Edinburgh. Sogar Blumen hatten sie an die Fassaden gehangen, als würde das irgendetwas besser machen.

»Was is hier los, Boss? Sind die alle ausgeflogen, oder

was?« Piet spuckte vor sich in den Staub und sah sich düster um.

»Vielleicht ist ja heute internationaler Feiertag der lebenden Moorleichen«, scherzte Glenn und wischte sich über seine speckige Lederjacke.

Als ich an dem Schaufenster des Reviers angelangt war, erkannte ich einen dürren Knilch dahinter, der sich über einen Schreibtisch lehnte und bibbernd ein Gewehr auf mich richtete.

Das war Andrew Craigs kleine Bitch und der Schuppen, vor dem ich stand, das höchst eigene Craig-Revier. Edle kleine Mistbude.

»Sieh mal einer an!« Amüsiert stemmte ich die Hände in die Hüften und betrachtete den armen Kerl durch das polierte Glas.

»Hau ab, North«, rief er dumpf durch die Begrenzung zwischen uns. »Mein Chef ist nicht hier.«

Mein Chef. Niedlich! Wie ein verkackter Börsenheini in einem geschniegelten Anzug für Arme. Müsste er nicht in dieser lustigen schwarzen Polizeiuniform stecken, wäre er eindeutig ein Anzugträger.

»Kann ich mich davon selbst überzeugen?« Wenn er gern das Scheibenspielchen spielen wollte, bitte sehr!

»Nein.«

War ja klar.

»Wir beide wissen, dass ich in ein paar Sekunden bei dir sein werde, also wäre es besser für dich, du würdest mich freiwillig reinlassen.« Mein Spiegelbild in der verglasten Tür sah echt kacke aus. Das Shirt war von der Explosion angesengt und ein paar Blutspritzer waren über meine Brust verteilt. Meine Hände und sogar mein Gesicht hatte ich besudelt mit dem schmierigen Lebenssaft dieses unverschämten Gorilla-Pissers. Keine Ahnung, ob es ihn erwischt hatte. Als wir vorhin vorbeigelaufen waren, wirkte er recht reglos und angekokelt.

Selbst schuld! Keiner trampelte ungestraft auf dem Andenken meiner verblichenen Mutter herum.

Brummend streckte ich die Hand nach der Türklinke aus und diese kleine Muschi von ... wie hieß er gleich, Igor? Idris? Ignacio?, es wollte mir nicht einfallen, lud sein Gewehr durch. Sein Schnauzer war das Geschmackloseste, was ich neben Zacs ungepflegtem Zauselbart je gesehen hatte, und die wildwuchsartig zusammengewachsenen Brauen machten seine Hackfresse nicht besser. Ganz logisch, dass dieser Knilch frustriert war. So ließ ihn ganz sicher keine ran. Konnte einem fast leidtun. Trotzdem schien er zu wissen, was er tat, denn er zielte passgenau zwischen meine Augen. Was er aber vielleicht nicht wusste, war: Ich stand nicht unbedingt auf Rückzüge.

Mein tiefer Atem glich einem Seufzen. »Geh mir nicht auf den Sack, Isaac!«

»Ian«, korrigierte er mich ordnungsgemäß. Fehlte nur noch, dass er mir riet, ich solle mir seinen Namen besser merken, weil er ein so toller Hecht war. Ließ er wohlweislich bleiben.

Meine Jungs hielten mir den Rücken frei, bis ich sie dazu aufforderte, etwas anderes zu tun. Genau so hatte es zu sein.

»Ruft Zac an. Er soll mit dem Shelby kommen. Unser Abgang wird stilvoll sein«, brummte ich über die Schulter, die Klinke bereits in der Hand.

»Was, wenn sie ihn aufhalten?«, erwiderte Glenn. Er wusste, wie besorgt ich immer um meinen Lieblings-Mustang war.

»Werden sie nicht. Die haben alle die Hosen voll.«

»Der Wurm knallt dich ab, wenn du da jetzt reingehst, Boss«, gab Piet zu bedenken und starrte düster durch die Scheibe, seine Hand bereits am Hosenbund.

»Aye, schon möglich.« Meine Stimme klang kratzig und ein kleines Hochgefühl packte mich, als ich die Tür öffnete und hindurchtrat. Ich liebte den Nervenkitzel.

»Falls du überlegst, zu schießen ... Meine Jungs sind schneller«, ließ ich Ian wissen, der konzentriert den Finger um den Abzug spannte.

Auch wenn ich aussah, als hätte ich gerade ein Schwein geschlachtet, ich war nicht hier, um ihn zu meucheln, sonst hätte ich es längst getan.

»Mein Chef war auf dem Weg zu dir, North«, sagte er mit heller Stimme, während ich mit ruhigen Schritten die Regale ablief und mich umsah. Langsam. Immer langsam. Keiner musste hier einen anderen abknallen. Das war nicht der Plan.

»Jammerschade, da haben wir uns wohl knapp verpasst. Wir waren zu Fuß unterwegs. Abseits der Straßen in der modrigen Pampa. Hab leider mein Auto verloren.«

»Weil du es in die Luft gesprengt hast, um unsere Kollegen zu töten?«

Oh, oh, falsch! Ganz falsch!

»Ich wollte niemanden in die Luft sprengen«, korrigierte ich ihn fest. »Ganz im Gegenteil: Ich war sogar sehr höflich für meine Verhältnisse. Aber eure *Kollegen* legten nicht viel Wert auf meine Höflichkeiten und gingen mir lieber auf den Sack. So ungefähr wie du jetzt gerade.« Meine Stimme dröhnte durch den ganzen Pappverschlag, und als mein Blick zu ihm raste, sah ich, wie er schluckte und seine Augen flackerten. Hosenscheißer! Allesamt Hosenscheißer!

»Also, wo ist er jetzt?«, fragte ich. »Hockt er hier in einer dieser Kammern und macht sich in den Feinripp?« Mit schmalen Augen blickte ich von Tür zu Tür und Ians Gewehrlauf folgte mir.

Die Knarren meiner Jungs waren durch die Scheibe auf ihn gerichtet.

»Geh einfach, North! Dieser Tag ist denkbar ungünstig für deine Spielchen. Ich hab doch gesagt, er wollte dir entgegenkommen.«

Knurrend blieb ich stehen und spürte wieder dieses

bösartige Brodeln in mir aufsteigen. »Die Zeit für sein Entgegenkommen ist vorbei.«

In dem Moment klapperte etwas hinter der Tür bei dem Schreibtisch, an dem er lehnte, und ich fuhr herum. »Aaaah! Was war das denn, Ian?« Mit leuchtenden Augen ging ich an ihm vorbei und machte erst kurz vor der Tür Halt, legte den Kopf schief und lauschte. Interessanterweise wurde Ian dabei so nervös, dass ich dachte, er bekäme gleich einen Herzinfarkt.

Hier versteckte sich der kleine Wichser also. Das war ja noch erbärmlicher, als ich erwartet hatte.

»Hörst du das auch? Ich glaube, ich habe gerade in ein Rattennest gestochen.« Dieses Trauerspiel amüsierte mich köstlich.

»Weg von der Tür, North!« Ians Stimme zitterte.

»Sonst was?« Interessiert drehte ich mich zu ihm um.

Er sagte nichts, Schweiß bildete sich auf seiner Stirn und er schien inzwischen mit seiner *Pedersoli* verwachsen zu sein. Schönes Teil. Sah aus wie eine *Boarbuster Shadow*. Liebhabergewehr. Keines der schottischen Polizei. Vielleicht nahm ich sie ihm ab, wenn er die Nerven verlor und meine Jungs ihn in Stücke rissen.

»Bitte! Das wird uns alle ins Elend stürzten, North. Finger weg von der Tür!« Jetzt wurde die Sache ja richtig dramatisch. Das kitzelte meine Neugier bis ins Unermessliche. Konnte es kaum erwarten, Andrew da drin mit vollgepissten Hosen in einer dunklen Ecke kauern zu sehen.

»Runter mit dem Ding, Kleiner, komm schon!« Glenn hatte sich eine Zigarette angezündet und trat nach Piet zur Tür herein. Beide richteten ihre Knarren auf Ian.

Tja, tut mir leid, Kumpel! In diesem Spiel gibt es nur einen Sieger.

Er haderte mit sich, kämpfte, schwitzte, bäumte sich auf.

Das wird uns alle ins Elend stürzen …

»Ins Elend also. Na dann … willkommen in der Hölle, Ian«, brummte ich grinsend, und während Piet ihm fast sacht die *Pedersoli* aus den Händen nahm, trat ich weniger sacht diese verfluchte Tür ein, damit ich dem feigen Abschaum dahinter endlich den Arsch aufreißen konnte.

Es roch nach Papier und Staub und im ersten Moment sah ich gar nichts, weil es ziemlich dunkel in diesem winzigen Loch war.

Doch dann erstarrte mit einem Schlag alles Blut, das durch meine Venen floss, zu Scheißblitzeis.

Was zum beschissenen Odin sollte *das* bitte bedeuten?

Dort, hinter der Tür, vor einem der Regale voller Akten stand eine Frau. Eine zierliche kleine Frau mit schwarzem Haar und großen grauen Augen wie die einer todbringenden Sirene aus dem Ozean. Ihre Brust hob und senkte sich ängstlich und ihre Hand umklammerte einen Brieföffner.

Aber das Schlimmste war … das allerschlimmste war … Sie trug ein verdammtes Brautkleid. Stand dort vor mir wie eine Schleierwolke am schottischen Himmel. Und das fickte verflucht noch mal mein Gehirn. Wollte dieser Abschaum von Andrew mich verhöhnen?

Mit Macht drängte ich die Flashbacks zurück. Starrte sie ebenso atemlos an wie sie mich und fühlte mich, als hätte mich ein Schnellzug gerammt.

»Fass sie nicht an«, brüllte Ian hinter mir vollkommen mittellos, weil meine Jungs ihn in Schach hielten.

»Ooooh. Wer ist denn die zarte Blüte? Von der würde ich ja zu gern mal kosten«, mischte Piet sich ein, dieser lüsterne Scheißer.

Ihr Gerede holte mich langsam in die Realität zurück. Ich verlor mich nicht oft, aber diese eine Erinnerung … die besaß die Macht, mich Schachmatt zu setzen. Genau so hatte ich Arran das letzte Mal gesehen. Die Frau, die ich im Begriff gewesen war, zu heiraten, als ich noch ein Herz besessen hatte. Die Frau, deren unnötiger Tod mich zu einem anderen gemacht hatte.

»Wer ist sie, hm?«, hörte ich Piet fragen, während ich sie weiter wie gebannt anstarrte.

»Niemand.« Ians Stimme klang gepresst. Mein Mann hatte ihn bereits in der Mangel. Er keuchte und hustete. Wahrscheinlich war Piet im Begriff, ihm die Finger zu brechen. Das war seine Spezialität.

»Wer ist sie?«, wiederholte Piet mit mehr Nachdruck in meinem Rücken und Ian jaulte auf.

»Seine Verlobte. Sie ist Andrews Verlobte. Lasst sie ... lasst sie, das geht sonst ... Aaaaaah!«

»Braver Junge.« Piet klopfte ihm hart auf den Rücken, ich konnte es hören. Aber vor meinem inneren Auge kam gerade ein ganz anderer Film zustande.

Andrews Verlobte. Diese Information holte mich mit einem Schlag vollständig zurück. Die kleine hübsche Perle war seine Verlobte. So viel Dunkelheit stieg in mir auf, dass ich sie kaum zu bändigen wusste.

Sie schien es auch zu merken, denn sie fuchtelte wenig bedrohlich mit ihrem Zahnstocher in meine Richtung. »Fass mich bloß nicht an!« Ihre Stimme klang herrlich süß. Ängstlich und belegt. Oh, was würde ich dieser kleinen Stimme alles Wundervolles entlocken können? Schreie, Jammern, Wimmern.

Sie war mir einfach so in die Arme gelaufen, genau wie Arran damals Andrew in die Arme gelaufen war.

Es war ein Unfall ...

Das mit ihr und mir war kein Unfall. O nein, es würde eine herrliche, niemals endende Qual werden.

Ein böses Grinsen breitete sich allumfassend auf meinem Gesicht aus, als ich einen Schritt in ihre Richtung machte. Sie presste sich enger gegen das Regal und blickte zu mir auf wie ein verstörtes Reh.

»Nicht! Bleib weg von mir!«

Diese wunderschöne helle, zarte Haut, der weiße Strumpf, der unter dem Schlitz ihres Kleides hervorblitzte, diese vollen roten Lippen ... Das hier war so viel besser, als Andrew einfach nur den Hintern zu versohlen.

Es war perfekt!

KAPITEL 10
SHONA

E r stand einfach nur da, dieser Hüne von Mann, und starrte.

Ja, er starrte, als hätte er einen Geist gesehen. Oder schlimmer.

Und mein Körper war zu Stein geworden. In diesem vermaledeiten Lager hatte ich keine Möglichkeit, mich zu verstecken.

Keinen Ausweg. Ich konnte nicht flüchten.

Und er starrte mich einfach nur an, genau wie ich ihn.

Ich war Eliot McTavish noch nie vorher begegnet. Nur gehört hatte ich von ihm. Und auf ein paar Bildern war er mir untergekommen, man kam nicht umhin, die McTavishs zu kennen hier draußen in der schottischen Wildnis, die sie ihr Eigen nannten.

Schon auf diesen kleinen leblosen Bildern hatte er eine unbändige Wildheit ausgestrahlt. Wie jemand, der auf Zahlen und Gesetze schiss und sich einfach nahm, was er wollte.

Aber es war nicht der Hauch eines Vergleiches mit diesem Moment. Ich hatte ja keine Vorstellung gehabt.

Seine stürmische Aura flutete den kleinen Raum so intensiv, dass ich kaum noch atmen konnte. Er war groß, sein Körper war von festen definierten Muskeln überzogen, nichts zum bloßen Angeben, nein. Etwas, mit dem er täglich arbeitete und das er im Alltag stählte. *Indem er Menschen übel zurichtete, höchstwahrscheinlich.*

Und diese Statur ... Zu breit, um einfach daran vorbeischlüpfen zu können.

Die Ärmel seines zerfetzten Shirts gaben seine sehnigen tätowierten Unterarme frei. Auf einem erkannte ich einen Wald, der in keltische Symbole unter dem Ärmel überging, auf dem anderen Felsen, eine Burg, von Wellen umtost.

Seine Hände ... Ich presste mich noch enger an das Regal in meinem Rücken und umschloss den Brieföffner fester mit den Fingern ... Sie waren voller Blut. Genau wie seine Brust und sein markantes Gesicht, in dem von der Überraschung, die ich noch vor ein paar Augenblicken darin erkannt hatte, nicht viel übrig war und nur noch Kälte herrschte. Als hätte er plötzlich einen ganz wundervollen Einfall, was er gern mit mir anstellen wollte, weil ich Andrews Verlobte war. Sein Kiefer war fest. Seine blauen Augen eisig wie die See.

Herr im Himmel, hilf mir! Dieser Mann ist ein Tier.

Wo zum Teufel kam das Blut her?

Hatte er sich an der Straßensperre durch die Reihen gemeuchelt?

»Wag es ja nicht, du Barbar!«, drohte ich ihm, als er noch näher auf mich zukam, aber er grinste nur kühl.

Was hatte er vor?

Was zum Henker hatte er vor?

Er wollte doch wohl nicht ...

Keuchend hieb ich mit dem Brieföffner nach ihm und erwischte ihn an der Brust. Sein Shirt zerriss, aber das Teil hatte die besten Tage ohnehin hinter sich, und die Wunde, die ich ihm zufügte, war so oberflächlich, dass es ihn nicht einmal zucken ließ.

»Wo hat diese Wanze von Andrew nur eine wie dich gefunden, hm?« Seine Stimme klang tief und kratzig. Für einen Moment musterte er mich beinahe amüsiert.

Mein Herz überschlug sich fast. Dieser Mann strahlte eine unsagbare Dunkelheit aus, eine reale Bedrohung, die mich panisch und kopflos werden ließ.

»Was willst du von mir? Hau ab!« Das Blut kochte hinter meinen Schläfen. Er sollte einfach nur verschwinden! Heute war meine verfluchte Hochzeit und sie musste einfach stattfinden! Sie musste!

Wieder machte er einen Schritt auf mich zu, war mir so nah, dass ich die Wärme seines großen Körpers spüren konnte, und blickte auf mich herab wie auf ein Geschenk, von dem er ungestüm das Papier reißen wollte.

»Was ... was willst du von mir, North?« Meine Stimme war nicht viel mehr als ein Hauch. Mein Hals fühlte sich an wie zugeschnürt und mein Körper war ausweglos in dieses Korsett gepfercht, unter dem ich kaum noch Luft bekam.

Seine große, warme Hand berührte meine Finger beinahe sacht, als er mir den Brieföffner abnahm. Ich konnte mich nicht rühren. Das Korsett, meine enge Brust, sein Körper, das Blut auf seinem Gesicht, dieser lähmende Duft nach Ozean und Seewind, den seine Haut verströmte.

Sein Gesicht näherte sich meinem und ich drückte mich so fest in das Regal hinter mir, dass die Streben meine Wirbelsäule wund rieben. *Geh weg von mir! Weg! Weg! Weg!*

Diese Augen ... Ich konnte die ganze sturmgepeitschte Nordsee darin erkennen. Und irgendwo in ihrem Zentrum einen rasenden animalischen Hass, der mir eine Gänsehaut am ganzen Körper bescherte.

Er hasste mich, weil ich Andrew gehörte.

Er hasste mich, weil er alle Craigs hasste und ich im Begriff war, auch eine zu werden.

Seine Finger strichen mir das Haar aus dem Gesicht und dieser Hauch einer Berührung schickte einen heftigen

Schauder über meinen Rücken. Gott, er spielte mit mir und seine eisige Sanftheit brachte nichts als Entsetzen über mich. Denn mir wurde in diesem Moment bewusst, dass das hier erst der Anfang seines grausamen Spiels war.

»Ich nehme dich mit, Prinzessin der Sümpfe.« Ein Raunen. Mehr kam nicht über seine Lippen und trotzdem trafen mich die Worte bis ins Mark.

Was?

Was hatte er da gerade gesagt?

Irgendwo draußen heulte ein massiger Motor und ein kleiner Hoffnungsschimmer keimte in mir auf.

Andrew? Komm schon, wo bist du? Ich brauche dich! Nur das eine Mal. Bitte!

Aber die Hoffnung wurde zerstreut, als Norths Barbaren grölend einen weiteren begrüßten, der offenbar gerade zu ihnen gestoßen war.

»Nein!« Entsetzt traf mein flackernder Blick auf seinen. »Nur über meine Leiche wirst du mich verschleppen, North McTavish! Weg von mir, sonst ...«

»Sonst was?« Sein Schmunzeln war beinahe verschmitzt. Und er senkte seinen Blick auf meine Lippen, nur um kurz darauf wieder meine Augen damit zu bedecken.

Er war nichts als ein Rohling und ein lüsterner noch dazu.

Ganz bestimmt würde dieser Abklatsch von einem Wikinger mich nicht in seine Räuberburg entführen! Und ich würde ganz sicher nicht als seine geschlagene Hure in irgendeinem Loch verschimmeln! Ich war eine Blythe, und solange das stolze Herz einer Schottin hinter meiner Brust schlug, würde mich kein Mann je gegen meinen Willen verschleppen.

Mir blieb nur die Flucht nach vorn und so holte ich mit dem Knie aus, um ihn zwischen die Beine zu treffen. Der Tritt fiel weniger heftig aus als geplant, aber er ächzte trotzdem kurz und wich ein Stück zurück.

Ein langer Satz nach vorn brachte mich näher zur Tür,

und als Eliot wieder nach mir griff, fauchte ich wie eine Katze und zerkratzte ihm das Gesicht. Er packte meinen Arm und ich trat so heftig um mich, dass ich nicht mehr wusste, wo sich die Tür und damit der Weg in die Freiheit befand.

»Lass mich!« Während ich kämpfte wie eine Löwin, lachte er nur tief und packte mich im nächsten Moment wieder vollkommen ungerührt.

»Brauchst du Hilfe da drin, Boss?«, fragte einer seiner ungehobelten Wildlinge vor dem Lager amüsiert.

Ich schlug um mich und stieß mir dabei den Kopf dabei unsanft an einem der Regale.

Verflucht! Für einen Moment sah ich weiße Lichter vor dem inneren Auge tanzen und der Raum wirkte seltsam verzerrt.

»Die kleine Wildkatze setzt sich schon selbst schachmatt.« Mein Kampf schien Eliot köstlich zu amüsieren.

Er nutzte meine Benommenheit aus und griff nach mir, um mich wie eine Puppe einfach unsanft über seine Schulter zu werfen. »So, genug gezetert. Wird Andrew sicher gut gefallen. Du in meiner Burg, kleine Craig-Dirne.«

»Nein!« Verzweifelt schlug ich nach seinem breiten Rücken, aber sein Griff war fest wie ein Schraubstock.

Nein! Andrew, hilf mir!

Sei einmal da, wenn ich dich brauche!

»Das könnt ihr nicht machen!« Ians Blick war der pure Schock. Er hielt sich die Hand und ... War das Blut zwischen seinen Fingern? Ich konnte nicht ... Alles wankte und drehte sich.

»Alter ...« Ein nicht weniger riesiger Typ mit dunklem Pferdeschwanz, in dessen Gesicht alles irgendwie zu groß wirkte bis auf das Pflaster auf seiner Nase, lief hinter uns her zur Tür hinaus.

Nicht raus! Nein! Nicht da raus!

»Du hast das mit Troja aber ein bisschen sehr wörtlich genommen, oder, North?«

Was auch immer das bedeuten sollte ... Ich sah nur Ian kleiner werden, seinen verzweifelten Blick verwischen und spürte gleichzeitig die Angst, die sich bei diesem Anblick in mir breit machte. »Lass mich runter«, nuschelte ich benommen. »Du Hund!«

»Das können wir nicht machen, Mann.« Ein dritter Kerl mit dunklen Augen und Narben im Gesicht lief ebenfalls hinter uns her.

Und da war noch jemand. Ein fülliger Typ mit rotem Vollbart, in den kleine Zöpfe geflochten waren. Er sah nett aus. Seine Augen wirkten gütig. Vielleicht würde er mir helfen?

»Wir haben gleich seinen ganzen Zwergenaufstand am Arsch, alle rein in die Kiste, los!« Für einen Moment taxierte er mich auf der Schulter seines Anführers. Meinen hilfesuchenden Blick bedachte er mit einem pikierten Knicks. »Königliche Hoheit ... «

»Du erklärst ihm den Krieg«, mischte sich wieder der dritte im Bunde ein. Das hier schien ihm nicht zu passen. War das gut oder schlecht für mich? Ich war von dem Schlag gegen den Kopf noch ganz benommen.

Zwergenaufstand ... War Andrew hinter ihnen her?

Komm schon, komm schon!

»Auf mit der Tür!«, grollte North unter mir, und ich spürte, wie die Worte in seinem festen Körper vibrierten. Genau wie diese allumfassende überpräsente Wut.

»Bitte«, wimmerte ich. »Nicht!«

Eine Autotür öffnete sich und im nächsten Moment schob North mich hindurch. Hätte ich doch nur ein bauschigeres Brautkleid am Körper, dann würde es ihm nicht so leichtfallen wie mit dieser fließenden Robe. »Lasst mich los!« Ich wehrte mich mit Händen und Füßen.

»Okay, genug jetzt.« Der fiese Schlägertyp mit dem Pflaster drückte mir plötzlich eine Waffe gegen die Schläfe und ich erstarrte. »Tu einfach, was er sagt!«

Nein! Mist, verdammter!

Hilflos scannte ich mit den Augen den Horizont.

Wo war Andrew? Wo steckte mein zukünftiger Ehemann?

»Er wird dir nicht helfen, Kleines.« Norths Gesicht war meinem wieder viel zu nahe. Dieser Mann kannte überhaupt keine Etikette. Verfluchter Wilder! Über seine Schläfe hinter dem Ohr entlang bis zum Hals zogen sich tätowierte Runen, auf der anderen Seite trug er ein Kreuz. Als ob dieser gottlose Hund sich das erlauben könnte!

Die Worte kamen ihm leise über die Lippen, fast schon, als würde er jedes einzelne auskosten wollen: »Weil er ein dreckiger, feiger Pisskopf ist, der immer nur sich selbst der nächste ist, okay? Kein Schimmer, aus welcher Muschel im Ozean er etwas so Schönes wie dich gestohlen hat.« Sein Blick rasselte hart in meinen und ich starrte atemlos zurück. In einer anderen Welt wäre er vielleicht attraktiv gewesen mit seinem blonden Undercut und dem gestutzten Bart. In unserem Universum war er einfach nur ein Monster, an dessen Händen das Blut Unschuldiger klebte. Und das verdammt noch mal im Begriff war, mich zu entführen.

»Hmm.« Eliot betrachtete jeden Millimeter meines Gesichtes. Mein Herz brachte beinahe meinen Brustkorb zum Bersten.

Er war mir viel zu nahe! Ich hasste das!

Ein Feuer loderte durch seine blauen Augen. »Ein Jammer, dass ich dich kaputt machen muss, kleine Moor-Prinzessin.« Und dann, ich war so erschüttert, dass ich ihm nichts entgegensetzen konnte, landeten seine Lippen auf meinen zu einem harten, kurzen Kuss.

Wie eine Urgewalt, die keine Kompromisse zuließ, traf sein Mund auf meinen, während seine Hand in mein Haar griff und mein Gesicht dort hielt, wo er es haben wollte. Seine Lippen waren weicher, als es den Anschein machte und schmeckten wie eine frische Sturmböe im Winter. Es war, als fegte seine heftige Aura einmal komplett durch mich hindurch. Mein Körper erbebte, als hätte er ihn unter Strom gesetzt.

Scheiße, was …

Der Kerl mit der Knarre johlte unreif und ich realisierte erst jetzt, dass der Lauf von meinem Kopf verschwunden war.

North nahm das Gesicht ein Stück zurück und grinste dreckig, während er sich über die Lippen leckte. Was zum … Was bildete dieser Kerl sich ein? Selbst seine Küsse waren hart und unbeherrscht. Wenn man das, was hier gerade passiert war, überhaupt als Kuss bezeichnen konnte. Wohl eher als Geste der Dominanz. Eliot *North* McTavish wollte mir zeigen, dass er sich alles nehmen und erlauben konnte, denn offenbar hielt er sich für den großen König der sittenlosen Wilden.

Fluchend stieß ich ihn von mir und wollte ihm eine harte Ohrfeige verpassen, aber der Nasenpflastermann griff grob nach meiner Schulter, um mich endgültig ins Innere dieser protzigen Gangsterkarre zu schieben.

»Euer Freund hat recht!« Ich zeigte auf den Rotbärtigen, versuchte, meinen rasenden Puls unter Kontrolle zu bekommen. »Wenn ihr mich mitnehmt, wird es Krieg geben. Das wollt ihr nicht. Das wollen wir alle nicht.«

Eliots Züge wurden eiskalt und ich wäre am liebsten aufgesprungen und schreiend davongerannt, als er sich noch einmal über mich beugte.

»Dieser Krieg hat schon vor Jahren begonnen!« Seine Stimme war ein Gewitter, das mein Blut zu Eis werden ließ. »Und er ist erst vorbei, wenn ich sage, dass er vorbei ist.«

Dann fiel die Autotür vor meiner Nase mit einem Krachen zu und der Kerl mit dem Pferdeschwanz schob sich zwinkernd neben mich. Natürlich ließ er noch einmal seine Waffe aufblitzen, bevor der Motor unter uns aufheulte.

Es war vorbei. Ich konnte hier nicht weg. Keine Chance. Sie würden mich mitnehmen.

Ich hatte mir einen Sturm gewünscht und ich hatte ihn

bekommen. Aber Eliot McTavish war nicht mein Retter. Er war ein verdammtes Tier, das darauf lauerte, mich hungrig und dreckig zu zerfleischen und meine Überreste an die Raubmöwen zu verfüttern. Ich wäre nicht die erste Craig, die er so enden ließ.

Ein Barbar wie North tat alles, um zu bekommen, was er wollte, und jetzt ... jetzt wollte er meinen Verlobten.

Vollkommen egal, über wessen Leichen er dabei steigen musste. Oder wen er dafür zur Leiche machen musste.

Einen Sturm ... Pass besser auf, was du dir wünschst, Idiotin!
Denn manchmal gehen Wünsche tatsächlich in Erfüllung.

NORTH

Dieser Kuss ... Keine Ahnung, warum ich das getan hatte. Normalerweise küsste ich nicht einmal unsere Huren. Aber der unbändige Drang schwelte in mir, mir alles anzueignen, was dieser Wurm von Andrew sein Eigen nannte. Und da waren diese köstlichen Lippen nur die Spitze des Eisberges. Sie hatte sie natürlich nicht für mich geöffnet, hatte mich nur einen Hauch von sich kosten lassen. Auch wenn ich am liebsten hart meine Zunge in sie gestoßen hätte. Aber meine Zeit würde kommen.

Dieses Brautkleid ... Im ersten Moment hatte ich gedacht, er hatte das nur inszeniert, um mich zu verarschen.

Arran ... Sie war in dem Brautkleid gestorben, das sie für die Hochzeit mit mir trug.

Inzwischen schiss ich auf die Ehe oder Hochzeiten, aber dieser Anblick hatte mich aus der Bahn geworfen.

Und verdammt, mich warf nichts aus der Bahn. Absolut gar nichts!

Ihre Lippen hatten sich weich angefühlt, herrlich zart, und ihr süßer Geschmack weckte meine Gier nach mehr.

Diese kleine Hexe hatte wirklich versucht, meine Eier zu pürieren. Mit ihrem spitzen Knie. Ich musste darüber beinahe schmunzeln. Zu ihrem Glück war der Tritt eher ein Streicheln gewesen und ich hätte am liebsten ihren weichen Oberschenkel gepackt und sie direkt in diesem Kleid hart gegen das Regal gevögelt.

Es würde sich bestimmt ganz großartig anfühlen, meinen Schwanz in etwas zu schieben, das einem Craig gehörte. Es komplett zu vereinnahmen. Von oben bis unten zu besudeln und dann vor seinen Augen zu zerbrechen.

»Was starrst du so, Eliot McTavish? Willst du mich jetzt vergewaltigen oder was ist dein Plan?« Ein kleines Keuchen verließ ihre Lippen und Scheiße, ich liebte dieses Geräusch. Die Fesseln, mit denen Piet sie an die Gitterstäbe im Keller unserer Burg gefesselt hatte, saßen wohl etwas zu fest. Sie würden wunderschöne Male an ihren Gelenken hinterlassen.

Hier unten war das Mittelalter nie zu Ende gegangen.

Ich hatte ein eigenes Verlies mit fünf Zellen, die ich nie abgeschafft hatte, weil sie einfach zu praktisch waren. Die Luken nach draußen boten Blick aufs Meer, ganz ohne überflüssige Fensterscheiben. Und ab und zu ließ ich meine Jungs auch mal einen alten Kanten Brot hier runterbringen. All Inclusive der Extraklasse. Okay, im Winter konnte es verdammt ungemütlich werden, aber zum Glück von Andrews kleiner Perle hatten wir Sommer und die Wellen rauschten sacht in die Bucht unter der Burg. Nach Kellergewölbe und Moder roch es trotzdem. Ich liebte das. Der Duft der Vergänglichkeit und des ewigen Ozeans.

»Also was ...«

Beim Teufel der See, sie bettelte ja nahezu darum. Mutiges kleines Biest! Ihre Hände waren über ihrem Kopf gefesselt und sie wand sich wie ein Aal. Als würde das irgendetwas bringen, außer dass es ihre üppigen runden Titten zu sehr betonte und dieser herrliche hilflose Anblick ein heftiges

Pochen in meine Lenden schickte. Die Angst war ihr deutlich anzusehen, aber sie überspielte sie mit Kühnheit. Das imponierte mir irgendwie. Normalerweise gaben Frauen keine Widerworte, sondern machten, was ich wollte. Und wenn ich sagte, sie solle es nackt tun, dann war sie schneller ihre Lumpen los, als ich *Walhalla* sagen konnte.

»Ich nehme keine Frau gegen ihren Willen, Sumpfprinzessin. Ich bin kein Schlappschwanz.«

Es beleidigte mich fast, dass sie mich für einen solchen Widerling hielt. Ich nahm mir, was ich wollte. Und ich nahm es mir hart, aber ich war keiner, der ein Nein ignorierte. Das hatte ein McTavish nicht nötig. Noch dazu gab es wirklich verdammt wenig *Nein* in meinem Leben, außer ich pürierte jemandem die Visage oder ließ ihn von der salzigen See unter North Castle kosten.

»Du hast mich hierher verschleppt und mich in deinem Keller gefesselt. Wenn das nicht gegen meinen Willen ist, weiß ich auch nicht weiter.« Ihre Stimme bebte und ihre Augen schossen Blitze in meine Richtung. So widerspenstig. Das machte mich viel zu scharf. Ich war ein dreckiger Hund, sie hatte wohl recht.

»Hm, tut mir leid. Muss wohl noch lernen, mit dem Nein einer Frau umzugehen. Normalerweise schreien sie eher *Ja*, wenn sie unter mir liegen.«

»Du bist ein ekelhaftes Schwein.«

Schuldig!

Ich verschränkte die Arme vor der Brust und ging langsam auf sie zu. Sie wurde augenblicklich ruhig und blickte mir mit großen Augen entgegen. Da kam ihre Angst ja wieder.

Sehr gut, Kleines. Fürchte mich besser, denn ich habe nichts Gutes mit dir vor!

Ihr süßer Duft nach Wiesenkräutern und Vanille hatte von Anfang an nicht diesem morastigen Moloch dort drüben entsprochen. Ein so zartes Wesen mit einem solch eisernen Willen passte nicht zu einem wie Andrew. Vielleicht tat ich ihr sogar einen Gefallen, wenn ich sie von ihm losriss, ihren Willen brach und sie mir einfach nahm.

»Das hier ist nichts Persönliches«, raunte ich nah bei ihrem Gesicht und ihre Brust hob und senkte sich schnell. »Ich will eigentlich deinen Mann ficken, nicht dich. Und das auf eine vollkommen andere Art als die, die mir bei deinem göttlichen Anblick in den Sinn kommt.«

Sie schluckte hart und ich konnte ihr kleines Herz beinahe durch dieses Kleid hindurch schlagen hören, das sie hier unten aussehen ließ wie einen Engel. Ein Engel, der vom Himmel direkt mitten in meine schmutzigen Hände gefallen war.

»Du willst mich benutzen, um ihm zu schaden. Das wird nicht funktionieren, Eliot.«

Du hast es erfasst, Hübsche!

Wie sie meinen Namen hauchte. *Eliot* ... Meinen echten Namen. Mit ihrer dünnen, heiseren Stimme. Mir war schon lange nichts mehr so durch und durch gegangen. Die Tatsache, dass ich Andrews Frau in meiner Gewalt hatte und alles mit ihr anstellen konnte, was ich wollte, beflügelte mich. Machte mich enthusiastischer, als ich es seit Langem gewesen war. Oh, ich würde sie mir nehmen, wenn die Zeit reif war. Und sie würde nichts sehnlicher wollen. Ich atmete den Duft ihrer Haut nah bei ihrem Hals und sie blitzte mich streitlustig und gleichzeitig unendlich verunsichert an. Sie würde es wollen. Ich konnte schon jetzt spüren, wie ihr Körper sie verriet und mir entgegenstrebte. Und danach würde sie es bereuen, denn ich würde sie mir so heftig nehmen, dass ihre Flügel dabei brachen.

»Es wird nicht ... funktionieren«, flüsterte sie.

»O doch, das wird es«, raunte ich. »Und es wird das Beste sein, das ich je getan habe.«

»Du kannst mich hier nicht einsperren«, versuchte sie es noch einmal und ihre Furcht brachte mich um.

»Doch, das kann ich.« Ein kleines Schmunzeln stahl sich in mein Gesicht, während ich sie betrachtete. Ein wunderschöner zerbrechlicher gefallener Engel. Genau das war sie. Nur welcher unbarmherzige Gott hatte sie direkt in die stinkenden Sümpfe und in die Arme von Andrew geworfen, diesem schlappschwänzigen Mistpisser?

Andrew Craig.

Sie gehörte ihm. Sie *liebte* ihn.

Ein eisiger Hauch wischte mir das Lächeln vom Gesicht und ich machte einen Schritt zurück. Sie hatte das hier verdient, wenn sie einen Craig liebte. Sie war eine von ihnen. Und sie trug dieses Brautkleid, wie um mich zu verhöhnen. Sie war kein Engel. Sie war Andrews Schlampe. Eine Sirene, die mir geschickt wurde, um mir heimtückische Lieder ins Ohr zu säuseln. Mich erst einzulullen und dann in die Tiefe zu zerren. Aber das würde ich nicht zulassen. Sie konnte mich nicht blenden mit ihrer zarten Haut und ihrem betörenden Duft nach Verführung. Nein! Ich war scheiß North McTavish! Es gab keine Hexerei auf dieser Erde, die mich treffen könnte.

Der Mann, den sie liebte, hatte mir alles genommen.

Er musste dafür büßen.

Und solange er sich feige vor mir verkroch wie eine ehrlose Wanze, würde sie für ihn Buße tun.

Ihre hellen Augen flackerten, während sie dabei zusah, wie ich erkaltete.

Sieh genau hin, Prinzessin! Das hier ist der echte North.

Der North, der dir in deinen Albträumen erscheinen wird.

»Boss, dein Bruder ist zurück. Er wartet oben.« Piet war beinahe lautlos hinter uns erschienen, dabei war er ein Klumpen von Kerl und rumpelte über Treppen wie ein ganzes Fass mieser Whisky. Diese kleine Moor-Dirne musste mir ja wirklich die Sinne vernebeln.

»Ich komme«, brummte ich, ohne sie dabei aus den Augen zu lassen, und Piet entfernte sich wieder.

»Du kannst nicht ...«, flüsterte sie wieder und ihre Lippen waren leicht geöffnet, während sie meinen Blick erwiderte. Wahrscheinlich hatte sie in diesem eng geschnürten Fetzen Mühe, zu atmen.

»Ich kann«, knurrte ich.

Ich kann und ich werde!

NORTH

Noch immer stand mein ganzer Körper unter Strom, als ich die Steintreppen hinaufstieg und sie dort unten allein ließ. Sie konnte sich nicht befreien. Die Fesseln waren straff und eng, genau wie auch ihr teuflisch süß duftender Körper höchstwahrscheinlich.

Gott, wenn ich mir vorstellte, wie sehr Andrew in seinem Pappverschlag tobte und wütete, während ich hier unten plante, den Willen seiner Kleinen zu brechen, ging mir glatt einer ab.

Sollte er den Mumm besitzen, hier aufzukreuzen, würde ich vielleicht sogar darüber nachdenken, sie ihm zurückzugeben. Natürlich erst nach einer handfesten Keilerei, auf die er sich nie einlassen würde, weil er eine schlaffe Kakerlake war.

Fest presste ich die Lippen aufeinander. Verflucht, dieses Spiel gefiel mir schon jetzt viel zu gut.

Ein Blick reichte aus, um Piet, der eine Etage weiter oben wartete, wieder in den Keller zu komplimentieren.

Sicher ist sicher.

Vor allem, weil die Kleine eine so verschlagene Sirene ist.

Aber jetzt gab es vorerst andere Dinge zu feiern als meine

Kriegsbeute. So etwas wie Vorfreude tanzte einen scheiß *Ceilidh* in meinen Eingeweiden, während ich die letzten Stufen in Richtung Halle nahm.

Und dann stand er einfach da. Wie bestellt und nicht abgeholt im Vorraum meiner Burg. Wahrte seine dämlichen Höflichkeitsfloskeln, obwohl er ganz genau wusste, dass mein Heim auch seines war und er schon längst im Thronsaal auf meinen Sofas lungern und sich an meinem Met laben könnte.

»Sieh sich einer diesen kleinen Bastard an!« Scheiße, ich war so unsagbar glücklich, meinen Bruder zu sehen.

Wie immer trug er seine Handbandagen, als sei die ganze verkorkste Welt sein Ring und als gäbe es an jeder Ecke jemanden, der eine Abreibung verdiente. *Moment* ... Das entsprach wohl tatsächlich den Tatsachen, wie ich gestehen musste. Aber der Fakt, dass er unter diesen Dingern etwas vor sich selbst versteckte, der schmerzte mich auf eine üble Art, die ich nicht gewohnt war.

Seine Züge waren ähnlich markant wie meine, seine Augen vom gleichen glühenden Blau, der ganze Rest wirkte eher, als hätte unsere ehrwürdige Mutter mich mit dem verfickten Gärtner gezeugt. Und dieser Gärtner musste ein göttlicher kleiner Scheißer gewesen sein. Stark wie ein Bär und attraktiv wie der Teufel. Konnte es ihr nicht verdenken.

»Eliot North McTavish. Langsam bist du offenbar fit genug, um mit mir in den Ring zu steigen.« Elijah betrachtete mich beeindruckt und fuhr sich durch das dunkle Haar. »Nicht viel zu tun gehabt im Bau, was?«

»Komm an meine Brust, Mann!« Ohne zu zögern, griff ich ihn mir, zog ihn in meinen Arm und hieb ihm auf den Rücken, der wie fast immer in einem schwarzen Hoodie steckte. Er war ganz vernarrt in diese Dinger.

Für einen Moment umarmte er mich zurück und die stummen Narren in seinem Rücken senkten respektvoll die Blicke. Seine Männer waren komplett anders als meine.

Spürten die Präsenz meines Bruders über tausend Meilen und machten den Bückling vor ihm wie gesichtslose leibeigene Pimmel. Spaßbefreite kleine Scheißer, wenn man mich fragte. Aber Elijah schätzte das. Meinte immer, jeder von ihnen würde sich auf seinen Befehl hin sofort erschießen. Ganz normal fand ich das ja nicht. Respekt war gut und schön, aber auf bedingungslose Unterwerfung stand ich nur bei meinen Frauen.

Und überhaupt ... Was sollte es mir bringen, wenn einer von den Flachpfeifen sich für mich abknallte? Kämpfen sollten sie, aufmerksam sein und meine Befehle befolgen. Ich brauchte diese Bastarde doch. Da gehörte Harakiri auf Zuruf definitiv nicht zur empfehlenswerten Tagesordnung.

»Wo ist sie?«, fragte ich und etwas wie Sorge flackerte in mir auf. *Sorge* ... So etwas hatte ich quasi noch nie gefühlt, aber jetzt war es angemessen.

Drei lange Jahre hatte ich sie nicht gesehen. Ich brauchte jetzt mein Mädchen zurück.

»Ganz ruhig. Kearon hat sie.« Elijah deutete über seine Schulter zu seinem schwarzen SUV auf dem Hof. Da war dieser missratene Mistkerl ja. Genauso gut im Training wie mein Bruder und ein kleines Grinsen im Gesicht. Kearon war keiner dieser austauschbaren Schergen meines Bruders. Ihm vertraute er bedingungslos, bezeichnete ihn sogar ab und zu als Freund. Die beiden waren ungefähr so wie Glenn und ich, nur dass wir uns nicht professionell im Boxring auf die Fresse gaben, sondern immer da, wo es gerade passte. Und das meistens höchst unprofessionell.

Kearon war Elijahs Trainer. Von ihm hatte er all sein Wissen über das Boxen und diesen unmenschlich harten linken Haken gab es wahrscheinlich gratis dazu. Er war der Einzige auf dieser Welt, dem mein Bruder je ohne zu zögern mein Mädchen anvertraut hätte. Denn er wusste, wenn ich auch nur den Ansatz von Unzufriedenheit in ihren Augen erkannte, würde ich alles und jeden dem Erdboden gleichmachen, der auch nur mit dem Hauch einer Silbe damit zu tun hatte.

Elijah musterte mich von oben bis unten und sein Kiefer mahlte, während er sich die Ärmel seines Pullovers über die tätowierten Unterarme schob. »Bekommst sie noch früh genug. Erst müssen wir reden.«

Reden ... Hmmm, was hatte er denn plötzlich auf dem kalten kleinen Herzen?

Musste an meinem berserkerartigen Aussehen liegen. Wahrscheinlich machte ich auf ihn den Eindruck, als hätte ich Andrew und Konsorten einfach so dahingeschlachtet. Nicht gut, wo doch seine letzte Information war, dass ich nur mit dem kleinen Mistsack reden wollte. Ganz unblutig mit Cream Tea und Scones.

Hätte ich gewusst, dass er kommt, wäre ich vorher schnell in ein paar frische Lumpen geschlüpft, aber ich war doch recht beschäftigt gewesen bis eben.

Als er sich in Richtung Ausgang drehte, räusperte ich mich fest und verschränkte die Arme vor der Brust. »Erst Freya! Dann sage ich dir alles, was du wissen willst.«

Seine Braue wanderte in die Höhe, als er sich wieder zu mir umwandte. »*Alles, was ich wissen will?* Hört, hört! Kann es kaum erwarten.«

Ja, Zynismus war sein zweiter Vorname.

Kearon kam uns ein Stück entgegen und klatschte freundschaftlich seine Pranke in meine. »Schön, dich wieder draußen zu sehen, Eliot.«

Guter Mann! Ich mochte ihn, weil er auf meinen Bruder achtgab, wenn ich es nicht konnte. Und jeden, den Elijah seinen Freund nannte, nahm auch ich als solchen an.

»Dein Biest ist im Wagen. Hol sie dir. Ich fasse sie bestimmt nicht noch mal an.« War das eine neue Narbe über Kearons Braue?

Gut gemacht, Kleine! Zeig ihm, wer der Boss ist!

Ohne Umschweife ging ich über den knirschenden Kies auf den SUV zu und riss die hintere Tür auf.

»Ohne Handschuh?«, fragte mein Bruder skeptisch. Überbesorgt wie immer, dieser kleine Ghandi.

Ein zurückhaltendes Rufen ertönte aus der vergitterten Box auf dem Rücksitz. Es kam einem Jammern gleich. Natürlich. Sie hasste es, eingesperrt zu sein. Ich öffnete die Verriegelung und hielt meinem Adlermädchen den Arm hin.

Einen Handschuh ... Ganz im Gegenteil! Ich liebte es, ihre Krallen auf meiner Haut zu spüren. Erst durch Schrammen und Wunden fühlte ich mich überhaupt lebendig. Noch dazu waren meine Arme von meinen Adlern inzwischen so vernarbt, dass ich kaum noch etwas spürte, und das bedauerte ich zutiefst.

Hinter meiner Brust mochte es kalt sein, aber mein Fleisch sehnte sich nach dem Feuer.

Ohne zu zögern, kletterte sie aus dem dunklen Verschlag heraus auf meine Hand, und es fühlte sich unbeschreiblich gut an, ihr Gewicht wieder zu spüren. Eine ganze Weile blickte ich ihr in die klugen hellen Augen und sie sah nur zurück, legte den Kopf ein wenig schief dabei. Beinahe vorwurfsvoll, weil ich sie so lange allein gelassen hatte.

Tut mir leid, Mädchen! Jetzt bin ich wieder da.

Ich hatte sie in einem von Wilderern geplünderten Nest gefunden im letzten übrigen Ei. Es war halb zerschlagen gewesen, aber das Küken rührte sich noch. Also nahm ich es mit auf meine Burg. Und dort war Freya zu einem stattlichen Steinadlermädchen herangewachsen. Sie hatte mich nie verlassen, obwohl ich es ihr immer freigestellt hatte. Sie war eine freie Seele, die niemals Gitterstäbe einsperren sollten. Frei und wild mit einem ungezähmten Herzen hinter der Brust.

Genau wie ich.

Still sah sie sich um und zog ihre Krallen etwas fester um mein Fleisch zusammen, aber es störte mich nicht. Wir hatten eine Verbindung. Das mit Freya und mir war besonders.

»Willkommen zu Hause, Schönheit«, raunte ich und sie knabberte sanft mit ihrem spitzen Schnabel in meinem Bart.

»Unfassbar! Das Vieh liebt dich, Alter«, stellte Kearon fest und stemmte die Hände in die Hüften.

»Freya ist die einzige Frau, die meinen Bruder schwach macht«, flüsterte Elijah ihm viel zu laut zu. »Sie bedeutet ihm mehr als sein eigener Bruder.«

Das halte ich für ein Gerücht, du kleiner Sack!

»Sie muss jetzt fliegen«, brummte ich, während ihre allwissenden Augen mich beobachteten.

»Gut. Wir gehen ein Stück.« Elijah machte eine Geste und seine Männer hielten auf den Wagen zu. Kearon nickte und ich schüttelte den Kopf. *Wie hörige Hunde.*

»Deine Jungs können sich gern ein wenig mit meinen austauschen.« Ja, ich war heute in Geberlaune. Immerhin hatte ich eine gute Beute gemacht und endlich mein Mädchen zurück. Das mussten wir feiern.

»Sag Glenn, er soll den *Ardbeg* köpfen. Wir sind gleich zurück.«

Irritiert blickten die beiden dunkel angezogenen Gorillas von Elijah zu mir und wieder zurück.

Die Gesichtszüge meines Bruders waren hart, sein Blick kühl. Er war immer so beherrscht, keine Ahnung, von wem er das hatte. Sicher nicht von unserer Mutter. Und unser Vater ... Von dem wollte ich besser gar nicht erst anfangen.

»Überredet.« Mein Bruder nickte und schon machten die beiden sich wieder auf in Richtung Burg, als hätte er einen Schalter in ihrer Mechanik umgelegt. Kearon folgte ihnen gut gelaunt.

»Fühlt euch wie zu Hause«, rief ich ihnen noch nach und Freya blickte ihnen mit geöffnetem Schnabel hinterher. Wollte ihnen sicher gern die blassen Ärsche aufreißen, nur so zum Spaß. Sie ein wenig umherscheuchen. Immerhin war sie mein Mädchen.

Und somit die beste Killerin im Schwarm.

Wenn ich es ihr auftrug, tötete sie einen Mann gezielter als jeder abgerichtete Hund. Ihre Seele war mit meiner verbunden. Sie las meine Gedanken.

»Wo gibt es diese Stangenkasper zu kaufen?«, fragte ich, während wir uns nebeneinander in Richtung Klippe aufmachten. Elijah reagierte nicht. Der schottische Wind umwehte uns in kräftigen Böen und Freya blickte erhaben der offenen See entgegen, die sich unter uns auftat.

»Bitte lass es nicht das sein, was ich denke«, brummte Elijah in der gleichen rauen Tonart, wie sie auch in meiner Stimme mitschwang. »Du hast ihn nicht gekillt, oder?« Er sah mich dabei nicht an, blickte nur starr hinaus auf das Meer, als hätte er schon jetzt Bammel vor der Antwort, die er gleich brühwarm von mir serviert bekam.

Aaaah, hier war eine gute Stelle.

Für einen Moment schloss ich die Augen, ließ Freyas Hunger nach Freiheit durch meine Adern fließen und manövrierte sie dann mit Schwung in die Höhe. Kreischend breitete sie ihre braunen Schwingen aus und glitt federleicht durch die Luft. Schweigend sahen wir ihr nach, beobachteten ihre knappen Manöver an der Felswand, ihren Steilflug über dem Wasser. Sie genoss es, wieder hier zu sein. Bei mir und ungebunden.

Ihre hellen Schreie verteilten ein warmes Gefühl in meiner Brust. Gott ja, dieser Anblick hatte mir gefehlt.

»*Eliot*«, warnte mich mein Bruder, weil er es hasste, wenn man ihn warten ließ. Aber ich war keiner seiner läppischen Schergen. Ich konnte tun und lassen, was ich wollte.

»Denkst du denn, ich habe ihn gekillt?« Mein Blick funkelte, ich konnte es quasi spüren, während ich die Arme verschränkte und den kleinen Bastard fixierte.

Elijah knurrte unzufrieden und starrte Freya nach.

Warum denn so verbissen, kleiner Bruder?

Weil du genau weißt, wie sehr ich ihn killen will, was?

Aber ich habe etwas viel Spaßigeres gefunden als das. Odin hat mir etwas geschenkt.

Wird dich glatt umhauen.

»Hör auf, mit mir zu spielen, Eliot! Du siehst aus wie der verdammte Ripper und bist noch dazu verkohlt wie ein missratener Pyromane. Also, was ist? *Hast du ihn gekillt?*«

Herrlich, den kleinen Sack wiederzuhaben! Er amüsierte mich schon am ersten Tag königlich.

»Hab ihn nicht erwischt«, brummte ich und sah Elijah aufatmen. »Außerdem habe ich dir versprochen, dass ich nur reden werde, also werde ich nur reden.«

»Alles andere wäre auch mehr als unklug im Moment.« *Möge Odin seine Engelsgeduld schützen!* »Du warst drei Jahre nicht hier, Eliot. Es wird Zeit, dass du dich wieder ins Getümmel stürzt und dir unsere Stadt ansiehst.«

Alarmiert zog ich die Stirn kraus. »Und was werde ich dort sehen, Bruder?«

Elijah schluckte und sein Blick verfinsterte sich. »Es braut sich etwas zusammen.«

»Hmmm.« Mein Inneres wurde schattig wie seine Aura. Ich hasste es, wenn er diesen Satz aussprach. Immer wenn er das tat, braute sich im Anschluss tatsächlich etwas zusammen. Keine Ahnung, ob es daran lag, dass er es mit seinem Gerede heraufbeschwor, oder daran, dass er tatsächlich ein Scheißorakel war, das Dinge sah.

Wie auch immer, uns allen wäre sehr damit geholfen, er würde diesen Nostradamus-Bullshit einfach für sich behalten.

Freya raste heran, zog sehr knapp an uns vorbei, verfehlte Elijah nur um Haaresbreite – wie gesagt, wir waren eins – und flog dann wieder schreiend über das Meer davon.

»Das nächste Mal greife ich sie mir«, zischte Elijah und tastete nach seinem Gesicht.

»Keine Sorge. Deine hübsche Visage ist weiterhin unbefleckt, *Prince Charming*«, frotzelte ich und ging weiter an der Klippe entlang. Er folgte mir kopfschüttelnd.

Prince Charming hatten wir wohl beide um Meilen verfehlt. Wir waren eher eiskalte, von etlichen Schlägereien vernarbte Bastarde, die die meisten Frauen zu Recht fürchteten.

Die McTavishs waren keine Kerle, die sanft ein kleines Schneewittchen wachküssten. Eher zerrten wir es an den Haaren aus seinem Scheißsarg und weckten es abwechselnd mit unseren Schwänzen zwischen seinen Lippen.

Ein kleines Hochgefühl ergriff mich, als ich an meine Moor-Prinzessin im Keller dachte. So zart. So ängstlich. Und so wütend. Hmm, ich liebte kochende Emotionen.

»Vor drei Wochen mussten meine Männer einen illegalen Straßenkampf zerschlagen«, brummte Elijah und seine Züge wurden hart. »Schon wieder.« Er hasste es, wenn jemand seinen Kämpfen Konkurrenz machen wollte, das wusste ich sehr genau, denn einer meiner Jungs war auch einmal so lebensmüde gewesen. Der arme Wurm, der das organisiert hatte, tat mir schon leid, ohne dass ich wusste, was mein Bruder mit ihm angestellt hatte.

Still sah ich Freya nach, die kreischend dem Sonnenuntergang entgegenflog.

»Kurz darauf gab es externe Drogengeschäfte auf offener Straße von Leuten, die nicht zu uns gehören«, fuhr mein Bruder fort und sah echt verdammt angepisst dabei aus. Vollkommen verständlich. Das war ein verfluchtes Verbrechen. Diese Arschlöcher wussten, dass uns das Monopol über gewisse Geschäfte in der Region gehörte, und Drogen und Waffen gehörten definitiv dazu.

»Wo?«, grollte ich und ballte die Fäuste.

»Der Norden krebst, seit deiner Abwesenheit. Ich lasse das schon länger beobachten. Unsere Waffenlieferung bei Moray Firth hat der MI5 hochgenommen und wir stehen jetzt in deren Fokus. Trotz unserer Vorsichtsmaßnahmen und Glenns grandioser Idee mit den Müllschiffen. Du weißt schon, die Verstecke unter dem Sondermüll.«

O ja, ich wusste. Wir hatten diesen Transfer eine Ewigkeit geplant, bevor ich in den Bau ging. Wie, verdammt noch mal hatten sie uns dabei auf die Schliche kommen können? Und auf dem Radar des verschissenen MI5? Das bedeutete, wir müssten sehr viel vorsichtiger sein in Zukunft, und das konnte uns wirklich viel Geld kosten.

»Verfluchter Mist, Mann.«

Wut kochte in mir hoch und ich musste tief atmen. Was hatten meine verschissenen Jungs bitte getrieben, während ich im Knast festsaß? Däumchen gedreht und Weiber verschlissen, die ihnen nicht gehörten?

Am liebsten würde ich sie direkt einen nach dem anderen über den Tisch zerren und in aller Deutlichkeit spüren lassen, dass ich zurück war.

»Mir ist der mangelnde Respekt an der Grenze aufgefallen.« Beherrscht wischte ich mir über das Gesicht. Deshalb sah ich auch aus wie ein verschissenes Silvesterfeuerwerk. War ihm ja offenbar nicht entgangen. Wahrscheinlich musste ich einfach einmal mit der Abrissbirne durch diesen riesigen Sauhaufen und dann kehrte wieder Ruhe ein.

»Meinst du, wir sollten mal jemand Größerem auf den Zahn fühlen? Den Murphys vielleicht?« Meine Stimme war Dunkelheit. Genau wie mein Gemüt. Ich hasste es, wenn irgendwelche lächerlichen Lappen meinten, uns auf der Nase herumtanzen zu müssen.

Elijah sah mich an und seine Augen wurden schmal. »Die Murphys sind unsere besten Kunden. Sie haben uns eben erst wieder drei Wagenladungen AKs abgenommen. Die würden sich damit ins eigene Fleisch schneiden.«

AKs ... Hölle, ich schuldete Glenn noch eine.

»Oder vielleicht haben sie auch beschlossen, sich Prayer's Well einfach unter den Nagel zu reißen und ein paar Löcher in unsere Struktur zu ballern, bis sie bröselt. Unsere Stadt ist der beste Umschlagplatz für all den Scheiß, den auch sie abziehen.« Verdammt, ich war in Aufmischlaune.

»Nein.« Elijah verschränkte die Arme vor der Brust. »Bisher waren es immer nur namenlose Idioten. Keine größere Planung dahinter. Du warst weg, ich viel unterwegs. Sie verlieren den Respekt, weil wir lange nicht präsent waren. Trotzdem müssen wir jetzt wachsam sein. Auch das Aufbäumen von ein paar Nieten, die ihre Frauen nicht so hart ficken dürfen, wie sie es bräuchten, könnte uns am Ende gefährlich werden. Es muss wieder Ordnung in der Stadt einkehren, Eliot.«

»Jetzt sind wir wohl beide zurück, wie es aussieht.«

Und präsenter denn je!

»Ja, und Edinburgh war erfolgreicher als erhofft.« Er drehte den Kopf und grinste sein typisches dreckiges Grinsen, bei dem die Mädels reihenweise wie hypnotisiert ihre Röcke von sich warfen. »Es gibt eine neue Kooperation mit den O'Kellys, diesen verdammten Iren.«

»Schottische Iren ... Verfluchte Hundesöhne«, schimpfte ich vor mich hin, auch wenn die O'Kellys ein wirklich guter Fang waren. Sie waren extra von Dublin nach Edinburgh gekommen, weil die Aussichten hier erfolgsversprechender waren und sie sich schon länger einen Deal mit uns erhofft hatten. Offensichtlich zu Recht.

»Ich werde unsere Bordelle weiter ausbauen. Das Geld können wir gebrauchen. Sieht nicht allzu gut in der Kasse aus, seit ich deinen Arsch rausholen musste.« Elijah fuhr sich durch das dunkle Haar. Dieser kleine versaute Bock liebte seine Bordelle, egal ob Geld in der Kasse war oder nicht. Die Geschäfte dort machten ihm insgeheim viel mehr Spaß, als er zugab.

»Ich könnte den Murphys trotzdem einen Besuch abstatten«, brummte ich nachdenklich. Ein wenig Gekitzel hier, ein kleiner gezielter Hieb da.

North McTavish ist zurück, ihr kleinen Scheißerchen!

»Fingerspitzengefühl, Bruder«, tadelte mich Elijah. »Wenn die Situation kippt, willst du nicht der Rammbock sein, der sie endgültig vornüberwirft!«

Ich räusperte mich und presste die Lippen aufeinander.

O doch, das wollte ich!

Das wollte ich und das war ich.

»Wir müssen jetzt clever sein«, betonte er noch einmal. »Vor allem müssen wir uns an den Grenzen festigen, uns mit den Vorstädten verbünden. Vor allem Andrew könnte ...«

»Ich scheiße auf dein Clever!« Ein Vulkan brach in mir aus, allein bei der Erwähnung dieses Namens.

Andrew ...

»Ich will diese Bastarde brennen sehen! Allen voran ihn!«

O Hölle, ich wollte ihn auseinanderreißen wie ein Knallbonbon, diesen kleinen feigen Pisskopf, der es nicht einmal fertigbrachte, hier aufzukreuzen, um seine Verlobte aus meiner Burg zu befreien. Was für ein Mann war er bitte? Wo war seine Ritterlichkeit geblieben?

Er war Ritter Hosenscheißer, nicht viel mehr.

Allein für diese Feigheit verdiente er eine heftige Abreibung, die er nie wieder vergaß. Er hatte es irgendwie geschafft, sich eine solche Frau zu stehlen, und dann ließ er sie von einem wie mir zurichten.

Verfluchter Jammerlappen von einem Wurm!

»Eliot ...« Der Blick meines Bruders wurde beinahe mitleidig, als er registrierte, wie sehr ich kochte. Und seine Stimme wurde leiser, als er fortfuhr, wie um mich zu besänftigen: »Das mit Arran war kein Mord. Es war ein Unfall. Andrew hat nichts getan, was du nicht auch getan hättest.«

»Vorsicht!« Ein Blitz zuckte durch meine Innereien. »Pass auf, was du sagst, Elijah!«

»Bruder.« Seine Hand griff nach meiner Schulter, und ich ließ ihn nur gewähren, weil ich gerade wenig Lust hatte, seinen linken Haken abzubekommen. Und weil er nicht unrecht hatte. Das hasste ich besonders.

Knurrend blickte ich hinaus auf die kantigen Wellen, die die rote Sonne am Horizont zerschnitten. Der verdammte Tag unserer Hochzeit war es gewesen. Ich war verschwunden, um sie zu überraschen. Wollte diesen verfluchten weißen Jaguar holen, von dem sie immer so geschwärmt hatte. Hässliches Teil, aber es war auch ihr Tag gewesen. Jemand musste sie aufgescheucht haben. Musste ihr verklickert haben, dass man mich bewaffnet an der Grenze gesehen hätte. Sonst wäre es nicht so gekommen. Denn die Situation war eskaliert und sie hatte die Nerven verloren. War nach Swamp Head gefahren, um mich zu suchen. Sie wusste, dass zu dem Zeitpunkt Krieg herrschte zwischen den Craigs und den McTavishs und jedes Verschwinden meinerseits interpretierte sie damals gleich als Mordkommando der Craigs auf mich. Es hatte nie eine Chance auf ein normales Leben für uns gegeben. Bedauernd schloss ich die Augen und vertrieb das dumpfe Gefühl, das hinter meine Brust wollte.

Ich war ein Gangster und sie viel zu paranoid und leichtgläubig gewesen, um an meiner Seite zu stehen. Ich hatte das verkannt und war somit schuldig.

»Es war ein Unfall«, wiederholte Elijah, während seine Hand noch immer auf meiner Schulter lag. »Sie griff ihn zuerst an. Er hat sich nur gewehrt.«

Ein tiefer Atemzug strömte in meine Lunge. Und noch einer. Dann öffnete ich die Augen wieder.

»Du weißt es so gut wie ich.« Die Hand meines Bruders drückte noch einmal zu, dann ließ er sie wieder sinken. »Andrew Craig ist der Typ, der davonläuft, nicht der, der angreift.«

O ja. O Hölle, ja!

Trotzdem saß die Erinnerung an ihren zerbrechlichen Körper in diesem Brautkleid noch tief. Sie rührte sich nicht mehr, als man sie zu mir gebracht hatte, und ein rundes Loch klaffte in ihrer Stirn. Das Weiß ihres Kleides war über und über besudelt mit Blut. Es war einfach so mit ihrem Leben aus ihr herausgelaufen und ich hatte nichts tun können. Stand mit diesem verschissenen Jaguar und ein paar Rosen da wie ein Idiot, während derjenigen, die ich hätte beschützen sollen, die Seele gestohlen wurde.

Ein Unfall ... Fick dich, Schicksal!

»Keine Alleingänge mehr, okay?«, sagte mein Bruder mehr, als dass er es fragte. »Der Süden ist nichts ohne den Norden.«

»Und der Norden nichts ohne den Süden.« Fest sah ich ihm in die Augen und rang das Biest in mir nieder, das alles kurz und klein schlagen wollte. »Höchste Zeit, dass ich ein paar Sandsäcken ordentlich die Visage neu ordne. Und vorher schiebe ich dir dein verfluchtes Fingerspitzengefühl bis zum Anschlag in den Arsch.«

Elijah schnaubte. »Wer hat dir nur diesen Hitzkopf vermacht, Mann?«

»Weiß nicht.« Ein funkelndes Grinsen breitete sich auf meinem Gesicht aus. »Muss mein Wikingerblut sein, kleiner Bruder.«

Ein unsanfter Hieb meiner Pranke traf seinen Rücken und er verzog seufzend das Gesicht. Dabei hatte er das Beste noch gar nicht gehört.

»Kommt deine geflügelte Dämonin gar nicht mit uns?« Elijah hielt nach Freya Ausschau, die irgendwo am Horizont verschwunden war.

Unbesorgt folgte ich seinem Blick. »Sie kommt zurück, wenn sie es für richtig hält.« Wer war ich, ihr diese Freiheit zu nehmen?

»Wusstest du, dass dieser Wurm von Andrew heute heiraten wollte?«, fragte ich, als würde ich meinem Bruder das aktuelle schottische Wetter vorlesen.

Wie angewurzelt blieb er stehen und ein verblüfftes

Geräusch ging ihm über die Lippen. Etwas wie ein ersticktes Schnappen. Okay, das hatte ich erwartet.

»Was soll das heißen, *wollte*?« So schneidend hatte ich seine Stimme schon lange nicht mehr erlebt. Ach ja, ich saß ja auch ein paar Jahre ein, beinahe vergessen.

Fassungslos starrte er mich an, wartete einfach nur in stillem Entsetzen vor sich hin. Herrlich, dieser Anblick erheiterte mich.

»Komm mit mir, Brüderchen. Ich muss dir etwas ganz Wundervolles zeigen.«

Ob ihn Odins Geschenk des Himmels genauso sehr begeistern würde wie mich?

Bei den Göttern, ich hoffte es doch sehr!

NORTH

Hölle, ich könnte dieses Prachtweib den ganzen Tag ansehen, diese heimtückische kleine Craig-Hexe! Wie sie dort in den Seilen hing, die Handgelenke bereits gerötet von den groben Fesseln. Als sie mich kommen sah, wand sie sich wieder, schimpfte und schoss mit ihren grauen Augen Blitze auf mich ab. Mein Bruder hatte auf der Treppe noch schnell ein Telefonat annehmen müssen, selbst schuld. So verpasste er ihre feurige Begrüßung.

Dein Temperament macht mich wirklich gefährlich scharf, kleine Sumpf-Prinzessin ...

Nur wenige Minuten später kam Elijah neben mir zum Stehen und ich konnte beinahe spüren, wie er einen unmenschlich tiefen Atemzug nahm. »Du hast dir Craigs Braut geholt. Warum habe ich nicht mit so etwas gerechnet?« Sein Blick schnitt mich wie eine Scheißklinge in Stücke. Aber auch nur, weil ich ihn kannte. Für jeden anderen wirkte er im Moment wahrscheinlich einfach nur eiskalt.

»Ganz genau, das habe ich. Stolperte mir direkt vor die Füße. So ein herrlicher Zufall, oder?« Grinsend verschränkte ich die Arme vor der Brust.

Elijah hingegen wollte mich offensichtlich viel lieber erwürgen, als stolz durch die Gegend zu grinsen.

Tja, Brüderchen. Ich bin das Feuer, du das Eis. So ist es und so wird es immer bleiben.

Die Kleine starrte von mir zu ihm und zurück. Das pechschwarze Haar hing ihr in die Stirn, aber ihr Blick funkelte ungebrochen streitlustig.

»Macht mich los, das ist doch Irrsinn«, zischte sie und ein kleiner Funken Hoffnung schwang in ihrer Stimme mit, mein missratener Bruder könnte sie vielleicht retten. Für einen Moment fürchtete ich das auch.

»Wie heißt du?«, richtete Elijah das Wort an sie, aber sie schüttelte nur den Kopf.

»Warum sollte ich dir das sagen?«

»Weil mein Bruder dich sonst so hart und lange gegen deine Gitterstäbe fickt, bis du erst seinen und danach deinen Namen schreist.« Elijahs Stimme war Eis.

Uff, das war heftig. Musste sogar ich gestehen. Und bei dem Gedanken an sein Szenario zuckte mein Schwanz wie elektrisiert in der engen Jeans. Mein Bruder wusste, wie man aufmüpfige Menschen einschüchterte. Und er liebte es genauso sehr, Aufständische zu brechen, wie ich. Aber in ihrem Fall stand ich auf diese Wildheit. Scheiße, ihr Temperament beeindruckte mich.

Meine kleine Beute verstummte. Furcht flackerte durch ihre Augen.

»Also?«, wiederholte mein Bruder scharf.

Sie schüttelte nur wieder den Kopf. Unfassbar taff, dieses kleine Biest. Was, wenn ich sie wirklich durchnehmen würde, bis sie ihn mir verriet? Vielleicht würde ich das ... Und vielleicht verstieß es gegen meine Prinzipien, aber sie reizte mich ins Unermessliche und ich hatte keinen blassen Schimmer, wo das enden sollte.

»Lass gut sein, Bruder. Ihren Namen hole ich mir noch früh genug. Verrückt, oder? Jede andere fleht mich sehnsüchtig an, dass ich sie endlich vögeln soll, wenn sie so gefesselt vor mir hängt, aber sie hier ... Diese kleine Craig-Hure will nur weg. Ist echt neu für mich«, brummte ich und betrachtete sie dabei fast etwas bedauernd.

»Ich bin keine Hure, du Scheusal!« Hatte sie gerade nach mir gespuckt? Vielleicht musste ich ihr tatsächlich noch den Hintern versohlen. Sie fühlte sich etwas zu sicher. Dass sie beinahe eine Craig war, würde sie nicht vor mir retten. Ganz im Gegenteil!

»Sie nennt dich Scheusal. Ist schon mal ein Anfang.« Elijahs Blick war noch immer schneidend. Wenn er so weitermachte, hatte er mich bald komplett filetiert. Ich kannte meinen Bruder. Er hasste es, dass ich das hier getan hatte, aber er stand zu mir. Egal welche Konsequenzen diese Aktion nach sich zog, er würde jede einzelne davon mit mir gemeinsam nach Walhalla sprengen.

»Was hast du mit ihr vor?«, fragte er schließlich gedämpfter, und ich konnte sehen, wie sie den Kopf drehte, um uns besser hören zu können. O Teufel, ich würde sie von oben bis unten markieren. Vielleicht würde sie sich zu Beginn noch wehren, weil es ihre Moral verdrehte, aber ich konnte sehen, wenn jemand etwas wollte. Und sie würde wollen.

»Ich spiele ein bisschen mit ihr, bis dieser Wichser von Craig herkommt und mit mir verhandelt.«

»Ich habe mit Kearon gesprochen. Dieser Bastard ist untergetaucht«, knurrte mein Bruder unzufrieden, weil er ahnte, dass das hier somit ein wirklich ausgedehntes Spiel werden würde. *Untergetaucht* ... Was für ein erbärmlicher Waschlappen!

»Ich kann warten«, grollte ich und funkelte hinüber zu meiner Beute, die ein helles kleines Seufzen von sich gab. Hölle, jedes Geräusch, das aus diesem herrlichen Körper herauskam, klang göttlich. Sogar ihre Beschimpfungen.

Sie war eindeutig eine Hexe.

»Und wie werden deine Verhandlungen aussehen?«

Elijah zog seine Bandagen fester, während über uns unsere Männer grölten. Es gefiel ihm nicht, wenn sein Gefolge sich mitten am Tag die Birne wegknallte. Und mein Whisky war gut.

»Er soll endlich lernen, klein beizugeben und sich von meiner Haustür verpissen. Und vor allem soll er gefälligst hier antreten, seinen Mann stehen und um seine Frau kämpfen, dieser schlappschwänzige Wurm!« Zum Teufel, hatte heutzutage denn kein Mann mehr ein Ehrgefühl? Zu was verkam diese Welt?

Seine kleine Braut wirkte für einen kurzen Moment beinahe traurig. Das machte mich wütend. Und gleichzeitig machte es mich wütend, dass es mich wütend machte.

Sieh es endlich ein, Eliot! Der Knast hat dich zur Pussy gemacht! Zur Mutter aller Pussys unter dem schottischen Himmel.

Scheiße, ich musste mir nachher dringend gleich zwei Frauen auf einmal nehmen und sie ordentlich zum Schreien bringen. Eliot McTavish und eine Pussy, das wäre ja noch schöner.

»Er wird nichts von alledem tun.« Mein Bruder sah mich aus schmalen Augen an.

»Er wird«, widersprach ich. »Denn je länger ich mit seiner kleinen Sumpfrose spiele, desto unwahrscheinlicher wird es, dass sie neben ihm vorm Altar noch so aussehen wird wie jetzt.«

Sie ächzte und ein Zittern ging durch ihren Körper.

Dieses Kleid ... Ich konnte es nicht mehr ertragen. Es markierte sie so eindeutig als Craig-Eigentum, mir wurde kotzübel davon.

Elijah betrachtete mich eine Weile nachdenklich, dann drehte er den Kopf, um wieder sie anzusehen.

»Erstaunlich hübsch, die Kleine«, stellte er schließlich fest, weil er wusste, dass er mich nicht einfach auffordern konnte, sie gehen zu lassen, ohne sich dafür eine zu fangen. »Unter anderen Umständen würde sie perfekt zu meinen

Mädchen im Süden passen.« Mein Bruder musterte sie viel zu lange mit seinem kalten Blick. Sicher würde er sie sich genauso gern vornehmen, tat nur immer wie ein abgebrühter Scheißer. Am Ende des Tages war er genauso wenig zimperlich mit den Frauen wie ich. Nur, dass diese hier meine Beute war und ich ihm verdammt noch mal den Arsch aufreißen würde, wenn er es wagte, sie anzufassen.

»Eliot, das hier wird Chaos geben.«

Gut erfasst, Bruder!

»Ich liebe das Chaos!« Das kam von ganz tief drinnen. O Scheiße, wenn ich das Chaos heiraten könnte, würde ich mich dafür sogar in dieses verfickte Kleid zwängen, das ich der kleinen Prinzessin gleich vom Leib reißen würde.

Elijahs Blick funkelte böse, als er mich fixierte. Tief im Herzen war er ein genauso verdorbenes Stück Scheiße wie ich. Er ließ es nur nicht immer so raushängen.

»Ich weiß.«

KAPITEL 14
SHONA

Die Brüder aus der Hölle entfernten sich die steinernen Stufen hinauf. Ihre Stimmen wurden immer leiser und ich konnte für einen Moment aufatmen.

Trotzdem raste mir das Herz hinter der Brust weiterhin wie ein donnernder Presslufthammer und dieses Korsett brachte mich beinahe um, während ich hier an den Gitterstäben hing wie ein Stück Schlachtvieh.

Er wird dich nicht umbringen, Shona! Wenn er das wollte, hätte er es längst getan.

Immer wieder prügelte ich diesen Gedanken in meinen Kopf, während mir die Seile die Handgelenke wund scheuerten.

Er wollte mich nicht töten. Er wollte mit mir *spielen*. Das war mit ziemlich hoher Wahrscheinlichkeit sogar schlimmer.

Was erwartete er von mir?

Sollte ich all das einfach über mich ergehen lassen? Hier hängen wie eine brave kleine Hure und mich schänden lassen? Warten, bis Andrew kam und mich befreite?

Ich schluckte schwer, während ich die flackernden Fackeln an den kargen Steinwänden fixierte.

Und vor allem soll er gefälligst hier antreten, seinen Mann stehen und um seine Frau kämpfen, dieser schlappschwänzige Wurm!

Hitze verteilte sich in meinem Bauch bei dem Gedanken an diese leidenschaftlichen Worte. Kämpfte ein Monster wie Eliot McTavish auf diese Art um seine Frauen? Gott, dieser Mann besaß so viel Feuer, dass ich Angst haben musste, in seiner Aura zu verglühen.

Ich presste ein abschätziges Schnauben aus meinen Lungen.

Wahrscheinlich würde ich das sogar. Vielleicht zündete er mich ja an, bevor er mich ins Nirwana prügelte, um Andrew heimzuzahlen, was er war. Dann könnte er mich ihm als verkohlte zahnlose Vogelscheuche zurückgeben und sich einen darauf runterholen, dass er mich so zugerichtet hatte.

In guten Märchen bezwang der Prinz jede noch so hohe Burgmauer und tötete das Biest, um seine Prinzessin zu retten.

Aber das hier war kein Märchen und Andrew weit entfernt von einem Prinzen. Er würde nicht einfach hier hereinspazieren und Eliot McTavish ein Messer zwischen die Rippen stoßen, wie es ein guter Mann getan hätte. Nein, er fürchtete ihn zu sehr.

Und ich konnte das inzwischen sogar verstehen.

Eliots Bruder sah vollkommen anders aus als er. Aber er hatte die gleichen Augen, wenn nicht sogar noch einen Zacken kälter. Wo Eliot brodelndes Feuer ausstrahlte, war er das pure emotionslose Eis. Für einen Moment hatte ich gedacht, er würde das hier nicht gutheißen, aber offenbar hatte ich mich getäuscht.

Sie machten einander kaum Konkurrenz, was Bosheit anging. Waren beide verdorben und zäh.

Weil mein Bruder dich sonst so hart und lange gegen deine

Gitterstäbe fickt, bis du erst seinen und danach deinen Namen schreist.

Brodelnde Hitze sickerte in meinen Unterleib bei dem Gedanken daran und ich ärgerte mich maßlos darüber.

Angst, Übelkeit, Ekel. All das war angemessen in meiner Situation, aber auf keinen Fall hatte mein Körper mich mit diesem abartigen, trügerischen Pochen zu hintergehen, wenn ich daran dachte, wie seine großen Hände sich meine Hüften griffen. Wenn Eliot McTavish sich eine Frau genauso nahm, wie er sprach, wie sein glühender Blick sich in sie bohrte, riss er sie dabei in Stücke. Und wahrscheinlich gefiel ihm das sogar.

Tja, ich wollte nicht in Stücke gerissen werden. Ich wollte hier verdammt noch mal raus.

Keuchend versuchte ich erneut, mich aus diesen Fesseln zu winden. Shit, das tat weh. Vielleicht war ich auch schon lange an einer Sepsis gestorben, wenn mein Ehemann in spe sich dazu durchringen konnte, hier aufzukreuzen und mich zu holen.

»Verdammt«, fluchte ich und kämpfte gegen den Drang, irgendetwas zu treten. Konnte ich in dieser Situation ohnehin nicht. Meine Brust hob und senkte sich hektisch, während ich mich hier unten umsah. Wie eine alte Burg im Mittelalter. Die Wellen rauschten am Fuße der Klippe gegen den Berg, als wäre heute ein bedeutungsloser Abend wie jeder andere.

Aber das war falsch.

Ich wollte heute Andrew Craig heiraten.

Ich *musste* heute Andrew Craig heiraten.

All das war so anders geplant gewesen und jetzt war der Tag aller Tage beinahe vorüber und das machte mich rasend.

Craig-Hure ... So hatte diese Bestie mich genannt und ich wollte ihn dafür ... keine Ahnung, was ich wollte. Mein Tritt in seine Eier war ja ganz offensichtlich nicht mehr als ein Kitzeln für ihn gewesen. Und dieser furchtbare dominante

Kuss ... Er brannte noch immer auf der dünnen Haut meiner Lippen. Sein Geschmack nach Sturm und Feuer.

Moor-Prinzessin ...

Noch einmal zog ich mit einem festen Ruck an den Fesseln und augenblicklich schossen mir die Tränen in die Augen.

»Scheiße!« Mir war nach Heulen, nach Toben, nach Spucken.

Ich wollte diese verdammte Burg in Schutt und Asche legen und all die Bastarde, die darin hausten, gleich mit. Mein ganzer Körper bebte vor Angst, und wenn ich Angst hatte, biss ich um mich.

Wie ein Hund, den man in die Ecke gedrängt hat, sagte Andrew immer. Die Flucht nach vorn war bei Weitem nicht immer klug, aber nicht immer klug zu sein, war ein Teil von mir, den ich nicht abstellen konnte. Und für diese miese Situation hier, für diesen Irrsinn hier gab es nur einen Schuldigen.

Was bildete sich dieser arrogante, von sich überzeugte Wikingerabklatsch eigentlich ein, mich hierher zu verschleppen? Nicht nur seine Burg war im Zeitalter der Barbaren stehen geblieben, er selbst war es ebenso.

Man verschleppte Frauen nicht einfach und sperrte sie als Köder in einen Kerker!

Gott, all das machte mich so wahnsinnig, dass das kochende Blut in meinen Ohren mich die Schritte nicht hören ließ, die erneut die Stufen herunterkamen. Und dann stand er plötzlich wieder vor mir und ich presste fest die Lippen aufeinander, während ich ihn anfunkelte. Eliots Anblick ließ einen Schauer durch meinen gesamten Körper rasen. Dieser Hüne von einem Wilden weckte so viel Widerspruch in mir, dass ich das Gefühl hatte, allein das würde mich in Kürze entzweibrechen.

Davonlaufen oder angreifen, mich ihm wie ein Mädchen unterwerfen oder ihm die Eier abreißen wie ein Kerl, ihn milde stimmen oder beschimpfen, ihn anspucken oder zulassen, dass er seine Zunge tief zwischen meinen Lippen versenkte ... um diesen Ozean aus Feuer noch einmal zu schmecken.

Nein, um ihn in Sicherheit zu wiegen, Shona! Du hast gelernt, zu ertragen, damit die Männer tun, was du willst, also tu es!

Vielleicht würde er mich nicht ganz so übel zurichten, wenn ich ihn einfach machen ließ ... Mein Temperament bäumte sich schreiend in mir auf. Vielleicht würde er ...

»Und jetzt raus aus diesem Fummel!« Mit festen Schritten kam er auf mich zu und ich keuchte.

Was zum ... Hatte ich mich da gerade verhört?

Hinter seinem breiten Rücken erkannte ich eine devote Blonde, die mit gesenktem Blick irgendein grünes gefaltetes Kleidungsstück auf den Händen trug. Ihr endlos langes Haar fiel ihr in Locken über die Schultern und sie war über und über mit Sommersprossen bedeckt. Sogar seinen Blick mied sie, als er sich zu ihr umdrehte. Das komplette Gegenteil von mir. Was hatte er ihr nur angetan, dass sie so vor ihm kroch?

»Was ...«, kam mir nun doch über die Lippen, während er die Zelle aufschloss und den Schlüssel in die Gesäßtasche seiner dunklen Jeans schob.

»Ich kann diesen Anblick nicht mehr ertragen!« Seine Augen funkelten bösartig, als er mich betrachtete. Wie ein Bär, der kurz davor war, seine Beute in Stücke zu reißen.

Mein Hals wurde staubtrocken, als er zu mir in die Zelle trat.

Die Blonde blieb am Fuß der Stufen zurück. Was würde sie tun, wenn er mich jetzt und hier so vergewaltigte, wie sein Bruder es prophezeit hatte? Würde sie nur zusehen? Auch Zuschauer waren Täter.

»Ich bin gefesselt«, erinnerte ich ihn erstickt.

»Das weiß ich«, raunte er dunkel und kam mir schon wieder viel zu nahe. »Und das gefällt mir.«

Hundesohn!

Der Duft seiner Haut entfachte wieder die Wut in mir. Das hier machte keiner mit einer Blythe. Die größte Wut galt der Gänsehaut, die in voller Heftigkeit über meinen Rücken raste, als sein warmer Atem auf die Haut meiner Wange traf.

»Dann fürchtest du mich also, Eliot McTavish.« Meine Stimme bebte. Wo war das bitte hergekommen? Ich konnte auch gleich um den Tod betteln.

Er nahm den Kopf zurück und seine eisblauen Augen musterten jeden Millimeter meines Gesichtes. Verflucht, sollte er es noch einmal wagen, mich zu küssen, würde ich ihm die Zunge abbeißen!

»Man legt nur in Fesseln, was man fürchtet«, flüsterte ich gegen seine Lippen, weil ich nicht mehr als ein Flüstern zustande brachte. Viel lieber hätte ich resolut geklungen, laut und beherrscht, aber die Nähe dieses Mannes lähmte mich.

Diese Augen ... Wie die eisige See. Blau. Hell. Und ein dunkler Rand um die Iris, der wahrscheinlich für seine barbarische Ader stand.

Ein kühles kleines Grinsen breitete sich auf seinem Gesicht aus wie züngelnde Flammen. Was blitzte da so gewitzt in seinem Blick? Amüsierte ihn das hier etwa?

Was sagte ich! *Natürlich* amüsierte es ihn.

Er war ein Sadist. Sonst würde ich nicht hier hängen wie der Weihnachtsbraten, auf den er sich seit Monaten freute.

Er zog etwas aus seiner Jeans und hielt es vor mein Gesicht. Ein Messer. Als er mit einem Klacken die Klinge aufschnappen ließ, schloss ich die Augen, damit er nicht sehen konnte, wie die Panik in ihnen aufflackerte. Meine Brust hob und senkte sich hektisch, mein Atem ging flach. Er würde doch nicht ...

Im nächsten Moment waren meine Arme frei und ich presste mich noch näher an die Gitterstäbe.

Er hatte mich losgeschnitten.

»Das kommt ganz auf den Grund an, aus dem man

fesselt«, brummte seine tiefe Stimme nah bei meinem Ohr. »Und jetzt raus aus diesem Kleid!«

Als ich die Augen wieder öffnete, hielt er das Messer noch immer in der Hand. »Oder ich schneide dich raus.«

»Ich werde mich hier nicht ausziehen.« Mein Blick hatte Mühe, seinem standzuhalten. Und meine gefühllosen, freien Arme erinnerten mich daran, dass mich nur noch eine Zellentür von der Freiheit trennte. Der Schlüssel dazu befand sich in der hinteren Tasche seiner Jeans ...

»Du ziehst dich aus oder ich tue es.« Seine Worte waren Sturm, sein Blick Stein.

Offenbar hasste er es tatsächlich, dass ich dieses Kleid trug. Aber ich würde es nicht vor ihm ausziehen. Eigentlich wollte ich es gar nicht ausziehen, denn ich war Andrews Braut. So war es und so hatte es zu sein. Dass die Dinge auch ihre Ordnung haben konnten, war einem wie ihm wahrscheinlich gänzlich fremd.

»Das Kleid gehört Andrews Mutter.« Mein Körper reagierte mit elektrischen Impulsen auf seinen, der mir viel zu nah war. Ich spürte seine Wärme, seinen Atem und die stoßartige Wut, die ich mit diesen paar Worten in ihm auslöste.

Im nächsten Moment packte seine Hand meine Kehle und seine Brust drängte mich noch enger an das Gitter.

Ich ächzte, als er seinen eiskalten Blick in mich rammte.

»Ich scheiße auf Andrews Mutter, okay?« Es war nicht mehr als ein Grollen. Wie der Donner eines Gewitters, und ich konnte kaum noch Luft holen, als er für einen Moment fester zudrückte.

Atemlos starrten wir einander an, ich war nicht imstande, mich zu rühren. Dieser ausweglose harte Körper war mein Gefängnis.

Dann wurden seine Finger um meinen Hals wieder lockerer und ich schnappte nach Sauerstoff. Verdammt, dieser Irre wollte mich wirklich umbringen!

Sein Griff wurde fast sanft, während er den Ausdruck in meinen Augen in sich aufsog. Meine Angst, meine Wut, meine Fassungslosigkeit und wahrscheinlich allem voran die Tatsache, dass ich hilflos war.

Ich bin niemals hilflos, Eliot McTavish. Egal, wie fest du mich anpackst!

Shona Blythe ist niemals hilflos!

»So ist es gut«, brummte er, als ich mich nicht mehr rührte, und seine Finger glitten über die zarte Haut meines Halses weiter nach unten. Zufrieden betrachtete er die Gänsehaut, die seiner Berührung folgte und von der ich nicht wusste, warum ich sie überhaupt bekam. Aus Angst? Entsetzen? Zorn? Dieser Bastard stürzte mich in Extreme. Dafür hasste ich ihn nur noch mehr.

Am Ansatz meiner sich hebenden und senkenden Brüste ließ er die Hand von meinem Körper gleiten, streifte meine Nippel unter dem Kleid nur mit dem Hauch einer Berührung, die mich heftig zusammenfahren ließ.

»Also, ziehst du diesen Fetzen jetzt aus?« Das kleine Grinsen war auf sein Gesicht zurückgekehrt.

»Nein«, zischte ich, während ich mich an seinem Körper wand und dabei Dinge zu spüren bekam, die ich nicht spüren wollte. Meine Finger tasteten bebend nach seiner Tasche, Millimeter für Millimeter, und als ich sie wie Federn unter den rauen Stoff gleiten ließ, berührte ich seinen warmen festen Hintern darunter kaum. Dafür presste ich mich enger gegen seinen Bauch, um von meiner Aktion abzulenken. Für einen Moment schien er die Reibung zwischen uns fast zu genießen, ein tiefes, knurrendes Geräusch baute sich hinter seiner Brust auf und mein Blick kämpfte mit seinem. Fesselte ihn, während ich den warmen Schlüssel unter den Bund meines blickdichten weißen Strumpfes gleiten ließ. Es war ein Kinderspiel, so nah wie er mir war. Danke, Gott, dass mein Verlobter es so sehr liebte, wenn ich Bein zeigte. Eliots Augen funkelten gierig und für einen Moment drängte er seine Lenden noch enger gegen mich. Ein Zittern ergriff mich, das ich nicht kontrollieren konnte.

Ich hatte den Schlüssel! Shit, ich hatte ihn!

Hat er es bemerkt?

Und seine kleine Schergin? Hat sie etwas gesehen?

Ich hatte keine Zeit, darüber nachzudenken. Starrte forschend in seine blauen Augen.

»Ich werde es nicht ausziehen«, wiederholte ich, um meiner Entscheidung Nachdruck zu verleihen. Und er knurrte erneut, machte einen Schritt zurück und blickte auf mich herab.

»Gut.«

In der nächsten Sekunde hatte er mich umgedreht und die Klinge seines Messers traf auf die Schnürung meines Kleides.

Ich fluchte und protestierte, aber mit einem zähen Geräusch, das nur Stoff machte, wenn er riss, hatte er in einer Bewegung die gesamte Korsage aufgeschnitten.

Meine Hand griff nach dem Rock, damit ich nicht gleich in Unterwäsche vor ihm stand, und ich schnappte vollkommen entsetzt nach Luft.

Was bildete er sich ein?

Als ich herumfuhr, um ihn anzustarren, blickte ich in ein überhebliches Grinsen.

Was zum ...

Mein Stolz wollte ihm eine schallende Ohrfeige verpassen, aber meine Vernunft hielt mich diesmal zurück.

Trotzdem kochte es in mir. Und die Wut war stärker als meine Angst. Der ängstliche Hund in mir wurde wieder bissig.

»Was?«, fragte ich bebend. »Willst du mich nackt sehen, Eliot McTavish? Ist es das, was du willst? Deine rohen Gelüste mit dem Anblick von blankem Fleisch befriedigen? Bitteschön.« Ruckartig ließ ich das Kleid fallen und stand in meiner schwarzen Spitzenunterwäsche und den Strümpfen

vor ihm, die ich für die Hochzeitsnacht mit Andrew angezogen hatte.

Ein helles Blitzen zuckte durch seine Augen und er bohrte
seinen Blick einfach nur weiter in meinen, ließ ihn keinen
Millimeter nach unten wandern. Seine Beherrschung imponierte mir fast. So hatte ich ihn nicht eingeschätzt.

Am liebsten hätte ich den weißen Stoff augenblicklich
zurück über meinen Körper gezogen, denn so schnell wie der
Mut mich gepackt hatte, verließ er mich auch wieder. Eliot
schien das zu registrieren, denn er schüttelte fast unmerklich
den Kopf, bevor er sich umdrehte und auf die Stufen zuging.
Einfach so. Völlig ohne Kommentar.

Seine Ignoranz riss an meinen Nerven.

»Du wolltest meinen Namen wissen«, rief ich ihm nach
und er machte am Fuß der Treppe noch einmal Halt, ohne
mich anzusehen. Direkt neben der devoten Blonden, die gar
nicht wusste, wo sie zuerst hinsehen sollte.

»Ich bin Shona Blythe. Ich habe einen eigenen Namen,
einen eigenen Willen. Du kannst mich nicht für ihn büßen
lassen, North!«

Jede Faser in mir stand unter Strom, als er sich kommen-
tarlos von dannen machte und die Blonde mit gesenktem
Blick auf mich zukam, um mir den grünen Stofffetzen zu
geben, der sich als Kleid herausstellte.

»Ich würde das lieber nicht tun«, sagte sie. Ihre Ausstrahlung hatte sich verändert, sobald Eliots Schritte auf den
Stufen verhallt waren. Ich war nichts als eine unbedeutende
Gefangene für sie. Stand noch tiefer in der Nahrungskette
dieses schmutzigen Harems hier als sie, also konnte sie ruhig
zur überheblichen Bitch werden, während sie mich musterte.

»Was genau?« Noch immer tobte das Adrenalin in mir.
Ich zog mir den weichen grünen Stoff über den Kopf und
merkte erst jetzt, dass jedes meiner Glieder zitterte. Reichlich
leichtsinnig, ihm die Unterwäsche noch genauer zu präsentieren, unter der ich gerade mein Ticket in die Freiheit

versteckt hatte, blickdicht hin oder her. *Er ist hinten in deinem Strumpf, Shona! Krieg dich ein! Keiner konnte ihn sehen.* Bebend zog ich das Kleid zurecht. Es war gerade so knielang und ein tiefer Ausschnitt überließ nicht viel der Fantasie. Was auch sonst bei dieser lüsternen Bande hier? Wahrscheinlich war es das Kleid eines der *Mädchen aus dem Süden* seines gruseligen Bruders.

Ob diese Schweine Menschenhändler waren? Ein eisiger Schauer sickerte mir in die Magengrube. Hatte ich gerade einen riesigen Fehler gemacht? Vielleicht würde er mich verkaufen, nachdem er mich gezüchtigt hatte, an irgendein widerliches Bordell oder einen Kerl in den Staaten, der darauf stand, Frauen zu quälen.

Erst einmal braucht er Andrew. Mann, jetzt reiß dich gefälligst zusammen!

»Was genau?! Na, ihn wütend machen, natürlich«, sagte Blondie mit süffisanter Stimme, während dieser Bär von einem Kerl mit dem Nasenpflaster wieder hinter ihr im Treppenaufgang erschien, der mich auch vorhin schon bewacht hatte. An ihm würde ich nicht ohne Weiteres vorbeikommen. Er war ein menschlicher Berg.

Kopfschüttelnd hob die Sommersprossige den Blick zu meinem und ihre Stimme wurde fester, als sie sagte: »Du bist jetzt seine Kriegsbeute, und es ist weit bekannt, was North McTavish mit Kriegsgefangenen anstellt, vor allem, wenn sie noch dazu so aufmüpfig sind wie du.«

Fragend starrte ich sie an, aber sie wich mir schon wieder aus. Wollte mich wahrscheinlich nicht zu genau ansehen, weil ich in Kürze ohnehin als Schaschlik über dem Feuer der McTavish-Brüder hing. Ein unfassbar klammes Gefühl breitete sich in meiner Brust aus, während sie meine Zelle verließ und das Schloss hinter sich einrasten ließ. Es ließ sich nur mit einem Schlüssel öffnen. Mit genau dem Schlüssel, den ich Eliot vorhin abgenommen hatte, als sein Körper meinem viel zu nah war.

Bevor ich so viel Leichtsinn besessen hatte, mich vor ihm ... Shit, das war auf so viele Arten falsch gewesen.

Ja, manchmal ging mein Temperament mit mir durch, und etwas sagte mir sehr deutlich, dass ich diesmal zu weit gegangen war. Schluckend betastete ich die Male auf meinem Hals, die seine Finger hinterlassen hatten, und ignorierte das beißende Brennen meiner Handgelenke.

Das Metall des Schlüssels in die Freiheit schmiegte sich verheißungsvoll an die überhitzte Haut meines Schenkels unter dem dunklen Stoff.

Die beste Chance auf Flucht, die ich bekommen konnte.

Denn es war wahrscheinlich meine einzige.

Der Wächter neben der Treppe fixierte mich grimmig.

Ich musste dringend hier raus!

Wenn Eliot McTavish merkte, dass ich ihm etwas so Wichtiges gestohlen hatte, würde er mich endgültig in Stücke reißen.

KAPITEL 15
SHONA

Diese vermaledeite Burg stand auf einem kargen Felsen, deshalb konnte ich von meiner Zelle aus das Meer sehen, trotz der Tatsache, dass wir uns im Keller befanden. Schmale Kerben im Stein eröffneten mir den hellen Vollmond am Himmel und eine Art Bucht direkt unter meinem Verschlag.

Dieser riesige Bär von einem Kerl hielt eisern seine Position und starrte mich grimmig vom Fuß der Treppe aus an. Er war voller Narben. Hatte ihm sicher dieser verfluchte Eliot McTavish verpasst, als es wieder einmal mit ihm durchgegangen war.

Fluchend rieb ich mir die schmerzenden Handgelenke und kauerte mich in einer Ecke zusammen. Warum nur war alle Welt diesem Banausen hörig? In der Bucht hatte der Rest der Bande ein Lagerfeuer aufgeschichtet und ich starrte leer in die züngelnden Flammen. Meine restlichen Sinne galten dabei jedoch voll und ganz meinem zerfurchten Kindermädchen. Irgendwann würde er pinkeln müssen. Und dann war meine Zeit gekommen.

»Zetern hilft dir auch nicht weiter«, brummte Eliots Scherge und ich hätte am liebsten noch lauter geflucht.

Das wusste ich. War ja nicht dämlich. Trotzdem musste es raus.

Unten am Feuer lachte und scherzte die ganze verdorbene Bagage. Hochprozentiger Alkohol ergoss sich in ihre Kehlen und ein jüngerer Kerl knutschte hemmungslos mit einer rothaarigen Frau, während ihn eine Blonde in ihren Arm zog. Der dunkelhaarige Grobian vom Revier, der so eng mit Eliot zu sein schien, hieb ihr fest auf den Hintern und sie warf im Arm des anderen den Kopf zurück, um herzlich zu lachen.

Was stimmte nicht mit diesen Frauen? Dass sie sich von diesen Tieren schänden ließen? Ich hätte am liebsten auf die ganze Welt geschimpft. Auf meinen Feigling von einem Mann, der mich hier verschimmeln ließ, auf die Tatsache, dass wir eigentlich jetzt schon verheiratet sein sollten und es nicht waren, auf den Fakt, dass mir hier unten ernsthaft etwas zustoßen konnte und ich damit nicht nur mich in Gefahr brachte, und vor allem ... vor allem anderen auf Eliot North McTavish, der mir all diesen Schlamassel erst eingebrockt hatte. Mit seinen groben Pranken, seinen unverschämten, frauenverachtenden Sprüchen und seinem ...

In dem Moment kam auch er unten bei den anderen an und ich wollte eigentlich schnaubend den Kopf wegdrehen, aber er begann vollkommen ungeniert, sich auf dem Weg durch die Runde die Kleidung vom Körper zu schälen. Einfach so. Als wäre da niemand, der ihn dabei beobachten konnte.

Diese Tatsache empörte mich so sehr, dass ich nicht wegsehen konnte. Besaß dieser Kerl denn wirklich kein Fünkchen Anstand? Meine Güte noch mal! Alles an ihm machte mich wütend. Seine festen Schritte zwischen seinen Männern hindurch, die verschüchterten Blicke der Frauen in der Runde, völlig egal, in wessen Armen sie gerade lagen.

Und ich verstand, dass sie starrten, denn ich konnte selbst nicht damit aufhören. Am liebsten hätte ich wieder geflucht. Diesmal noch lauter und über mich selbst, weil mir der Anblick seines breiten muskulösen Rückens gefiel. Die Eiche des Lebens, deren Äste sich über seinen Arm bis zum linken Schulterblatt zogen, das keltische Kreuz, das sich in einer Meute Höllenhunde auf seinem Rücken verlor. Und ... war das ein Kompass zwischen seinen Schultern? Beim Himmel, auf diesem Rücken war verdammt viel Platz für keltische Kunst. Der Schein des hoch lodernden Feuers betonte das Spiel seiner Muskeln beinahe ästhetisch, und als er einfach so die Jeans von sich streifte, ließ mich sein fester Knackarsch trocken schlucken.

Was soll das, Shona Blythe? Bist du jetzt unter die lüsternen Dirnen gegangen? Einfach so fremde nackte Kerle anstarren, die dich noch dazu entführt und in ein feuchtes Kellerloch gesperrt haben?

Zischend verschränkte ich die Arme vor der Brust.

Ertrinken sollte er dort draußen in der Nacht.

»North, du Hundesohn. Hat deine Mama dich zu oft vom Wickeltisch fallen lassen? Du verschreckst unsere Mädels«, brüllte irgendein zerzauster Bärtiger, der an jeder Hand eine andere Frau hielt. Beide starrten Eliot an. Verschüchtert, aber interessiert.

Gott, was für ein Haufen sollte das sein, der nicht einmal ...

Eliot drehte sich um und streckte in großer Geste die Arme von sich. An seinem Hals hing ein schmales Silberamu-lett an einem Lederband, seine Brust und der Bauch sahen genau aus, wie ich sie unter dem dünnen Shirt hatte erahnen können. Und Himmel noch eins, an diesem Anblick war nicht nur die Geste groß. Dieser Mann war wirklich ... ansehnlich.

Die beiden Frauen quiekten unreif und ich war für eine Sekunde wie gebannt. Nicht nur von diesem perfekt unperfekten Körper voller Narben und Geschichten, nein. Auch von seinem ... Charisma?

Bist du jetzt vollkommen verblödet, Shona Blythe???

In einer jungenhaften Geste knickste er splitternackt vor der versammelten Mannschaft, bevor er sich wieder umdrehte und sich mit einem eleganten Sprung vom schwarzen Ozean verschlucken ließ.

Mein Herz pochte. Meine Gedanken rasten und kamen mit einem Schlag zum Stillstand, als der langhaarige Hüne bei der Treppe sich ungeduldig rührte.

»Rauschendes Fest, was?«, provozierte ich ihn und sein Blick wurde noch düsterer. Gleich war es so weit. Ich konnte es fühlen. *Gleich.* Alle anderen waren dort unten und betranken sich. Sobald er ging, hatte ich freie Bahn.

In wenigen Stunden war ich wieder bei Andrew.

In wenigen Stunden war alles wieder wie zuvor.

NORTH

Dieser Anblick ... Hölle, ich brauchte das eiskalte Wasser mehr als dringend, um meine kochenden Lenden zu bändigen. In langen, kräftigen Zügen hielt ich aufs Meer hinaus. Was war ich doch für ein beherrschter Bastard, dass ich sie nicht einfach gepackt und gegen diese verdammten Gitterstäbe gefickt hatte, bis sie nicht mehr stehen konnte! Dieser herrliche straffe Körper, der sich an mir gewunden hatte wie ein kleiner, schlüpfriger Aal ... Und dann hatte sie es auch noch gewagt, sich mir in dieser unwiderstehlichen Unterwäsche zu präsentieren. Voller Zorn und unsicherem Mut wie eine bissige Walküre. Dachte sie wirklich, ich hätte diesen Anblick nicht registriert, nur weil ich ihr nicht auf die Titten gestarrt hatte wie ein degenerierter Volltrottel? Sie trug eine schwarze Schlange in ihrem Nacken, direkt unter ihrem Haaransatz, das hatte ich gesehen, als ich ihr diesen verfluchten Glitzerlumpen vom Leib geschnitten hatte. Das kleine Tattoo unterbrach ihre makellose Unbeflecktheit auf eine so verruchte Art und Weise, dass es mich fast nervös machte.

O Hölle, ich hatte sie gesehen.

Ich hatte sie gespürt. Und dass sie all meine Sinne so sehr schärfte, genoss ich viel mehr, als gut für sie war.

Sie hatte einen Namen. Ja, das war mir nicht entgangen. Genauso wenig wie ihr eiserner Wille.

Blythe ... Da klingelte etwas bei mir. Waren das nicht die armen Lumpen, die anno dazumal schwächlich unsere Stadt verlottern ließen? Die traurigsten Sheriffs der schottischen Prärie? Ein verdammt schändliches Kapitel in der Geschichte von Prayer's Well.

Aber sie ... Meine Bewegungen wurden kräftiger. Zäher. Ich musste mich auspowern, sonst drehte ich durch. *Sie* war nicht schändlich. Sie war faszinierend. Und einen McTavish faszinierte nie etwas. Er herrschte über Dinge. Machte sie sich zu eigen. Dominierte sie. Aber Faszination, das war etwas für schwächliche Weicheier wie ihrem Schlapp-schwanz von Verlobten.

Knurrend durchstieß ich die Wellen in abgehackten Zügen. Das war alles, was mich zusammenhielt. Alles, was mich jetzt runterbrachte. Wenn der Sturm durch meinen Kopf tobte, musste ich schwimmen, jemandem die Fresse polieren oder ficken. Also schwamm ich, verdammt noch mal!

Shona Blythe ... Vielleicht hatte ich soeben die Lust verloren, sie diesem spießigen Pinkel wiederzugeben. Vielleicht würde ich sie einfach behalten und darauf scheißen, was sie davon hielt.

Als ich zum Strand zurückkehrte, war mein Körper genauso erkaltet wie meine Seele. Eins mit dem Meer zu sein war besser als jede Meditation.

Die Jungs tanzten, lachten und schoben ihre Zungen in unsere Frauen wie eine Truppe vorpubertärer Trottel.

Der Ozean verließ mich, perlte von meiner nackten Haut, als ich ihm entstieg, und ich ballte die Fäuste, während ich in die züngelnden Flammen des Lagerfeuers starrte.

Lacey kam auf mich zu und streckte mir in einer weiten Geste frische Kleidung entgegen, als sei ich aussätzig, nur weil ich nackt war. Wo zum Geier war das Problem? Nacktheit war so natürlich wie der Ozean, der in die Bucht drängte oder der kühle Mond, der sein Licht auf die gezackten Wellen warf.

Ihr Blick taxierte mein Gesicht, trotzdem nahm ich einen Hauch von Röte auf ihren Wangen wahr, während sie mit gesenktem Blick wartete, bis ich mir die Jeans übergestreift hatte. Wurde auch mal Zeit, dass ich in frische Klamotten kam, die nicht mit dem Blut von Craigs Hofhunden besudelt waren.

»Was willst du?«, fragte ich mit scharfem Ton, weil sie sich noch immer nicht vom Acker gemacht hatte, als ich mir das helle Shirt über den Kopf zog. Ich hatte nicht verlangt, dass sie meine Bedienstete spielte.

»Wir müssen reden.« Sie machte einen Schritt auf mich zu und ihre Finger spielten mit dem Saum meines Shirts. Was sollte das bitte werden? Widerwille flammte in mir auf, als sie mit leicht geöffneten Lippen zu mir aufblickte. »Irgendwo, wo wir ungestört sind.«

Während ihre Hand tiefer wanderte, bemerkte ich Glenns Blick. Er stand etwas abseits mit einer Flasche Whisky, und als er registrierte, dass ich ihn wahrnahm, prostete er mir zwinkernd zu.

Ich ließ das kleine Miststück für eine Weile meinen Schwanz durch die Jeans kneten, weil es sich zu gut anfühlte, dann packte ich so fest ihren Arm, dass sie erschrocken keuchte.

»Was willst du?«, wiederholte ich nah bei ihrem Gesicht und deutlich härter. »Raus damit!«

Ich traute ihr nicht und Glenn sollte das besser auch nicht tun.

Etwas in ihren Augen blitzte erschrocken und auch ein wenig beleidigt. Warum? Weil ich mich nicht danach verzehrte, sie zu ficken? Sie langweilte mich.

»Deine Gefangene«, flüsterte sie beinahe. »Sie hat ...«

»Mir den Schlüssel zu ihrer Zelle gestohlen?«, beendete ich den Satz und Lacey hob entsetzt die Brauen.

»Du weißt es?«

»Natürlich weiß ich es. Ich bin kein Idiot.« Sie hatte ihn mir abgenommen, als sie sich an mir gerieben hatte wie ein rolliges Kätzchen, und ich hatte das Gefühl ihrer zarten Finger an meinem Hintern zu sehr genossen, um ihr Einhalt zu gebieten. Außerdem liebte ich Spielchen. Wenn sie mich herausfordern wollte, gern. Nur konnte ich für nichts garantieren, wenn es endete. Wahrscheinlich würde ich sie zertrümmern, weil ich es hasste, wenn mich jemand hinterging. Auf der anderen Seite hatte sie mir nie die Treue geschworen und wollte nur ihren kleinen süßen Arsch retten. Schnell zurücklaufen zu ihrem missratenen Verlobten, dem sie einen Dreck bedeutete.

Scheiße, ihre Dummheit machte mich so wütend.

»Aber was, wenn sie ...«, stammelte Lacey vollkommen verstört.

»Wegläuft?«, beendete ich ihre Frage erneut und griff noch fester zu, weil ich beschissene Petzen schon in der Schule gehasst hatte.

Du hast sie nicht mehr alle, Eliot McTavish! Es macht dich wütend, dass dir jemand verrät, dass dir deine Gefangene etwas gestohlen hat.

»Wird sie nicht.« Ich zwang mich, meinen Griff zu

lockern, weil ich offensichtlich gerade den Verstand verlor. »Piet ist bei ihr. An dem kommt keiner vorbei.«

»Was, wenn sie es doch schafft?« Lacey befreite ihren Arm und stolperte einen Schritt zurück.

So erleichtert, von mir wegzukommen, Süße? Richtig so. Merk dir diesen Moment besser!

Ein eisiges kleines Grinsen breitete sich auf meinem Gesicht aus, als ich den Raum zwischen uns wieder verkleinerte, mich über sie beugte und nach ihrem Kinn griff, um es für ein paar Atemzüge unsanft festzuhalten. »Dann gnade ihr Gott!«

Nachdem ich Glenns Auserwählte endgültig von mir gestoßen hatte, damit sie mich bockig aus dem Schatten beäugen konnte, trat ich näher zum Feuer und blickte mürrisch in die Runde.

Die Hitze kochte wieder in mir hoch.

»Ich habe mit meinem Bruder gesprochen«, sagte ich so resolut, dass augenblicklich alle verstummten und mich anstarrten.

»Und was hatte er zu berichten?«, fragte Zac, dem eines der Mädels kleine Zöpfe in den Bart geflochten hatte.

Verfluchter Räuberhaufen!

»Nicht viel Gutes, ihr verdammten Hundesöhne!«

Ungläubige Blicke.

Schweigen.

Nur das Feuer traute sich noch, weiter vor sich hinzuknistern.

Ein paar der Mädels machten sich leise davon.

Besser ist das!

Lennox, der kurz vor meiner Einbuchtung zu uns gestoßen war, verschluckte sich an seinem Met. Dieser Bastard war mir schon immer ein Dorn im Auge gewesen, weil er mir mit seinem drahtigen Körper und den entschlossenen blauen Augen Konkurrenz machte. Er verdrehte ausnahmslos jeder Frau, die wir neu für eines unserer Bordelle anschleppten, den Kopf.

Und er war ein strammer kleiner Scheißer, der sich bei unserem Aufnahmeritual wirklich gut gegen mich geschlagen hatte.

Aber seine Treue stand noch auf dem Prüfstand und genau deshalb fixierte ich jetzt seine kantige Fratze und nicht die einer meiner älteren Männer. Er hielt dem Blick stand. Dachte, die Narbe, die sich über sein gesamtes linkes Auge zog, würde ihn bedrohlich machen. Aber sollte ich auch nur mit dem Hauch einer Ahnung registrieren, dass er mir in den Rücken fiel, würde ich ihm ohne zu zögern jeden Knochen im Körper brechen, ihn in mundgerechte Stücke hacken und an Freya verfüttern.

Glenn trat an meine Seite, wie er es immer tat, wenn die Situation kippte. Sollte es zu einer Massenschlägerei mit meinen Jungs kommen, würden unsere Fäuste sich gemeinsam durch Kiefer und Mägen prügeln, bis die Sache bereinigt war. Es wäre nicht das erste Mal.

»Als ich wie ein räudiger Köter im Knast saß, ist hier einiges aus dem Ruder gelaufen«, knurrte ich. »Unsere Stadt wird von ein paar lästigen Schmeißfliegen belagert, die denken, sie könnten sich gegen uns auflehnen, und was tut ihr in der Zwischenzeit?«

Tief atmend blickte ich in die Runde. »Huren, saufen und feiern? Warum muss ich diesen Bullshit von meinem Bruder erfahren, der mit dem Süden mehr als genug am Hals hat, hm? Warum kümmern sich meine Männer nicht um Prayer's Well, während ich unsere Strafe absitze?«

Die Banausen schwiegen allesamt. Lennox senkte den Blick und schluckte. *Richtig so, Kleiner! Respekt ist, was ich verlange! Respekt und Loyalität. Von jedem von euch!*

»Ihr kennt unsere Werte. Ihr wisst, was mir wichtig ist, und dieser lose Sauhaufen hier kommt mir nur noch vor wie ein Schatten seiner selbst. Wo sind die Männer, die ich ausgebildet habe? Wo die Männer, die füreinander durchs Feuer gehen? Füreinander und für ihre Stadt? Prayer's Well gehört uns, verflucht noch mal! Jeder Aufstand muss mit Gewalt zerschlagen werden. Und ihr Wanzen seht mir gerade nicht nach Gewalt oder einem eisernen Willen aus.«

Zac räusperte sich verlegen und löste die Zöpfchen aus seinem Bart.

»Also was jetzt?« Ich breitete die Arme aus und machte einen Schritt auf die Bande zu, was auch noch die letzten Frauen dazu veranlasste, sich aus dem Staub zu machen. »Soll ich euch allensamt die Fratzen neu sortieren oder stehen wir gemeinsam als Truppe füreinander ein und räumen den Dreck aus unserer verfluchten Stadt?«

»Ja, verdammt!«, rief Pollock, einer der Ältesten meiner Bande. »Lasst uns den Müll rausbringen!«

»Die Lumpen nehmen wir uns vor, Boss.« Lennox streichelte die Messer in seinem Gürtel und fuhr sich durch sein strohblondes Haar.

»Wir waren hier nicht tatenlos, als du weg warst, North«, säuselte Glenn mir verschwörerisch ins Ohr. »Auf ein Wort?«

Knurrend musterte ich den erregten Aufruhr in meiner Truppe. Ich musste erst einmal ankommen. Mich wieder einfinden. Dann würde ich einschätzen können, was sie gestemmt hatten und was nicht. Natürlich traute ich jedem von ihnen und für die meisten würde ich bedingungslos meine Hand ins Feuer legen, aber die Geschichten meines Bruders hatten mich stutzig gemacht. Verdammt, ich musste mir selbst ein Bild machen. Musste raus in die Stadt und sehen, wie viel Schmutz sich tatsächlich in den Straßen angesammelt hatte. Und dann brauchte ich eine Kehrmaschine mit Ketten, Stacheldraht und verfluchten Raketen auf dem Dach.

»North?«, wiederholte Glenn, und ich drehte den Kopf, um ihn mit einem düsteren Blick zu bedenken.

»Aye.«

»Die Jungs haben hart gearbeitet, während du weg warst. Sei fair mit ihnen, Mann«, redete er auf mich ein, während wir am Strand entlangliefen.

»Ich weiß.« Das glaubte ich tatsächlich, aber Tatsachen waren mir lieber als jeder Glaube. »Trotzdem sieht Elijah das anders, und er hat einiges dafür geopfert, dass ich jetzt wieder hier stehen darf.«

»South ist ein Weichei«, grunzte Glenn, und ich blieb augenblicklich stehen, um ihn anzustarren.

Was redete er da über meinen Bruder?

Brauchte er wirklich so dringend eine Abreibung?

»Schon gut, schon gut.« Beschwichtigend hielt er die Hände vor sich, damit meine Faust nicht nahtlos in seine grobe Fratze finden konnte. »Du weißt, wie ich es meine. Er ist anders als du. Du bist ein Krieger. Er ist ein Stratege. Legt jedes Staubkorn auf die Goldwaage. Ein Kerl vertickt ein bisschen Brause auf der Straße? Kommt vor, Mann. Die Leute müssen sehen, wo sie bleiben. Wir haben ihn weggeräumt. Das ist alles, was zählt.« Glenn schlenderte fast schon gut gelaunt neben mir her. Er war so viel gelassener als ich und manchmal beneidete ich ihn dafür. »Ein paar Kerle boxen im Süden um eine Frau?«, fuhr er fort. »Warum nicht? Was ist verwerflich daran? South ist vollkommen eskaliert und hat um sich geschossen wie ein Wahnsinniger.«

Übellaunig musterte ich meinen Freund aus schmalen Augen. »Was daran verwerflich ist? Der Süden gehört meinem Bruder. In unserer Stadt gibt es Regeln. Eine davon heißt *Boxe nicht um Geld im Revier von Elijah McTavish*, eine zweite *Verticke keine Drogen auf dem Boden, der Eliot McTavish gehört* und eine dritte *Grins nicht grenzdebil, wenn Eliot McTavish ganz kurz davor ist, dir die Rübe vom Stamm zu hauen*!«

»Ach ja?« Glenn lachte und stieß mir freundschaftlich gegen die Schulter. »Komm, hau zu! Ich vermisse eine deftige Schlägerei mit dir schon ein gefühltes Leben lang.«

»Hmm.« Verdrossen hob ich den Blick zum Himmel.

Freya war noch nicht zurück. Sie konnte kommen und gehen, wann sie wollte, aber es war mir trotzdem lieber, wenn sie kam.

»Was habt ihr mit dem Kerl angestellt, der in meinem Revier gedealt hat?«

Ein bösartiger Zug legte sich über das Gesicht meines besten Freundes. »Piet, Lennox und ich haben ihn markiert. Ich wollte ihn laufen lassen, ihm ein trauriges Dasein mit Matschfresse und ohne Abnehmer im stinkenden Glasgow gönnen, aber Lennox war wie vom Teufel besessen. Er hat ihn so lange mit seinem Messer beharkt, bis nicht mehr viel von ihm übrig war, was ein trauriges Dasein hätte fristen können.«

»Tatsächlich?« Stolz erwachte in meiner Brust. »Ist also gut, der Kleine.«

»Er lernt von den Besten.« Glenn griff brüderlich nach meiner Schulter. »Keine Sorge, Kumpel. Die Stadt war bei uns in guten Händen. Und jetzt, wo du zurück bist, wird erst recht keiner dieser Pimmel mehr einen Aufstand wagen.«

Wahrscheinlich hatte er recht.

Der König war zurück und mit ihm auch die harte Hand.

Besänftigt griff ich nach seinem Arm. »Ohne Funke kein Feuer, was?«

»Ohne Funke kein Feuer. Und wir sind ein verfluchter Flächenbrand.«

»Da seid ihr also, ihr verdammte Bande. Denkt, ihr könnt einfach ohne mich feiern, was?« Piet kam auf uns zu und grinste wie ein verschissenes Glücksbärchi.

Was zum verteufelten ...

Mir entglitten nahtlos die Gesichtszüge.

»Was treibst du hier, Piet? Wer ist bei den Kerkern?«

»Na, Glenn gleich, wenn er mich abgelöst hat.«

Fassungslos starrte ich von ihm zu Glenn und zurück. Die beiden glotzten mich an, als wäre ich nicht mehr ganz richtig im Kopf.

»Die kleine Craig hockt in einer verschlossenen Zelle, da wird sie wohl mal fünf Minuten ...«

»Sie hat den verfluchten Schlüssel«, brüllte ich und war schon auf dem Weg zur Burg, bevor die beiden überhaupt registriert hatten, was ich da redete.

KAPITEL 17
SHONA

»Mist, Mist, Mist!«

Meine Finger zitterten so heftig, dass ich den Schlüssel kaum in das Schloss bekam.

Los jetzt, Shona! Los! Los! Los!

Das klackende Geräusch, als der eiserne Halm sich in der Öffnung versenkte und die Verriegelung aufsprang, war wie die beste Musik in meinen Ohren, die ich je gehört hatte.

Es war dunkel, die Kerle waren alle beschäftigt oder betrunken oder beides. Wenn ich es einmal in die Nacht hinausschaffte, war ich in Windeseile über alle Berge.

Keuchend stürzte ich zu den Stufen und stolperte hinauf.

Schnell!

Am Absatz der Treppe blieb ich stehen, zähmte mein rasendes Herz und lauschte in die Burg hinein.

Niemand hier.

Weit und breit nicht.

Und direkt vor mir die große Holztür mit den eingeschnitzten schottischen Disteln und Löwen. Ich konnte mein Glück kaum fassen, hechtete auf die Tür zu und stemmte die Arme dagegen.

Sie war schwer, aber nicht verschlossen, und als sich die weitläufige Einfahrt vor mir auftat, kickte ich die Braut-schuhe von meinen Füßen, um besser laufen zu können.

Denn laufen, das war es, was ich jetzt tat. So schnell ich konnte über den losen Kies auf dem Vorplatz.

Der Mond strahlte auf mich herab, erbarmungslos wie ein Scheinwerfer, und mein Keuchen vermischte sich mit dem Rauschen des Ozeans.

Los! Los! Los!

Nur dieses eine Mal drehte ich mich um. Keine Verfolger. Ich war frei! *Scheiße, ich war frei!* Das Herz hüpfte mir in der Brust, als ich an der Klippe entlangrannte wie der Wind. Meine Lunge brannte, meine Beine schmerzten und der dünne Stoff des Kleides umschmeichelte meinen Körper wie ein Hauch von Nichts.

Es fühlte sich an wie eine Ewigkeit, in der ich nur rannte und rannte und rannte. Dann zwang mich mein Körper zu einer Pause. Himmel, ich konnte nicht mehr! Nicht mehr lange und ich würde mir sämtliche Innereien vor die nackten Füße kotzen. Ächzend rettete ich mich hinter den Stamm einer Eiche und stemmte die Hände auf die Knie, um würgend nach Luft zu schnappen.

Mist! Wohin jetzt? Wo liegt Swamp Head?

Mein Handy und all der andere Kram waren noch in dem Lager auf dem Polizeirevier. Ich brauchte ein verdammtes Telefon, um Andrew anzurufen. Und das so schnell wie möglich, bevor einer dieser Barbaren mich hier draußen aufspürte. Ungeschützt und allein, mitten in der Nacht. So weit, wie ich gelaufen war, musste ich Prayer's Well längst hinter mir gelassen haben, aber North würde mich verfolgen, davon war ich überzeugt. Ein schweres Schlucken brannte mir in der Kehle. Genau an der Stelle, wo vor einem gefühlten Augenaufschlag noch seine große Hand gelegen hatte.

Ein Schauer durchrieselte mich vom Haaransatz bis hinunter in den Rücken, dann stockte ich.

Da schimmerten Lichter hinter den Bäumen, unweit von mir. Waren das ... Ja, das mussten beleuchtete Fenster sein. Wenn ich mich anstrengte, konnte ich sogar leises Stimmengewirr ausmachen.

Ein Pub vielleicht?

In Pubs gab es Telefone.

Mein Atem hatte sich inzwischen ein wenig beruhigt und mein Puls fühlte sich nicht mehr an, als müsste ich jeden Moment tot umfallen. Ohne zu zögern, hielt ich auf die Bäume zu. Nur ein kleiner Anruf und ich war wieder zurück in meinem alten Leben. Okay, ich brauchte ein neues Hochzeitskleid, aber das sollte wohl das geringste Übel sein.

Meine nackten Füße tappten über kühles Gras und schließlich über Moos und kleine spitze Zweige. Dann erreichte ich Asphalt. Aus dem Schatten der Baumgruppe sah ich mich um. Ein paar vereinzelte Häuser standen hier versammelt an der Waldkante. Ich hatte keinen blassen Schimmer, wo ich war, aber das war auch nicht wichtig. Hauptsache, weit genug weg von diesem Hort des Wahnsinns in Form einer gruseligen Ritterburg.

Lachen hallte durch die Nacht und ein paar Kerle in Latzhosen rauchten vor einer efeuumwucherten Tür, über der ein Schild mit einem goldenen Hund thronte.

Drunken Terrier.

Das war eindeutig ein Pub.

In den tiefen Fenstern flackerten Kerzen und im Inneren wurde schottischer Folk gespielt.

Andrew ließ mich ungern in Pubs gehen. Allgemein mochte er es nicht, wenn ich ausging, aber dieses eine Mal würde er es mir hoffentlich nachsehen.

Die Männer vor der Tür glotzten mich an wie einen Geist, als ich mit meinen nackten Füßen und dem knappen Kleid an ihnen vorbeihuschte. Im Inneren des Gebäudes war es warm und roch nach verschüttetem Fusel und erhitzten Gemütern. Zielgerichtet schob ich mich an den tanzenden und trinkenden Menschen vorbei. Jeder Zweite starrte mich an und die anderen waren zu durch, um mich überhaupt noch anvisieren zu können. Ich musste aussehen wie ein zerzauster Waldschrat mit dem Irrsinn im Blick, der gerade aus einer geschlossenen Klinik entlaufen war.

Der *besoffene Terrier* war wirklich gut besucht. Vielleicht sollte ich einfach mitfeiern und noch ein paar Gäste mehr mit meiner wahnsinnigen Aura verschrecken. Auf meinen wundervollen Hochzeitstag und so. In einer Ecke hinter der Bar spielte eine Liveband. Die Stimmung hätte besser nicht sein können. Nur in mir sah es etwas anders aus.

»Hey, Kleine ...«, donnerte eine Stimme hinter dem Tresen, zu dem ich ohnehin unterwegs war. Ein fülliger Kerl mit gezwirbeltem Schnauzbart trat aus einer Lagernische heraus und stemmte die Hände in die Hüften. »Wo bist du denn entlaufen?«

Gott, das traf auf entsetzlich viele Arten zu.

»Ich brauche ein Telefon«, rief ich über die Barriere hinweg. »Bitte!«

Offensichtliches Misstrauen spiegelte sich in seinem Gesicht. Er wischte sich die Hände an dem schwarzen Hemd mit dem goldenen Hund ab, an dem er augenscheinlich schon so einiges breitgewischt hatte. Dann beugte er sich über das Holz der Bar näher zu mir. »Du irritierst meine Gäste, Mädchen. Bist auch ein bisschen knapp angezogen für hier draußen.« Sein Atem roch nach Zigarre und sein Blick rutschte kurz in Richtung meines ausladenden Dekolletés ab.

Ach wirklich?!

»Dieser gestörte McTavish hat mich verschleppt«, brüllte ich ihm entgegen und konnte die Verzweiflung nicht verbergen, die in meinen Worten mitschwang. »Er hat mich einfach so entführt, dieser Psychopath, und ich bin eine Ewigkeit durch die Nacht gerannt, nur um genau hier zu landen. Und jetzt brauche ich ein verdammtes Telefon, damit ich meinen

Verlobten anrufen kann. Und zwar jetzt, denn sie sind mir bestimmt schon auf den Fersen.«

Ein paar aufgetakelte Mädels neben mir senkten die Blicke und arbeiteten sich eilig Richtung Tür. Der Schnauzbärtige tauschte einen langen Blick mit einem glattrasierten Typen an der Zapfanlage.

Dann wandte er sich wieder an mich und seine Brauen wanderten bis zum spärlichen Haaransatz hinauf. »Von welchem McTavish reden wir hier, Kleine? Von dem *Eye oft the Tiger*- Boxfreak in der Höhle oder dem Ragnar Lothbrok-Verschnitt mit dem Adler in der Burg?«

Was zum Geier ...

»Ich spreche von Eliot McTavish, Mann!« Meine Stimme bebte vor Zorn. Machte dieser Kerl sich über mich lustig oder was? War der Ernst meiner Lage denn nicht offensichtlich genug?

Die Band hörte auf zu spielen und ein paar Typen neben mir tuschelten aufgeregt.

»Du!« Ich zeigte auf einen von ihnen und er zuckte zusammen. »Gib mir dein Handy!«

»Schon gut, schon gut«, brummte der Barmann beschwichtigend, als stünde ich kurz vor einem Amoklauf, und vielleicht tat ich das ja sogar. »Ich hole dir ein Telefon, aber lass um Himmels willen meine Gäste in Ruhe!«

»Also dann, bitte.« Paranoid blickte ich mich im Inneren des Pubs um, während ich mich mit einer halben Pobacke auf einen Barhocker sinken ließ. Die Tanzfläche leerte sich. Ein paar Leute witterten wahrscheinlich Unheil und machten sich aus dem Staub. Auf den Tischen standen einige verwaiste Biergläser.

Mein Blick scannte die dunkle Nacht vor den Fenstern. Es war nur eine Frage der Zeit, bis einer dieser Irren aus dem Dickicht brach, um mich wieder einzufangen.

Ungeduldig trommelte ich mit den Fingern auf der Bar

und reckte den Hals, um in die Nische spähen zu können, in die der Kerl verschwunden war.

Was zum Teufel dauerte da so lange?

Der Bierdeckel vor mir auf dem dunklen Holz war schwarz und auch auf ihm prangte dieser hässliche beschwipste Hund.

Drunken Terrier. Echt geschmacklos, eigentlich.

Wie um mich zu beruhigen, las ich die dünnen Zeilen darunter.

56 Northern Peak, Prayer's Well ...

Northern Peak, *Prayer's Well?* Noch immer Prayer's Well? Wie groß war diese Stadt bitte? Mein Herz beschleunigte seinen Schlag und ein glühender Ball sank schmerzhaft in meinen Magen hinunter. War ich noch immer im Norden von Prayer's Well, dem Norden, über den Eliot herrschte?

Und was trieb dieser Kerl da hinten in seiner Ecke so ewig?

Wie lange konnte es dauern, ein verfluchtes Telefon zu holen?

Meine Finger, die den Bierdeckel hielten, begannen zu zittern, und ich stand mit einem Ruck von dem Hocker auf.

Irgendetwas stimmte nicht. Ich musste hier ...

»Du bist wirklich weit gelaufen, Shona.« Eliots tiefe Stimme direkt bei meinem Ohr schickte einen heftigen Stromstoß durch meinen Körper und meine Füße wuchsen am Boden fest.

Nein! Bitte nicht!

»Aber eines solltest du dir merken ...« Seine Finger strichen eine Haarsträhne von meinem Hals. Beinahe sanft. Und dieser verfluchte Duft seiner Haut nach Ozean und Freiheit ... Entsetzen und Wut lähmten meinen Geist.

»Hier draußen führen alle Wege direkt in meine Arme.«

Eine warme Hand legte sich auf meine Schulter. Sacht, aber bestimmt. »Setz dich, lass uns etwas trinken.«

Die Stimmung im Pub hatte sich verändert, seit er hier

erschienen war. Die Musik der Band war inzwischen durch leisere keltische Gesänge aus ein paar Boxen abgelöst worden. Und die restlichen Gäste hielten sich ehrfürchtig von Eliot fern.

»Fass mich nicht an«, zischte ich und meine Stimme bebte, genau wie der Körper, der zu ihr gehörte.

Jede Zelle in mir stand unter Strom. Er war mir viel zu nah und meine Augen suchten hektisch nach irgendetwas, das ich ihm über den selbstgefälligen Schädel schlagen konnte.

Der Barmann kam aus seiner Ecke und wich meinem Blick aus. Dieser miese kleine ... Zorn flammte in mir auf wie ein Peitschenhieb. »Verräter!«

Wie von allein griff meine Hand nach einem halbvollen Glas und schmiss es nach ihm. Es krachte in die Flaschen hinter der Bar und der restliche Fusel spritzte dem Kerl, der bisher nur schweigend Bier gezapft hatte und es nicht wagte, Eliot anzusehen, ins glatte Gesicht.

»Ist ja ein richtiger Wildfang, deine neue Kleine«, murrte der Schnauzbart und wischte sich wieder über sein speckiges Shirt.

»Der Teufel soll dich holen«, fauchte ich und schlug im gleichen Zug Eliots Hand von meiner Schulter.

Und dich noch vor ihm!

Eliots neue Kleine ... Nur über meine Leiche!

»Wir müssen reden«, brummte Eliot, und erst dachte ich, diese unangemessen lapidare Aussage wäre an mich gerichtet, registrierte dann aber, dass er den dreckigen Verräter hinter der Bar meinte.

»Und wir erst recht«, fügte er noch hinzu, als ich mich empört zu ihm umdrehte. Seine blauen Augen funkelten und sein Mundwinkel zuckte. Jetzt mochte er noch amüsiert wirken, aber was würde passieren, wenn ich wieder in dieser Zelle hockte und allein mit ihm war? Scheiße, er war so groß und breit. Diese Hände konnten mich in zwei Teile reißen wie eine Puppe aus Stoff, wenn sie wollten. Und ich hatte ihn bestohlen, war ihm davongelaufen und hatte ihn um ein Haar um seinen Triumph über Andrew gebracht. Seine Wut war fast schon greifbar.

»Meine Jungs haben den Pub umstellt.« Er besaß tatsächlich die Frechheit, mich anzuzwinkern, und dann ließ er von mir ab, um sich endgültig dem Schnauzbart zuzuwenden.

Mein Blick scannte die dunklen Fenster.

Verdammt!

Ich saß fest wie eine Maus in der Falle. Wie hatte ich nur so dämlich sein können, diesen hörigen Schoßhunden von North hier drin auf den Leim zu gehen?

Und jetzt? Ich ging auf die Toiletten zu und spürte Eliots festen Blick im Rücken, aber er unternahm nichts. Natürlich nicht. Wieso auch? Musste er ja nicht. Ich saß ohnehin in der Klemme. Ausweglos. Verloren.

Alle Wege hier draußen führen direkt zurück in die Arme von Eliot North McTavish.

NORTH

S cheiße, diese irre kleine Blythe brachte mich noch um die letzte Selbstbeherrschung. Wo ich doch ohnehin schon so ein Freund von Zen, der inneren Mitte und all diesem Bullshit war.

Sie war gerannt wie ein rauschender Sommerwind. Lautlos und schnell. Auf nackten Füßen und in diesem verboten knappen Kleid. Gut, etwas anderes hatte ich ihr auf der Burg nicht anbieten können, außer sie würde sich gern in einen verschwitzten, blutigen Lumpen von Piet zwängen, aber hier sollte sie sich besser nicht so leichtsinnig damit herumtreiben.

Aufmerksam blickte ich mich um. Ich witterte Ärger. Und sie hüpfte durch die Reihen wie eine halbnackte, duftende Einladung. Suchte nach einem Ausweg aus ihrer Misere, den es nicht gab.

Aber was hätte ich ihr vorsäuseln sollen?

Bleib in meiner Nähe, hier bist du sicher, Kleines? Wie die letzte Oberpussy von Pussyhausen? Sicher nicht!

Noch dazu wäre es gelogen. In meiner Nähe war niemand sicher, ganz im Gegenteil.

»Mach mir einen Ardbeg, Joe«, brummte ich und der Bastard knickste und sprang direkt. Alle Welt kroch vor mir. Jeder, außer ihr. Und was tat ich mit Abtrünnigen, die nicht wussten, wie man sich mir gegenüber verhielt?

Der Whisky wurde vor mich gestellt und ich nahm einen tiefen Schluck. Verdammt, war ich wütend! Und ich konnte nicht einmal wirklich greifen, worauf.

»Gibt es Ärger im Revier?«, fragte ich ohne Umschweife und blickte von dem spacken Praktikanten zu Joe, dessen alberner Schnurrbart besorgt zuckte.

»Ist gut, dass du wieder da bist, North«, umging er meine Frage. Gott, ich hasste es, wenn jemand das tat. Ein tiefer Atemzug dehnte meine Lungen, und wahrscheinlich sah man mir meinen Missmut an, denn der kleine Dürrländer stammelte eilig: »Gibt es. Mehr Ärger als je zuvor, Boss.«

Scheiße, ich war nicht sein Boss. Nicht in drei Leben. Diesen klapperdürren Knilch würden wir erst einmal ein paar Jahrzehnte lang in Elijahs Boxring stellen müssen, damit er ansatzweise etwas taugte.

»Übergriffe auf die Leute in der Stadt«, mischte sich jetzt doch Joe ein. »Schon der dritte Einbruch bei uns dieses Jahr und dabei hängt es gerade erst auf Halbmast. Gäste werden ausgeraubt, Lieferungen zerschlagen. Und damit meine ich tatsächlich zerschlagen. Es wird nichts gestohlen, nein. Einfach nur demoliert, wie um mir zu schaden.«

»Hm. Hast du dich mit jemandem angelegt?« Ich drehte nachdenklich den Bierdeckel zwischen meinen Fingern, der vor mir auf der versifften Bar lag. Es wäre nicht das erste Mal, dass dieser fette Bastard jemandem auf den Schlips trat.

Für eine Sekunde wirkte er fast beleidigt. »Du kennst mich, North. Ich bade meinen Ärger selbst aus. Aber diesmal ist es anders. Alle Läden in der Stadt haben Probleme.« Er beugte sich vielsagend zu mir über die Bar. »Die Leute sind langsam nicht mehr gut auf dich zu sprechen, Junge. Sie fühlen sich nicht mehr sicher in Prayer's Well, sehnen die

Zeiten zurück, in denen die Polizei hier für Recht und Ordnung sorgte.«

»Recht und Ordnung ...« Meine Faust zermalmte die matschige Pappe des Untersetzers und ich musste verdammt tief atmen, damit das Whiskyglas nicht als Nächstes an die Reihe kam.

»*Ich* weiß, dass du hier alles im Griff hast.« Joe überlegte offenbar, ob er meine Hand tätscheln sollte, ließ es dann aber doch lieber bleiben. »Aber ihnen da draußen musst du es neu beweisen, North. Früher hätte sich so etwas keiner getraut, hier in deinem Norden. Jetzt ist die Lage anders. Du warst im Knast und ... Manchmal ziehen ganze Banden hier durch und an anderen Tagen sind es nur ...«

Die Tür öffnete sich hinter uns und er verstummte plötzlich, um wie ein Irrer ein Glas zu polieren.

Für einen Moment schloss ich die Augen und suchte nach meinem verfickten inneren Zen.

Schwere Schritte trampelten hinter mir in Richtung Bar. Drei Typen, wenn ich es richtig einschätzte. Vielleicht vier. Ein Klatschen und das helle Quieken einer Frau. »Na, Süße. Hast du auf mich gewartet? Ich geh nur schnell pissen, dann bin ich ganz für dich da.«

Direkt neben mir hieb eine grobe Hand auf den Tresen. »Drei Bier, wird's bald!« Also doch vier. Einer war auf dem Weg zu den Toiletten. Dahin, wohin auch Shona verschwunden war. Verdammt, diese Frau war schlimmer als ein Sack Flöhe!

»Hey, Fettwanst! Drei Bier, hab ich gesagt!«

Zen, wo bist du? Komm zu mir. Gib mir innere Ruhe und Zufrie...

Ach, drauf geschissen!

»Hat dir deine Mama keine Manieren beigebracht, du Schandmaul?« Düster drehte ich den Kopf in seine Richtung.

Ein hässlicher, klobiger Typ mit einer pickligen Visage und ein paar Pfund zu viel auf den Rippen.

»North McTavish höchstpersönlich?« Er wirkte ehrlich überrascht. Als wäre ich gerade vor ihm erschienen wie ein Dschinn aus einer verfluchten Flasche *Jack Daniels*. »Da sieh mal einer an!«

Sein Kumpel neben ihm lachte grunzend und griff sich das Bier, das Joe vor ihm abgestellt hatte. Ihm fehlte ein Schneidezahn und seine zottelige Unfrisur hatte offensichtlich eine ganze Weile schon keine Dusche mehr gesehen.

Diese verlauste Bande sollten die Kerle sein, die meine Stadt in Angst und Schrecken versetzten? Dass ich nicht lachte! Die lustigen Kerlchen würde ich mit einem einzigen Rundumschlag direkt bis nach Glasgow katapultieren.

»Ja, da sieh einer an«, erwiderte ich rau und trank meinen Whisky aus. »Das hier ist mein verdammter Laden und hier wird sich benommen, verstanden?«

Die Typen sahen misstrauisch dabei zu, wie ich mich aufrichtete und tief durchatmete.

»Sonst was?«, traute sich *Piggeldy* tatsächlich die Frage. Ich war ja fast ein wenig betroffen von seinem Mut. Aber auch nur fast.

»Sonst schmeiße ich euch nicht nur hier raus, sondern haue euch noch dazu grün und blau, kapiert? Gesindel wie ihr ist in meiner Stadt nicht willkommen.«

Joe machte hinter mir ein ungläubiges Geräusch. Hatte er wirklich die Hosen voll wegen dieser Lumpen? Er enttäuschte mich.

Die drei Musketiere für Arme starrten mich ungläubig an, und als einer von ihnen auf sein Bier zeigte und zu Widerworten ansetzte, griff ich ihn mir ohne zu zögern und schmiss ihn in die restlichen Barhocker.

Es krachte und rumpelte und er schrie übertrieben auf, als sein morscher Rücken einen der Hocker zertrümmerte. Oder umgekehrt. Ich konnte es schlecht sagen.

Stöhnend wälzte er sich am Boden und ich war innerhalb von Sekunden wieder bei ihm, packte ihn am Kragen und schleifte ihn in Richtung Tür. Er trat halbherzig nach mir, traute sich aber nicht, sich wirklich gegen mich aufzulehnen, auch wenn ihm die Kränkung ins Gesicht geschrieben stand.

Als ich ihn hinaus in den Dreck warf, drehten Glenn und Piet sich überrascht zu mir um. Sie warteten vor der Tür und rauchten. Lennox schob auf der anderen Seite Wache. Dass Shona noch einmal die Flucht gelang und sie dabei ihm in die Arme lief, wäre die denkbar schlechteste Option.

»Ich ... ich wäre auch so gegangen, North.« Der Kerl kroch ein Stück und blieb dann jammernd liegen.

Glenn lachte grollend und schnipste seine Kippe nach ihm.

»Wurde höchste Zeit, dass hier mal wieder einer richtig durchwischt.« Als ich mich umdrehte, um mich um die anderen beiden Trottel zu kümmern, hörte ich einen Schrei aus Richtung der Toiletten.

KAPITEL 19
SHONA

»**K**omm Süße, ich hab doch nur gefragt, was du kostest. Zier dich nicht so!« Der ekelhafte Kerl hatte mich an den Armen gepackt und gegen die Kabinentür gedrückt. So schnell konnte kein Mensch reagieren. Was zum Geier fiel ihm ein?!

»Wir können das aber auch gern danach klären.« Seine feuchte Hand begrabbelte mein Bein unter dem knappen Kleid und ich wollte um mich schlagen, war aber durch seinen Arm bei meinen Schulterblättern fest gegen die Tür gepinnt.

»Fick dich selbst!«, fauchte ich und hasste es, diesem dreckigen Bastard körperlich nicht gewachsen zu sein.

Sein Atem stank nach billigem Fusel und der Rest von ihm nach altem Schweiß. Alles an mir zitterte vor Empörung und vor Wut. Die Gefühle vermischten sich in mir zu einer blinden, rasenden Panik. Würde er es auch nur wagen, sein ekelhaftes Würstchen auszupacken, ich ... ich konnte nichts tun. Ein trockenes Würgen schnürte mir die Brust zu. Ich konnte nichts gegen ihn ausrichten, er würde mich einfach so ...

In dem Moment wurde mit einem heftigen Ruck der Widerstand von mir gerissen und ich fiel nach hinten, weil ich mich mit aller Kraft gegen ihn gestemmt hatte. Kurz bevor mein Rücken aufschlug, fing ich mich, zog mich am Waschbecken hoch und drückte mich gegen die kühlen Fliesen daneben.

Heilige Mutter, was ...

Mein Puls hämmerte mir durch die Venen und meine Hände, die sich noch immer an die Emaille klammerten, zitterten wie Espenlaub.

Eliot hatte den dreckigen Perversen im Schwitzkasten.

Was für ein ekelhafter Typ mit fettigem Haar und groben ungepflegten Händen. Das Ekel starrte mich mit aufgerissenen Augen an und würgte angestrengt unter Eliots Griff hervor: »Wow, North ... Das ist deine... Wusste ich nicht, Mann. Hätte ich das gewusst, ich ...« Sein Gestammel verebbte, denn Eliot drückte noch fester zu. Gott, wie die Augen dieses Widerlings aus den Höhlen quollen. Wie er würgte und kämpfte ...

Mein Körper zitterte noch immer mit jeder Zelle und mir wurde flau im Magen. Würde er den Typen jetzt hier vor meinen Augen erwürgen? Einfach so? Mühelos, als sei da kein Leben hinter diesem Abschaum? Keine Familie, die vielleicht auf ihn wartete?

Eliots Gesicht war pures Eis. Wenn er tötete, wich das Feuer aus ihm und machte reiner Kälte Platz, ich konnte es genau sehen.

Als sich die Augen des ächzenden Abschaumes bereits nach oben verdrehten und ich nur noch das Weiße darin erkennen konnte, warf Eliot ihn mit einem harten Stoß nach vorn und er krachte unsanft auf die Fliesen direkt vor mir.

Keuchend wich ich noch näher zur Wand und starrte auf den reglosen Körper hinunter. Ein schweres Schlucken schnürte mir die Kehle zu. Galle rumorte in meinem Magen.

Lag da wirklich gerade ein verdammter Toter direkt vor meinen Füßen?

Ratlos blickte ich zu Eliot auf, der sich das wirre blonde Haar zurückwischte und ebenfalls auf den Kerl hinabblickte.

Kühl. Unbeeindruckt. Ohne jede Reue.

In dem Moment wurde die mutmaßliche Leiche von einem schweren Husten geschüttelt und das Leben fand zurück in meine Glieder. Himmel, ich war wirklich erleichtert, dass der Widerling lebte.

In der nächsten Sekunde kauerte Eliot über ihm und riss seinen Kopf am Haar zu mir hoch. »Entschuldige dich bei ihr!«

»Nein, das ist wirklich nicht ...«, wollte ich widersprechen, aber er wiederholte donnernd wie Thors Hammer: »JETZT!«

»En ... entschul ...« Die Stimme des Geächteten klang kratzig und dünn.

»Schon gar nicht übel.« Eliot tätschelte ihm grob die Wange. »Jetzt noch mal so, dass sie es auch versteht!«

Gott, ich wollte einfach nur, dass das aufhörte.

»Entschuldigung«, presste der Kerl über die schmalen Lippen voller Speichel. »Es tut mir ... leid.«

»Sehr gut.« Eliot ließ sein Gesicht unsanft auf die Fliesen aufschlagen und knockte ihn damit endgültig aus.

»Komm hoch, wir gehen jetzt.«

»Ich ... ich gehe nicht mit dir zurück, Eliot McTavish.« Meine Gefühlswelt war ein Schlachtfeld. Er verschleppte mich, fesselte mich, wollte mich benutzen, um Andrew zu schaden, und auf der anderen Seite rettete er mich vor diesem Perversling? Warum hatte er mich nicht einfach durchnehmen lassen, dabei zugesehen und sich an dem Anblick aufgegeilt?

Warum sah er mich mit diesem durchdringenden Blick an, dem ich nichts entgegenzusetzen hatte, als würde ihm irgendetwas an mir liegen? Ich war nur ein Bauer auf seinem

Schachbrett und er ein brutaler, mordender Bastard, kein Deut besser als der Bewusstlose zu meinen Füßen.

»Ich habe dich nicht darum gebeten, meinen goldenen Samariter zu spielen.« Bebend drückte ich mich nach oben, damit er keine freie Sicht mehr in mein ausladendes Dekolleté hatte. Nicht, dass er am Ende noch da weitermachte, wo der Bastard vor ihm aufgehört hatte.

»Deinen goldenen Samariter?« Er lachte rau. »Nichts liegt mir ferner, aber wenn ich dich hierlasse, bist du Freiwild und mein Plan ist dahin. Also komm jetzt mit oder ich muss dich wieder zwingen.«

Tief atmend presste ich die Lippen aufeinander und fixierte den Rücken des ohnmächtigen Vergewaltiger-Abschaumes. Ich hatte keine Ahnung, wie viele von ihm es da draußen im Pub inzwischen noch gab. Vor der Tür standen Eliots Männer. Und noch dazu war einfach jeder hier auf der Seite der McTavishs. Welche Wahl hatte ich also?

Ganz bestimmt wollte ich nicht wieder jenseits jeder Würde über seiner Schulter hängen. Also zwang ich mich, tief durchzuatmen, zog meinen Fetzen von Kleid zurecht und ging mit erhobenem Kinn an ihm vorbei durch die Tür.

»Braves Mädchen«, brummte er zufrieden mit einer dunklen Stimme, die sicherlich die Knie all seiner *Mädchen* durchweg zu Wackelpudding werden ließ. Und dieser Duft, als ich an ihm vorbeilief ... Gott, ich hasste ihn! Und noch mehr hasste ich mich, dass ich diesen absurden Gedanken-entgleisungen überhaupt erlaubte, zu existieren.

Im Gastraum war es merkwürdig ruhig, und entweder wurde ich jetzt auch noch paranoid oder es waren tatsächlich alle Blicke auf uns gerichtet. Hatten sie es sich vielleicht anders überlegt und wollten mir doch noch aus den Fängen des Biestes helfen?

Die Wärme von Eliots großem Körper strahlte in meinen Rücken und bereitete mir eine ausweglose Gänsehaut. Er war mir schon wieder unangemessen nah.

Himmel, wie ich ihn hasste!

Mein Blick traf auf den des Barkeepers.

Er wich mir aus. Seine Züge wirkten starr.

Ganz genau! Bereue ruhig, dass du mich sehenden Auges ins Verderben laufen lässt! Bereue!

Es war beinahe spürbar, wie Eliots Muskeln sich hinter mir plötzlich anspannten. Als seien unsere Auren miteinander verbunden. Draußen vor der Tür wurden Stimmen laut und ich erahnte ein heftiges Gerangel in der Dunkelheit. Was war da los? Würde ich doch noch meine Möglichkeit zur Flucht bekommen? War Andrew vielleicht gekommen, um mich zu holen? Mein Herz wurde für eine Sekunde ganz leicht bei dem Gedanken. Hoffnung ... Sie keimte in mir auf wie ein zartes kleines Pflänzchen im frostigen Frühjahr.

Der Blick des Barkeepers folgte uns, als wir an ihm vorbeiliefen. Ihm gegenüber saß ein Kerl an der Bar, der die Hand zwischen seinen Knien gegen das Holz drückte. Was hatte er da? War das ...

»Basil?« Eliot fixierte einen anderen Mann, der bei der Tür stand und irgendwie nicht aussah, als würde er uns durchlassen wollen. Ein unförmiger Kerl mit ausgebreiteten Armen. Über seine Oberlippe zog sich eine so große Narbe, dass sie sein Gesicht fast zu spalten schien.

»Lange nicht gesehen, was? Wie laufen die Geschäfte?« In Eliots Stimme schwang eine unüberhörbare Drohung mit, er schien die Situation also ähnlich zu sehen wie ich. Die Luft war wie zum Schneiden dick.

»Und doch wiedererkannt«, antwortete dieser Basil und wischte sich über das glänzende Gesicht. Er stemmte die Arme in die Seiten wie zur Untermalung der Tatsache, dass wir da nicht durchkommen würden. »Die Geschäfte waren schon mal besser. Es sind harte Zeiten.«

Die Luft vibrierte beinahe vor Anspannung.

Eliots Blick tastete sich zu meinem, dann wieder zurück zu diesem Basil. »Ich war eine Weile nicht in der Stadt,

Bürgermeister. Hatte ohnehin vor, dich aufzusuchen. Ein paar Übereinkünfte zwischen dir und meinem seligen Vater müssen erneuert werden. Gott möge seinen feigen Arsch da oben schützen.«

Bürgermeister? Verunsichert ließ ich den Blick schweifen. Ein hohes Tier in der Stadt? In *Eliots* Stadt? Warum zum Geier schnitt er ihm dann den Weg ab? Oder deutete ich das hier alles nur falsch? Der massige Chef dieses Ladens schwitzte hinter seiner Bar jedenfalls ganze Sturzbäche.

»Erneuert ...« Etwas klang in der Stimme des Bürgermeisters mit, das mir nicht gefiel.

»Aye, ganz richtig. Erneuert.« Okay, jetzt drohte Eliot ihm ganz offen. Seine Hand berührte meinen Rücken wie beiläufig und wir machten ein paar Schritte auf die Tür zu. »Die Freunde meines alten Herrn sind auch meine Freunde, schon vergessen?«

»Nein.« Der Vernarbte grinste und es wirkte seltsam verzerrt. »Nicht vergessen, North. Wie könnte ich unsere alten Deals je vergessen? Du bist ganz schön früh wieder rausgekommen, was?« Langsam griff er nach einer Flasche neben sich am Boden, die mir erst jetzt auffiel. Was hatte er damit vor? Wollte er uns abwerfen? »Ein bisschen *zu* früh für unseren Geschmack.«

An der Bar regte sich etwas. Dieser Kerl auf dem Hocker ... Er drehte sich wie in Zeitlupe zu uns um und er hielt tatsächlich etwas in der Hand. Mein Herz machte einen wilden Satz. *Verflucht!*

»Zur Seite!« Eliot packte meine Schultern und riss mich aus der Bahn, als der Typ den Arm hob und mit einer Waffe auf mich zielte. Ich verstand im ersten Moment überhaupt nicht, was hier gerade passierte. Es krachte, hinter uns splitterte Holz, ich stürzte zu Boden und rettete mich unter einen Tisch.

»Deine Zeit ist um, McTavish!« Wieder fiel ein Schuss. Die Gedanken rasten wirr durch meinen Kopf. Ein Bild überlagerte das nächste. Eliot, wie er sich auf den Kerl stürzte, einen Schlag kassierte, seine Schulter voller Blut, seine Fäuste, die wie Presslufthämmer auf den Angreifer einschlugen, ein zweiter, der aus einer Ecke kam und ihm eine Flasche über den Kopf schlug, Krachen, Splitter, Schüsse, Scherben, Ächzen, Schreie, Flüche.

Der Barmann rettete sich in sein Hinterzimmer, dieser feige Abschaum. Mein Blick tastete sich fast wie in Zeitlupe zur Tür. Dieser gruselige Basil war beschäftigt. Fummelte mit der Flasche herum und starrte dabei auf das Geschehen wie ein Wahnsinniger. Aber er machte keine Anstalten, Eliot zu helfen. Verriet er ihn? Verrieten sie ihn alle?

Scheiß drauf! Das ist deine Chance!

Wenn ich jetzt lief ... so schnell, ich konnte ... Ich musste einfach nur laufen.

Eine Waffe flog durch die Luft und landete unweit von mir in einer staubigen Nische.

Gott, Shona, tu etwas! Los!

Mein Körper war wie gelähmt, während ich dabei zusah, wie sie Eliot kleinmachten. Er kämpfte wie ein Tiger, aber sie waren viele. Er war der stärkste Brocken, den ich je gesehen hatte ... aber auch ziemlich böse verletzt.

Draußen prügelten sich seine Kumpels durch den Rest der Angreifer. Wie viele waren diese Kerle bitte? Stammten sie alle von hier?

Und ob dieser feige Hund von Barkeeper mal irgendwann jemanden anrief? Die Polizei zum Beispiel? *Andrew ...*

»Falls das ein Anschlag auf mich sein soll, ist es absolut erbärmlich«, presste Eliot hervor und rammte einem der Widersacher eine abgebrochene Flasche in den Hals.

Blut spritze. So viel Blut ...

Gott im Himmel, schütze uns alle!

Ich schrie auf und versuchte, mein Zittern zu bändigen.

Los jetzt! Steh auf und lauf! Tu es! Lauf!

»Basil«, brüllte Eliot, während er einen dürren Hänfling mit einem Schlag ausknockte. »Komm her, du Hurensohn!«

Der Bürgermeister stopfte eilig eine Art Taschentuch in diese dubiose Flasche und wich dabei einem Kerl aus, der an ihm vorbei auf Eliot zustürzte. Diese Männer waren auf seine Anweisung hier und Eliot hatte das längst registriert. Viel eher als ich, aber ich war mit Aufständen nicht so bewandert wie er.

»Tut mir leid, North«, schrie Basil aus gebührendem Sicherheitsabstand zurück und hielt ein Feuerzeug an den Stofffetzen in dem Flaschenhals. »Du hättest besser im Knast bleiben sollen. Dieser Schuppen wird brennen. Die Ära der McTavishs ist am Ende. Genau wie du.« Die Flamme fraß sich viel zu schnell nach oben und ich fühlte mich wie am Boden festgeklebt. Eine brennende Flasche? *O Gott* ... Mein Herz machte einen Satz und der Atem versiegte mir in der Lunge. Diese Dinger kannte ich aus Filmen. Die konnten wirklich ordentlich Schaden anrichten. Wenn er das Teil warf, würde ich hier unter meinem klapprigen Tisch in Sekundenschnelle verkohlen wie bei einer unfreiwilligen Feuerbestattung.

»Dreckiger Bastard!« Ohne zu zögern nahm Eliot Anlauf und machte einen langen Satz, um mit dem Molotov-Mann gemeinsam durch die große Scheibe des Fensters neben der Tür ins Freie zu krachen. Glas splitterte. Flaschen und Gläser barsten.

Hektisch suchten meine Augen nach der Waffe, die nur wenige Meter von mir entfernt gelandet war.

Verdammt, diese Idioten brachten sich alle gegenseitig um.

Und ich war mittendrin in ihrem Wahnsinn.

SHONA

Meine Hand umschloss den Griff der Pistole fest und mein Körper bebte. Aber auch wenn es sich anfühlte, als wäre mein Herz vor Angst zu einer Rosine zusammengeschrumpelt, lebte ich. Der erste Schuss da drin hätte mein Brustbein auf Höhe des Herzens durchbohrt, wenn Eliot mich nicht zur Seite gezogen hätte.

Ich spürte feuchtes Gras unter meinen nackten Fußsohlen.

Neben einem Baum verglühte die brennende Flasche im Moos. Es hatte zu regnen begonnen. Alles um mich herum ächzte und prügelte sich.

»Wer dich zu dieser Scheiße angestiftet hat, habe ich gefragt!«, hörte ich Eliots raue Stimme grollen, während er den Unförmigen mit der Narbe über der Lippe in der Mangel hatte.

Basil unter ihm zog ein Faustmesser, Eliot sah es nicht, ich aus meiner Position aber schon. Und mir stockte der Atem dabei.

Lauf einfach, Shona! Sieh weg und lauf!

Er holte aus, die Klinge würde aus diesem Winkel wahrscheinlich Eliots Hals treffen. *Nicht gut. Gar nicht gut.*

Doch gut! Lauf! Lass sich diese Idioten gegenseitig meucheln! Scheiß drauf!

»Weg mit dem Messer«, hörte ich mich rufen und registrierte eher, dass ich die Waffe auf den Bürgermeister richtete, als dass ich es wirklich bewusst tat.

Was machst du? Bist du vollkommen irre? Du sollst fliehen!

Der Regen rauschte inzwischen in den nahen Baumkronen und mein Haar klebte mir am Gesicht, während ich atemlos auf die beiden hinunterblickte.

Eliot starrte mich für einen Moment nur vollkommen undefinierbar an, und als die Klinge fiel, verstand er, was hier gerade beinahe geschehen war.

Narbe schimpfte nur mürrisch und zeigte mir seine leeren Handflächen.

»Und jetzt weg mit dir!«

Für eine Sekunde erwartete ich fast, dass Eliot mir widersprach, aber er rückte nur von dem Formlosen ab und ließ ihn sich hochdrücken. Konzentriert richtete ich weiter den Lauf auf ihn. »Ich werde dich holen, Basil«, grollte Eliot und seine Augen funkelten bösartig dabei. »Ich hole dich und dann zeige ich dir, wie es sich anfühlt, zu brennen.«

Der Bürgermeister taumelte zurück. Furcht flackerte über seine Züge, jetzt, wo er allein dastand. Auf wackeligen Beinen verschwand er in die Nacht, stolperte und stürzte ein paar Mal unterwegs. *Weg mit dir!* Er sollte einfach nur abhauen, dieser heimtückische Messerstecher-Attentäter! Weg von hier und weg von ... Eliot? Was trieb ich hier überhaupt? Verhinderte ich gerade, dass das Monster abgestochen wurde, das mich verschleppt und in einen Kerker gesperrt hatte?

Mein Blick huschte kurz zu meinen wunden Handgelenken und wieder zurück zu ihm.

Der Feind machte sich von dannen und nahm offensichtlich den kläglichen Rest seiner schmutzigen Bande mit, denn in meinem Rücken wurde es allmählich ruhiger. War das denn der Feind? Oder würde es mir in seiner Gewalt besser gehen als in der dieses verdammten McTavish?

Meine Brust hob und senkte sich, während mein Blick den von Eliot suchte. Das Licht des angeschlagenen Pubs beleuchtete matt sein feuchtes, kantiges Gesicht. Scheiße, er war hübsch. Unvergleichlich schön auf eine bestialische Art wie ein nordischer Gott.

Und voller Schnitte und Schrammen. Die Schusswunde an seiner Schulter ging auf meine Rechnung.

»Wie du mir, so ich dir«, sagte ich ruhig und richtete die Waffe im nächsten Moment auf ihn. Er wirkte nicht einmal überrascht. Sein Blick funkelte, während er sich aufrichtete.

Ich machte bedächtig einen Schritt auf ihn zu. Das nasse Gras fühlte sich weich an unter meinen Zehen. Adrenalin raste durch meine Venen und ließ meine Haut flirren vor Energie.

»Ich hasse dich mit ganzer Seele, Eliot McTavish, aber das da drin werde ich dir nicht vergessen.« Er hatte mich gerettet ... zweimal ... vielleicht sogar dreimal, wenn man die Flaschenbombe mitzählte.

»Gleichfalls.« Seine Stimme wurde dunkler, sein Blick schwer. Wasser tropfte aus seinem Bart, Flammen schlugen mir aus seinen blauen Augen entgegen. Er fesselte mich mit seiner Aura, wusste sehr genau, welche Wirkung er auf mich hatte.

»Und jetzt lässt du mich gehen«, flüsterte ich beinahe.

Er überwand den letzten Abstand zwischen uns so schnell, dass ich fast schon allein vor Schreck abgedrückt hätte.

Mit beiden Händen drückte er sich den Lauf meiner Pistole vor die Brust. »Und wenn nicht, hm? Knallst du mich dann ab?«

Mein Puls stolperte über seinen eigenen Takt. Der tiefe

Klang seiner Stimme floss einmal komplett durch mich hindurch wie glühende Lava. Mein Finger lag eng am Abzug, mein Atem ging hektisch und flach und seine Lippen waren meinen so nah, dass sie sie fast berührten.

»Dann komm, tu es«, flüsterte er und seine Lippen streiften meine dabei.

Gott, fast hätte ich mich ihm entgegengelehnt. Seine Nähe war unfassbar hypnotisch. Meine Finger an der Waffe zitterten, aber er hielt sie weiter fest auf sein Herz gerichtet.

Mit einer Hand ließ er los und griff in meinen Nacken, um mich weiter in seine Richtung zu ziehen.

Gott, Scheiße, was tat er da?

»Los, drück ab! Es ist ganz leicht.« Nur die Waffe befand sich noch zwischen uns und trennte den Rest unserer Körper voneinander. Der Tod stand zwischen uns. Der Tod, der Hunger nach Rache und ein alter mächtiger Hass.

Seine Lippen berührten mein Ohrläppchen und sein warmer Atem perlte über meine Wange. Sanft. Verführerisch. Furchtbar. Feuer züngelte durch meinen Magen und sickerte heiß weiter nach unten in meinen Unterleib.

»Ich fürchte das Ende nicht, Shona Craig«, raunte er und setzte mein Herz damit in alles versengende Flammen. Nur jemand, der das Leben hasste, hieß den Tod derart willkommen.

Sein Duft nach Regen und wildem Sturm hüllte mich ein wie ein Kokon. Wasser tropfte mir von den Lippen. Der Regen rauschte laut wie der Kampf in mir.

Als er langsam meine Hand losließ, machte ich einen wackeligen Schritt zurück.

»Mein Name ist *Blythe*«, stieß ich bebend hervor.

Keiner versah mich einfach so gedankenlos mit dem Namen Craig. Ich entschied mich selbst dafür, aber keiner drängte ihn mir auf! Vor allem nicht dieser todessehnsüchtige, alles vereinnahmende Wilde, dem ich gerade das gerettet hatte, was ihm offensichtlich am wenigsten wert war.

Sein Blick fesselte meinen, während ich weiter rückwärts ging.

Es war ein lautloser Moment zwischen uns, trotz des Regens und meines wild schlagenden Herzens.

Ließ er mich gehen?

Noch ein Schritt. Etwas erschreckend Willensstarkes breitete sich auf seinen Zügen aus, machte sie dunkler und dunkler, je weiter ich mich von ihm entfernte. *Verdammt, dieser Mann!* Glühender Stacheldraht rollte sich auf dem Grund meines Magens zusammen.

Er lässt dich nicht gehen!

Nie und nimmer würde er dich je gehen lassen!

In dem Moment prallte ich mit dem Rücken auf etwas. *Verflucht!* Ein resoluter Griff packte mich und weg war meine Waffe. Mist, was war ich nur für eine hoffnungslose Amateurin! Fluchend versuchte ich, meine Arme zu befreien, aber es war unmöglich.

»Endstation, Craig.« Diese Stimme ... Mein Magen krampfte. Dieser Glenn hasste mich wirklich mit jeder Faser. Und seine Abneigung musste sich auf mich übertragen, denn ich reagierte heftig auf ihn. Der süßliche Geruch, den sein Parfüm verströmte, raste mir direkt in die Eingeweide.

Während er mich an Eliot vorbei in Richtung Parkplatz manövrierte, drehte ich den Kopf, um seinen Boss abschätzig anzublitzen. North erwiderte meinen Blick unbeeindruckt. Das eiskalte Blau seiner Augen versickerte im Nichts der dunklen Nacht.

Du Dummkopf, Shona Blythe!

SHONA

Wir brauchen einen neuen Bürgermeister.« North
hielt den schwarzen Van auf Kurs und fixierte
aus schmalen Augen die dunkle Straße.

»So eine Scheiße! So eine verfluchte Scheiße!«,
schimpfte mein Zellenwächter und wischte sich immer
wieder hektisch über das zerschlagene Gesicht.

Und Glenn ... Der kauerte neben mir und musterte mich
wie ein bösartiges Tier. Alles in seinem Gesicht wirkte
irgendwie zu extrem. Seine Lippen zu voll, die Augen zu
dunkel, die Brauen zu geschwungen, der Kiefer zu kantig. Er
war Eliots bester Freund und ganz offensichtlich auch sein
bester Kämpfer. Seine Nähe wirkte auf mich wie flirrender
unangenehmer Strom. *Jeder dieser Kerle hier könnte dir mit
einem Griff das Genick brechen, also reiß dich zusammen und zeig
ihnen deine Angst nicht!*

»Eine Riesenscheiße!«, fluchte der Beifahrer erneut und
untersuchte eine üble Wunde an seinem Bauch.

Sie waren alle drei nicht unerheblich verletzt. Und der
Vierte mit der Narbe über dem Auge war noch einmal in den

Pub zurückgegangen, um was auch immer zu tun. Wahrscheinlich, um den Verräter hinter der Bar umzubringen, weil er nichts unternommen hatte, oder ... Keine Ahnung, was diese Bande den ganzen Tag so trieb.

»Meinst du echt, dieser Pisser plant so einen Anschlag allein?«, fragte der Kerl mit dem Pferdeschwanz kratzig.

»Wohl kaum«, erwiderte Glenn. »Dazu ist er zu feige.«

»*Nicht hier.*« Eliot warf mir einen flüchtigen Blick durch den Rückspiegel zu. »Später.«

Natürlich. Vor einer Craig-Verräterin wertete man keine geschäftlichen Dinge aus. Das kleine North-Imperium war offensichtlich gerade kurz davor, zu zerbröseln wie eine Ascheskulptur im schottischen Wind, und das war etwas, das Andrew sehr gern hören würde.

Leer blickte ich aus dem Fenster in die vorbeirauschende Nacht und ignorierte den Schmerz in meinen Handgelenken oder das klamme Gefühl hinter meiner Brust. Der Regen trommelte hart gegen die Scheiben des Wagens. Hätte es mich gestört, wenn dieser Verräter mit der gespaltenen Lippe Eliot abgestochen hätte?

Nein, verdammt!

Warum hatte ich es dann verhindert?

Nur, um mich jetzt wieder von ihm verschleppen zu lassen?

Weil ich komplett dämlich bin, wahrscheinlich.

Eine andere Erklärung kam für all das hier einfach nicht infrage. Die Burg thronte am Horizont auf ihrem Felsen. Der Mond strahlte sie an wie etwas Heiliges, dabei gab es nichts Unheiligeres in dieser gottlosen Gegend.

Der dünne Stoff klebte mir nass am Körper und ich war müde und verwirrt und allem voran unsagbar wütend auf mich selbst.

»Schon in Ordnung, sollte sie zu viel wissen, nehmen wir sie uns vor.« Der Pferdeschwanzmann drehte sich zu mir um und griff mit seiner groben Hand nach dem Saum meines Kleides.

Ich biss mir auf die Zunge, bis es wehtat, und versuchte, mich weiter gegen die Tür zu schieben.

Glenn fixierte mich stumm und grimmig. Dieses Parfüm. Dieser schneidende Blick aus diesen beinahe schwarzen Augen.

»Pfoten weg von ihr«, knurrte North. Gott, er war wirklich scheißwütend. Klar, so ein respektloser Übergriff in seinem Revier ließ einen wie ihn nicht kalt. Einen, der am liebsten alles im Griff hatte und vor sich kriechen sah.

»Hey, alles gut. Ganz ruhig, Boss, okay?« Piet nahm seine raue Hand von meinem Bein und ich atmete auf ... und registrierte im selben Moment, dass meine Tür nicht verriegelt war. Sie schnappte einen Millimeter auf, weil ich mich bis eben noch an den Griff geklammert hatte, um möglichst viel Abstand zu gewinnen. Fast erschrocken zog ich sie wieder zu, damit die Kerle es nicht merkten.

Shona, schrie die abgekämpfte Stimme in meinem Inneren, die schon mein ganzes Leben lang so unsagbar viel Arbeit mit mir hatte. *Lauf, um Himmels willen!*

North parkte den Wagen in der Kieseinfahrt, und genau in dem Moment sprang ich ins Freie.

»Hey«, hörte ich Glenn hinter mir brüllen, aber das Überraschungsmoment war auf meiner Seite.

Wieder rannte ich.

Über den Kies, um die Burg herum und einen kleinen, schmalen Pfad entlang, der nach unten führte. Keuchend klammerte ich mich an langem Gras fest, das den Weg umwucherte.

Immer dem Mond entgegen, komm schon!

Ein kleiner Strand kam in Sicht, weiß beschienen vom Licht des stummen Wächters am Himmel. Der Sand fühlte sich weich und kühl unter meinen Füßen an, während der Regen inzwischen nachließ. War das die Bucht, die ich von oben gesehen hatte? Ja, das musste sie sein. Ich stürmte an einem niedergebrannten Lagerfeuer vorbei. Neben mir ragte North Castle in die Nacht hinauf. Weiter vorn erkannte ich ein paar Kerben im Felsen. Eine Höhle. Dort konnte ich mich verstecken, bis es hell wurde.

Führte da hinten noch ein Pfad in den Berg hinein?

Meine Hände trafen auf das raue Gestein neben der Höhle.

Verstecken oder weiterlaufen?

Wenn ich den Pfad nahm, könnte ich ...

»Aaaaah!« Etwas packte unsanft meine Schulter, drehte mich um und drückte mich gegen den Felsen.

»Hör auf, vor mir wegzulaufen!«, grollte North direkt in mein Gesicht. »Ich bin es leid. Und ich bin wütend.«

Atemlos bohrte ich meinen Blick in seinen. »Dann schlage ich vor, du lässt mich einfach los, du beschissener Grobian!« Fluchend versuchte ich, mich zu befreien, aber er hielt mich mühelos weiter fest. Das Mondlicht beleuchtete sein feuchtes Gesicht. Eine böse Schramme zierte seine Stirn, aber es schien ihn nicht zu jucken. Genauso wenig wie der Streifschuss an seiner Schulter.

Verfluchtes Tier!

»Und ich bin auch wütend. Scheißwütend«, fauchte ich und ignorierte das Gefühl, das sein feuchter, warmer Körper an meinem auslöste.

»Da sind wir ja schon zwei. Lass die Wut kommen, sie ist ein übler Bastard, aber am Ende lässt sie dich klarer sehen.« Er wartete, bis ich nicht mehr zappelte, sah mich dabei an, als wollte er sein ganzes Sein tief in mich hineinrammen. Meine Seele mit seiner gefügig machen. Das würde ihm nicht gelingen.

»Fick dich«, spie ich ihm entgegen. »Du weißt einen Scheißdreck über mich!«

»Sehr gut. Genau so.« Sein Blick wurde schwer und ein kleines Grinsen zupfte an seinem Mundwinkel. Gott, ich hätte diesem verschissenen, unmenschlich attraktiven Höllenbastard am liebsten die Augen ausgekratzt.

Brüllend tobte ich in seinem Griff. »Lass mich los, McTavish, du elender Hundeso...«

Seine Lippen trafen auf meine und ich erstarrte.

Ein inniges, tiefes Knurren entstand hinter seiner Brust, als hätte er noch nie etwas Besseres gefühlt als das hier.

Ich war geschockt, mein Herz setzte aus, mein Atem stockte, als er langsam, beinahe zärtlich begann, mich zu küssen. Seine Lippen fühlten sich weich an, seine Hand zog meine Hüfte näher zu seiner und ein Feuersturm explodierte in meiner Mitte.

Gott, er schmeckte nach Sturm und Verboten. So gut. Viel zu gut ...Entsetzt stellte ich fest, wie ich mich ihm entgegen lehnte.

Nein! Shona, hast du den Verstand verloren?

Ein unbeschreiblich starker Hunger wurde mit einem Schlag in mir wach, dem ich absolut nichts entgegenzusetzen hatte.

Rein gar nichts!

Erst war sein Kuss fast zurückhaltend, dann wurde er fordernd und tief. Seine Zunge traf auf meine. Warm, dominant und gierig.

Mein Herz raste wie ein Presslufthammer.

Meine Hände wurden frei und ich griff unsanft in sein nasses Haar, ließ mich von ihm verschlingen und erwiderte den Kuss wild. Meine Zähne trafen auf seine weiche Unterlippe, ich biss zu und schmeckte im selben Atemzug Blut.

»Hmm«, grollte er zugetan. Dieser Sadist! Dieser Masochist! Dieser eiskalte, schreckliche Wilde!

»Ich hasse dich, Eliot McTavish!«, zischte ich und blickte zornig zu ihm auf. »Ich hasse dich!«

Seine Züge waren beinahe fiebrig. Und ich erkannte den gleichen Hunger in ihnen, den auch ich verspürte. Unstillbar. Glühend und falsch.

»Sehr gut. Hör nicht damit auf.« Seine raue, dunkle Stimme gab mir fast den Rest. Zwischen meinen Beinen begann es drängend zu pochen, als ich an meinem Bauch spürte, wie sehr er mich wollte.

Gottverdammt, ich fürchte, ich will dich auch!

KAPITEL 22
NORTH

Scheiße!

Sie biss mich. Ich war versessen auf Schmerz. Er erinnerte mich daran, dass ich lebte. Sie hasste mich. Mmmh, echte, ungefilterte Emotionen waren wie ein Rausch für mich. Ein Feuer züngelte in ihrem Blick, das ich in mir spüren wollte. Gleichzeitig wollte ich sie zerschmettern, weil ich so unfassbar wütend auf diese ganze Scheiße war.

Ein Anschlag! Auf mich! Der Kopf meiner Stadt, Vertrauter meines Vaters – *ein Verräter!*

Und sie ... sie bestahl mich, rannte ständig vor mir davon, ließ einen Pisser laufen, der eigentlich in meinen Kerker gehörte, damit ich ihn langsam auseinandernehmen konnte wie ein hässliches Puzzle aus Dreck, und das Absurdeste von allem ...

sie hat mir den Arsch gerettet?!

Zum Teufel, was hat dich nur geritten, Shona Blythe?

Mich zu retten war der größte Fehler, den du je in deinem kleinen traurigen Craig-Leben gemacht hast.

Ihr zarter, feuchter Körper aalte sich an meinem,

während ich sie rücksichtslos verschlang. Hölle, sie schmeckte nach so viel mehr und ich hasste das!

Dass ich das hier tat, machte mich nur noch wütender.

Mein Schwanz war so hart, dass es schmerzte. Jetzt war es endgültig vorbei mit der Zurückhaltung. Ich würde die Kleine so hart ficken, dass sie vergaß, je in einem Brautkleid gesteckt zu haben, das Craig für sie angedacht hatte.

Verdammte Scheiße!

Meine Hand griff nach ihrem feuchten Hals. Ihre weiche Haut glänzte im Regen, als sie den Kopf in den Nacken legte.

Sie wimmerte fiebrig und ich ließ meine Zähne über ihre Kehle gleiten. Unter meinen Fingern spürte ich ihren rasenden Puls und biss an der Stelle ihres Schlüsselbeins zu. Nicht sanft, eher herrisch. Sie zog zischend die Luft durch die Zähne.

Verfluchte Craig!

Oh, ich hasste sie kein Stück weniger als sie mich.

Wenn sie wüsste, wie sehr ich sie hasste, würde sie sich jetzt hier ganz sicher nicht bereitwillig von mir dominieren lassen, sondern noch schneller um ihr Leben laufen als je zuvor.

Meine Hände glitten an ihrem feuchten Kleid nach unten, durch das ich deutlich ihre warme Haut spüren konnte. Sie lehnte sich mir seufzend entgegen und schloss die Augen. Und ich wollte meine Finger um ihre Kehle legen und zudrücken, bis sie um Luft rang. Fuck, ihre zarten Züge, die gerade Nase und die vollen Lippen. Wie konnte ein menschliches Wesen so schön sein? *Hexe!*

Fest packte ich ihren prallen Hintern und zog sie näher zu mir. Sie atmete scharf ein und ihr Blick glitt streitlustig in meinen.

Diese großen grauen Augen gehörten verboten.

Meine Lenden kochten, als sie sich mit gesenkten Lidern an meinem harten Schwanz rieb.

Oh, bei allen Höllen und Göttern, ich werde dich vögeln, bis die Sonne aufgeht und dir die Knie versagen!

»Du Bastard«, flüsterte sie heiß in mein Ohr und setzte damit meinen gesamten Rücken unter Strom. »Überheblicher, brutaler Bastard!«

Verdammt, es machte mich an, mit welcher Vehemenz sie sich einredete, mich zu hassen. Diese kleine Dirne. Am liebsten hätte ich sie auf die Knie gedrückt, mich tief in ihrem Hals entladen und sie gezwungen, zu schlucken. Den Saft in sich aufzunehmen, den sie so sehr hasste.

»Verfluchte Hexe!«, brummte ich und zerrte ihr das nasse Kleid von den Schultern. Es gab sofort nach. *Braver Fetzen!*

Genau wie ihr schwarzer BH.

Sie hat ihn für Craig getragen.

Grollend riss ich an dem Verschluss und zerfetzte den Stoff dabei. Regen fiel auf ihre herrlichen runden Brüste und sie drückte den Rücken durch, um mir ihre kleinen steinharten Nippel entgegenzustrecken.

O Götter ...

Ihre helle nackte Haut im Licht des Mondes und der feuchte Film, der sich durch den Regen darauf legte ... Das Zucken meines Schwanzes tat weh. Ich konnte nicht mehr. Ich musste mich dringend an diesem herrlichen zarten Körper abreagieren.

Gierig zerrte ich ihr den Slip herunter, damit sie vollkommen nackt vor mir stand. Zerbrechlich. Verletzlich.

Genau so wollte ich sie.

Hölle, das ist besser als alles, was ich seit Langem erlebt habe!

Ich drängte sie enger gegen den rauen Felsen und griff mit einer Hand nach ihrem Hals, mit der anderen glitt ich über ihren sündhaft weichen Körper bis zum Ansatz ihrer Scham. Sie zuckte zusammen und ich hielt inne. Akkurat rasiert. Für ihre Hochzeitsnacht. Die ich mir jetzt mit verschissener Gewalt nahm. Keine Rosenblätter, Champagner oder gesäuselte Versprechen im Kerzenschein. Nein, ganz im Gegenteil. Ein dreckiger kleiner Hassfick im Schatten meiner Burg, in die ich sie gleich wieder verschleppte.

Meine Lippen trafen auf eine ihrer Brüste. Sie zuckte zusammen, hielt aber still. *Gut so. Besser für dich!*

Meine Zunge spielte kurz mit ihrem harten Nippel und sie stöhnte innig, dann biss ich fest hinein und sie schrie.

Als sie sich aus meinem Griff winden wollte, packte ich fester zu, pinnte sie gegen den Stein und glitt mit dem Daumen zwischen ihre Schamlippen.

Verfluchte Hölle!

Ich hatte noch keine Frau vorher je so nass erlebt.

»Scheiße, so sehr willst du mich, Moor-Prinzessin?« Mein glühender Blick raste in ihren. Und nicht nur der glühte. Alles an mir stand in Flammen. Vor allem mein Unterleib.

»Fick dich, McTavish«, fluchte sie und ich begann, mit dem Daumen fest ihre Perle zu massieren. Ihr Gezeter verstummte und ein paar herrliche Laute des Entzückens kamen ihr über die Lippen, bevor sie es verhindern konnte.

Sie war so nass und warm. Der Anblick ihres zitternden, sich biegenden Körpers unter mir ließ mich beinahe in meiner Jeans abspritzen. Meine Zunge spielte abwechselnd mit ihren Nippeln, während sie immer inniger keuchte und mich so tief dabei ansah, dass mir ganz anders wurde.

Du wirst verhext, Eliot McTavish!

Du wirst verhext und tust einen Scheiß dagegen!

Ihr schlanker Körper bog sich unter mir, sie schloss genüsslich die Augen, nahm einen tiefen Atemzug, fast wie ein Schnappen. Und als sie die Luft anhielt, ganz kurz davor war, zu kommen, hörte ich auf. Entsetzt riss sie die Augen auf, die gerade noch vor Lust geglänzt hatten, und ich packte sie unsanft und drehte sie mit dem Gesicht in Richtung Gestein.

Noch ehe sie protestieren konnte, griff ich grob in ihr Haar und zog sie zu mir heran, während ich mit der anderen Hand meinen Schwanz aus der Hose befreite. Ich glitt mit der

Zunge über ihren Hals und biss ihr an der Stelle, über die sich ihre Schlange wand, unsanft in die zarte Haut. Sie machte ein helles Geräusch, eine Mischung aus Wimmern und Ächzen, das mir wie ein Stromstoß direkt in den Schaft raste, und ich packte sie noch fester. Scheiße, keine Ahnung, ob ich je im Leben so hart gewesen war.

»Falsch. Ich werde *dich* ficken«, knurrte ich von hinten in ihr Ohr und mein Körper bebte, als ihr wundervoller runder Hintern meinen Schaft streifte. »Und zwar so heftig und lange, wie wir beide brauchen werden, um den Namen Craig zu vergessen.«

Meine Finger griffen nach ihrer Kehle und sie schluckte schwer.

Angst, kleine Hexe?

Ihr praller glänzender Arsch, auf den der Schatten meiner prallen Härte fiel, ließ mir schon jetzt fast die Sinne schwinden. Meine Hand raste auf ihr weißes Fleisch hinunter und klatschte herrlich schallend auf ihre Pobacke.

Sie seufzte entzückt.

»Oh, Scheiße, ja.« Dieses verdorbene kleine Miststück!

Wieder landete ein Schlag auf ihrem Hintern, diesmal fester, und die roten Flecken auf ihrer Haut kosteten mich jede Beherrschung. Ich griff meinen Schwanz und platzierte ihn vor ihrem Eingang. Sie reckte sich mir willig entgegen. So heiß, so gierig. Wenn das unser Freund Andrew wüsste ...

Mit einem harten Ruck drängte ich mich in sie und verharrte tief in ihr, um mich zu fangen.

Fuck! Verfluchter Odin und alle anderen Götter. So eng und warm. Fast zu eng für meine Größe.

Wer hätte gedacht, dass diese Teufelin ein solches Paradies in sich tragen würde?

Ich keuchte und drängte mich noch tiefer in sie.

Gott, ja ...

Sie stöhnte heiser, und ich packte ihre Hüfte, um mich wieder ein Stück aus ihr zu ziehen und erneut bis zum

Anschlag in ihr zu versenken. Meine Kehle war trocken, meine Haut prickelte und jeder Muskel in mir war gespannt.

Das war zu gut!

Hölle, das war viel zu gut, um wahr zu sein.

Wieder klatschte meine Handfläche auf ihre runde Arschbacke und ich spürte die Vibration bis tief in ihre Pussy, in der ich steckte und nie wieder woanders sein wollte.

»Verdammt!« Ich griff sie am Nacken und drückte sie fester gegen den Berg, damit ich noch tiefer in sie stoßen konnte. Sicher würde sie überall Schrammen haben von dem rauen Stein, aber störte mich das? Einen Scheiß tat es.

Fiebrig sah ich dabei zu, wie mein glänzender Schwanz aus ihr glitt und wieder in ihr verschwand. Es war das verflucht nochmal Beste, was ich seit einer Ewigkeit gesehen hatte.

»O Gott«, stöhnte sie hell und machte mich damit nur noch wilder.

Keuchend griff ich mit beiden Händen ihre Taille und stieß so hart in sie, dass mir die Welt um uns herum für einen Moment entglitt.

Scheiße, das war überirdisch.

Ihr helles Wimmern, das Klatschen, wenn mein Fleisch auf ihres traf. Ich fickte sie in harten Stößen gegen meinen verfluchten Berg, keuchte innig und packte sie fester, wenn sie es wagte, sich zu rühren.

Genau so!

Der Winkel war perfekt. Ich glitt so tief und vollendet in sie, dass ich fast den Eindruck hatte, ihre Pussy wäre für meinen Schwanz gemacht. Als ich sie an den Haaren zu mir zog, erkannte ich schmale Kratzer und Schrammen verteilt über ihren kompletten Oberkörper und ich rammte mich noch härter von hinten in sie. Sah ihren Titten dabei zu, wie sie unter meinen Stößen hüpften, lauschte ihrem süßen, langgezogenen Stöhnen und knurrte gegen ihren heißen, verschwitzten Hals.

»Du fühlst dich verdammt gut an, Shona Blythe!« Meine Stimme bebte, mein ganzer Körper zitterte, mein Schwanz zuckte. Ich war kurz davor. Meine Sinne überschlugen sich, die Welle baute sich auf.

Im letzten Moment zog ich mich aus ihr und drehte sie um.

Atemlos starrte sie mich an. Noch immer so hungrig. Ihre Lider waren schwer und ihre Augen verschlangen mich.

»Komm her!« Ich griff mir ihr Bein, zog sie an mich, drängte sie mit dem Rücken gegen den Felsen und ließ meine pralle, heiße Spitze durch ihre nassen Schamlippen gleiten.

Sie schrie auf und drängte sich noch enger an mich, als meine Eichel auf ihre Perle traf. Ihr Kitzler pochte, ich konnte es unter meinem sensibelsten Teil spüren, und sie warf die Arme um meinen Hals, als seien wir Liebende.

Scheiße, wir waren keine Liebenden.

Wir fickten uns einfach nur den Hass aufeinander noch tiefer in die Glieder.

Für einen Moment hielten wir inne und tauschten einen düsteren, leidenschaftlichen Blick. Beide waren wir verschwitzt und rangen nach Atem, und Teufel, das hier war so ein Genuss, am liebsten hätte ich nie wieder damit aufgehört.

Ihr Körper war über und über mit blutigen Schrammen übersät, auf ihrer Hüfte und dem Hintern leuchteten die Abdrücke meiner Hände. Ich hatte sie markiert. Und meine Male auf ihr würden so schnell auch nicht wieder verschwinden.

Ganz richtig, ich ficke deine Kleine, Andrew!

Sieh genau hin!

Brummend begann ich, meine Spitze an ihrem Kitzler zu reiben. Sie zitterte, seufzte, wimmerte und klammerte sich an mich, während ich meine Lenden noch enger gegen sie drängte.

Mein Schwanz spaltete ihre pochenden Lippen und ich

musste mich schwer beherrschen, damit das hier nicht sofort vorbei war.

Die feuchte Reibung, der süße Duft ihrer Haut und die betörenden Laute der Lust, die sie direkt in mein Ohr hauchte, brachten mich sehr schnell wieder an den äußersten Punkt.

Zu gern hätte ich mich in sie geschoben und tief in ihrer heißen, nassen Pussy vergraben abgespritzt, aber ich fickte eigentlich keine Frau ohne Kondom und ich wusste nicht, ob sie die Pille nahm. Also packte ich meinen Schwanz und stieß sie mit drängend kreisenden Bewegungen gegen ihre Klit über die Kante der Lust, kurz bevor ich selbst kam und tief stöhnend meinen Saft auf ihrem straffen Bauch verteilte.

Scheiße, ich kam in so heftigen Wellen, dass ich mich neben ihr auf dem Felsen abstützen musste. Normalerweise war ich an jedem Punkt beherrscht und vollkommen ich selbst. Sie schaffte es, mir diese Beherrschung zu nehmen. Das machte mich rasend. Auf eine überraschend gute und eine unglaublich schlechte Art zugleich.

Ihre Arme umschlangen noch immer meinen Hals, ihr Körper zitterte an meinem und auf ihrem Gesicht lag eine tiefe Zufriedenheit, die ich eine Weile betrachtete wie ein dümmlicher Trottel.

Du hast gefickt und abgespritzt. Jetzt beende es!

Als der Sog der Lust verflog, begann meine Schulter zu pochen. Die verfluchte Kugel, die ich mir für sie eingefangen hatte!

Ihre nackten Brüste hoben und senkten sich nah bei meiner.

Viel zu nah!

»Komm hoch! In der Grotte kannst du dich waschen!« Ich manövrierte sie am Arm nach oben und zeigte auf die Höhle, in der sich ein See befand.

Noch einmal würde sie mir nicht davonlaufen!

Nicht bevor ich Andrew all die wundervollen Dinge brüh-

warm serviert hatte, die ich eben mit seiner Kleinen angestellt hatte.

Shona warf mir einen halb lasziven, halb vernichtenden
Blick zu und ging nackt, wie Gott sie geschaffen hatte, auf die
Höhle zu. Mit wiegenden Hüften und meinen Handabdrü-
cken auf ihren prallen Backen.

Pure Provokation!

Knurrend blickte ich ihr nach.

Bei diesem göttlichen Anblick meldete sich direkt mein
Schwanz zurück. Ihn hatte sie offensichtlich ebenso verhext.
Dieses Weibsbild raubte mir die letzte Beherrschung.

Und das würde sie mir büßen.

Du hasst mich schon jetzt?

O Schätzchen, das ist noch gar nichts, glaub mir!

Ich fange gerade erst an.

KAPITEL 23
SHONA

M eine Knie waren wackelig und das Blut brodelte mir heftig durch die Adern, als ich vollkommen nackt auf die Grotte zuging.

Ich musste wahnsinnig geworden sein.

Die Gedanken rasten ziellos durch meinen Kopf, während ich versuchte, irgendwie zu begreifen, was da eben passiert war.

Eine Ewigkeit hatte ich keinem Mann mehr erlaubt, mich zu nehmen, und schon gar nicht auf diese Art. Auf diese verwerfliche, brutale, animalische Art.

Gott, alles an mir stand unter Starkstrom. Die feinen Kratzer, die der Fels mir zugefügt hatte, während Eliot mich grob dagegen gedrückt hatte, brannten. Und es fühlte sich gut an. *Gut?* All das hatte sich einfach großartig angefühlt. Und das überraschte und entsetzte mich. Über mir leuchtete das endlose Firmament mit dem Mond um die Wette, neben mir rauschte ungezügelt das Meer. Die Luft schmeckte salzig und frisch.

Ich fühlte mich frei. Nach so vielen Jahren das erste Mal,

und das, obwohl ich gefangener war, als je zuvor. Diese Tatsache ließ mich fast laut auflachen.

Ich war Eliot McTavishs Geisel und fühlte mich frei.

Ich verlor den Verstand, ganz einfach. Das musste es sein.

Aber dieser Blick ... Er hatte mich begehrt ... mich verschlungen. Auf diese Art hatte mich noch nie jemand genommen und das machte mich fertig. Ich hasste, dass ich das, was er mit mir angestellt hatte, so sehr liebte.

Wenn Andrew das erfuhr ... *Herr im Himmel!* Für einen Moment musste ich mich neben der Höhle am Fels abstützen, weil mir schwindelig wurde. Wahrscheinlich Nachwirkungen des heftigen Orgasmus, der mich von den Füßen gerissen hatte wie ein brüllender schottischer Herbststurm.

»Alles okay?«, hörte ich Eliots raue Stimme fragen und drehte mich überrascht um.

Er zog die Brauen zusammen und räusperte sich.

Wunderte sich ganz augenscheinlich selbst, warum er das fragte.

Ein großer, böser Herrscher wie er sorgte sich ja wohl kaum um die Frauen, die er zu seinem reinen Vergnügen durchnahm. Und schon gar nicht um eine *Craig*.

Mein schneidender Blick hielt ihn auf Abstand, während ich mich sammelte. Ratlos hielt er den grünen Fetzen in der Hand, den er mir gerade noch vom Leib gerissen hatte. Er trug mir das Kleid hinterher? Das war ja beinahe niedlich. Ich verkniff mir ein zynisches Grinsen und huschte in den Fels hinein.

Heilige Mutter Maria ... Vor mir tat sich eine weitläufige Höhle auf, die selbst in der fortschreitenden Nacht aus sich heraus zu leuchten schien. In ihrer Mitte befand sich eine azurblaue Grotte, die nach vorn hin mit dem Meer verbunden war. Leise spülten die seichten Wellen hinein. Es wirkte, als brächten sie das Mondlicht mit. Dieser Ort war die pure Magie. Für einen Moment starrte ich nur überrumpelt vor mich hin, dann ging ich mit langen Schritten auf die Grotte zu und ließ mich in das kühle Wasser gleiten.

In der Hoffnung, dass mich das kalte Wasser wieder ein wenig zu Verstand brachte, tauchte ich den Kopf unter und hielt die Luft an. Es war herrlich ruhig und friedlich hier unten. Ein paar Bläschen umsprudelten meine nackte Haut, nahmen mich in sich auf wie ein Kokon. Warum fühlte ich mich bitte gut, wenn all das hier eigentlich so unsagbar beschissen war?

Für ein paar Sekunden nahm ich dieses fragwürdige Gefühl tief in mir auf. Ob dieses Gewässer mir einfach den Willen nahm? Dieser Ort, diese Nacht, dieser Moment, dieser ...

Krank, Shona! Du bist krank!

Das Salz des Meeres brannte in all den feinen Schnitten auf meinem Körper und mir gefiel der Schmerz.

Krank!

In einem Zug tauchte ich wieder auf und atmete tief die Nachtluft in meine Lunge. Sie füllte mich aus, machte mich lebendig.

Lebendig ... Das ist, was du sein solltest, Shona Blythe! Nicht nur für andere, auch für dich selbst!

»Komm«, zerrte Eliot mich aus meinen absurden Wahnvorstellungen und griff meine Hand, um mich mit einem Ruck aus der Grotte zu ziehen.

Als ich vor ihm stand, lagen die Schatten der Nacht in seinen Zügen und sein Blick glühte dunkel. Er betrachtete mein Gesicht so eingehend, dass mir ein Schauer über den Nacken rieselte. Aber dort blieben seine Augen auch. Erstaunlich, dass er mir nicht hemmungslos auf die Brüste starrte, wie jeder andere Kerl es getan hätte, wenn eine Frau so splitternackt vor ihm stand. Wahrscheinlich war er nackte Frauen einfach gewohnt. Einem McTavish warf sich doch mit Sicherheit jedes Flittchen ganz bereitwillig an den Hals.

Jedes Flittchen, ganz genau. So wie du, Shona.

Ich schluckte schwer, als er mir das Kleid über den Kopf zog und mein Körper sich glühend an seine Nähe erinnerte.

Auf seinem markanten Gesicht lag fast so etwas wie Faszination, als ich zuließ, dass er sanft den Stoff des Kleides über mich streifte. Millimeter für Millimeter glitten seine großen Hände über meine Taille und mein Herz beschleunigte seinen Schlag.

Dass ein brutaler Klotz wie er zu so liebevollen Berührungen fähig war, warf mich endgültig aus meiner Umlaufbahn.

Er zog mich fast unmerklich ein Stück näher zu sich und sein Blick verdunkelte sich noch mehr. Seine Finger gruben sich fest in den Stoff, als er die Hand an meiner Hüfte darum zur Faust ballte und die Zähne aufeinanderpresste. Ein böses Knurren grollte hinter seiner Brust.

Ja, North, ich hasse es ganz genauso, dass ich deine Nähe genieße!

Also fahr zur verfluchten Hölle!

Schritt für Schritt drängte er mich rückwärts, so langsam, dass ich es kaum bemerkte, ich war in seinem Blick gefangen wie in dem todbringenden Kokon einer giftigen Spinne. Die Schatten wurden dichter und ich zuckte zusammen, als mein Rücken auf den kalten Stein traf.

Die eine Hand stützte er direkt neben meinem Gesicht gegen den Stein, kesselte mich mit seinem Körper ein wie ein verunsichertes Reh, die andere ließ etwas Kaltes um mein Handgelenk zuschnappen. Metall rasselte und mein Puls beschleunigte. Was zum Henker? Kettete er mich hier unten an wie ein verstoßenes Tier? Ich erkannte nur Schemen, sein Gesicht wirkte hart im Getuschel der Nacht, als er meinen Lippen wieder einmal viel zu nah kam.

»Eliot, was zum ...«

»Du faszinierst mich«, raunte er gegen meine Lippen und ich stellte entsetzt fest, wie die Klinge seines Messers über mein Bein nach oben fuhr. Kühl und nicht fest genug, um mich zu schneiden, aber unnachgiebig und quälend langsam. Einfach alles an dieser Geste war eine Drohung. »Ein wenig zu sehr, wenn es nach mir geht.« Er neigte das Gesicht und seine Lippen berührten meine zum Hauch einer Verbindung, nein, einer Dominierung? Ich wusste es nicht. War vollkommen irritiert von der Metallschelle um meinen Arm, und dieser kalten Klinge, die inzwischen über den Stoff des Kleides glitt wie der bedrohliche Körper einer Schlange. Sie tastete sich über meine Brust und als er mit der breiten Seite des Metalls über meinen Nippel fuhr, sog ich scharf die Luft ein. Er brummte und ein kleines Schmunzeln bildete sich um seine Mundwinkel herum, das ich auf meinen Lippen spüren konnte.

»Du bist meine Geisel, mein Besitz, bis dein Zukünftiger mir eine Alternative anbietet. Und so wie es aussieht, wird das so bald nicht passieren, kleine Sumpfrose.«

Ich bin nicht dein Besitz, wollte ich ihm ins Gesicht schreien, aber sein Jagdmesser hatte mein Schlüsselbein erreicht und glitt federleicht über meine Kehle, während er einen kleinen Schritt zurück machte. Ich wagte es nicht, mich zu rühren, zitterte einfach nur vor Kälte und Angst vor seinem unberechenbaren Wahnsinn. Wahrscheinlich würden die Ketten mir ohnehin nicht viel Spielraum lassen.

»Du hast jemanden laufen lassen, der in meinen Kerker gehört«, raunte er und packte vollkommen unvermittelt mein Haar, um mich festzuhalten, während er seine Klinge gegen meinen Hals drückte. Beinahe hätte ich geschrien. Ein unangenehmes Brennen zeigte an, dass er offenbar keine halben Sachen machte. Scheiße, wollte er mir hier unten die Kehle aufschneiden? Panik durchflackerte mich wie Peitschenhiebe.

»Noch dazu hast du mich mit einer Waffe bedroht. Das macht mich noch immer scheißwütend«, grollte er heiser und tief gegen mein Gesicht. »Und wenn ich wütend bin, muss ich mich abreagieren.« Das Messer verließ meinen

Hals, schnitt mir dabei einen schmalen Riss über das Schlüsselbein und der unsanfte Griff in meinem Haar blieb.

Im einfallenden Licht des Mondes sah ich ein Blitzen durch seine hellen Augen zucken, während er seine Waffe in der Hand drehte. »Ich bin noch lange nicht fertig mit dir, Hexe.« Der Griff des Messers glitt zwischen meinen Brüsten entlang nach unten, erreichte meinen Venushügel und presste sich im nächsten Moment so fest gegen meine Mitte, dass ich keuchte. Mein Körper wand sich in einer Mischung aus Grauen und Hitze und Eliot zerrte mein Gesicht an den Haaren näher zu seinem, während die Rückseite seines Mordinstrumentes mein Kleid nach oben schob, um über meine sensible Mitte streichen zu können.

»Nicht«, flehte ich leise, weil es mich zutiefst verstörte, wie sehr mich das hier anmachte.

»Vielleicht kette ich dich draußen an meinen Berg und lasse meine Adler von dir kosten, hm?« Er teilte mich, stimulierte meine Klit in drängenden Kreisen und kostete grollend mein Wimmern und Beben aus.

»Du ... brauchst mich«, erinnerte ich ihn und stöhnte hell, als er mit dem Knie meine Beine auseinanderzwang und mit der breiten Seite des Griffes einen pulsierenden Druck auf meine Klit ausübte, der mich fast sofort über die Kante der Lust trieb. Alles in mir flackerte in einer Symphonie aus Lust, Hass, Angst, Wut und Adrenalin, ich wusste nicht wohin mit mir. Unter dem nahenden Orgasmus fühlte sich der Gedanke an die spitzen Schnäbel seiner Ungetüme weniger bedrohlich an, als er sollte.

»Ich brauche nichts und niemanden.« Grob zerrte er meinen Kopf nach hinten, um mich unsanft in den Hals zu beißen und kurz darauf meine Lippen mit seinen zu verschlingen. Ich stöhnte in seinen Kuss hinein und er trieb mich immer weiter und weiter bis kleine Sterne vor meiner Sicht tanzten, dann hörte er abrupt auf. Keuchend und bebend wurde ich wieder in die Realität zurückgeschleudert, auf den kalten Höhlenboden der Tatsachen, in dem er mich gerade meines Höhepunktes beraubt hatte und verflucht, das fühlte sich grausam an. Haltlos. Beschämend. Leer und barbarisch.

Seine große Hand ließ von meinem Haar ab und packte mein Gesicht. »Nichts und niemanden!«, dröhnte seine dunkle Stimme gegen meine Lippen, dann steckte er sein Messer ein und drehte sich um.

»Was? Aber du kannst nicht ... Du ...« Er wollte mich doch nicht allen Ernstes hier unten lassen!

Ich war zwar noch nicht ganz wieder da, nach seiner widerlichen Aktion, aber ich registrierte trotzdem sehr wohl, was er da gerade vorhatte.

»Gegen Mitternacht wird sich der Ozean die Grotte geholt haben.« Sein Gesicht drehte sich mir fast nicht merklich zu. Er hatte mir weiterhin den Rücken zugewandt. »Weißt du, was eine Hexenprobe ist? Man wirft die Abtrünnige gefesselt ins Wasser und sieht, ob sie ertrinkt. Tut sie es nicht, kommt sie auf den Scheiterhaufen. Tut sie es, hat man sich wohl geirrt und sie war ein Mensch aus Fleisch und Blut. Wollen wir mal sehen, wie der Fall bei dir liegt, Shona.«

Was in drei Gottesnamen!

»Was? Nein! Du bist doch wahnsinnig!«

»Schuldig!«

Fassungslos sah ich ihm dabei zu, wie er verschwand. Was zum Teufel war in diesen Mann gefahren? Das konnte doch nicht sein Ernst sein! Wütend riss ich an der kurzen Kette wie ein panischer Hofhund. »Komm zurück, du Monster! Du hast doch völlig den Verstand verloren! *Eliot!*«

Keine Ahnung, wie viel Zeit vergangen war, in der ich einfach nur auf dem kargen Stein kauerte und fluchte. Da hörte ich plötzlich Schritte aus dem Inneren der Höhle kommen und stockte.

Glenn hatte eine Fackel dabei und wirkte hier unten im Zwielicht wie ein Geist. Die Grotte besaß offenbar einen direkten Zugang zur Burg.

»Gut, er hat dich wieder eingefangen.« War das alles, was er hierzu zu sagen hatte? Und eine *Fackel* ... Besaß diese Bande keine Taschenlampen? Steckten sie denn wirklich noch mit jeder Zelle in der Steinzeit fest, trommelten sich auf die Brust wie King Kong, hatten ungezügelten Sex mit wahllosen Frauen, ohne dazu ein Bett zu brauchen, liefen nackt herum, wann immer es ihnen gerade in den Sinn kam, und schlugen jedem, der sie schief ansah, die Schneidezähne aus?

»Bitte mach mich los. Dein Boss hat den Verstand verloren«, versuchte ich, ihn zu bekehren, auch wenn mir sein misstrauischer Blick ganz und gar nicht gefiel. Aufmerksam musterte er mich von oben bis unten.

»Wart ihr hier eine Runde planschen oder wollte er dich Schlampe ertränken? Kann das gern für ihn übernehmen.« Glenns Aura trieb mir das pure Grauen in die Glieder. So zerschlagen von der Auseinandersetzung im Pub sah er noch grausamer aus, als vorher.

Woher kannte ich diese Stimme? Und diese schwarzen

Augen? Er erinnerte mich an etwas ... Und das war nichts Gutes.

Kälte verdrängte alles andere in mir, als er ohne Umschweife auf mich zukam.

»Also, was ist hier passiert, du kleine Craig-Hure, hm?« Sein Blick huschte von der Grotte zu mir und ging erneut auf Wanderschaft über den Stoff, der nass an meinem Körper klebte und nichts der Fantasie überließ. Die Hitze der Fackel brannte auf meinem Gesicht, als er mich damit bis zur Felswand zurückdrängte wie ein wildes Tier.

Der Geruch seines Parfüms ... Mir wurde übel davon.

»Ich kann dich kein Stück leiden.« Er starrte auf meinen Bauch wie ein Irrer, der mir am liebsten ein Messer ins Fleisch rammen wollte. »Glaub ja nicht, ich wüsste nicht, was du planst, du Fotze.«

Ganz toll, jetzt hast du bald alle Kraftausdrücke durch. Eine echte Leistung.

»Was plane ich denn?«, fragte ich, weil es mich selbst interessierte. Dieser Psychopath litt wahrscheinlich genauso unter Wahnvorstellungen wie ich.

Anrühren durfte er mich jedenfalls nicht, und wenn er seinen irren Boss auch nur einen Funken schätzte, hielt er sich an diese Anweisung.

Seine schmalen dunklen Augen und dieses grässliche Grinsen entfachten einen Widerwillen in mir und froren mich gleichzeitig in einen Gletscher aus Eis. Ein altes Gefühl. Es bäumte sich in mir auf wie ein Wildpferd. Was passierte hier nur? Wer war er? Woher kannte ich diesen Kerl?

»Nein.« Ein freudloses Lachen presste sich über seine Lippen. »Nein. Das hier wird nicht passieren.«

Ich hatte nicht den leisesten Schimmer, wovon er sprach.

»Du wirst nicht deinen Schabernack mit ihm treiben und ihm den Willen nehmen, du Dämonin.«

Oh verflucht ...

Meine Finger tasteten sich an der Felswand hinter mir

entlang. Die Ketten klimperten leise und ich bekam einen großen Stein zu fassen.

»Er hat mich angekettet und will mich ertrinken lassen«, erwiderte ich betont besänftigend. »Ich denke nicht, dass das in meinem Sinn ist.«

Er lachte hallend und Ekel wallte in mir hoch.

»Du wirst mir nicht weiter deine Lügen von Hilflosigkeit in den Kopf pflanzen. Und ihm auch nicht.« Er wollte meinen Arm packen, und ich wartete nicht ab, was er danach plante, sondern holte mit dem Stein aus und schlug ihn ihm gegen den Schädel.

Brüllend sackte er zurück, ließ die Fackel fallen und hielt sich fassungslos die Stirn. »Bist du irre?«, heulte er zornig. »Du bescheuerte Schlampe!«

Blut sickerte aus einer Platzwunde unter seinem Haar und ich war selbst erschrocken über meinen Volltreffer.

»Ich … Es tut mir …«

Ehe ich mich auch nur rühren konnte, sprang er auf mich zu. Seine Hände umschlossen meinen Hals wie ein Schraubstock und er starrte mir mit rasendem Zorn in die Augen.

Erschrocken versuchte ich, mit der freien Hand nach ihm zu schlagen, aber er griff so fest zu, dass mich innerhalb von Sekunden die Kraft verließ.

Ich bekam keine Luft … Konnte nicht …

Blut lief über seine Stirn zwischen seinen Augen entlang und die beleuchtete Höhle mit ihrer wunderschönen Grotte verschwamm langsam vor meiner Sicht.

Und dann war da plötzlich Eliot und riss ihn von mir weg.

Ächzend sank ich gegen den Felsen und füllte hungrig meine Lunge wieder mit Luft, während ein so harter Schlag in Glenns Gesicht krachte, dass ich zusammenfuhr.

»Was zur Hölle habe ich gesagt?«, brüllte Eliot wie ein Bär und baute sich über Glenn auf, der am Boden kroch und versuchte, nach diesem Hieb seine Sinne wieder zu finden. »Ich brauche sie in einem Stück, du verfluchter Hurensohn!«

Sein riesiger Schatten bedeckte die Höhlenwand hinter mir, während ich zitternd nach meinem Hals tastete und versuchte, das eben Erlebte in meinem Kopf zu ordnen.

»Die Fotze wollte mich umbringen«, heulte Glenn und zog sich mühsam wieder am Felsen hoch. »Hat mich mit einem Stein geschlagen.«

»Sie wird ihre Gründe gehabt haben.« *Hat er das tatsächlich gesagt?* »Los, hoch mit dir, du Jammerlappen!« Eliot zerrte Glenn auf die Beine, der wackelig vor ihm stand und ihn zornig fixierte.

»Du lässt dich von einer Frau schlagen?«, dröhnte Eliot fast schon belustigt. »Und schlägst sie zurück? Dein Ernst? Komm her, leg dich lieber mit jemandem in deiner Größenordnung an.« Er winkte ihn zu sich und Glenn straffte angeschlagen die Schultern.

Gott, mit diesen Typen stimmte wirklich so absolut gar nichts mehr. Fassungslos sah ich ihnen bei ihrem Schauspiel zu und wartete, bis das Brennen in meiner Lunge nachließ.

»Komm schon, genau hier!« Eliot deutete auf sein Kinn und streckte es ihm regelrecht entgegen.

»Du elender Sack«, fluchte Glenn, spuckte blutig aus und verpasste Eliot einen harten Haken.

»Sehr gut!« Eliot wischte sich das Blut von der Lippe und breitete die Arme aus. »Noch einen, komm schon!«

Was zum Teufel ...

Ich schielte sehnsüchtig hinüber zum Höhlenausgang. Ohne Ketten und Glasscherben in der Lunge hätte ich jetzt laufen können, aber hier draußen im Norden war ohnehin alles verseucht von McTavish-Kriechern. *Aussichtslos!*

Es krachte, als Eliot den nächsten Schlag einsteckte und kurz darauf ächzend zurücktaumelte. Nur zwei Sekunden später traf Glenn zur Erwiderung ein harter Stoß in den Magen und er ging in die Knie. Eliot packte fest seine Schulter und blickte atemlos auf ihn hinab. »Siehst du.« Seine Hand tätschelte grob Glenns Wange. »Macht so doch viel mehr Spaß.«

Wieder spuckte Glenn Blut, starrte erst ihn und dann mich an wie ein kapitulierender Tiger, der sich seine Schwäche nicht eingestehen wollte.

Ich atmete gepresst. Konnte mit all diesem Wahnsinn nichts anfangen. Mit diesem reinen Irrsinn an Nacht, der hier über mich gekommen war wie eine Lawine.

»Ist Lennox in Ordnung?« Wieder spuckte Glenn etwas neben sich. War das ein Zahn?

»So in Ordnung wie wir alle. Wir sind alle scheiß in Ordnung, mein Freund. Kühl dich ab. Wir reden später«, brummte Eliot höhnisch, während er auf mich zukam, ohne mich anzusehen. Ein Schlüssel drehte sich. Metall klackte. »Und du kommst mit mir.«

KAPITEL 24
SHONA

S tatt mich wieder in das gruselige Kellergewölbe zu bringen, stieg er die Treppe nach oben und ich folgte ihm wütend. An einer Ecke versuchte ich, mich aus dem Staub zu machen, aber er packte mich mühelos und genoss die schallende Ohrfeige augenscheinlich, die ich ihm daraufhin verpasste.

»Du Gestörter«, fauchte ich und stellte mit Grauen fest, dass das Feuer dabei erneut in seinem Blick erwachte.

»Mach weiter so, Sumpfhexe und ich ficke dich gleich hier noch einmal gegen die kalte Wand meiner Burg.« Sein Körper drängte meinen gegen das Gestein und sein Blick grub sich tief in mich. »So hart und unnachgiebig bis du schreist.«

Meine Kehle wurde trocken und ich ließ zu, dass er mich am Arm weiter vor sich herschob.

Wir gingen quer durch einen riesigen Saal, der mich endgültig an das dunkle Zeitalter erinnerte oder an ein Museum. Wände aus purem Stein, ein riesiger Kamin, die Wände voll mit keltischen Schnitzereien, und was war das da am Kopfende der ausladenden Tafel? Ein Thron? Besaß dieser Freak tatsächlich einen Thron? Ein tiefes Seufzen quoll aus meiner Brust, was Eliot dazu veranlasste, mich aus schmalen Augen zu mustern.

Klar, wenn ich abkratze, hat er nichts mehr, was er gegen Andrew verwenden kann.

Und immerhin hatte sein bester Freund mich um ein Haar erwürgt ... Bei dem Gedanken daran stieg eisige Kälte in mir auf.

Du wirst mir nicht weiter deine Lügen von Hilflosigkeit in den Kopf pflanzen. Und ihm auch nicht.

Meine Finger tatsteten sich zu der wunden Haut meines Halses. Ich war wirklich überhaupt nicht willkommen hier als angehende Craig.

Eliot nickte seinen Männern zu, die um den langen Tisch saßen und sich gedämpft unterhalten hatten, bis wir den Raum betraten. Ihre ernsten Blicke ruhten allesamt auf mir, während wir an ihnen vorbeiliefen. Ich unterdrückte ein Räuspern und Eliot fühlte sich ihnen ganz offensichtlich keiner Erklärung schuldig.

Der Kamin strahlte eine herrliche Wärme ab und ich betrachtete die teuren dunklen Holzmöbel, um die eine Gruppe aus burgunderroten Sofas und Sesseln stand. Der perfekte Mix aus ausschweifender Modernität und uriger Nostalgie.

»Geht ins Bett, Männer! Wir können alle etwas Schlaf gebrauchen. Den Bürgermeister schnappen wir uns, wenn die Zeit reif ist«, wandte er sich jetzt doch noch einmal an seine Bande und erntete einen Mix aus Knurren und Gemurmel dafür. »Lasst ihn laufen und keuchen, diesen kleinen Hurensohn. Lasst ihn uns fürchten, bibbern, sich verkriechen. Erst wenn er fast wahnsinnig ist vor Angst, ist die Zeit reif. Und genau dann holen wir ihn uns.«

Diese Bestie ... Wie hatte ich nur zulassen können, dass einer wie er sich meinen Körper nahm? Auf eine Art, die ... Mir lief es heiß und kalt den Rücken herunter.

Die Runde brummte und nickte im Einklang vor sich hin.

Trotz allem wirkten sie bedrückt. Sorgten sie sich, weil ihr Boss angegriffen worden war? Mit Sicherheit. Ohne mich hätte er jetzt noch ein paar erhebliche Löcher und Schrammen mehr, wenn sein Freund Glenn ihn nicht gleich in einem Sarg hier hätte reintragen müssen.

Und ich wäre frei ...

Hinter dem Saal betraten wir einen Gang, auf dem alte Gemälde und Fotografien der Burg hingen, ließen einige Türen links liegen und stiegen ein paar Stufen zu einem separierten Raum hinauf, den Eliot aufschließen wollte, jedoch feststellte, dass er bereits unverschlossen war.

Was sollte das werden? Noch ein Kerker im Herzen der Burg? Vielleicht für seine VIP-Geiseln?

Als er die Tür öffnete, hielt ich überrascht inne. Ein gemütliches Zimmer tat sich vor uns auf mit einem riesigen Bett, auf dem eine weiße Felldecke ausgebreitet war, und das mit dem Kopfende zur Steinwand stand. Auch hier knisterte ein Feuer in einem breiten Kamin vor sich hin und ein riesiges Fenster eröffnete den Blick auf das dunkle Meer, über dem bereits die violette Sonne aufging. Und mit dem Rücken zu uns an einem Schreibtisch in der Ecke stand der Obelix-Verschnitt mit den Zöpfen im Bart.

»Was zum Geier hast du in meinem Reich verloren, Zac?« Der Rotbärtige wirkte für einen Moment aufgescheucht von der unwirschen Stimme seines Bosses.

»Entschuldige! Ich hab dir neuen Whisky hergebracht. Ardbeg, wie du ihn liebst, North. Dachte, du könntest ihn vertragen. Hab auch noch den Kamin befeuert.« Sein Blick streifte mich irritiert und so standen wir für ein paar Augenblicke alle drei da und starrten.

»Scher dich raus, los!«, murrte Eliot und der Zac machte sich sofort davon. Draußen neben dem Zimmer in einer Nische befand sich eine Terrasse, über der ein Wasserspeier hing. Das hier war also sein Territorium. Sein Schlafzimmer.

Wahnsinn, das Flair in dieser Burg. Kein Wunder, dass diese Kerle so waren, wie sie waren.

»Los, aufs Bett«, wies Eliot mich an.

Ich zuckte zusammen. »Was?«

Sein Ernst?

Anstatt zu antworten, griff er unsanft meinen Oberarm und manövrierte mich auf die helle Decke.

Wenn er dachte, er könnte sich jetzt einfach immer an mir abreagieren, wann es ihm beliebte, hatte er sich geschnitten. Ich war vielleicht geschwächt, aber mein Knie würde seine Eier trotzdem finden und diesmal ganz sicher fester als das letzte Mal.

Sein großer, zerschlagener Körper beugte sich über mich und er packte meine Handgelenke, um sie an Schlaufen über meinem Kopf zu befestigen. Die Dinger waren mir gar nicht aufgefallen. *Verflucht!* In einem viel zu schwachen Aufbäumen versuchte ich, meine Hände aus seinem Griff zu befreien. Vollkommen chancenlos. Er verharrte für einen Moment über der zarten Haut meines Halses und betrachtete aus schmalen Augen die Würgemale. Die Wärme seines Atems ließ einen heftigen Schauer einmal komplett durch mich hindurch rasen.

Seine großen Hände an meiner Hüfte, seine hemmungslosen Hiebe auf das Fleisch meines Hinterns und diese alles verschlingenden Küsse ...

Mein Blick fand seine blauen Augen. Er sah verdammt noch mal am Ende aus. Aber seine blutige Unterlippe ... die würde ich gern noch etwas mehr zurichten. Und sein Gesicht sah noch immer viel zu attraktiv aus für all die Schläge, die er vorhin kassiert hatte.

Shona!!!

»Ich bin zu müde, um dich heute noch mal einzufangen«, raunte er, wie um die Manschetten zu rechtfertigen, die zum Glück um einiges weicher waren als die Seile in seinem

Kerker. Ich wollte besser nicht wissen, was er sonst so damit anstellte.

Brummend stand er vom Bett auf, um sich das blutige Shirt auszuziehen.

Gott, wollte er mich jetzt tatsächlich noch ... In diesem Zustand? Meine Muskeln wurden fest und ich überlegte, ob ich ihn warnen oder ihm einfach gleich den Schwanz abbeißen sollte, wenn es so weit war.

Diese Nummer da vorhin am Strand war falsch gewesen! So falsch, dass ich mich dafür hasste. Mein Körper hatte mich verraten und das würde er ganz sicher nicht noch einmal tun, dafür würde ich sorgen!

Kampflustig starrte ich Eliot entgegen, über dessen Gesicht ein erschlagenes Grinsen schwappte. »Du willst mir die Augen auskratzen, was?« *Gut erkannt!*

»Zur Not reiße ich dir die Eier ab, also fass mich bloß nicht an«, zischte ich warnend.

»Vielleicht würde ich es sogar drauf ankommen lassen.« Seine Stimme wurde dunkler und ließ schon wieder diesen heimtückischen Nebel in meinen Verstand sickern, der mich nicht mehr klar sehen ließ.

Na los, komm doch her und versuch es, du Barbar!

»Leck mich!« Der nackte Oberkörper, den ich vorhin so nah an mir durch das dünne Shirt gespürt hatte, war eine Augenweide, aber durch die tiefe Wunde an der Schulter hatte er mit Sicherheit viel Blut verloren. Und tat es noch.

Hör auf, Sympathien für ihn zu entwickeln! Scheiß drauf! Soll er doch ausbluten.

»Du solltest besser aufpassen mit deinen lose dahergeredeten Einladungen, kleine zukünftige Craig.«

Er ging durch einen schmalen Torbogen in ein angrenzendes Badezimmer. Natürlich gab es keine Tür. Warum auch? Er lief nackt herum, wann und wo es ihm gefiel, und schiss darauf, was andere von ihm dachten. Wozu brauchte dieser Mann also Türen?

»Gerade wolltest du mich noch ertränken, also fahr zur Hölle«, spie ich ihm mit letzter Kraft entgegen.

Er schmunzelte nur müde in sich hinein und das machte mich nur noch rasender.

Fluchend sah ihm dabei zu, wie er sich eine Flasche aus dem Medizinschrank griff und ein paar tiefe Schlucke nahm. Okay, das war mit Sicherheit kein Desinfektionsmittel.

Dann begann er, seine Schulter zu behandeln, kippte einfach so den Rest des Fusels aus der Flasche darüber und fing an, sich zu nähen. Ab und an knurrte er leise dabei und seine Muskeln wurden fester, aber er hörte nicht auf.

Was war nur los mit diesem vermaledeiten Hünen?

Hatte ihn der Fels unter dieser Burg geboren?

Oder war er vom Teufel persönlich in das schottische Meer gespuckt worden, um die Hölle über uns alle zu bringen?

KAPITEL 25
NORTH

E ine ganze Weile starrte sie mich noch abschätzend an,
dann registrierte ich, wie ihre Lider schwerer wurden.
Sie war todmüde, genau wie ich.

Wie eine Sirene war sie in meine Grotte geglitten,
wunderschön und todbringend zugleich.

Keuchend hielt ich inne und wischte mir den Schweiß
von der Stirn. Fuck, das brannte wie zehn Höllen, aber die
Wunde musste verschlossen werden, sonst war ich morgen
nur noch ein blutleerer toter Lumpen und nützte meinen
Jungs rein gar nichts bei der Jagd auf die schmutzigen Huren-
söhne, die unter dem Kommando des Bürgermeisters meine
Stadt verpesteten.

Eine Scheißwut brodelte in mir hoch, als ich an diesen
kranken Bullshit in meinem Pub zurückdachte. Lennox hatte
sich jeden dort inklusive Joe noch einmal vorgenommen. Auf
seine Art. Und ein paar Informationen aus ihnen herausgekit-
zelt, die uns wahrscheinlich nutzen konnten. Der Kleine
machte sich.

Die Einzelattacken hatten alle einen höheren Zweck, das
war nach dieser heimtückischen Nummer so klar wie das

Amen in der Kirche. Meine eigene Stadt rebellierte gegen mich. Basil und seine Köter waren nur die Spitze des Eisberges. Sie schreckten nicht einmal vor einem Anschlag auf North McTavish persönlich zurück. Jemand musste ihnen den Rücken stärken. So etwas würden sie allein nie wagen.

Und das konnten sie sich in den Arsch schieben. Hölle, nein, *ich* würde es ihnen in den Arsch schieben. So tief, dass es ihnen zu den Augen wieder herausquoll. Ich wollte jeden Einzelnen von ihnen, und ich bekam *immer,* was ich wollte!

Während ich die Jeans auszog, warf ich noch einen Blick auf die kleine Blythe, deren enge Pussy so grandios meinen hungrigen Schwanz umschlossen hatte. Bei der Erinnerung daran musste ich mich kurz sammeln. Keine Ahnung, warum ich sie mit ins Herz der Burg genommen hatte, in meinen privaten Bereich. Es fühlte sich an, als würde ich ihr meine Eier freiwillig hinhalten und darauf warten, dass sie sie abriss. Es war eine Kurzschlussreaktion gewesen. Weil ich keine Lust hatte, ständig auf alle hier aufzupassen wie auf einen verfluchten Sack Flöhe. Glenn hatte sie fast gekillt und das war inakzeptabel. Er hatte mir den Spaß verdorben, sie die ganze Nacht in der Höhle schmoren zu lassen mit der Angst im Nacken, der Ozean würde sie holen kommen. Ihre Angst machte mich geiler als sie sollte, aber sie hätte wissen müssen, dass ich ein so wichtiges Druckmittel wie sie nicht einfach achtlos in einer Grotte ertränkte. Ja, das Wasser stieg bei Flut, aber niemals hoch genug, um unter meiner Burg zum Mörder werden zu können. Das übernahm ich liebend gern, wenn es die Situation erforderte.

Die kleine Dirne dachte wirklich, ich würde sie gegen ihren Willen jetzt sofort noch einmal durchnehmen? Scheiße, nichts lieber als das! Sie hatte mehr als bewiesen, dass sie mich wollte. Sie war zäh, und verdammt, das gefiel mir. Sie hatte so verflucht viel Gefühl hinter meine Brust gehämmert, während ich sie genau so gefickt hatte, wie ich es liebte. Mir war noch immer ganz schwindelig davon.

Wut, Hass, Hunger, Gier, Leidenschaft.

Fuck, ich liebte das Feuer!

Ich *fühlte*, wenn sie in meiner Nähe war. Unbändigen Zorn. Ich wollte sie umbringen und gleichzeitig hasste ich, dass Glenn sie umbringen wollte. Auch die Hoffnung, Glenns ziellose Mädchenhiebe könnten sie mir aus dem Kopf schlagen, hatte sich nicht erfüllt. Tja, sah wohl so aus, als würde ich das erste Mal seit Langem nicht bekommen, was ich wollte. Nämlich meinen verfluchten Willen zurück.

Du armer Irrer, Eliot McTavish! Du hast wahrlich andere Sorgen als eine heimtückische kleine Schlange in deinem Bett!

Mein Telefon vibrierte und ich musste schmunzeln, als ich Elijahs Namen auf dem Display sah.

»Kleiner Bruder?«, fragte ich etwas zu enthusiastisch für meinen Grad der Zerstörung, während ich nackt vor der Dusche stand.

»Meine Männer werden morgen zu deinen stoßen, um den Spuren nachzugehen und sich Basil zu holen«, grollte er ohne Umschweife. Oh, er war verdammt angepisst und allwissend wie immer. »Krisensitzung. Wir beide. Nach Sonnenaufgang. Danach weiten wir es aus. Wir holen uns diesen Pisser.«

Das war unser übliches Vorgehen. Wir berieten uns im Akutfall unter vier Augen und dann hielten wir ein Treffen mit unseren Männern ab. Draußen auf der Insel. Dort waren wir abgeschirmt und konnten sichergehen, dass nichts nach außen drang.

»Selbstredend holen wir uns diesen Pisser«, erwiderte ich eisig. Dass Shona ihn bereits einmal hatte laufen lassen, erwähnte ich nicht. Es war nicht von Belang. Ich würde ihn wieder einfangen. Und mir fielen schon jetzt ein paar ganz köstliche Dinge ein, die ich dann mit ihm anstellen würde.

Was hatte dieser Sack gefaselt, kurz bevor ich ihn durch die Scheibe katapultiert hatte? Er wollte meinen Pub anzünden und unsere Ära sei vorüber? *Vorüber, um wovon genau abgelöst zu werden?*

Höllenverschissener Hurensohn!

»Allerdings«, setzte Elijah wieder an, »werde ich nicht mit dir reden, wenn du gerade in der Stimmung bist, ganz Schottland kurz und klein zu hacken. Ich kann deine Stimme lesen, großer Bruder, und ich weiß genau, was du jetzt brauchst.«

Ich lachte grollend. Dieser kleine Hosenscheißer amüsierte mich. Er kannte mich besser als jeder andere. Und er hasste es, wenn ich zum wütenden Hulk wurde.

»Tatsächlich?«

»Ja, tatsächlich. Kann ich dir später einen kleinen Guten-Morgen-Gruß schicken oder hast du schon deinen ganzen Saft an die scharfe kleine Craig verschwendet?«

Guten-Morgen-Gruß ... Oh, das klang mehr als fantastisch.

»Verschwendet?« Mein Blick fiel auf die schlafende Shona, die sich um die Handmanschetten herum zusammengerollt hatte, wie um wenigstens etwas Bequemlichkeit in diese verfahrene Situation bringen zu können und ihren zarten Körper vor mir zu schützen. »Ganz und gar nicht.«

»Gut«, erwiderte Elijah zufrieden. »Ich habe zwei neue Mädels, die unbedingt herausfinden wollen, ob der Rest des großen North McTavish genauso gewaltig ausfällt wie sein Ruf. Ihre Augen haben geradezu geleuchtet, als dein Name fiel, Bruder. Sie sind so scharf auf dich, ich bin beinahe neidisch. Du kannst sie richtig hart rannehmen.«

»Hmmm«, summte ich genüsslich. »Eine Dusche und ein paar Stunden Schlaf, dann will ich von zwei talentierten Zungen an meinem Schaft geweckt werden.«

»Erspar mir die Details, Mann. Wir sehen uns morgen.«

Eine Nummer mit zwei scharfen Mädels war besser als jeder starke Kaffee mit Whisky. Außerdem hasste ich es, dass der Anblick der verdammten Craig-Hexe in meinem Bett etwas mit mir tat, das ich nur mit viel Macht niederringen konnte. Glenns Fäuste hatten es nicht geschafft, *das hier* würde es schaffen.

Ich musste mir ihren Fluch dringend aus dem Kopf vögeln. Und noch dazu freute ich mich unbändig auf ihren entsetzten Blick, wenn ich direkt vor ihren Augen gleich zwei heiße Frauen knallte. Sie mir so nahm, wie es mir am besten gefiel. Hart und rücksichtslos.

Oh, ich werde dich zwingen, hinzusehen, Kleines, und ich werde es lieben. Denn genau so dreht sich die Welt hier draußen auf North Castle. Meine verschissene Burg, meine verschissene schmutzige Welt!

NORTH

F risch geduscht und notdürftig versorgt ließ ich mich auf meinem Ledersofa am Kamin nieder, um eine Runde zu pennen.

Shona seufzte hell und schmerzlich vor sich hin, während sie schlief, und ich betrachtete sie im Schein des Feuers.

Es war ungewohnt, eine Frau in meinem Bett schlafen zu sehen. Normalerweise gestattete ich keiner, über Nacht zu bleiben. Aber diesmal hatte ich keine Wahl. Warum auch immer eigentlich.

Weil sie dich verhext, du Bastard!

Genau, sie verhexte mich. Aber das würde ich ihr austreiben. Nein, falsch. Ich würde es *mir* austreiben. Indem ich die Dinge tat, die North McTavish verdammt noch mal am liebsten tat. *Und dann fängst du dich wieder, mein Freund, ganz einfach.*

Ihre zarte Haut unter dem knappen Kleid würde mich nicht noch einmal die Kontrolle kosten.

Deshalb hatte ich Glenn direkt angewiesen, mir in ein paar Stunden ein Shirt und Jeans für sie zu besorgen. Ich würde ihm in der nächsten Zeit so richtig schön in den Arsch treten für das, was er sich da unten geleistet hatte.

Wenn ich sagte, ich brauchte jemanden lebend, brauchte ich ihn lebend, verflucht!

Alles hier war zu einem Sauhaufen verkommen, während ich im Knast saß. Meine Bande, meine Stadt, ich selbst, einfach alles. Knurrend drehte ich mich auf die andere Seite, damit ich diese viel zu schöne Hexe nicht mehr anstarren konnte.

Das Knistern des Feuers und das seichte Rauschen der Wellen lullten mich ein und langsam entglitt mir dieser Albtraum, um mich in eine andere Welt zu entlassen. In eine, die ich noch weniger kontrollieren konnte.

Dieser Nebel ... Er war überall um mich, flüsterte unheilvoll und zog sich fester um mich herum, während ich durch die Felsen stieg. Die Klippen lagen grau und düster vor mir und am Horizont ließ ich die Silhouette meiner Burg hinter mir.

Ich suchte nach etwas, aber ich wusste nicht, wonach. Beinahe hektisch blickte ich mich um, ohne wirklich zu wissen, was mich so aufwühlte. Der weiße Dunst teilte sich vor mir und ich erstarrte, als ich etwas weiter unten über dem Meer in den Felsen schweben sah.

Was ... War das ein Geist?

Ich kraxelte durch das lose Gestein am Klippenrand, immer näher heran, und stellte erleichtert fest, wie der feuchte Dampf sich verzog. *Die Wellen klatschten hart gegen die Findlinge, und als ich deutlicher zu sehen begann, versagte mir beinahe das Herz hinter der Brust.*

Das war kein Geist, es war eine Frau in einem Brautkleid.

»Arran!« Ich musste irgendwie zu ihr, kletterte zurück und rannte am Abgrund über dem Ozean entlang, aber er wurde höher und höher. »Arran«, schrie ich aus vollem Hals, während Verzweiflung sich zäh und erstickend in mir ausbreitete wie brennende Lava.

Die schlanke Frau baumelte über dem Ozean, als sei sie selbst nur eine Nebelschwade. Weiß und reglos wie ein Geist.

Und ich kam nicht heran. Sie war unerreichbar für mich dort unten im Gestein.

»Nein, nicht!« Mein entsetzter Schrei hallte im düsteren, grauen Nichts wider. Alles in mir raste, als ich das Seil um ihren Hals registrierte. Man hatte sie dort drüben erhängt. Atmete sie noch? Ich musste zu ihr!

Noch ein Schritt. Unter meinen Füßen bröckelten Steine.

Die letzten Schwaden verschwanden und ich konnte direkt in ihr Gesicht blicken. Dunkles, sacht wehendes Haar, volle, geschwungene Lippen, eine blasse Haut wie Porzellan, und als ich so nah an der Kante stand, dass es gefährlich wurde, öffnete sie die Lider. Die Bilder verschwammen wie die Wirklichkeiten. Graue Augen blickten mich an. Schmerzerfüllt. Flehend. Hilflos und wunderschön.

Shona ...

Und dann fiel ich ...

ERSCHROCKEN FUHR ich hoch und musste kurz verstehen, wo ich mich überhaupt befand. Scheiße, dieser Traum ... Ein Traum. *Nur ein Traum!*

Und jetzt war ich ... Möwen, Wellen, die Sonne, unter mir das weiche Leder meines Sofas. Moment, warum zur Hölle pennte ich auf dem Sofa?

»Du träumst lebhaft.«

Noch einmal fuhr ich zusammen. *Scheiße, richtig!* Ich hatte diese kleine Hexe mit in mein Bett genommen. Langgestreckt lag sie in meinen Laken. Hätte fast bequem aussehen können, wenn da nicht ihre gefesselten Hände gewesen wären.

Brummend wischte ich mir übers Gesicht und richtete mich auf. Sie musterte mich aufmerksam, und es sah nicht aus, als hätte sie gerade erst damit begonnen.

Lebhaft … Na ja, normalerweise nicht. Aber ihre Aura verbiss sich offenbar sogar schon heimtückisch in meinem Unterbewusstsein. Es wurde höchste Zeit, dass ich mir das austrieb. Und ihr ebenso. Was auch immer sie dazu bewog, mich so anzusehen wie in diesem Moment.

Es klopfte an meiner Tür und Vorfreude trieb mir ein kühles kleines Grinsen aufs Gesicht.

»Zimmerservice«, hörte ich Glenns Stimme sehr vielsagend säuseln.

Ich verfluchter Glückspilz!

Als Erstes streckte er mir eine Jeans und ein schwarzes Shirt für Shona entgegen. *Endlich!*

Ich war auch nur ein Mann, und wenn sie ständig in einem so knappen Fetzen steckte, versackte zu viel Blut in meinem Unterleib und ich lief ständig herum wie ein benebelter Vollidiot.

Als ich seine blau geschwollene Visage betrachtete, musste ich beinahe lachen. Sein Glück, dass er schlug wie eine Muschi und ich nicht so aussah. An meinem großen Tag …

»Sind wir okay?«, fragte er belegt.

»Nein«, erwiderte ich und nahm die beiden Ladys hinter ihm in Augenschein. Eine von ihnen, fuchsfarbenes glattes Haar und schwarze Stiefel bis zu den Knien, wurde sofort rot, als ich sie fixierte. Die andere schien mir abgebrühter. Sie hatte wilde braune Locken und zog interessiert eine Braue nach oben, während sie mich abcheckte. Ganz offensichtlich gefiel ihr, was sie sah. Natürlich tat es das. Ich hatte noch nie Beschwerden gehört.

»Dann lass uns die beiden doch teilen, wie in guten alten Zei...« Glenn stockte, als er durch den Türspalt Shona in meinem Bett entdeckte, und sein Gesicht verfinsterte sich schlagartig.

»Scher dich zum Teufel«, brummte ich halb im Scherz und halb ernst. Wir waren immer okay. Glenn und ich hassten uns, prügelten uns, beschimpften uns, aber unter all dem Schutt kam jedes Mal immer irgendwann wieder die Liebe zum Vorschein. Er war mein Vertrauter, mein bester Mann, manchmal sogar mein Gewissen. Und verflucht, er hatte ja recht. Ich musste aufpassen. Die kleine Craig war gefährlich. Aber ich arbeitete daran.

»Vertrau mir«, raunte ich ihm zu, als er noch immer dastand und mich streng durch seine Blessuren hindurch anglotzte. »Ich hab alles im Griff.«

»Ich vertraue dir blind, North«, erwiderte er. »Aber ich muss ein bisschen aufpassen, dass du dabei nicht ebenso blind bist, Alter.«

»Schluss mit dem Gefasel!« Ich schlug ihm freundschaftlich gegen den Arm. »Mir steht im Moment der Sinn nach ganz anderen Dingen.« Die hübsche Rothaarige kicherte hell.

»Ist mir schon klar, du verschissener Sonntagsjunge.«

Glenn zog sich zurück und ich öffnete die Tür ein Stück weiter. »Ladys ...«

Sie gingen an mir vorbei in den Raum und dufteten dabei nach Veilchen und Rosen. Die Gelockte warf mir einen verführerischen Blick zu und biss sich auf die schmale Unterlippe. Sie musste ich dominieren, die andere Kleine wusste schon genau, wie ich sie mir wünschte. Zwischen den knackigen Arschbacken der Dunkelhaarigen steckte ein knapper Stringtanga, der in einer Art Korsage mündete. Die

Füchsin trug ein kurzes enges Samtkleid über ihren heißen Stiefeln.

»Oh, du magst es also etwas geschäftiger?« Die kleine Schüchterne drehte sich zu mir um und sah mich mit ihrem Puppengesicht an, als sie Shona in meinem Bett erspäht hatte.

Shonas entsetzter Blick raste in meinen, und ich genoss für einen Moment, wie sie versuchte, mich damit auszuweiden.

»O nein, sie wird nur die Show genießen«, erklärte ich amüsiert.

Das hier gefiel mir schon jetzt viel zu gut.

»Also, möchtet ihr etwas trinken?« Ich stemmte die Hände in die Hüften und betrachtete sie ungeniert.

Kannst du mal sehen, was ich für ein Gentleman sein kann, Shona Blythe!

»Ähm, nein, danke ...« Offenbar irritierte es die Rothaarige, dass eine gefesselte Frau in meinem Bett lag, aber wenn sie für uns arbeiten wollte, war das mit Sicherheit nicht der einzige kranke Scheiß, der ihr begegnen würde. Sie musste lernen, sich professionell zu verhalten.

»Wow.« Die Dunkelhaarige umschnurrte mich wie ein Kätzchen und fuhr mit ihren Nägeln über meinen Rücken unter dem dünnen Shirt. »So viele Muskeln.«

Shona sah aus, als würde sie am liebsten die ganze Burg in die Luft jagen. *Ja, Kleines! Genau so sollte das ablaufen!*

Diese pure Vernichtung in ihrem Blick machte mich an.

Ehe ich mich versah, hatte mir das kleine freche Luder hinter mir das Shirt ausgezogen und strich mit den Handflächen über meine nackte gezeichnete Haut und die frische semiprofessionelle Naht.

»Und all die Narben«, gurrte sie in mein Ohr und leckte mir über das Läppchen. Mein Unterleib prickelte. Die kleine Rothaarige kam näher, sank vor mir auf die Knie und sah mich devot von unten herauf an, während sie sich an meinem Reißverschluss zu schaffen machte.

»Woher ist denn die hier, du großer, starker Mann?« Warme Finger flatterten über das Mal quer über meiner Brust. Eine wirklich alte Narbe. »Üble Verfolgungsjagd«, brummte ich, während sich Hitze in meinen Lenden sammelte.

»O wow.« Ihre Zunge glitt meinen Hals entlang, während sich warme, schlanke Finger ziemlich geübt an meinem halbgaren Schwanz zu schaffen machten. Tief seufzend schloss ich die Augen und legte den Kopf in den Nacken, streifte dabei das weiche Haar der anderen, die meine Hose nach unten zog und hell stöhnend meinen Hintern umgriff.

Ich blickte nach unten, wo Erstere sich gerade meine feuchte Spitze zwischen die rot geschminkten Lippen schob, und stöhnte rau.

Fuck! Ihre Zunge massierte meinen Schaft in ihrer Mundhöhle wirklich gut. Sie wimmerte und seufzte verwegen, während sie mich lutschte wie ein Sahneeis, und ich griff ohne Umschweife in ihr Haar und hielt ihren Kopf fest, um mich noch tiefer in ihren Rachen schieben zu können.

»Das gefällt ihr«, flüsterte die Lockige mir von hinten ins Ohr und massierte meinen Hintern fest und fordernd, schob mich noch ein Stück weiter in den Hals ihrer Freundin.

Während sie stillhielt, ab und an würgte und ich mich mit langsamen Hüftbewegungen immer wieder in ihrer herrlich engen Kehle versenkte, hob ich den Blick und sah Shona an, deren Ausdruck etwas verdammt Stolzes angenommen hatte. Wie eine hasserfüllte dunkle Königin thronte sie auf meinem Bett und versengte mich von innen heraus mit ihrer Abscheu.

Allein bei der Vorstellung, dass sie in diesem Moment hier vor mir kniete und sich von mir dominieren ließ, musste ich kurz innehalten, um der kleinen unbedeutenden Rothaarigen unter mir nicht sofort in die Kehle zu spritzen.

Für einen Moment drückte ich mich wieder tiefer in ihren

Hals und erzitterte wohlig, als sie unter meinem harten Griff erbebte. Scheiße, das war gut.

Die heißen Lippen um meinen Schwanz, der eiskalte Blick von Shona. Ein verdammt geiles Wechselbad der Emotionen.

Siehst du, Shona Blythe? Du kannst mir nichts! Absolut gar nichts!

Tief raunend zerrte ich die Kleine unter mir am Haar von meinem glänzenden Schaft zurück und zog sie hoch, um sie direkt neben Shona aufs Bett zu werfen.

Sie fiel lachend in die Kissen und ich war im nächsten Moment über ihr. Ihre dunkle Schminke war verschmiert, weil sie mich so tief hatte blasen lassen, dass ihr die Tränen gekommen waren, aber Elijahs Kunden würden auch nicht zimperlicher mit ihr umgehen.

Shonas Blick setzte meine Seite in züngelnde Flammen und nicht nur die … Sie machte meinen Schwanz mit ihrer Wut so steinhart, dass ich gar nicht wusste, wohin mit mir. Am liebsten hätte ich ihr das verfluchte Kleid vom Leib gerissen, ihr Gezeter dabei ignoriert und mich hier, gefesselt wie sie war, in ihr versenkt, tief und genüsslich, bis ich ihren Stolz brechen sah.

Die Rothaarige stöhnte hell, als ich ihre kleinen blassen Brüste auspackte und ihre Nippel zwischen den Fingern drehte. Sie beugte sich mir entgegen und ich rollte mir ein Kondom aus dem Nachtschrank über, um mich ohne Umschweife in sie zu drängen.

»Ja«, jauchzte sie und klammerte sich an den Bettpfosten, an den Shona gefesselt war, als ich sie rücksichtslos bis zum Anschlag vögelte. Ich nahm mir nicht die Zeit, sie erst zu dehnen oder an meine Größe zu gewöhnen, da musste sie jetzt durch. Meine harten Stöße ließen ihre kleinen Brüste wippen und sie schrie und jammerte hell unter mir.

Meine Hand packte ihren Oberschenkel und sie wickelte ihr Bein um meine Hüfte. Rhythmisch zu meinen Stößen bohrte sie ihren spitzen Absatz in meine angespannte Arschbacke, trieb mich flehend zu einem schnelleren Takt an. Doch verruchter, als ich gedacht hatte, die Kleine.

Shona rückte so weit wie möglich von unserem Spektakel ab, aber ich spürte sie. Nahm jeden Gedanken in ihrem kleinen, hübschen Kopf wahr, und mir gefiel sehr gut, was ich da fühlte.

Die dunkelhaarige Prostituierte hatte inzwischen ihre Brüste entblößt. Sie waren groß und schwer und ihre Haut beinahe ebenholzfarben. Sie kniete sich neben uns an die Bettkante und zog mein Gesicht an sich heran, während ich ihre Freundin durchnahm.

Meine Zähne fanden ihre harten Nippel und sie drückte genüsslich den Rücken durch.

Die Kleine unter mir schrie immer lauter. Entweder war ihr das seltene Glück vergönnt, vaginal kommen zu können, oder aber sie markierte, damit ich mir auch noch ihre Kollegin vornahm. Mir auch scheißegal, ich zog mich aus ihr, packte die Dunkelhaarige und warf sie direkt neben die andere aufs Bett, nur andersherum.

Das Gesicht der Füchsin glühte, das glatte Haar war vollkommen durcheinander.

Und Shona ... Sie versuchte, wegzusehen, das spürte ich, aber wie war das gleich mit Verkehrsunfällen?

»Und du magst es hart, stimmt's?«, knurrte ich meinem neuen Objekt der Begierde von hinten ins Ohr und zog unsanft ihren Hintern zur Bettkante an mich heran. Ich überdehnte ihren Hals und zerrte sie ein Stück näher an mich, beugte mich über ihren Rücken und betrachtete für einen Moment meinen riesigen Schwanz, der sich gegen ihren prallen Hintern drückte. Ob ich ihr das gute Stück einfach in den Arsch rammen sollte?

Sie ächzte und ich entschied mich dagegen. Meine freie Hand zog ihren String zur Seite und drückte meinen Schaft ein Stück herunter, bis ich gegen den heißen Eingang ihrer Pussy stieß. Dabei hob ich den Kopf und sah Shona so tief in die Augen, dass ich in ihrer kochenden Seele quasi spüren konnte, wie ihr Hass auf mich bis ins Unermessliche wuchs.

Was dachtest du denn, Craig-Hexe? Dass ich dich einmal ficke und dir treu bin bis ans Ende unserer Tage wie ein Blumen verschenkender Schwachmat?

Fuck, ich musste fast lachen, während ich mich rabiat in der Kleinen unter mir versenkte. Ein harter Stoß und noch einer. Sie jammerte leise. Fleisch klatschte auf Fleisch, und ich hielt meine Faust fest in ihrem Haar vergraben, während ich abgehackt keuchte und mich brutal in ihr zum Höhepunkt stieß.

Ich bin North McTavish und wenn ich der Welt befehle, vor mir zu knien, dann kniet sie.

Sieh mich an! Sieh genau her! Denn genau das bin ich. Ein egoistischer, rücksichtsloser Bastard, der einen Scheißdreck auf deinen verteufelten Fluch gibt.

KAPITEL 27
SHONA

Als ich es endlich überstanden hatte und diese beiden willenlosen Flittchen verschwunden waren, atmete alles in mir auf. Ich hatte mich mit aller Gewalt gezwungen, nicht wegzusehen.

Und es hatte kleine, züngelnde Feuer in meinen Eingeweiden entfacht, die mich erst in Flammen gesetzt und dann innerlich verkohlt hatten. Gegensätzliche Gefühle hatten sich brüllend in mir ausgetobt, die ich allesamt so noch nicht kannte.

Erst hatte ich nicht glauben können, dass er das tatsächlich vor mir tun würde. Es verstieß gegen alle Anstandsregeln, die mir irgendwann einmal gelehrt worden waren. Dann hatten sich tausend Klingen in meiner Brust ausgetobt, und wäre ich nicht gefesselt gewesen, hätte ich ihn von diesen dauergeilen Dirnen weggezerrt und ihm meine Faust unters Kinn geschlagen. War das Eifersucht? Fühlte sich so Eifersucht an? Warum sollte ich eifersüchtig sein? Ich wusste es nicht, es überforderte mich.

Und zum Schluss – das wurmte mich am meisten – hatte sein Anblick, dieses Muskelspiel in fast schon perfekter Ästhetik, sein tiefes, animalisches Stöhnen, all die Narben und Bilder auf seinem breiten Körper und dieser wilde, lustverhangene Blick noch etwas anderes in mir verursacht. Ein drängendes Ziehen in meinem Unterleib, welches ich mit aller Kraft zu bekämpfen versucht hatte. Keine Chance. Und das, obwohl ich immer viel Wert darauf legte, die Beherrschung zu wahren. Gerade in dieser Situation hätte ich es brauchen können, denn er hatte das ganz offensichtlich nur getan, um mich zu erniedrigen. Um sich selbst zu beweisen, dass ich ihn nicht berührte. Sich mit Gewalt in den Schädel zu prügeln, dass er mich über alle Maße hasste. Denn genauso sollte es doch sein, oder nicht? Ich war die Verlobte seines ärgsten Feindes. In Wirklichkeit hatte er nicht mich, sondern sich selbst erniedrigt, denn er hatte das hier nur aus Verzweiflung getan und nicht einmal das konnte er sich eingestehen. Dass er sich so sehr und mit aller Macht zu beweisen versuchte, ich würde nichts mit ihm machen, bewies mir am Ende nur eines: das Gegenteil.

Und das war um einiges beunruhigender als seine ganze kleine Show ringsherum.

»Wärst du gern an ihrer Stelle gewesen, Shona?« Er kam von der Terrasse zurück, auf der er sich splitternackt eine Zigarette gegönnt hatte, und sein glühender Blick raste in meinen wie eine Abrissbirne.

Unfassbar, dieser selbstgefällige Einfaltspinsel. »Ich sehe es in deinen Augen«, fügte er noch hinzu und ich verkniff mir ein Seufzen.

»Das Leben gibt einem nicht immer nur das, was man will, Eliot *North* McTavish. Selbst dir nicht.«

Ein tiefes Lachen rumorte hinter seiner Brust und er deutete auf einen wahllosen Punkt im Nichts, als wäre ich blind. »Sieh dich um! Frauen, Macht, eine Burg, das Meer, loyale Männer, Freiheit. Ich habe alles!«

Jetzt seufzte ich tatsächlich. »Ich bin lange nicht so blind wie all die kleinen Schlampen, die sich nur von dir ficken lassen, weil du North McTavish bist, Eliot. Ich sehe Dinge.«

Er zog eine Braue nach oben und breitete die Arme aus. »Was meinst du denn, hier zu sehen, außer einem zutiefst befriedigten nackten Glückspilz, hm?«

Mistkerl!

Für einen Moment musste ich mich sammeln, und das lag nicht nur daran, dass ich mir von ganzem Herzen wünschte, er würde sich einfach etwas anziehen. Ich hasste diesen egoistischen, furchtbaren Mistsack so unglaublich sehr.

»Ich sehe einen traurigen, gebrochenen Mann, der sich selbst belügt.« Meine Kehle wurde eng. Vor Wut auf mich selbst wahrscheinlich. »Und ich hasse es, dass mich das so berührt.«

Eine ganze Weile starrte er mich nur wortlos an. Seine blauen Augen flackerten und er ließ nichts von dem zu mir vordringen, was in diesem Moment in ihm vorging. Ich konnte beinahe spüren, wie er sich mit aller Gewalt distanzierte. Von der Situation. Von mir und diesen Worten. Und dann war er wieder North. Seine Züge wurden hart und kalt, und ein tiefer Atemzug hob seine breite Brust, bevor er sagte: »Dann ruf dir besser mal wieder ins Gedächtnis, dass du ein Mittel zum Zweck bist, Shona Blythe, nichts weiter.«

Sein Zorn rang mit meinem, griff mit seiner eisernen Faust nach meinem Herzen, dann drehte er sich um und verschwand in das offene Badezimmer. Ich rang um Atem und kämpfte das heiße Gefühl in meiner Kehle nieder.

Was hatte ich da gerade gesagt? Dass er mich berührte?

Stimmte das, verdammt?

Warum war mein Mund immer schneller als mein Kopf?

Schön bescheuert und vor allem überaus masochistisch, wie ich mich immer wieder von ihm zu Boden schmettern ließ. Dass ich so sehr auf Schmerzen stand, war mir neu.

Als die Dusche zu rauschen begann, zog ich sacht an den Schlaufen über meinem Kopf. Während er wie ein Irrer diese

Frauen gevögelt hatte, war es mir gelungen, die Fesseln zu lockern, und jetzt konnte ich einfach so hinausschlüpfen.

Gott, endlich!

Dankbar rieb ich mir über die Handgelenke, die sich inzwischen leicht blau verfärbt hatten.

Sieh hin, Shona! Das ist der Mann, der dich berührt! Du bist krank.

Ich setzte mich im Bett auf und wischte mir über das Gesicht. Durch die absurde Position über so viele Stunden tat mir alles weh. *Auch das, Shona! Fühle es! Fühle jeden Kratzer von diesem Felsen, jeden blauen Fleck seiner groben Hände und jeden Schlag auf deinen Hintern.*

Mmmmh ...

Okay, du bist verloren!

Vorsichtig drückte ich mich hoch und ging in Richtung Terrasse. Die frische Seeluft schlug mir entgegen und machte meinen Kopf mit einem Schlag klar. Das schottische Meer rauschte gezähmt weit unter mir. Wie wundervoll es hier draußen war. Das Meer, die Burg ... Ich konnte verstehen, dass er diesen Ort liebte. Und seine ganz eigene Illusion von Freiheit.

Aufmerksam scannte ich das grobe Gestein an der Außenwand der Burg. Konnte ich eventuell hier draußen entlang klettern? Ich versuchte, den Abstand zum nächsten Balkon mit den Augen zu messen. Wenn ich fiel, krachte ich in die Felsen weit unter mir. Aber war es nicht trotzdem einen Versuch wert? Ein paar der Steine ragten weiter hinaus, ich müsste nur über die Balustrade klettern und dann in winzigen Schritten ...

Ein helles Kreischen riss mich aus meinen Gedanken und ich erstarrte. *Das klang verdammt nah.*

Vorsichtig drehte ich mich um.

Mein Herz übersprang einen Schlag. Ein Adler! Nicht einmal zwei Meter von mir entfernt auf der Begrenzung aus Stein. Und er starrte mich an. Das war ein riesiges Tier. So einen hatte ich noch nie zuvor gesehen. War North nicht für seine blutrünstig abgerichteten Adler bekannt? Andrews Vater ...

Meine Kehle wurde trocken. Das Biest hockte genau zwischen der Tür und mir, sah mich aufmerksam aus seinen bernsteinfarbenen Augen an und legte den Kopf leicht schief.

Diese Klauen ... Scharf und todbringend. Und der Schnabel ... Ich würgte an einem Schlucken.

»Ich wollte gerade ...«, stammelte ich dümmlich und versuchte, mich an dem Tier vorbei zurück ins Innere zu schieben, da breitete es die Schwingen aus und war im nächsten Moment bei mir. Ich wollte schreien, um mich schlagen, diese furchtbare Kreatur niederringen, in der Realität erstarrte ich einfach vor Entsetzen zu Stein.

Der große Vogel landete auf meiner Schulter, lautlos und fast schon behutsam. Ich konnte nicht atmen, mich nicht rühren. *Jetzt wirst du gefressen, Shona! Jetzt ist alles aus. Er wird dich zerfetzen.*

Seine Krallen hielten sich am Träger meines Kleides fest, rutschten haltsuchend über meine Haut, ganz sacht, weit entfernt von einem Bohren oder Reißen. Als sie ihren Platz gefunden hatten, gruben sie sich weiter in mein Fleisch und ich biss fest die Zähne zusammen. Es schmerzte, aber das Adrenalin tobte lauter.

Für ein paar Atemzüge stand alles still. Der Adler sah hinaus in die Ferne, verbunden mit mir wie zu einer stummen Vereinbarung.

Und mein angststarres Herz wurde ruhiger und ruhiger, während wir gemeinsam über das endlose Meer blickten. Der Schmerz der Klauen wurde nebensächlich, verlief sich in einem Moment merkwürdiger Übereinkunft. Als hätte dieser Vogel sich in diesem Moment unwiederbringlich mit mir verbunden.

KAPITEL 28
NORTH

Verflucht, der Fick war unbefriedigender gewesen, als er hätte sein sollen. Nicht der Mädchen wegen. Sie waren beide sehr begabt und würden ein gutes Wort von mir vor Elijah bekommen. Nein, *ich* war das verdammte Problem. Hatte mir die ganze Zeit über nur gewünscht, in Shonas geschmeidigem kleinen Körper zu stecken, der sich mir reptilienartig entgegenwand. Wollte dieses Feuer in ihren grauen Augen, während ihre Wangen unter meinen Stößen erröteten. Meine Finger sie zum Kommen brachten. Ich wollte in der Lust baden, die ich in ihr entfachte. In der Sehnsucht ihrer Küsse, ihren Berührungen ... Verflucht, wenn ich weiter darüber nachdachte, war dieser Sex, ein *verfluchter Dreier mit zwei scharfen Mäusen,* nach dem jeder Mann sich die Finger leckte, die pure Langeweile gewesen im Gegensatz zu der Begegnung am Strand mit Shona. Ein reines Entladen, kein Sog, keine wahre Lust.

Keine ... *Hingabe.* Hölle, hatte ich mich ihr *hingegeben*? North gab sich verflucht noch mal niemandem hin! Er nahm und gab nicht. Noch dazu war Hingabe etwas, das über das

Körperliche hinausging, und das erlaubte ich mir nicht. Nicht mehr. Niemals!

Tja, Eliot McTavish ... Es ist viel schwieriger, mit dem Körper zu lügen als mit Worten, oder nicht? Gib zu, dass du das hier nur getan hast, um zu sehen, ob du etwas wie Eifersucht in ihren Augen erkennst.

Scheiße, was ... Schluss jetzt!

Ich machte mir verdammt noch mal Angst. Der Fluch musste stärker sein, als gedacht.

Ohne Umschweife stellte ich das Wasser, das auf meinen Rücken prasselte, auf eiskalt.

Wach auf, Mann! Komm klar! Werd wieder North, du dämlicher Sack!

In dem Moment hörte ich draußen einen hellen langgezogenen Schrei und stockte.

Freya war zurück.

Nur mit einem Handtuch um die Hüften stand ich in der Tür meiner Terrasse und wusste nicht, wohin mit mir.

Shona war hier draußen – wie zum Teufel auch immer sie es wieder einmal geschafft hatte, sich zu befreien – und blickte entspannt über das Meer. Sie konnte mich nicht sehen, war abgelenkt von einer anderen Präsenz. Freya saß auf ihrer Schulter und das machte mich sprachlos.

Mein Adlermädchen folgte ihrem Blick und wirkte vollkommen entspannt, während Shona leise mit ihr sprach. Ich konnte durch den Wind und die Entfernung nicht hören, welche Geheimnisse die beiden da austauschten, aber dieser Anblick ... Shonas Schönheit, ihr wehendes dunkles Haar, die zarten Züge und ihr schlanker Körper mit meinem Mädchen auf der Schulter ... Dieses Bild brannte sich verdammt tief in mich hinein.

Normalerweise hasste Freya fremde Menschen und wollte sie eher zerfleischen, als sich anzuhören, was sie zu sagen hatten.

Vielleicht verhext sie Freya ja genauso wie dich.

»Ich ... ich ... sie ist eigentlich nicht ...« Hölle, ich stammelte vor mich hin wie ein trauriger Dämlack.

Shona drehte sich zu mir um und ihre Augen leuchteten.

Dieser Blick ...

Mit wenigen Schritten war ich bei ihr und streckte meinem Mädchen den Arm hin, damit sie sich darauf niederlassen konnte. Fast schon angetan sah Shona dabei zu, wie Freya mit ihrem Schnabel zärtlich in meinem Bart knabberte. Dann tastete sich ihr Blick flüchtig über meine vernarbten Unterarme. Ja, meine Adler griffen gern hart zu, aber ich war keine Mimose mit einem Handschuh. Ich wollte eins mit ihnen sein, brauchte den Schmerz.

»Warum hast du Andrews Vater umgebracht?«, fragte Shona gefasst und blickte dabei der jungen Sonne entgegen. Ein kleiner Blutstropfen quoll aus einem der Kratzer auf ihrer Schulter.

Eine sehr direkte Frage, die mich für einen Moment irritierte.

»Du willst wirklich meine Version der Geschichte?« Wahrscheinlich hatte der Anblick des Adlers sie daran erinnert. Freya griff auf meinem nackten Arm nach und ich genoss das Gefühl ihrer Krallen auf meiner Haut. Die Wellen schwappten gezähmt gegen meine Burg. Ein fast schon magischer Moment in all seiner Tristesse.

»Er hat unsere Mutter ermordet«, antwortete ich wahrheitsgemäß.

»Mh«, machte sie nur, dann schwieg sie und wir blickten alle drei gemeinsam in die Freiheit hinaus. Freya konnte fliegen, uns hielt die Erde fest. War ich gebrochen? Belog ich mich? Hatte sie am Ende vielleicht sogar recht?

»Ihr Name ist Freya«, sagte ich rau, ohne Shona anzusehen, und wieder schwiegen wir.

Mein Mädchen breitete die Schwingen aus und ließ sich geschmeidig in die Tiefe gleiten. Dann segelte sie schreiend an den Felsen entlang.

»Vielleicht hat das Universum uns zueinandergeführt, um uns die Augen zu öffnen«, sagte Shona plötzlich gedämpft, und scheiße, vielleicht hatte sie recht und das Schicksal steckte hinter all dem, aber das war so nicht akzeptabel.

»Um uns was genau zu sagen? Dass man sich vor Hexen aus dem Sumpf in Acht nehmen sollte?« Das Universum … Was für ein Bullshit. Ich mochte ein wenig abergläubisch sein, zumindest hatte ich einmal einen groß angelegten Waffentransport über See wegen eines Kometen abgeblasen, aber *das Universum* … Dieses abgefuckte Ding konnte mich mal kreuzweise.

»Wohl eher, dass es auch noch schlimmere Bastarde unter der Sonne gibt als Andrew«, hauchte ihre Stimme dünn, fast schon zerbrechlich. Und schlagartig kochte nun doch Zorn in mir hoch. Ein fremder, tief schneidender Zorn.

Was sagte sie da? Wie automatisch ballten sich meine Hände zu Fäusten und mein Kiefer mahlte, während ich mit dem Blick Löcher in den verfluchten Ozean brannte. Nicht eine Sekunde lang hatte ich in Betracht gezogen, dass sie nicht glücklich mit dem verdammten Craig sein könnte. Warum zur Hölle machte er sie nicht glücklich? Was war er nur für ein verfluchter, gottloser Hosenscheißer?

Ich hörte drin mein Telefon klingeln und nahm die

Distanz mit festen Schritten. »*Was?*«, fragte ich ungehalten, ohne überhaupt zu checken, wen ich da gerade angenommen hatte.

»Andrew stiftet Unfrieden im *Red Slack*«, kam mein Bruder ohne Gefasel zum Punkt, und ich musste mich am Tisch abstützen, während ich diese Information verdaute.

»Andrew? Er ist endlich aufgetaucht?« Meine Stimme war nicht mehr als ein Grollen.

»Meine Männer haben mich gerufen, weil er meine Mädchen verängstigt. Wir müssen unsere Unterredung wohl um ein paar Stunden verschieben. Er will nicht eher gehen, bis er dich gesprochen hat.«

In drei verfluchten Höllen und bei Odins höllischer Brut in Walhalla!

»Ich komme«, presste ich böse durch die Zähne, legte auf und musste verdammt tief atmen, um mich wieder etwas zu fangen. Andrew wollte reden. Das war ganz großartig. Wie lange hatte ich darauf gewartet? So ziemlich genau drei Jahre?

Beherrscht zog ich mich an und griff nach Shonas frischer Kleidung, um sie ihr auf die Terrasse zu bringen.

Ihr verletzlicher Anblick machte etwas mit mir, das mir nicht gefiel, und ich brummte eilig: »Hier, du kannst duschen und dich frisch machen. Dein Zukünftiger ist aus seinem Loch gekrochen, um zu reden.«

»Oh.« Sie sah mich direkt an. War das Hoffnung? Scheiße, ich wünschte ihr fast, dass sie hoffen konnte, aber nach all dem hier bezweifelte ich es.

»Keine Fesseln mehr?«

»Tja ...« Ich deutete mit dem Kopf in Richtung Felswand. »Dass es hier nur abwärts geht, hast du ja schon selbst herausgefunden, und für alles andere wartet Piet direkt vor der Tür.«

Dann drehte ich mich um und ging.

Andrew Craig verhielt sich ihr gegenüber also wie ein Bastard? Keine Ahnung, wie höflich ich nach dieser Information noch zu ihm sein wollte.

KAPITEL 29
NORTH

Ich hatte erwartet, dass sie flehen würde. Mich inständig bitten würde, ihn nicht anzurühren. Sie hatte nichts von alledem getan und das sagte mir einiges.

Ich griff mir den Schlüssel meines Shelby und verließ mein Zimmer, um draußen beinahe in Piet und Glenn zu laufen.

»Wir machen uns bereit, Boss. Bist du dabei?« Mein bester Kumpel nannte mich *Boss* ... Da hatte wohl offensichtlich jemand einiges gutzumachen. Schmieriger kleiner Sack!

»Ich habe noch eine kleine Unterredung mit Andrew«, erwiderte ich so dunkel wie die verfluchte Nacht.

»Du hast *was*?« Da entglitten ihm doch tatsächlich für eine Sekunde die Gesichtszüge. Verständlich. War mir ebenso gegangen. »Ich komme mit dir.«

Meine Hand traf Glenns Schulter sehr fest und ich drückte zu. Er starrte mich an, als wollte ich ihn in die Knie zwingen. Hatte wohl die Hosen voll seit letzter Nacht. Sah auch noch immer beschissen aus.

»Er will allein reden, mein Freund«, grollte ich. »So dicke Eier hätte ich ihm gar nicht zugetraut.«

Piet räusperte sich leise. Er stand gegen die Wand gelehnt wie ein stummer Bodyguard. Ein verdammt guter Mann. Er tat, was ich von ihm verlangte. Immer.

»Trotzdem«, widersprach Glenn und bohrte seine braunen Augen in meine. »Ich komme mit dir. Das ist zu riskant.«

Lennox stieß zu uns, ich konnte quasi fühlen, wie er gedanklich seine Messer wetzte. »Boss.« Er nickte mir zu und seine hellen Augen glitzerten böse dabei. »Also dann, lasst uns ein paar Wanzen kitzeln. Wir holen uns die Pisser.« Aufgedreht wischte er sich über das Gesicht. Über einem Auge diese massive Narbe, über das andere hatte er sich in schlanken Buchstaben *Brìgh gach cluiche gu dheireadh* tätowieren lassen. Ein gälisches Sprichwort.

Der Gewinner des Spiels steht erst am Ende fest.

»Ihr geht vor, ich komme nach«, sagte ich mit fester Stimme und etwas blitzte in Glenns Augen auf. »Keine Widerrede«, setzte ich so schneidend nach, dass sein Widerstand nichts anderes tun konnte, als zu brechen. Er sorgte sich um mich und das wusste ich zu schätzen, aber dass man mir in solchen Fällen nicht zu widersprechen brauchte, musste er offenbar erst wieder lernen.

Wenn meine Jungs diese armseligen Irren aus dem Pub fanden, allen voran Basil – und das würden sie –, würde ich mir einen nach dem anderen voller Hingabe vornehmen. Würde herausfinden, wer sie aufgestachelt hatte und warum. Und ich freute mich bereits diebisch darauf, denn ich mochte den Gestank von Verräterblut, aber diese Begegnung jetzt … auf die hatte ich zu lange hingearbeitet. Und ich würde jede verfluchte Sekunde davon auskosten, denn ich hatte Andrews Kleine und saß damit am längeren Hebel.

Du hast mich in den Knast gebracht, Flachwichser? Tja, das ist absolut gar nichts gegen das hier …

»Wenn das hier vorbei ist und wir sie haben«, raunte ich Glenn zu und registrierte, wie Lennox mit den Zähnen mahlte, »berufen wir ein Krisentreffen auf *Moaning Island* ein.«

Glenn zog eine Braue nach oben. Sein Blick war vielsagend. Er wusste, dass diese offiziellen Treffen dort draußen nur stattfanden, wenn die Kacke wirklich am Dampfen war.

Und das war sie.

»Noch heute?«, fragte er diplomatisch.

»Heute Abend«, erwiderte ich und er nickte mit festem Kiefer.

»Wir starten, ihr verlausten Höllenhunde«, rief er schließlich zu meiner sich sammelnden Bande hinüber und pfiff durch die Zähne. »Die Männer von South treffen wir auf halber Strecke.«

So war es Tradition. Wir trafen uns immer in der Mitte.

»Und du passt auf dich auf, Mann.« Glenn tätschelte mir den Rücken und starrte mich beschwörend aus seinen zugeschwollenen Augen an. Ach, wahre Freunde waren doch ein Segen.

Mein Shelby raste mit quietschenden Reifen auf den Parkplatz des *Red Slack* und ich ließ ihn noch einmal heulen, bevor ich den Motor abschaltete. Diese kleine Made durfte gern schon jetzt erfahren, dass ich hier war. Der Süden von Prayer's Well war viel waldiger als mein karger Norden, und das *Slack* eines der versteckteren Bordelle meines Bruders. Es schmiegte sich ein Stück abseits der Häuser zwischen die hohen Bäume, als hätte es etwas zu verbergen. Und das hatte es auch. Mein Bruder machte keine halben Sachen. Bei ihm bekam ein Mann alles, was sein Schwanz begehrte, wenn er nur genug Scheine auf den Tisch legte. Und da stand er auch schon in der Tür, der kleine Bastard.

Mit vor der Brust verschränkten Armen und einem alles zerfetzenden Todesblick. Oh, er war verdammt sauer.

Das kam mir nicht unbedingt gelegen, denn ich hatte selbst schon die ganze Herfahrt über gekämpft, nicht einfach unterwegs aus dem Mustang zu springen und vor Zorn ein paar verfluchte Tannen auszureißen, oder wie auch immer das Gestrüpp hier draußen sich schimpfte.

Tausend Gedanken und Bilder waren durch meinen Geist getobt wie ein Tsunami, hatten sich angestaut und einfach alles überrollt. Meine Zeit im Knast, der Anblick meiner toten Verlobten, Shonas zarter Körper unter meinen tätowierten Händen, ihr Anblick in meinem Bett und diese unglaubliche Begegnung mit Freya. Ich konnte es nicht fassen, aber ganz offensichtlich mochte mein Adlermädchen sie, und Freya mochte niemanden außer mir. Sie witterte Verrat und schwarze Seelen tausend Meilen gegen den Wind.

Hexenwerk, Eliot! Hexenwerk! Nichts weiter.

Dass diese Frau ständig meinen Kopf verseuchte, ging mir auf den Sack. Ich brauchte jetzt all meine Sinne.

»Ohne Sturm kein Feuer! Ohne Wut keine Rache«, sagte ich gedämpft, während ich das Kreuz an meinem Lederband küsste. Ich brauchte den beharrlichen Geist meiner Mutter jetzt bei mir.

»Er geht zu weit«, grollte Elijah mir entgegen.

»Und das ist etwas Neues seit …?« Ich erlaubte mir ein kleines Grinsen, weil ich mich in wenigen Sekunden an einem Punkt befinden würde, an dem ich schon seit so langer Zeit sein wollte.

»Mach den Wichser fertig«, knurrte mein Bruder wie einer der tollwütigen Luchse in seinem Wald. »Aber lass ihn in einem Stück.«

Mit einer klirrenden Entschlossenheit hinter der Brust klopfte ich ihm auf die Schulter und mein Blick wurde merklich dunkel.

Genau das hatte ich vor. Ich plante nicht, ihn körperlich zu killen, zumindest *noch* nicht, aber ich würde seine Seele ausweiden, bis nichts mehr von ihr übrig war.

»Kann nichts versprechen«, brummte ich wahrheitsgemäß. Ich hatte vielleicht nicht geplant, ihn zu killen, aber sollte er andere Pläne haben, würde ich trotzdem keine Sekunde zögern. Die Vorstellung, seine aalglatte Visage zu Brei zu schlagen, ließ meine Fäuste schon jetzt vorfreudig jucken.

Reden, Eliot! Was du zu sagen hast, wird ihn mehr schmerzen als ein paar Hiebe.

Sicher würde ihn der erste Hieb ohnehin gleich ausknocken, und wo blieb da bitte der Spaß?

»Ich bleibe noch ein bisschen an der frischen Luft.« Elijahs Stimme bebte vor Wut. »Wenn du mich brauchst, spüre ich das.«

Und das stimmte. Wir spürten einander durch ganz Schottland wie verfluchte eineiige Zwillinge. »Außerdem ist Kearon in Reichweite.« Das war er immer. Kearon war Elijahs Glenn.

»Gut, ich gehe rein.« Über dem schweren roten Vorhang leuchtete in verschnörkelten violetten Buchstaben der Name des *Red Slack*.

Violett. Die Farbe der unbefriedigten Frau. Das wünschte ich den Mädels da drin nicht. Sie sollten doch wenigstens etwas dafür bekommen, dass sie ihre Körper diesen lüsternen Trotteln hergaben. *Vor allem Typen wie Andrew. Die eine scheißwunderschöne Verlobte hatten, die in der Gewalt eines Irren festsaß und sich nach Befreiung sehnte.*

Trotzdem fiel diesem elenden Scheißer nichts weiter ein, als sich hier drin durch die Runden zu ficken. Ein tiefer Atemzug füllte meine Lunge, während ich den robusten Stoff beiseiteschob und schon von Weitem die weinende Prostituierte an der Bar registrierte.

Das *Red Slack* war ganz eindeutig ein Edelschuppen, obwohl es noch einer der einfacheren Läden meines Bruders war. Die Wände waren mit lila Seide ausgekleidet und die Bar leuchtete in pulsierender LED-Wechselbeleuchtung. Schwerer Bass dröhnte hintergründig durch die Boxen und von diesem runden Raum in der Mitte gingen etliche Separees ab, in denen sich die Kundschaft mit den Mädels vergnügen konnte. Ich konnte mit so viel Chichi wenig anfangen, stand eher auf urige Pubs und einen handfesten Fick auf der Bar vor den Augen aller anderen.

Eine schlanke Dunkelhaarige auf Absätzen des Todes und mit einer glitzernden Maske über der frechen Stupsnase wedelte mit einer großen schwarzen Feder in meinem Gesicht herum. »Hallo, starker Mann. Wie fest kannst du mich anfassen, hm?«

Oh, verdammt fest, Püppchen. So verdammt fest, dass du dir wünschen würdest, nicht gefragt zu haben.

Der alte Staubwedel roch beißend nach Parfüm und ich verzog das Gesicht. »Jetzt nicht, okay?«

»Das ist North McTavish. Lass ihn«, säuselte ihr eine Platinblonde zu, die mich schon mal in den Himmel geblasen hatte, und zerrte die Neue davon.

Ich entdeckte Kearon bei der weinenden Frau an der Bar. Er winkte mich zu sich und im Halbdunkel erkannte ich ein riesiges blaues Hämatom, das sich über das halbe Gesicht der Prostituierten zog.

»Eliot, das ist Love.« Kreativer Name. Ich war beeindruckt. »Ich bringe sie von der Kundschaft weg. Dachte, du würdest vorher noch ein Wort mit ihr wechseln wollen.«

»North?« Vollkommen verheult drehte sie sich zu mir um.

Ich kannte sie. Hatte sie vor dem Knast *eingearbeitet*. Da hieß sie allerdings noch nicht Love, sondern Libby.

»Hat er dir das angetan? Andrew?« Sie war voller Bluter-güsse. Ich stand vielleicht auf harten, rücksichtslosen Sex, aber ich hasste Frauenschläger. Sexuelle Lust auszuleben, deren Male beide Parteien auf dem Körper des anderen hinterließen, war etwas vollkommen anderes, als einer Frau eine Faust ins Gesicht zu schlagen, die einem Mann ganz eindeutig körperlich unterlegen war.

Sie nickte und sah aus, als müsste sie jeden Moment wieder losweinen.

»Er ... er sagte, meine blasse Haut und das dunkle Haar würden ihn an jemanden erinnern. Ich fragte, an wen ...« Sie schluchzte.

Und ich kochte. Ich wusste verdammt genau an wen.

Dieser Schlappschwanz!

»Und dann ...«, fuhr sie fort und ihre Stimme brach.

»*Und dann?*«, fragte ich einen Tacken zu harsch, aber ich war eben ein unsensibler Drecksack. Und verflucht unge-duldig noch dazu.

»Dann flippte er aus, fragte mich, was mich das anginge, obwohl er doch selbst gefragt hat, verwüstete mein Zimmer und schlug mir so hart ins Gesicht, dass sofort alles dunkel wurde. Als ich wieder aufwachte, war er dabei, sich an mir zu vergehen. Und er ... er wirkte wie ein Irrer dabei! Als er merkte, dass ich wach wurde, schlug er wieder zu. Ich ...«

»Schon okay.« Kearon tröstete sie.

Gut, ich konnte so etwas nicht.

»Wo ist er jetzt?«, fragte ich grollend.

»Hockt in ihrem Zimmer und wartet auf dich«, erwiderte Kearon, zeigte auf einen Raum mit einem leuchtenden Herz an der Tür und legte seinen Arm um Love, um sie sacht nach draußen zu bringen.

Dieser Wichser hatte die Kleine gefickt, während sie

ohnmächtig gewesen war. Welcher kranke Geist tat so etwas? Mir wurde kotzübel und meine Fäuste pumpten.

Scheiße, vielleicht musste ich ihn doch killen.

KAPITEL 30
NORTH

E r hockte auf dem Bett in der Mitte des verwüsteten Zimmers wie ein irrer Messias. Allein sein Anblick machte mich krank vor Wut. Das aufgeknöpfte weiße Hemd gab seine lächerliche Hühnerbrust bis zum Nabel frei und das schwarze Pomade-Haar hing ihm wirr in die Stirn. Klar, er hatte sich ja auch ordentlich an der Kleinen verausgabt ...

Ruhig rieb er sich über die Fingerknöchel und hielt den Blick gesenkt. Am liebsten hätte ich ihm meine Faust in sein glatt gebohnertes Gesicht gehauen und ihm nahtlos die Lichter ausgeknipst. Was für ein schmieriges, selbstgefälliges Arschloch!

»Geht es dir jetzt besser, Sackgesicht?«, konnte ich mir nicht verkneifen, während mein Blick in Zeitlupe über das Chaos in Loves Zimmer glitt. Ihre Kommode war zerschlagen, der Spiegel lag in Scherben und auf dem Teppich unter dem runden Bett, das das Zentrum dieser Räumlichkeit darstellte, lagen all ihre Kleidung und ein paar Sexspielzeuge verstreut.

Ein eisiges Lächeln huschte über seine rasierte Visage und verschwand so schnell, wie es gekommen war.

»Dein Bruder wirbt damit, dass man alles mit seinen Huren tun darf, und nichts anderes habe ich getan.«

»Ja, das gefällt einem Waschlappen wie dir, was? Wo eine klar denkende Frau dein Würmchen nicht mal aus der Hose holen würde, wenn du sie mit einer Knarre bedrohst.« Ich wartete geduldig, bis er sich traute, mich anzusehen. Diese feige Made!

»Schön zu sehen, dass du im Knast nicht deinen Humor verloren hast, McTavish.«

»Nein, du bist derjenige von uns beiden, der etwas verloren hat, falls es dir entfallen sein sollte.«

Jetzt raste sein Blick doch in meinen. Diese heimtückischen grünen Augen ließen einen heftigen Schwall Kampflust durch mich zucken.

Atmen, immer atmen!

»Ich habe uns ein Separee reserviert. Dort können wir reden.« Andrew wischte sich über die Beine seiner gebügelten Stoffhose und richtete sich auf. Ein ekelhafter Schwall süßes Parfüm ließ Galle in meinem Magen hochsteigen, als er an mir vorbei zur Tür ging.

»Was ist? Kein Interesse an Verhandlungen?« Besonnen knöpfte er sich das Hemd zu, ohne mich anzusehen. Allein seine widerliche Erscheinung machte, dass ich ihm fast auf die polierten Schuhe kotzen musste.

»Eigentlich würde ich dir lieber die scheinheilige Dandy-Fratze zu Brei schlagen, aber man kann nicht alles haben«, brummte ich.

Für eine Sekunde wirkte er verunsichert und drehte sich seitlich, damit er mir nicht den Rücken zukehren musste.

Ja, klüger ist das.

»Du bist nicht hergekommen, um mich zu schlagen«, redete er sich gut zu.

Tja, das dachte ich bis eben auch noch. Bis ich Loves Zustand gesehen hatte und dann ihn, wie er auf diesem Bett thronte und sich in Sicherheit wiegte. Und bis ich mir vorstellen musste, wie er seinen erbärmlichen Frauenschläger-Schwanz in Shona schob ... Ihr einen Ring an den Finger steckte und sie sein Eigentum nannte. Ob er sie auch grün und blau prügelte, wenn ihm danach war?

Bei dem Gedanken grollte ein tiefes Knurren in meiner Brust, und er beeilte sich, aus dem Zimmer zu kommen. Gut, dass er nicht hier drin reden wollte. Sonst wäre es wahrscheinlich schnell vorbei gewesen mit meiner grenzenlosen Selbstbeherrschung.

Zum Glück hatte Kearon die Kleine schon weggebracht, als wir den Innenraum der Bar durchquerten. Zwei Typen in dunklen Anzügen lösten sich vom Tresen und folgten uns in einen versteckten Gang.

»Deine Definition von *wir reden allein?*« Diese dürren Hemdchen hätte ich zwar mit einem einzigen Rundumschlag außer Gefecht gesetzt, aber das war nicht der Deal. Und so schwächlich wie ich seine Bande draußen an der Straßensperre erlebt hatte, würden sie mir wohl eher ein Messer in die Nieren rammen, als eine handfeste Keilerei zu riskieren.

»Sie warten vor der Tür«, erwiderte Andrew kühl.

Ahaaa, eine andere Formulierung für *Ich habe so dermaßen den Feinripp voll, dass ich am liebsten weinend zu Mami laufen würde.*

Na ja, unter diesen Umständen ließ ich es ihm ausnahmsweise durchgehen.

Wir betraten einen abgedunkelten Raum, der nur aus violettem Stoff zu bestehen schien. In der Mitte einer runden Bank befand sich eine Stange, an der sich eine Frau mit roter Mähne in Strapsen räkelte. Als sie eine halbe Drehung machte und den Kopf zurücklegte, erkannte ich sie. Es war die Kleine, in der ich vor wenigen Stunden noch gesteckt hatte. Nur hatte sie ihr Haar diesmal wild toupiert. »North.« Sie lächelte angetan, bewegte sich aber weiter geschmeidig um das Metall herum.

Andrews Gesicht wurde düster. »Raus mit der Schlampe«, keifte er übertrieben aufbrausend und wollte nach ihr greifen, aber ich packte seinen Arm so fest, dass er ächzte. »Sie bleibt hier.«

Ein sichtbares Schlucken erschütterte seinen Adamsapfel. *Ein einziger Handkantenschlag dagegen und ich hätte Ruhe ...* Das war einfach zu verführerisch.

Die Tänzerin zwinkerte mir zu und ich nickte zurück.

Falls Andrew hier drin versuchen sollte, mich abzustechen oder zu vergiften, und ich ihm im Anschluss den Schädel zermalmte, konnte eine Zeugin nicht schaden. Sie war ein Mädchen meines Bruders, es war glasklar, auf wessen Seite sie stand. Elijah konnte Menschen durchleuchten wie einer dieser Gepäckscanner. Noch nie zuvor hatte er eine Verräterin in seine Reihen geholt. Und so wie ich ihn kannte, würde das auch nie passieren.

»Setz dich doch!« Unsanft komplementierte ich Andrew auf den Samtstoff der Bank. »Du willst reden, also reden wir.«

»Fass mich nicht an, McTavish«, fauchte er tollwütig und befreite mit einem Ruck seinen Arm.

Wieder so melodramatisch ...

Ich setzte mich neben ihn und goss uns von dem Whisky ein, der in der Mitte des Tisches für uns bereitstand. Ein zehnjähriger *Laphroaig*. Nicht übel, aber eben kein *Ardbeg*.

»Ich habe gehört, es läuft einiges aus dem Ruder bei euch.« Seine Augen folgten misstrauisch den Bewegungen der Rothaarigen, die mir immer wieder verstohlene Blicke zuwarf. »Die Polizei sollte das Sagen haben in einer Stadt, keine gesetzesferne Verbrecherbande.« An seiner Hand, die den Whisky schwenkte, steckte ein schmaler goldener Ring, der meinen Magen wütend krampfen ließ.

»Einzelfälle, die schon in Arbeit sind«, kommentierte ich seine Bewertung der Situation meiner Stadt.

»Ach tatsächlich?« Seine Augen blitzten, als er den Kopf drehte, um mich anzusehen. Wie eine heimtückische Katze.

Und so unnormal grün ... Ob diese Pussy farbige Kontakt-
linsen trug? Er faltete die dürren Finger und fuhr fort: »Vielleicht sind das auch nur Streuungen eines großen Tumors,
hm? Bevor man den findet, ist es leider oft zu spät.«
Gespieltes Bedauern trieb ein schmales Lächeln über sein
Gesicht. »Man kämpft und kämpft, setzt großflächig Chemie
ein und muss am Ende feststellen, dass der größte Herd doch
zentraler saß, als man zu Beginn dachte.«

Ich stockte. Was meinte diese kleine Ratte damit?

»Erzähl mir mehr«, erwiderte ich und stürzte meinen
Whisky hinunter, ohne ihn aus den Augen zu lassen.

»Worüber?« Er wirkte amüsiert. »Darüber, dass deine
Stadt krebst? Dass deine Männer hohle Trottel sind? Dass
deine Mutter eine Fotze war?«

Ich konnte es nicht kontrollieren. Meine Hand packte
einfach seinen Hinterkopf und zerschlug ihm die Nase auf der
Glasplatte des Tisches.

Die rothaarige Maus schrie hell auf und sprang von ihrer
Stange, um aus der Tür zu stürmen. Verdammt, warum
musste ich nur so ein aufbrausender Bastard sein?

Andrews muntere Stehaufmännchen erschienen mit
gezückten Waffen im Rahmen und ich sah Kearon mit
verschränkten Armen im Hintergrund stehen. Seinem
entspannten Blick nach zu urteilen, dachte er dasselbe über
die beiden Experten wie ich.

Andrew kniff sich theatralisch in den Nasenrücken und
badete noch einen Moment in der Situation, bevor er die
beiden wieder hinauswinkte. »Verrohtes Scheusal«,
schimpfte er und nippte gequält an seinem Whisky, kurz
bevor er ein Stofftaschentuch aus der Tasche seines Hemds
zog und damit die Sturzflut stoppte, die plötzlich aus seiner
Nase schoss. War da wirklich sein Name in Gold eingestickt?
O Mann ...

»Also, was willst du für sie?« Ah, jetzt erinnerte er sich
also doch noch, dass er eine Verlobte hatte. Ob sie ihm die

Wunden lecken und die blauen Flecken streicheln würde, wenn sie jetzt hier wäre? Dunkle Wolken grollten in meiner Brust.

»Du hast nichts, was ich gebrauchen könnte«, erwiderte ich düster und füllte mein Glas wieder auf. »Sollst dich nur an mich erinnern, wenn du die Male auf ihrer zarten Haut ansiehst. Jeden Tag und immer wieder.« Mein Blick rasselte in seinen und der fassungslose Ausdruck in seiner lädierten Fratze bereitete mir Spaß.

Unbehelligt fuhr ich fort: »Vielleicht schlage ich ihr ein paar Zähne aus, nur so zum Vergnügen, damit sie dich als abgehalfterte Vogelscheuche heiratet. Vielleicht brenne ich ihr auch mein Wappen auf ihren runden Apfelarsch, mal sehen, wonach mir ist, Andrew Craig.«

Seine Augen über dem Mädchen-Taschentuch wurden schmal. »Du willst keinen Krieg mit mir, McTavish.«

»Ach nein?« Ich rückte so nah an ihn heran, dass meine Nasenspitze ihn beinahe berührte und ich seinen Angstschweiß und das metallische Blut riechen konnte. »Dann verpisst du dich also freiwillig aus meinem Dunstkreis, Craig?«

Sein Blick flackerte irritiert. Er wusste nicht, wo er hinsehen sollte, schaffte es nicht, mir standzuhalten. Das war ein *Nein*. Und ein unglaublich verweichlichtes noch dazu.

Was willst du nur mit so einem Schlappschwanz, Shona?

»Shona gehört mir«, brachte er mit dünner Stimme hervor.

Ich stürzte das nächste Glas herunter, genoss für einen Moment das sanfte Brennen in der Kehle und richtete mich auf.

Eindeutig genug Bullshit für heute.

Andrew zuckte zusammen wie der letzte Amateur, als ich nach seiner Schulter griff und mich näher zu seinem Ohr beugte.

»Dann kämpf um sie, Kumpel!«

Für einen Moment badete ich in seiner Angst, aalte mich in der Tatsache, dass er den Atem anhielt und hektisch zur Tür starrte. Und dann konnte ich beinahe fühlen, wie er sich sammelte und die Heimtücke wieder zurück in seine Glieder kroch. Die verschlagene Bosheit, für die ich ihm am liebsten hier und jetzt das Genick brechen würde. Ich würde es langsam tun, damit es ordentlich wehtat, wenn die Sehnen rissen und die Knochen brachen. Es war wundervoll, was in ihren Augen geschah, wenn sie realisierten, dass es zu Ende ging.

»Sag mir eins, Andrew Craig«, raunte ich dunkel direkt in sein Ohr. »Hast du irgendetwas mit diesem Geschwür zu tun, das in meiner Stadt wächst, hm?« Mein Griff wurde wieder fester und ich spürte, wie seine Muskeln sich darunter verhärteten. Wenn man das, was seine erbärmliche Gestalt umhüllte, überhaupt als Muskeln bezeichnen konnte. »Ich neige dazu, schwelende Wunden mit Feuer auszubrennen. Die Flammen sind herrlich effektiv und reinigend. Und sie haben immer Hunger, genau wie ich.« Nur sehr langsam ließen meine Finger von ihm ab. Die Gewissheit, ihn so nahe in Reichweite zu haben, war zu gut.

»Es tut mir wirklich leid, dass ich deine Mutter als Fotze bezeichnet habe.« Andrews Stimme klang wieder um einiges gefasster und seine dämonischen Katzenaugen flackerten, als er mir das Gesicht ein Stück zudrehte. »Sie war eine würdige Gegnerin. Hat sich gewunden und mir das Gesicht zerkratzt, während ich sie festhielt. Ich habe sogar eine Narbe von ihren Nägeln, siehst du?« Sein manikürter Nagel zeigte auf den unscheinbaren Anflug eines Mals auf seiner Wange. »Sie hat gebrüllt und gefaucht wie eine Tigerin. Das aufbrausende Wesen hast du von ihr, Eliot McTavish, was?«

Was bei Odins Höllen redete dieser Wahnsinnige da? Mein gesamter Körper wurde hart wie Zement. Jeder Muskel verfestigte sich, eine Sehne nach der anderen erstarrte zu Stein.

Während ER sie festhielt?

Mein Blut kochte wie ein nicht versiegender Strom aus Lava und ein dichter, schwarzer Schatten legte sich über meine Seele, während ich meinen harten Blick in ihn trieb.

Etwas wie ein kleines Schmunzeln wehte über seine selbstgefällige Fratze. »Eine wirklich kluge Frau. *Zu* klug, wenn du mich fragst. Schaffte es sogar noch irgendwie, sich meine Waffe aus dem Holster zu greifen, während ich sie auf die Klippe zu drängte. Tatsächlich eine sehr knappe Kiste, sage ich dir.«

Mit jedem Wort aus seinem Mund engte mehr Rot mein Sichtfeld ein. Der Puls hämmerte mir in den Ohren. Der Raum verschwamm um uns herum und es existierte nichts mehr außer ihm und mir. Nur noch er und ich und sein schmutziges Geständnis.

»Aber eine Sache bereue ich«, fuhr er zischend fort und sein Kinn bebte dabei vor Erregung. »Ich breche rebellierende Weiber in der Regel, bevor es zu Ende geht. Und diese tollwütige Stute hätte ich zu gern noch zugeritten, bevor ich sie dem Ozean übergab.«

Ich konnte kaum atmen, so sehr kochte und tobte es in mir; ich fühlte mich, als hätte Lava all meine Scheißorgane aufgefressen und mich zu einem brennenden Gebilde aus Hass umfunktioniert.

Andrew drehte mir das Gesicht jetzt ganz zu und presste die Augen zusammen, während er mir fast selbstgefällig entgegenspie: »Ihr Idioten habt den Falschen umgebracht. Mein Vater hat eure Mutter nicht getötet. *Ich war es.* Und ich werde dich langsam ausbluten lassen wie ein Stück Schlachtvieh, North McTavish. Das hier ist erst der Anfang. Und wenn du mich jetzt umbringen willst, wird es trotzdem nicht aufhören, denn der Stein rollt und du kannst ihn nicht mehr stoppen.«

Für ein paar Sekunden starrte ich ihn einfach nur an. *Wie konnte er es wagen?* Wie zur Hölle konnte er ... Die Zeit stand still und die Luft stank nach Verrat. Dann veränderte sich die Atmosphäre mit einem Schlag. Wie eine schlüpfrige räudige Katze sprang er auf und wollte zur Tür, ich bekam ihn zu fassen, er entglitt mir und ich riss den Beistelltisch um, als ich ihm nachsetzte.

Flaschen und Gläser klirrten und meine Faust traf hart auf seine Schläfe, kurz bevor er die Klinke zu greifen bekam. Wie ein leerer Ballon taumelte er zu Boden und kroch zu meinen Füßen über den Teppich, suchte panisch nach der Waffe unter seinem Gürtel, die ich ihm schon beim Reinkommen abgenommen hatte.

»Männeeeer«, brüllte er hysterisch, während ich ihn hochriss und gegen die Wand schleuderte. Etwas krachte in seinem Rücken und er rang keuchend nach Luft. Seinem Blick nach zu urteilen, driftete er mir bereits weg, aber ich war noch lange nicht fertig mit ihm. »Dämliches Stück Scheiße«, grollte ich mitten in seine panische Visage. »Du entkommst mir nicht mehr.«

Meine Hände schlossen sich wie Schraubstöcke um seinen Hals und er brüllte wie am Spieß, aber keiner kam. Der Griff war reine Routine für mich. Ich wusste sehr genau, wo ich drehen musste, um ihn fertig zu machen. Es war nichts als Hebelwirkung, nicht einmal besonders kraftaufwändig. Seine Augen verdrehten sich nach oben, ich sah nichts als Rot wie ein rasender Stier, meine linke Hand griff an seiner Schulter nach, die Rechte setzte am Genick an.

»Du ...«, brachte er mühsam hervor. »Du ...«

»Schluss jetzt, North, stopp!« Die Stimme drang wie aus einem anderen Universum zu mir und ich spürte die Hand kaum, die nach meinem Arm griff. Hart presste ich den Atem durch die Zähne. *Nein! Ich konnte jetzt nicht aufhören! Ich durfte nicht!*

»Lass ihn los«, sagte Kearon schneidend. »Oder ich muss dich zwingen.«

»Nein!« Hatte ich das ausgesprochen oder nur gedacht?

Andrews Sehnen gaben unter meinen Fingern bereits nach. »Verpiss dich, Kearon!«

Schaum quoll über die Lippen dieses widerlichen Wichsers, er hatte es so verdient. Er musste sterben! Jetzt und hier.

Ein wohlbekanntes Klacken ertönte nah bei meinem Ohr. Kearon hatte seine Waffe entsichert. »Ich sage es nicht noch einmal.«

Fuck! Fuck! Fuuuuck!

Brüllend ließ ich von Andrew ab, der wie ein Sack vor mir zu Boden ging und sich hustend wand wie ein erstickender Aal.

»Geh zurück«, wies Kearon mich an und ich hob widerwillig schnaubend die Hände. Scheiße, alles an mir bebte. Ich hatte meinen Körper nicht mehr unter Kontrolle, war kurz davor, auch noch auf den besten Freund meines Bruders loszugehen.

»Was soll dieser Bullshit?«, tobte ich. »Er hat es verdient.«

»Ja, das hat er.« Auf Kearons Stirn bildete sich eine steile Falte.

»Aber der ganze Hof steht voll mit seinen Kollegen, und ich musste schon diese beiden Marionetten da draußen k.o. hauen, damit sie dir keine Kugel in den Kopf jagen. Der Laden hier ist frisch renoviert, falls du verstehst.«

Andrew griff sich an den Hals und zog sich schwankend an der Wand hoch. Er würgte und hustete wie der letzte Schlappschwanz.

»Ich ...«, presste er dünn hervor und zeigte auf mich. »Ich mache dich zur Schnecke, North. Ich ...«

»Ja, schon klar, verpiss dich jetzt«, unterbrach Kearon ihn, als er meinen nächsten Wutausbruch kommen sah.

An der Tür machte Andrew noch einmal Halt, um sich erneut zu mir umzudrehen. »Ich bin ... dir so viel gefährlicher ... als du denkst.«

»Herr im Himmel, RAUS!«, brüllte Kearon, und ich stand

nur eine Haaresbreite davor, diesen ganzen Schuppen hier in Stücke zu reißen, ohne Rücksicht auf Verluste. Grollend sah ich diesem Abschaum beim Verschwinden zu. Er glitt mir einfach so aus den Fingern und das machte mich rasend.

»Du magst körperlich stärker sein als dieser Wurm.« Kearon richtete noch immer seine Knarre auf mich. Auch das pisste mich unglaublich an. »Aber er spielt nicht fair, das weißt du. Er schlägt nicht frontal zu, er sticht dir ein kleines heimtückisches Messer in den Rücken, wenn du nicht daran denkst.«

Ja, genau deshalb wollte ich ihn ja auch killen, du Hund.

»Nimm das Ding aus meinem Gesicht«, brummte ich und zerstückelte diesen Trottel mit meinem Blick. »Oder ich vergesse mich.«

»Nur noch einen Moment, North.« Ja genau, bis er hörte, wie ihre Polizeikarren abfuhren, damit ich mir ihren Boss nicht mehr greifen konnte, war mir schon klar.

»Nimm es mir nicht übel, aber du hast da gerade fast einen großen Fehler gemacht.«

Mit aufeinandergepressten Zähnen starrte ich ihn an und meine Fäuste pumpten.

Er verkannte die Situation.

Ab sofort gab es keine Fehler mehr.

Denn ab jetzt herrschte offener Krieg und im Krieg war alles erlaubt.

KAPITEL 31
NORTH

»Wie ist es gelaufen?«, fragte Elijah lauernd. Er drückte sich noch immer vor dem *Red Slack* herum. Offenbar, um mich abzufangen, während ich in aller Seelenruhe zurück zu meinem Shelby spazierte. Oh, ich war nicht ruhig. Aber atmen half.

»Ganz großartig, Bruder.« Ich stellte mich neben ihn und sah ihm dabei zu, wie er düster ins Nichts starrte. »Halt deinen Kumpel Kearon besser eine Weile von mir fern.«

»Ich meinte ...«, bohrte er, »wie ist es *gelaufen*?«

Dieser kleine Pedant. Ungeduldig wischte er sich durch das dunkle Haar.

Gut. Er wollte es direkt, also bekam er es direkt.

»Ist dir die Armada an Bullenautos entgangen, die hier angerückt ist, oder hat mich dein Best Buddy auch damit nur beschissen?«

»Craig steht auf theatralische Abgänge.« Mein Bruder musterte mich forschend. »Hab ihn nicht mehr gesehen, sie haben ihn abgeschirmt. Was genau ist da drin passiert, Eliot?«

»Es herrscht Krieg«, presste ich durch die Zähne. »Das ist passiert.«

Jetzt starrte er mich entsetzt an, natürlich! Und auch ein wenig tadelnd, so wie es unsere Mutter immer getan hatte.

»Wir sollten also die Augen nach Trojanischen Pferden offenhalten. Könnte passieren, dass er sich in seinem Kämmerchen eines baut, dieser hobbylose Flachwichser.«

»Eliot.« Wieder dieser strenge Tadel. Sein besorgtes Gesicht ließ meine Mundwinkel zucken. »Das war genau, was wir vermeiden wollten. Warum zum Teufel ist dir diese Craig nur so wichtig?« Ungehalten zog er seine Bandagen fester. Er war sauer. Und ich befand mich auch auf dem besten Weg dazu.

»Was redest du? Die Kleine ist gut fürs Prinzip, nichts weiter.«

»Und welches Prinzip soll das sein? Gib sie ihm doch einfach wieder und wir haben Ruhe.«

Mir fiel auf, wie verdammt müde mein Bruder aussah. Er hatte sich den Arsch aufgerissen, während ich im Knast saß. Für mich. Für unsere Stadt. Es war verständlich, dass er sich nach Ruhe sehnte. Aber die war uns leider nicht vergönnt. Ganz im Gegenteil.

»*Darum geht es hier nicht mehr, Elijah!* Er hat eines deiner Mädchen geschändet, nur um mich zu provozieren. Er hat unsere Mutter als Fotze bezeichnet und noch dazu hat er Dinge gefaselt, die ihn ziemlich eindeutig als Strippenzieher der Anschläge auf meinen Norden outen. Diesen Krieg hat er begonnen, Bruder. Und es ist ein Krieg zwischen ihm und mir.«

»Was für Dinge?«, knurrte Elijah alarmiert.

»Glenn organisiert ein Treffen auf *Moaning Island*«, raunte ich ihm etwas leiser zu. »Für heute Abend. Es wird Zeit, dass wir den Sack zumachen.«

Es war nicht der richtige Zeitpunkt, ihm von Andrews Geständnis zu erzählen. Das würde meinen Bruder zu tief reinziehen. Sollte er mich hassen, aber diesen Krieg hier hatte ich begonnen und ich würde ihn auch beenden.

Elijahs blaue Augen glitzerten mordlustig. »Sollte er wirklich hinter diesen Anschlägen stecken, dann möge unsere Mutter im Himmel uns verzeihen.«

»Oh, das wird sie.« *Odin, steh mir bei!*

»Dein Krieg ist mein Krieg, Eliot. Immer.«

Wir drückten einander die Arme und ich ging mit festem Kiefer auf meinen Mustang zu. Jeder Muskel in mir war angespannt, jede Zelle stand noch immer auf Sturm.

In diesem Zustand sollte mir besser keiner in die Quere kommen.

KAPITEL 32
SHONA

Dieser Piet, wie Eliot den Schläger vor meiner Tür genannt hatte, hatte offenbar doch ein Herz für traurige Frauen. Er zögerte unangemessen kurz, als ich ihn anflehte, mich hinunter in die Bucht zu lassen, damit ich etwas Seeluft atmen konnte.

Oder er hatte einfach gespürt, dass mir nicht mehr nach Weglaufen war. Und selbst wenn ich es tat ... Irgendeiner dieser hirngewaschenen McTavish-Zombies in Prayer's Well würde mich schon wieder einfangen. Meine Lage war maximal aussichtslos. Der Gedanke, dass Eliot gerade mit Andrew an einem Tisch saß, um meinen Verbleib auszuhandeln, machte mich so wahnsinnig, dass ich ohne einen Spaziergang wahrscheinlich durchgedreht wäre. Ich hasste die Tatsache, dass zwei Männer die volle Gewalt über mich hatten. Ich war Shona Blythe, verflucht! Nur ich selbst hatte die Gewalt über mich, kein anderer! Und schon gar kein dahergelaufener Kerl!

»Warum tust du all das für ihn?« Ich drehte mich Piet ein Stück entgegen, der neben mir herlief und nachsichtig lächelte.

»Dreh die Frage um. Warum tut er all das für uns?« Seine Stimme war tief und verwaschen wie das Grollen eines Bären.

»Was meinst du? Die Erniedrigungen? Die Schläge? Die Beschimpfungen?« Ich dachte an die beiden Frauen, die Eliot vor meinen Augen genommen hatte, und es durfte nur wehtun, wenn er mir etwas bedeutete, deshalb tat es das auch nicht. Hatte er danach in meinen Augen gesucht? Nach Gefühlen? Nach Zuneigung, die er am Kragen packen und mich durch sie hindurch brechen konnte? Darauf konnte er lange warten!

So lange, bis du verfaulst, du Barbar!

Piet lachte so donnernd, dass ich erschrak. »Du kommst aus einer anderen Welt, Mädchen. Du kannst das nicht verstehen.«

O doch, ich verstand sehr gut. Er trug ein verfluchtes Pflaster auf seiner Nase. Sicher war Eliot einfach danach gewesen, ihn als Boxsack zu benutzen. Eine versalzene Suppe vielleicht oder eine Frau unter ihm, die ihm nicht laut genug gestöhnt hatte. Innerlich verdrehte ich die Augen.

»Ist vielleicht auch besser so.«

»Vielleicht.« Piet schmunzelte. »Trotzdem. So übel, wie du denkst, ist er nicht. Nur'n bisschen rauer vielleicht.« Er betrachtete meine Hände. Na ja, die Maniküre konnte langsam eine Auffrischung gebrauchen, aber es schien ihm zu reichen, um mich vehement aus seiner Welt auszuschließen.

»Hat uns alle aus dem Dreck gezogen, dieser elende Hund.« War das Zuneigung in seinem Blick? Sieh an, sie konnten doch etwas fühlen, irgendwo ganz tief drin, diese groben Haudegen. Und er hier ganz besonders. Dieser Piet war wie der massive Stamm einer uralten Eiche, in dem ein liebevolles kleines Eichhörnchen lebte. Er ließ es nicht oft hinaus, aber manchmal, wenn man ganz genau lauschte, konnte man das Kratzen seiner kleinen Krallen hören.

»Wir waren allesamt bereits verloren, als er uns aufsammelte. Ein paar hatten schon seinem Vater die Treue geschworen, aber ich ... ich war nur ein Junge mit einem versoffenen Vater, der seine totgeprügelte Mutter im eigenen Haus finden musste. Nicht leicht für ein Kind.«

O Gott ...

»Nein, mit Sicherheit nicht.«

»Tja, ich rutschte ab. Wurde gewalttätig. So sehr, dass man von mir hörte, und Eliot holte mich nach Prayer's Well, um mich auszubilden und mit mir gemeinsam dafür zu sorgen, dass mein Vater seine neue Frau nicht auch noch totschlagen konnte. Ich blieb. Fand einen loyalen Freund. Einen Retter. Und von den anderen Jungs will ich gar nicht erst anfangen. Also verurteile ihn gefälligst nicht. Es steckt immer mehr dahinter, als man sieht.« Er blickte aus schmalen Augen hinauf zur Burg und ein tiefer Atemzug hob seine Brust. Ganz offensichtlich war er dankbar, sich all das einmal von der Seele reden zu können. Bestimmt gab es unter den rabiaten Kerlen nicht allzu viel Dialog, außer Grunzen und einem zustimmenden Knurren ab und an.

»Manchmal findet man Familie an den unmöglichsten Orten«, fügte er nachdenklich hinzu und es stach hinter meiner Brust.

Familie ...

Er lachte und spuckte neben sich. »Kitschig, was? Aber du mach dir mal keine Sorgen.« Aus dem Augenwinkel sah er mich an wie ein heimlicher Verbündeter. »Dem Bastard liegt etwas an dir. Wird dich bald zurück nach Swamp Head bringen, pass mal auf. Jammerschade eigentlich. Würdest ein top Burgfräulein abgeben.«

»Nur über meine Leiche«, schnaubte ich. »Und ich scheiße auf seine Befindlichkeiten.«

Ihm liegt etwas an mir ... Sicher! Falls ja, hatte er eine mehr als absurde Art, das zu zeigen.

Wieder gluckste Piet brummend in seinen Bart und ich hätte ihm am liebsten eine verpasst.

»Du denkst wirklich, bei uns ginge es nur um Macht,

Geld und lädierte Fratzen, was?« Sein Lachen verebbte und
die dunklen Augen glühten unter den buschigen Brauen, als
er mich ansah. »Es geht um so viel mehr als das. Um so
verfickt viel mehr. Sag ihm das ruhig, deinem Playboy in
seinem piekfeinen Revier da draußen am Arsch der Welt! Ich
würde für jeden einzelnen dieser Mistkerle mein Leben geben
– ganz besonders für North.«

Ich schluckte schwer. Für Piet war ich offensichtlich nicht
nur die Universalverräterin. Die elende, hassenswerte Craig
wie für Eliot oder Glenn.

Verstohlen beobachtete ich sein verbissenes Gesicht. Ob
einige der Jungs still und heimlich auf eine Wiedervereini-
gung der Craigs und der McTavishs hofften?

Falls ja, wollte ich ihnen ja ungern die Illusion nehmen,
aber das würde nicht passieren. Eher würde Eliot McTavish
sich von seinen eigenen Adlern zerstückeln lassen und sich
Andrew Craig höchstselbst zum Fraß vorwerfen.

Und dieser Glenn wäre mit Sicherheit auch alles andere
als begeistert. Er hasste die Craigs ja offenbar mit glühender
Leidenschaft. Oder zumindest mich.

Eliots Adlerweibchen kreiste über dem Meer. Fast schon,
als würde es meine Nähe suchen. Oder mich einfach nur
wachsam im Auge behalten. Wie wunderschön dieses Tier
war … Ich musste die Begegnung noch immer verdauen.
Genau wie den Anblick von Eliot, als er sie fast zärtlich auf
seinem Arm gehalten hatte, während sie ihn liebkoste. Ein
zerbrechlicher Moment, der ihn auf eine fast verstörende Art
nahbar gemacht hatte. Ich hasste die Sympathien, die sich ab
und an schüchtern in mir für ihn regten. Vollkommen lächer-
lich und unangemessen. Der kühle Sand zwischen meinen
Zehen fühlte sich nach Freiheit an. Direkt vor mir peitschten
die Wellen unter dem auffrischenden Wind gegen den
Strand. Ich hatte heiß geduscht und trug jetzt das Shirt und
die Jeans, die Eliot mir gegeben hatte.

Warum hatte ich ihm durch die Blume gesagt, dass ich

Andrew für einen Bastard hielt? Das war vermessen und unfair.

Ernst blickte ich aufs Meer hinaus, während Piet mir in gebührendem Abstand folgte.

Andrew akzeptierte mich, trotz meiner zahlreichen Fehler und all dem Elend, das ich über uns gebracht hatte. Und dabei verschwieg ich ihm noch immer Dinge. Dass ich mich hatte sterilisieren lassen, zum Beispiel. Damit so etwas nie wieder geschah. Etwas wie ... Schmerzerfüllt schloss ich die Augen und ließ den Wind mit meinem feuchten Haar spielen. Kein Kind verdiente mich als Mutter. Und ich verdiente das Glück des Mutterseins nicht. Nicht noch einmal.

Hitze brannte hinter meinen Lidern und ich wischte rabiat darüber. *Das hast du dir alles selbst zuzuschreiben, Shona Blythe!*

Eliot hatte geträumt und ich hatte ihm dabei zugesehen. Die ganze Zeit über wie eine voyeuristische Psychopathin. Es hatte mich süchtig gemacht, ihn so verletzlich zu erleben. So kaputt und verloren. Er hatte den Namen einer Frau geseufzt. Wieder und wieder. *Arran.* Und es ging mich absolut nichts an, aber ich wollte wissen, wer sie war. Der Gedanke, dass es jemand geschafft haben könnte, Norths hartes Herz zu erweichen, berührte mich.

Und es war genau, wie ich gesagt hatte.

Es kotzte mich an, dass er mich so sehr mitriss.

Als ich die Augen öffnete, erblickte ich eine kleine Kirche in den Armen der Bucht, die sich auf fast schon liebevolle Art in den kargen Felsen schmiegte.

Im Inneren der Kapelle flackerte warmes Licht. Brannten hinter den Fenstern etwa Kerzen? Dieser Ort zog mich magisch an. Ich hatte gar nicht registriert, wie ich bereits darauf zugelaufen war.

Erst als ich Piets Stimme wieder direkt hinter mir hörte, stockte ich.

»Keine gute Idee.«

»Warum nicht?« Verstohlen blickte ich ihn über die Schulter hinweg an.

»Ist ihm heilig, der alte Schuppen.«

»Siehst du ihn irgendwo?« Ich zwinkerte und registrierte für eine Sekunde, wie seine Züge weicher wurden. Er hatte ein gutes Herz, ganz eindeutig.

»Keiner von ihnen ist hier, ich möchte nur ganz kurz einen Blick hineinwerfen«, bestärkte ich mein völlig harmloses Vorhaben.

Piet haderte sichtlich mit sich. Dann zog er die Brauen zusammen und winkte in Richtung der Kapelle, als wollte er eine lästige Bremse verscheuchen.

Die Holztür, die ins Innere führte, war schwer und voller abgeblätterter keltischer Verzierungen. Es duftete nach Wachs und tatsächlich standen überall hier drin brennende Kerzen verteilt. Wer kümmerte sich denn so liebevoll um diesen Ort? Eliot etwa? Bei der Vorstellung, wie er behutsam all die kleinen Flammen entzündete und mit seinen großen tätowierten Händen vor dem Wind der schottischen See abschirmte, musste ich schmunzeln.

Die schmalen Fenster bestanden aus Buntglas und in den Ecken erkannte ich keltische Drachen aus Holz. Das hier war keine christliche Kirche. Trotzdem prangte über einer Art

Altar am Ende der Räumlichkeit ein großes Kreuz. Piet kam mit mir herein, schloss die Tür und blieb nah bei ihr stehen. Dumpf rauschte draußen das Meer und der Wind schlich sich schüchtern durch die Ritzen. Als wäre das hier ein geschützter Ort, eine Art magisches Vakuum, das nur den wenigsten vorbehalten war. Ehrfürchtig strich ich mit den Fingern über das zerfressene Holz einer der Bänke. Es waren nicht viele. Gerade einmal drei Reihen. Alles hier drin kam mir wie eine eingeschrumpfte Kathedrale vor, trotz der Possierlichkeit ungebrochen in seiner Macht.

»Nichts anfassen«, brummte Piet mitten in den Zauber hinein und wirbelte damit meine Gedanken auf.

Er klang beunruhigt, aber das musste er nicht sein. Ich hatte nicht vor, lange zu bleiben. Nur für einen Moment diese Bilder ansehen. Nur ganz kurz.

In einem Meer aus Kerzen stand das eingerahmte Foto einer Frau, unbeschreiblich charismatisch in ihrer Ausstrahlung. Ihre Züge waren hart und markant, ein fast nicht sichtbares, erhabenes Lächeln zog ihren Mundwinkel nach oben. Diesen Ausdruck kannte ich. Und die Gletscheraugen mit dem dunklen Rand ebenso. Ihr dunkles Haar war zu einem Knoten gebunden und ein paar Strähnen fielen ihr ins Gesicht. Eigentlich ähnelte sie eher seinem Bruder, aber dieser Blick und die Augen ... Das war eindeutig auch Eliot. Sie musste seine Mutter sein. Seine ermordete Mutter. *Umgebracht von Craig Senior.* Etwas tief in mir erkaltete merklich. Andrew hatte viel von seinem Vater.

Das andere Bild ... Ich beugte mich behutsam ein wenig weiter über den Altar zu dem verblichenen Foto. Meine Güte, was für eine Schönheit. Dunkle, große Augen, auf dem Bild wirkten sie fast schwarz. Zarte, fast schon zerbrechliche Gesichtszüge. Eine schmale gerade Nase und herzförmige Lippen. Alles an ihr wirkte ein wenig verbissen, aber das glückliche Lächeln und die geröteten Wangen bewiesen das Gegenteil. Das musste Arran sein. Die Frau, deren Namen

Eliot im Schlaf geseufzt hatte. Etwas hinter meiner Brust knüllte sich zusammen wie Papier. Ob die beiden noch zusammen waren? Ich hatte sie auf der Burg noch nicht gesehen und er vögelte sich wüst durch die Runden, aber das war bei einem Mann wie ihm wahrscheinlich ohnehin an der Tagesordnung. Ich bezweifelte, dass einer dieser Wilden imstande war, eine normale monogame Beziehung zu führen. Und trotzdem wirkte diese Arran glücklich. Wie sollte das funktionieren an der Seite von einem wie ihm?

Hinter mir öffnete sich die Tür, Piet wollte wohl gehen, aber doch nicht gerade jetzt!

»Wer ist ...« Als ich mich umdrehte, verkroch sich meine Frage unausgesprochen zurück in meine Kehle. Die Tür stand offen, aber Piet befand sich noch in seiner Ecke. Stattdessen baute sich Eliot in ihr auf und strahlte die pure rohe Wut aus.

Ein trockenes Schlucken schnürte mir die Kehle zu.

»Was zur Hölle?«, grollte er und starrte Piet an, als wollte er ihm das Genick brechen.

»Ich ... Entschuldige, Boss, sie wollte ans Meer. Ich dachte ...« Es war skurril, diesen riesigen Schlägertypen stammeln zu hören.

»Keiner von euch Wanzen hat hier drin etwas verloren!« Eliots Stimme war das pure Gewitter und ihr Donner vibrierte tief hinter meiner Brust.

»Du hast recht. Ich bringe sie sofort hier raus.« Piet wandte sich mir zu und wollte einen Schritt auf den Altar zu machen, aber Eliot packte seinen Arm.

»Ich spreche von dir. Raus! Sofort!«

»Aber ... sie ...«

»*Ich* kümmere mich um sie.«

Na, wunderbar!

Du bist tot, Shona Blythe!

Das schien auch Piet so zu sehen, denn er warf mir einen fast schon mitleidigen Blick zu, bevor er die Kapelle verließ und sich von dannen machte.

»Er kann nichts dafür. Ich wollte es unbedingt sehen«, verteidigte ich seinen Freund. Er atmete tief. Ich verstand seine Wut. Was genau hatte ich hier drin finden wollen? Sein zerbrochenes Leben? Um was genau mit diesem Wissen anzustellen?

»Und jetzt bist du zufrieden?« Seine Worte schmerzten.

Für einen Moment herrschte Ruhe. Eliot stand einfach nur da, und ich fühlte mich, als würde jemand mit einem Schlag all mein Inneres auskippen und nichts als Leere hinterlassen. Er hatte mit Andrew gesprochen. Ich wollte nichts hören und doch brauchte ich alles. Bedächtig flackerten die Kerzen in ihrem geschützten, abgeschirmten Raum. Der Wind von draußen konnte trotz der geöffneten Tür nicht zu ihnen vordringen. Und ich? Würde das, was Eliot mir gleich sagte, zu mir durchdringen können? Würden seine Worte mich umbringen, bevor es seine Hände taten, weil ich unerlaubt sein Heiligtum betreten hatte? Die Kraft floss mir aus den Gliedern und ich ließ mich geschlagen auf die Bank sinken, die direkt hinter mir stand. Als hätte seine Aura die Macht, alles in mir zu verzehren.

Als er auf mich zu kam, drehte ich den Kopf wieder in Richtung des Altars und fixierte die Bilder der beiden Frauen in seinem Leben.

»Ich bin müde, Eliot«, sagte ich erstickt, als er direkt neben mir stehen blieb und mit mir auf die Fotos blickte.

Warum schnürte sich mir jetzt die Kehle zu? »Ich will nicht mehr ständig mit dir kämpfen, weil ich nicht glaube, dass es das ist, was wir tun sollten.« Meine Stimme klang fremd. Dünn. Geschlagen. Hitze stieg mir in die Augen. Seine pure Anwesenheit machte mich traurig und ich wusste nicht einmal, warum.

»Ist sie das? Die Frau, von der du träumst?«, fügte ich erstickt hinzu, während die Bildnisse vor meinen Augen verschwammen.

Er antwortete nicht, aber ich hatte auch nicht damit

gerechnet. Das Licht der Kerzen verzerrte sich unter meinem Tränenfilm zu bizarren Gebilden und ich kämpfte wie eine Löwin. Ich würde – zum Teufel noch mal – nicht vor ihm weinen. Ganz sicher nicht!

»Liebst du ihn?« Seine Stimme war gedämpft und die Sanftheit in diesen drei Worten stach mir mit einer stumpfen Klinge mitten ins Herz. Für ein paar Atemzüge schloss ich die Augen und atmete tief durch.

»Es gibt Wichtigeres im Leben als Liebe.« Ich zwang mich gewaltsam, innerlich zu erkalten. Eigentlich hatte ich mir diesen Prozess über die Jahre in Perfektion beigebracht, aber diesmal funktionierte ich rein gar nicht! *Verflucht!*

Auch ohne ihn anzusehen, wusste ich, dass er weiter auf die Bilder blickte. Ich spürte seine Wärme ... und seinen Schmerz. Vielleicht warf mich das ja so sehr aus der Bahn.

»Wichtigeres«, wiederholte er gedankenverloren und seine tiefe Stimme ging mir durch und durch. »Ich weiß nur, dass es nichts auf der Welt gibt, was gefährlicher ist. Nichts, was dich schlimmer zerreißen oder übler zurichten kann. Und ich habe schon so einiges gesehen und gefühlt, Shona Blythe.«

Die Hitze hinter meinen Lidern sickerte wie Lava bis hinunter in meine Brust und ich presste fest die Lippen aufeinander, als der Fluchtreflex einsetzte.

»Die Liebe«, fuhr Eliot fort »ist der übelste Abschaum, mit dem ich es je aufnehmen musste. Heimtückisch. Böse. Mächtig. Ich will dieser Dämonin nie wieder begegnen müssen. Und das macht sie wohl ziemlich wichtig. Allein schon, weil sie uns ganz offensichtlich beide zu dem gemacht hat, was wir jetzt sind.«

Mein Herz brannte und mein Hals war vollkommen zugeschnürt. Verdammt, ich konnte kaum atmen.

Ich musste hier raus!

Hastig drückte ich mich nach oben und wollte an ihm vorbei zur Tür, aber er griff nach meinem Arm und starrte mir

so fest in die Augen, dass ich keine Chance hatte, ihm auszu-
weichen.

»Aber ich habe heute noch einen anderen Abschaum
gesehen«, presste er durch die Zähne. »Und es macht mich
krank, dich ihm wieder überlassen zu müssen.« Seine Brust
hob und senkte sich unter schweren, widerwilligen Zügen,
während in mir alles zusammenfiel wie ein Kartenhaus.

Was hatte er da eben gesagt?

Dem Sturm in seinen Augen nach zu urteilen, bereute er
es bereits, trotzdem wurde sein Griff gleichzeitig lockerer.

»Du verstehst das nicht«, hauchte ich und ließ endlich
los. Eine Träne rollte über meine Wange, während ich
unnachgiebig etwas in seinem Blick suchte, das wie Hass
oder Ekel aussah. Etwas, das mich dazu bewegen konnte, ihn
von mir zu stoßen.

Aber ich fand nichts. Diesmal fand ich nichts außer die
gleiche Verzweiflung, die auch in mir tobte.

»Ich verstehe sehr gut«, raunte er und seine Züge wurden
weicher, als ich sie je zuvor gesehen hatte. Es war, als würden
wir gleichzeitig loslassen. All den Hass und den Zorn, die wir
verpflichtet waren, füreinander zu empfinden. Und was da
übrig blieb, überwältigte mich. Zu sehr, um es tragen zu
können.

»Lass mich los«, flüsterte ich, weil ich nicht mehr
zustande brachte. Nur noch ein Hauchen, während meine
Emotionen sich drehten wie in einem Wasserstrudel, immer
weiter auf den Abgrund zu.

»Nein.« Seine Stimme wurde schwer und sein Blick
verdunkelte sich. »Tut mir leid.«

In einer bestimmten Bewegung zog mich seine Hand
näher an sich und seine Lippen vereinnahmten meine zu
einem Kuss, der mir beinahe die Beine unter dem Körper
wegzog. Erst war er weich, forschend und sanft, und als ich
heiser gegen seinen Mund seufzte, drückte er mich gegen die
kalte Wand neben sich, um mich gierig und haltlos zu

verschlingen. Sein großer Körper drängte mich gegen den Stein, während meine Finger sich in das Shirt über seinem warmen Rücken krallten. Ich spürte, wie seine Muskeln darunter spielten, während all meine Synapsen auf Sturm standen.

Nein! Ja! Nein! Ja!

Seine Lippen streiften meinen Hals, fuhren weiter nach unten zu meinem Schlüsselbein, und verharrten über den Malen auf meiner Kehle, um sie schmerzlich sanft zu bedecken. Ich erzitterte.

Atemlos blickte er mir in die Augen. Fast, als wollte er mir eine Chance für einen Einwand lassen, und *scheiße, ich will das nicht, Eliot McTavish! Ich will DICH nicht!*

Seine Lippen waren halb geöffnet, sein Blick schwer und fiebrig. *Scheiße!*

Ich spürte seine großen Hände an meiner Hüfte, seine harte Erektion an meinem Bauch. Und dann griffen meine Finger wie von selbst in sein Haar, um ihn wieder an mich zu ziehen. Meine Zunge drang zu seiner vor. Dieser Kuss war die perfekte Symbiose. Ich hatte das Gefühl, mit ihm zu verschmelzen, schmeckte so viel Freiheit, dass mir ganz schwummerig wurde. Im nächsten Moment riss er sein Shirt von sich und kurz darauf meins. Seine nackte Haut auf meiner war die pure Vollkommenheit. Für ein paar Augenblicke strichen meine Fingerspitzen über die frisch genähte Wunde an seiner Schulter und sein Blick glitt forschend in meinen. Dann packte er mich noch fester und küsste mich erneut, als hinge alles davon ab. Als er mir übermütig in den Hals biss, stieß ich ein helles Jammern aus, das ihn dazu antrieb, sich noch enger gegen mich zu drängen.

Er streifte beinahe vorsichtig die Jeans von mir, dann klimperte ein Gürtel und seine fiel ebenso. Ich spürte, wie seine warme, große Männlichkeit sich gegen mich drückte. Meine Haut prickelte, mein nackter Körper bebte an seinem.

Und dann sah er mich wieder an. Kroch so tief mit seinem

Blick in mich hinein, dass ich spüren konnte, wie er meine Seele berührte. Es machte mir Angst, so große Angst, dass ich am liebsten davongelaufen wäre, aber es gab kein Zurück mehr.

Seine Hand glitt langsam über die Seite meines Körpers und seine Lippen berührten meine. »Hexe!«

»Bastard!« Jede Zelle in mir stand unter Strom, als er meinen Hintern erreicht hatte und mich hochhob, um mich gegen die Wand zu drücken.

Nein!

Der nächste Kuss war fast schon sanft.

Nein!

Ich krallte meine Nägel in seinen Rücken und ließ mich von seinen Augen fressen, während er seine warme Spitze an meiner Klit platzierte.

Nein!

Behutsam glitt er mit seiner Eichel durch meine feuchte Mitte, auf und ab, immer wieder. Knurrend drückte er sich dabei gegen mich, und ich zitterte und bebte unkontrolliert, als er begann, seine Härte in drängenden Kreisen gegen meine Klit zu reiben. Gott, er war so fest und groß. Und sein verfluchter Duft trieb mich in den Wahnsinn.

Ein tiefes Grollen entstand hinter seiner Brust. »Das gefällt dir, was?« Wie rau und hungrig er klang ...

Scheiße, ja!

Stöhnend klammerte ich mich an ihn und versenkte meine Nägel tiefer in sein Fleisch, während sich eine Flutwelle in mir zusammenbraute. Verwerflich und verboten. Was würde Andrew sagen ... Was würde ... Hell stöhnend warf ich den Kopf in den Nacken und schloss die Augen, während er meine Perle in kleinen festen Bewegungen stimulierte.

Gott, war das gut! Kurz bevor ich kam, brach er ab, ließ mir aber keine Zeit für Empörung, denn im nächsten

Moment schob er sich in einem so festen Stoß in mich, dass mir kurz die Luft wegblieb.

Sein Körper zitterte nah an mir. »Scheiße, so feucht«, keuchte er überwältigt, zog sich ein Stück aus mir und drängte sich im Anschluss knurrend noch tiefer in mich.

Seine Größe füllte mich vollkommen aus. Es war grob und falsch und gleichzeitig perfekter als alles, was ich je zuvor gefühlt hatte.

Dominant wickelte er meine Beine um sich und packte meinen Hintern, damit er sich noch tiefer in mich schieben konnte. »Zum Teufel mit dir«, beschimpfte er mich und ließ zu, dass ich ihn erneut küsste, während er sich immer wieder hart in mich stieß und mich dabei fest gegen die Wand presste. Seine Stöße wurden schneller, er keuchte innig gegen meinen Hals.

Dann verharrte er für einen Moment atemlos in mir und erforschte mein glühendes Gesicht mit seinem schweren Blick. Mein pochendes Herz sprengte beinahe meine Brust. Es fühlte sich unbeschreiblich an, körperlich so tief mit jemandem verbunden zu sein. Unvergleichlich und neu. Neu und bedrohlich. Bevor unsere Blicke zu weit ineinandergleiten konnten, packte er mich und trug mich hinüber zum Altar, um mich direkt davor auf den kalten Steinboden zu legen wie eine Opfergabe. Seine Zungenspitze spielte mit meinen Nippeln und ich bäumte mich unter ihm auf. Feuerstürme tobten durch meine Venen. Mein gesamter Unterleib stand in Flammen und meine Mitte pochte, während sein großer Körper sich über mich beugte und seine Lippen mit meinen Brüsten spielten.

»Du verhext mich nicht!«, knurrte er böse und trieb sich erneut tief in mich, starrte mich dabei wild an, als würde er mir eigentlich viel lieber den Hals umdrehen, als sich so tief in mir zu versenken, dass ihm die Sinne schwanden.

Hundesohn!

Ich packte seinen festen Hintern und bewegte mich

seinen Stößen geschmeidig entgegen. Er stöhnte innig und wickelte mein Haar um seine Faust, damit ich seinen Lippen mit meinen nicht mehr zu nahe kommen konnte.

In abgehackten Bewegungen stieß er in mich vor und ich konnte die glitzernde Gier dabei in seinen Augen sehen.

»Und du besitzt mich nicht!« Ich glitt unter ihm hervor und saß im nächsten Moment auf ihm. Für eine Sekunde wirkte er überrumpelt, fast wütend, dann legte er den Kopf in den Nacken und stöhnte lang gezogen, weil ich mich wieder auf seinen riesigen Schwanz sinken ließ und ihn bis zum Anschlag in mir aufnahm. Sein lustvolles Beben unter mir und dieses vollkommene Gefühl, als er mich ausfüllte, entlockten auch mir ein helles Stöhnen.

Geschmeidig bewegte ich mich auf ihm, entzog mich ihm ein Stück und ließ nur seine Eichel in mich dringen. Als ich dabei den Beckenboden anspannte und meine Hüfte kreisen ließ, begann er so heftig zu atmen, dass ich dachte, er würde jeden Moment kommen. Aber dann packte er mit einer Hand mein Kinn, mit der anderen meine Schulter und zog mich mit einem solchen Ruck bis zum Anschlag auf sich, dass ich ächzte.

Es tat weh, aber das sollte es ruhig. Ich sollte leiden für all den verdammten Irrsinn, dem ich mich hier hingab.

»Ich hab dich längst«, knurrte er gegen meine Lippen, während er wieder begann, sich in mir zu bewegen.

Das könnte dir so passen, du dreckiger Wilder!

»Vielleicht habe eher i*ch* d*ich*«, flüsterte ich provokant direkt in sein Ohr und ein tiefes, zorniges Grollen bildete sich hinter seiner Brust. »Vielleicht bin ich wirklich eine Hexe und du solltest dich besser in Acht nehmen, Eliot McTavish ...«

»Scher dich zum Teufel!« Er packte grob meine Hüfte, zog mich ein Stück hoch und stieß sich so hart und animalisch von unten in mich, dass ich mich an der Holzbank neben uns festklammern musste.

Seine Lenden klatschten gegen meine Mitte und er nahm

mich so ausdauernd wuchtig und unbarmherzig, dass ich für einen Moment dachte, ich müsste das Bewusstsein verlieren.

Er keuchte heftig und zitterte unter mir am ganzen Körper in einer Mischung aus Wut und Lust, dann kam er in einer heftigen Explosion direkt in mich hinein, stöhnte laut und ungehalten und brachte mich damit ebenfalls schon wieder an den Rand des Abgrunds.

In kleinen, behutsamen Bewegungen drückte er sich weiter bis zum Anschlag in mich, während er den Rest seines Saftes in mir entlud.

Dann griff er wieder mein Haar und raunte mir lustschwanger ins Ohr: »Keine Angst, ich bin sauber. Die Jungs und ich lassen uns regelmäßig testen.« Ein glühender Kuss traf meine Schläfe, dann strich er mein Haar zur Seite und drehte meinen Kopf ein Stück, um auch der kleinen Zeichnung in meinem Nacken einen Kuss aufzuhauchen.

Verfluchter dreckiger Barbar!

Er sollte besser Angst haben, denn er konnte ja nicht wissen, dass ich nicht mehr imstande war, Kinder zu bekommen. Und ein Kind von Eliot McTavish ... das wäre der unfassbar verabscheuungswürdigste, kränkste, gestörteste Unsinn, der ...

»Aaaah!« Ich hatte fast nicht gemerkt, wie er aus mir geglitten war und mich wieder unter sich gelegt hatte, so sanft, wie es geschehen war. Dieser Irre und seine Gegensätze würden mich noch um den Verstand bringen, bevor ich zurück zu Andrew ...

»Aaaah.« Wieder traf seine Zungenspitze meine Schamlippen. Kitzelte über meine sensibelste Stelle wie zum Hauch einer Berührung.

»Ssssch!« Er beugte sich über mich und hielt mir mit seiner warmen Hand den Mund zu. Widersprüchliche Gefühle flackerten durch seine Augen, während er mich von oben herab betrachtete und für ein paar Atemzüge meine Klit mit seinem Daumen rieb.

Ich blickte ihm direkt in die Augen, während die Lust in heftigen Wellen durch meinen gesamten Körper wogte. Und er saugte all das in sich auf. So viel zügellose Leidenschaft hatte ich noch nie zuvor gesehen, und es machte mich fast noch schärfer, als jede Berührung es je könnte.

»Du bist unmenschlich schön, wenn du dich unter mir biegst, kleiner Sukkubus«, flüsterte er, und ich wollte fluchen, ihn schlagen und ihn gleichzeitig küssen, bis ich ohnmächtig wurde.

Im nächsten Moment waren meine Lippen wieder frei und seine Zunge brachte mich in kreisenden, flatternden und drängenden Bewegungen schnell und gezielt zu einem Höhepunkt, wie ich ihn noch nie zuvor erlebt hatte. Lichter explodierten vor meinen Augen, ich schrie, krallte mich in sein zerzaustes blondes Haar und er verlängerte die Wellen beinahe bis zur Unerträglichkeit.

Dann beugte er sich wieder über mich und betrachtete mit glühendem Blick, wie die letzten Ausläufer über mich schwappten.

»Wenn du jemals wieder eine Frau vor meinen Augen fickst, bringe ich dich um«, keuchte ich, ohne zu verstehen, wo das jetzt wieder herkam. Er lachte brummend, fast liebevoll, dann fanden meine Augen seine und wir sahen einander an. Eine kleine Ewigkeit lang. Eine zu lange Ewigkeit, denn er unterbrach den Moment gewaltsam, räusperte sich fest und stand von mir auf. Er hasste es, wenn Emotionen ins Spiel kamen. Und das, obwohl er gleichzeitig süchtig nach ihnen war, so weit hatte ich ihn schon durchschaut.

Nachdenklich sah ich dabei zu, wie er seinen muskulösen, vernarbten Körper wieder in seine Kleidung steckte.

Ein schweres Schlucken kämpfte sich durch meine Kehle, als ich an seine Worte dachte. *Die Liebe ist der übelste Abschaum, mit dem ich es je aufnehmen musste.*

Offensichtlich war nicht nur seine Haut voller Narben. Auch seine Seele hatte einiges abbekommen.

Es gab also tatsächlich etwas, vor dem North McTavish sich fürchtete. Es war nicht der Tod oder die Craigs oder ein paar gezielte Schüsse aus einer Waffe, nein.

Es war dieses versteinerte, eiskalte Ding in seiner Brust, das sich unter seinem Berg aus Stacheldraht damit abmühte, bloß nie wieder aus dem Takt zu geraten.

KAPITEL 33
NORTH

Was zur Hölle war in mich gefahren?

Ich spritzte nicht in einer Frau ab, wenn kein verdammtes Gummi meinen Schwanz von ihrem Inneren trennte. Zu welchem rücksichtslosen Bastard war ich verkommen, dass der Gedanke, sie zu schwängern und mein Kind in Andrews Reihen austragen zu lassen, mir so viel Genugtuung gab? Ich durfte ihn nicht töten? Gut, dann musste ich ihn eben von innen ausweiden, bis nur noch seine Hülle übrig war. Aber auf ihre Kosten? Teufel, ihr Verlobter war ein gestörter Irrer. Ritt er sie auch zu, wenn sie ihm zu aufmüpfig wurde? Und gefiel ihr das vielleicht sogar? Immerhin war sie fast eine Craig und er trug ihren Ring an seinem Finger. Sie war verdammt stark, so viel wusste ich bereits, aber *so* stark? Zähneknirschend ballte ich die Fäuste. Dieser kranke Wahnsinn riss mich innerlich in zwei Teile. Ich hätte ihn verflucht noch mal einfach umbringen sollen. Das hätte uns beide erlöst.

Und sie ... Verstohlen betrachtete ich ihr zierliches Profil. Es war gerötet von dem heftigen Sex, der mir noch immer in den Lenden brannte. Von diesem ekstatischen Sex, diesem einmaligen Sex. Tief in den heiligen Gedärmen meiner Kapelle. Vor den Augen meiner Mutter und meiner toten Verlobten. Wann genau war ich so übergeschnappt?

Und wieso spazierten wir hier gemeinsam in der Bucht wie ein verficktes Liebespaar, obwohl ich eigentlich ganz andere Dinge zu tun hatte? Ihr dunkles Haar wehte im Wind. Ihre Schritte waren leicht. Schnell wendete ich den Blick ab, bevor sie noch auf die Idee kam, ich würde sie anhimmeln wie ein dümmlicher Trottel.

Ein Sukkubus ... Eine unersättliche Dämonin, einzig und allein aus der Hölle heraufgestiegen, um Männer im Schlaf heimzusuchen und ihnen den Kopf zu verdrehen. Genau das war sie. Es war mir so leicht über die Lippen gegangen, weil es stimmte.

Obwohl ... um genau zu sein, hast du sie heimgesucht, McTavish, nicht andersherum.

Knurrend presste ich die Zähne aufeinander. Viel zu bereitwillig nahm ich ihren Fluch an, weil ich mich in keiner Frau je so lebendig gefühlt hatte. Ich war besessen von dem Sex mit diesem Prachtweib. Und wenn das irgendwann meinen Untergang bedeutete, war ich bereit, für meine Schwäche einzustehen.

»Was ist mit ihr passiert, mit Arran? Wo ist sie?«, fragte Shona so plötzlich, dass ich auf der Stelle stehen blieb.

Forschend sah ich ihr in die Augen. Warum interessierte sie das? Und ging es sie überhaupt etwas an?

»Sie ist tot.« Okay, offenbar ging es sie doch etwas an.

Ganz toll, Eliot!

»Oh.« Ihr Blick wurde schwer. »Wie?«

Jede andere hätte gesagt, es täte ihr leid, hätte mir ihr Beileid ausgesprochen und all den anderen Schwachsinn, den niemand brauchte. Sie legte keinen Wert auf Gefühlsduselei. Fragte einfach, was ihr auf der Seele brannte. Das imponierte mir. Mindestens genauso sehr wie ihr scharfer, talentierter Körper. Und sie hatte ihn mir selbstlos geschenkt. Ein weiteres Mal, da konnte ich ihr ja wohl im Gegenzug ein paar Antworten auf ihre Fragen geben.

»Andrew«, raunte ich kalt und registrierte, wie sie zusammenzuckte. »Sie trug bereits das Kleid für unsere Hochzeit. Aber dazu ist es nicht gekommen. Es hatte nicht sollen sein.«

Ihre Züge strahlten das pure Entsetzen aus. »Die tote Braut.«

Ganz offensichtlich wusste sie mehr darüber, denn sie schluckte so schwer, dass ich es sehen konnte.

»Es war ein Unfall«, sagte ich rau.

Ihr Blick wurde so schmerzerfüllt, dass ich sie am liebsten geschüttelt hätte. Ich brauchte ihr Mitleid nicht. Und noch weniger brauchte ich mehr Details zu dem Vorfall. Ich hatte so schon mehr davon, als ich tragen konnte.

»Eliot, ich ...«

»Nein«, unterbrach ich sie so resolut, dass sie verstummte.

Es war Vergangenheit. Und meine Wut hatte hier nichts verloren.

Schweigend gingen wir weiter durch den Sand und ließen uns vom Wind den Schädel frei blasen. Die Wolken rissen auf und die Sonne schickte einen breiten Strahl herunter zu den Wellen, unter denen meine Mutter lag.

Ja, sie waren tot.

Aber ich würde ganz sicher nicht daran zerbrechen wie mein schwacher Vater, dessen erster Reflex nach dem Mord an unserer Mutter es gewesen war, sich an einem Baum aufzuknüpfen. In dem Wald, der jetzt Elijah gehörte.

Unsere Mutter war so viel stärker gewesen als er. Sie hatte schon immer geahnt, dass die Craigs uns verrieten. Dass sie so viel mehr einsteckten, als ihnen gehörte, und hinter unserem Rücken gegen uns intrigierten. Dieses Wissen war ihr zum Verhängnis geworden. Sie war fort, aber die Intrigen gingen weiter.

Atmen, Eliot, atmen!

Ich hatte gedacht, ihr Mord sei gerächt, aber jetzt ... jetzt ging all das von vorn los. Unsere Mutter hatte Ruhe verdient. Freya glitt kreischend über uns hinweg und für ein paar Atemzüge blickten wir ihr beide nach.

»Eliot.« Shonas Stimme entriss mich dem Gewitter in meinen Synapsen, und es war, als würde ein heftiger Stromschlag durch mich rasen, als ihre Finger meinen Arm berührten.

Ich konnte sie packen, mich bis zum Anschlag in sie rammen, mir ihr Haar um die Faust wickeln und sie mit meinen Lippen verschlingen, aber dass sie mich berührte, und noch dazu so unerträglich sanft, das zerrte heftig an meiner Beherrschung.

Ratlos starrte ich sie an und sie lächelte.

Scheiße!

Die Sonne ließ sie strahlen wie eine verdammte Göttin, und ich musste ein paar Mal blinzeln, um diese Assoziation aus dem Kopf zu bekommen.

»Darf ich sie sehen?« Verrückterweise wusste ich sofort, wovon sie sprach, und es verblüffte mich über alle Maßen. Das konnte nicht ihr Ernst sein!

Ein mutiges Funkeln blitzte in ihren Augen, während sie meinem Blick standhielt. Diese verfluchte Walküre!

»Das sind keine Kuscheltiere.« Meine Adler würden sie zerfleischen und den Anblick wollte ich mir wirklich gern ersparen. Es wäre jammerschade um ihren sündigen kleinen Hintern.

Sie presste ein abfälliges Zischen durch die Zähne. »Wie gut, dass ich kuscheln hasse.« Ja, das stand ihr.

Feste Nägel bohrten sich in die Haut meines Armes, das

Gefühl erinnerte mich an Freyas Krallen. »Zeig sie mir, Eliot McTavish!«

Ihre glühende Neugier ließ einen Schauer über meinen Nacken rieseln. Wie konnte ich da widersprechen? Ich wusste sehr genau, wie es sich anfühlte, wenn ihre ersten Schreie erklangen, wie es war, wenn sie ihre Schwingen ausbreiteten, um gemeinsam über die Felsen davonzusegeln. Zu oft hatte ich mir gewünscht, einer von ihnen zu sein.

»Kann nicht versprechen, dass sie dich in einem Stück lassen«, brummte ich und hob die Finger an die Lippen, um schrill und lang gezogen zu pfeifen.

»Dann war es das wenigstens wert.« Vorfreudig blickte sie dem Horizont entgegen. Sie war verrückt. Ganz eindeutig übergeschnappt, und das gefiel mir mehr, als ich je zugeben würde.

Es dauerte keine Minute, da kamen sie durch die milchigen Sonnenstrahlen hindurch auf uns zu. Angeführt von *Dorchadas*, dem Schatten. Ich war nervös. Sicher dachten sie, ich würde ihnen wieder eine leckere Beute präsentieren, und zur Not musste ich eingreifen. Nur hatte ich das noch nie getan, wenn sie einmal in den Blutrausch geraten waren. Wie sollten sie wissen, dass das hier meine Beute war und nicht ihre? Würden sie es spüren?

Dorchadas stieß einen hellen Schrei aus und in Shonas Gesicht spiegelte sich das pure Entzücken wider. Dachte sie, ich könnte sie beschützen? Dachte sie, ich *würde* sie beschützen?

Ich war kein verfluchter Beschützer, ich war ein Zerstörer.

Ihr Andrew mochte vielleicht ein Bastard sein, aber gegen mich war er ein Kuscheltier.

Die Adler glitten lautlos heran, umkreisten uns mit gebührendem Abstand, um die Situation einschätzen zu können. Fast unmerklich rückte ich ein Stück näher an Shona heran. Sie drehte sich zu mir um und blickte mir in dem

Moment, als meine Adler uns umschwirrten, mitten in die Seele.

»Es ist okay.«

Und das war es.

Ich konnte es fühlen.

Als ich von ihr zurücktrat, zogen die großen Vögel den Kreis enger. Sie berührten ihre Arme und ihr Gesicht im Vorbeiflug mit ihren weichen Schwingen, beobachteten sie aufmerksam mit ihren hellen Bernsteinaugen. Meine Tiere hüllten sie in einen Kokon, drehten sich um sie wie ein Strudel, bedeckt von der allwissenden Sonne des Himmels.

Ich konnte nicht atmen.

Mein Herz schlug so heftig, dass es meine gesamte Brust zum Vibrieren brachte. Das Unbehagen wurde zu Faszination, während ich dieses vollkommene Schauspiel in mir aufsog. Shona lächelte, während sie jedem Einzelnen von ihnen fast schüchtern nachblickte. Ab und zu zog sie den Kopf ein Stück ein, aber dann wurde sie sicherer.

Stand einfach in ihrer Mitte und breitete die Arme aus, als wäre sie ein Teil von ihnen. Die Sonne glitzerte auf den Wellen. Es war ein sanftes, fast schon übersinnliches Bild voller Frieden und makelloser Ästhetik, das mich mehr mitnahm, als alles, an das ich mich erinnerte.

Und dann war es so schnell vorbei, wie es begonnen hatte.

Als sie bedächtig über das Meer davonzogen, war ich sprachlos. Was bei drei Teufeln war hier gerade geschehen?

Shona drehte sich zu mir um und strahlte wie die Sonne, als sie zu mir zurückkam. Etwas wackelig, aber von innen heraus leuchtend wie eine Königin.

»Du hättest besser Angst haben sollen«, brachte ich kopfschüttelnd hervor. Hölle, sogar ich hatte noch immer die Hosen voll. Hatte mir in Gedanken schon zusammengereimt, wie ich Andrew auftischte, dass ich seine ganze verfluchte Sippe und alles was ihm heilig war einfach mal so nebenbei von meinen Adlern verspeisen ließ. Und dass die Hälfte davon es sogar herbeigesehnt hatte. Und wie ich meine gefiederten Freunde munter angefeuert hatte, während sie das Fleisch von den Knochen seiner schönen Frau nagten. O Mann, so ein gestörter Psychopath war nicht einmal ich.

»Hatte ich«, erwiderte Shona heiser. »Und wie. Aber wer davonläuft, verpasst das Beste. Und das ... das war unglaublich.« Sie lächelte, als sie sich zum Meer umdrehte. Es war das erste Mal, dass ich sie so unbeschwert sah.

Und es gefiel mir.

»Oh, das war es.« Ich starrte sie an wie eine Außerirdische, denn nichts anderes war sie in diesem Moment für mich. Eine Außerirdische, eine Teufelin, ein Engel. Alles wirbelte durcheinander. Meine Adler waren Killermaschinen. Normalerweise fackelten sie nicht lange, wenn ich sie rief. Ich bereute meinen Leichtsinn schon fast, aber dann wäre mir dieser Anblick verwehrt geblieben.

Wer davonläuft, verpasst das Beste.

Es beunruhigte mich, dass sie so dachte. Manchmal war es das einzig Richtige, davonzulaufen. Wenn man einen frauenverachtenden, geistesgestörten Verlobten zu Hause hatte, zum Beispiel. Oder wenn ein Irrer seine abgerichteten Massenmörderadler auf einen hetzte. Mit zusammengezogenen Brauen musterte ich sie und versuchte zu verstehen, was in ihrem Kopf vorging. Wie konnte man sich all das nur freiwillig antun? Welche barbarische Ruhelosigkeit trieb sie immer wieder direkt über die Klippen?

»Danke, Eliot.« Ihr Blick war tief. So tief, dass ich mich schwer beherrschen musste, sie nicht sofort zu packen und daran zu erinnern, was Angst wirklich bedeutete und dass man ihr nie lachend in die Arme laufen durfte. Niemals!

»Ich liebe es, mich lebendig zu fühlen.« Sie war offensichtlich tief bewegt, aber ganz sicher nicht so sehr wie ich.

»Ich auch«, erwiderte ich dumpf und konnte meinen Blick einfach nicht von ihr wenden.

Ganz offensichtlich war dieses Gefühl uns beiden viel zu selten vergönnt und das war das ganze Problem.

Und es gab da noch ein Problem. Etwas, dass mir in den letzten Minuten so schmerzlich bewusst geworden war, dass ich fast daran verzweifelte.

Ich kann dich ihm nicht zurückgeben, Shona Blythe!

NORTH

Wir liefen durch den Sand, während der seichte Wind uns vom Rest der Welt abschirmte.

Als wir den steinigen Fuß der Klippe erreichten, durch den gurgelnd die Brandung blubberte, wurde Shonas Blick plötzlich ganz merkwürdig leer. Sie blieb stehen und strich mit den Fingerspitzen über das raue Gestein.

»Früher war es alles für mich, in den Felsen zu klettern. Vor allem bei Unwetter. Seesterne sammeln, Fische fangen, Sturm im Haar und Salzkristalle im Blut.« Ihre Stimme klang monoton. Sie drehte sich zu mir um, als wollte sie prüfen, ob mich ihre Worte überhaupt interessierten. Und es wunderte mich selbst, aber das taten sie. *Sturm im Haar und Salzkristalle im Blut ...* Das war fast schön.

Wäre da nicht dieser triste Unterton.

Als sie sich wieder den Steinen zuwandte, verdunkelte ein schwerer Schatten ihr Gesicht. »Es war alles, bis ...«

»North, hier treibst du dich also herum.«

Ich registrierte sehr wohl, wie heftig Shona unter Glenns Stimme zusammenfuhr. Kein Wunder, der Trottel hatte versucht, sie zu killen. Das würde ich nicht noch einmal zulassen.

»Können wir reden?« Sein kurzer Blick in ihre Richtung triefte vor Misstrauen, und er deutete mit dem Kinn in Richtung Strand, um mir zu zeigen, dass er ein Stück gehen wollte.

»Piet wartet oben bei der Burg auf dich«, richtete ich sanfter als beabsichtigt an Shona, die mir zunickte und Glenn mit einem Blick streifte, den ich nicht deuten konnte.

Als sie auf ihren nackten Füßen über den Sand davonlief, blickte ich ihr zu lange nach, das war mir bewusst, aber ich schiss drauf.

Bei allen Himmeln, diese Frau hatte meine Adler gezähmt, sie hatte sich mit Freya verbündet, ohne es zu merken, und meinen Schwanz geritten wie eine Göttin. Wie bei Odins haarigem Arsch konnte ich ihr bitte nicht hinterherstarren?

»Du lässt sie hier einfach so herumspazieren, wie es ihr passt?« Abschätzig spuckte Glenn durch die Zähne.

»Aye.« Erst jetzt nahm ich meinen Blick von ihr und sah ihn direkt an. »Ganz genau. Und du willst mich gern daran hindern?«

Sein Gesicht war hassverzerrt. Er verabscheute sie und ich verstand ihn. Sie war eine Craig. Wir hassten die Craigs. Noch mehr als sie verabscheute er wahrscheinlich nur die Tatsache, dass ich sie nicht hassen konnte, und auch da war ich absolut bei ihm. Dafür hätte ich mir auch am liebsten selbst eine verpasst.

Aber es war nun einmal, wie es war.

»Ich kann sehen, was diese Craig-Schlampe mit dir anstellt, Eli. Sie ist eine Gefahr für alles, was du uns aufgebaut hast.«

Eli ... Wie lange hatte ich diesen Spitznamen nicht mehr gehört. Er erinnerte mich an eine gute Zeit. An eine Zeit, in der Glenn und ich noch unbeschwerte Freunde waren. In der wir uns gemeinsam prügelten, den Arsch füreinander hinhielten, uns im Suff auf dem Weg nach Hause stützten, den Namen des anderen vor jedem reinwuschen, selbst wenn es der verschissene König von England war, und uns schöne Frauen teilten.

»Was, wenn ich dich bitten würde, sie nicht mehr Schlampe zu nennen?« Meine Augen wurden schmal, während ich ihn fixierte.

Verdutzt stieß er ein Lachen durch die Zähne. »Dann würde ich dich fragen, ob du vielleicht langsam ein bisschen überschnappst, Kumpel.«

»Hmmm.« Wieder musste ich ihm insgeheim zustimmen.

»Ich mache mir nur Sorgen, Mann«, beschwor er mich weiter. »Sie ist Andrews Frau. Was, wenn sie hier rausspaziert und Dinge ausplaudert, die ihm in die Karten spielen? Was, wenn sie etwas mitgehen lässt? Deine rabenschwarze Seele zum Beispiel.«

Ich konnte mir ein Lachen nicht verkneifen. »Keine Sorge. Die ist schon verkauft.«

»Du weißt, wovon ich rede.« Er war ein überbesorgter kleiner Bastard, und ich konnte mich nicht entscheiden, ob ich ihn dafür in den Arm nehmen oder windelweich prügeln sollte, weil ich keine heulende Pussy in meinen Reihen akzeptieren durfte.

»Was schlägst du also vor, Glenn?« Lauernd suchte ich in seinen Augen nach einer Antwort, die seine Lippen mir vielleicht verschweigen würden. Und sein verfluchter Blick sagte mir alles, denn ich kannte ihn seit zu vielen Jahren.

»Wie war es mit Andrew?«, lenkte er ab und drehte das Gesicht dem Meer zu.

»Beschissen«, grollte ich. »Ich hasse diesen Bastard.«

»Er hält bestimmt auch nicht allzu viel von dir. Immerhin fickst du seine Geliebte.«

Scheiße, er kannte mich zu gut.

»Tja, selbst schuld, wenn er sich eine mit einem so unwiderstehlichen Arsch aussucht.«

Glenn lachte ungehalten und hieb mir freundschaftlich auf den Rücken. »Oh, zum Teufel, Eliot, weißt du noch, unsere Orgie damals in Inverness?«

Und wie ich das noch wusste!

»Wir hatten eigentlich mit den Mullans verhandeln wollen«, fuhr er fort. »Und am Ende hatten wir all ihre Frauen auf einmal und versenkten ihr gesamtes beschissenes Koks im River Ness, weil sie dachten, sie könnten uns zum Narren halten und uns das Doppelte abknöpfen. Von einer ihrer alten *Brown Bess* hab ich noch immer eine Narbe auf der Backe.« Lachend klatschte er sich auf den Hintern. »Rund und tief wie das Arschloch Satans. Gott, war das großartig!«

»Ja, wir waren die lüsternen Teufel aus dem Norden. Alle haben ihre jungfräulichen Töchter vor uns versteckt.« Fast schon melancholisch schmunzelte ich in mich hinein.

»Wir *sind* die lüsternen Teufel aus dem Norden«, korrigierte er mich und bohrte mir den Finger in die Brust. »Wir *sind* es, mein Freund.«

Drei Jahre Knast lagen zwischen dieser Zeit und jetzt, die sich anfühlten wie ein verdammtes Leben.

»Wo sind die anderen Bastarde?« Suchend blickte ich mich um. »Wart ihr erfolgreich?« Oh, ich hoffte inständig, dass sie diese Pisser aus dem Pub geschnappt hatten, damit ich ihnen ihre Überheblichkeit aus den Fratzen schlagen konnte. Es kribbelte mir schon in den Fingerknöcheln, wenn ich mir vorstellte, wie ich mich so richtig schön an diesen hässlichen Visagen abreagierte. Und wie ich dem verräterischen Trottel von Basil, der mir fast sein Messer in den Hals gerammt hätte, seinen Molotov-Cocktail in den Arsch steckte.

»Ich bin eher zurück«, erwiderte Glenn. »Aber es sieht gut aus. Nachher auf der Insel wissen wir mehr.«

Ich ersparte mir die Frage, warum er den anderen nicht

beistand, denn ich tat es ja auch nicht. Diese Hunde machten ohnehin alle, was sie wollten.

»Aye.« Meine Gedanken wurden dunkel, wenn ich an Moaning Island dachte. Es war immer sehr offiziell da draußen, und wenn wir uns dort zusammenrotteten, stand fest, dass die Lage ernst war. Und das war sie, zur Hölle. Meine eigene Stadt paktierte gegen mich. Ich musste dieses verdammte Geschwür finden und es mit einem glühenden Eisen aus den Gedärmen meines Nordens brennen, bevor mir noch übleres bevorstand als ein lumpiger Anschlag auf einen meiner Pubs. Dreck neigte dazu, sich zu vermehren, wenn man einmal nicht hinsah. Und ich hatte drei lange Jahre nicht hingesehen.

»Übrigens werde ich Lacey nicht mehr anfassen«, brummte ich, als wir über den Strand zurück zum Felsen unter North Castle gingen.

»Warum?« Glenn wirkte überrascht. »War sie nicht gut?«

»Doch, aber ich bin nicht derjenige, der sie ficken sollte. Du bist es.«

Für einen Moment sah er mich nur verdutzt an, dann lachte er schallend und klopfte mir auf die Schulter. »Der Tag, an dem eine Möse zwischen meinem besten Freund und mir steht, wird niemals kommen, klar? Also teilen wir.« Verschwörerisch beugte er sich ein Stück näher zu meinem Ohr und zischte: »Vielleicht sollten wir uns ja einfach mal gemeinsam die kleine Craig vornehmen und danach herrscht wieder Frieden eitel Sonnenschein. Was meinst du, Kumpel?«

Bei all den Höllen, mir zuckte die Faust, aber Beherrschung war mein zweiter Vorname, und er hatte nichts gesagt, was meine Wut rechtfertigte. Rein gar nichts.

»Vielleicht«, murrte ich widerwillig. »Wäre bei deinem übertriebenen Hass auf sie bestimmt interessant.«

»Tja.« Sein Blick verfinsterte sich. »Sie ist eine Craig. Natürlich hasse ich sie. Und du solltest das besser auch tun, Mann.«

Natürlich. »Über ihr Schicksal bestimme ich, und wenn du mir noch einmal in den Rücken fällst, auch über deines, verstanden?«

»Du weißt, dass du mir nicht drohen kannst.« Er zwinkerte mir verschmitzt zu, während wir den Pfad zur Burg hinaufstiegen und unter uns die See rauschte. »Du liebst mich, Mann.«

»Schaff mir lieber deine Fratze aus den Augen und bereite alles vor. Wir treffen uns in dreißig Minuten auf dem Platz.«

»Aye, Boss. Ich dich auch.«

Zur Hölle mit ihm!

SHONA

I ch war vollkommen verwirrt.
Von einfach allem, was in den letzten Stunden passiert war.

Meine Fingerspitzen glitten über die Hämatome auf meinem Hals, die er vorhin in der Kapelle so sanft geküsst hatte, dass es beinahe wehtat.

Meine Augen suchten draußen in der Ferne auf dem Meer nach etwas, das das Kriegsgebrüll in meinem Kopf beruhigen konnte, aber ich fand nichts außer der Sonne, die bereits einen zarten Bronzeton annahm, und dem Wind, der mich unaufhörlich an diesen Tag damals in den Felsen erinnerte.

Ich klammerte mich an die Brüstung seiner Terrasse, bis mir die Finger wehtaten, kämpfte dabei gegen dieses klamme Gefühl, das mir die Brust immer enger machte und mich an den Rand einer Panikattacke trieb.

Um ein Haar hätte ich North McTavish etwas über mich erzählt, das niemand außer Andrew wusste. Gott, ich wünschte ja sogar, ich wüsste es selbst nicht mehr. Wenn es eine Möglichkeit gäbe, mir diese Erinnerung aus dem Kopf zu radieren, egal wie brutal oder schmerzhaft sie auch sein sollte, ich würde es tun. Schattige Fetzen dieser Nacht belagerten meine Sinne wie bohrende Parasiten, kamen und gingen, wann immer sie wollten.

Flüsternde Stimmen, der peitschende Wind auf meiner Haut, ein abgehacktes Keuchen in meinen Ohren. Ich war gerannt und hatte mir die Knie dabei aufgeschlagen, aber es war egal, wie schnell man rannte, am Ende war es nie schnell genug ...

Fest presste ich die Zähne aufeinander und schloss die Augen. Es war zu viel. Alles raste durcheinander. Eliots tiefer Blick, wie er mich direkt vor dem Altar für seine Lieben genommen hatte, mich verschlungen hatte, bis auch der letzte Widerstand in mir nachgab, mich hasste, ohne mich wirklich zu hassen. Und ich sollte es bereuen, aber ich tat nichts dergleichen. Das begeisterte Glitzern in seinen blauen Augen nach meiner einmaligen Begegnung mit seinen Adlern. Eliot McTavish hatte mir diesen Moment geschenkt und ich konnte mich nicht erinnern, wann ich je ein so wertvolles Geschenk bekommen hatte. Oh, ich hatte Angst gehabt, höllische Angst, aber kurz darauf war alles von mir abgefallen. Einfach alles. Ich hatte mich leicht gefühlt wie eine Feder, als könnte ich davonfliegen und den Ballast meines Seins hinter mir lassen. Als hätten sie die Macht, mich einfach mit sich zu nehmen. Dem Sturm zu trotzen und dem Feuer. Dem Leid und dem Schmerz.

Hitze sickerte hinter meine Lider und ich stockte.

Was passierte hier gerade mit mir?

»Gott, steh mir bei.« Das Gestein der Brüstung fühlte sich rau unter meinen Fingern an und die azurblauen Wellen wogten beinahe friedlich in der Bucht unter der Burg.

Eine heiße Träne rollte über meine Wange, und ich wischte sie eilig weg, als Schritte hinter mir im Raum erklangen.

Ich erkannte ihn an der Art zu gehen, ohne dass ich mich

umdrehen musste. Wortlos stellte er sich neben mich und überblickte mit mir gemeinsam seinen rauen Norden.

Für eine Weile betrachtete ich aus dem Augenwinkel das Tattoo des keltischen Baumes unter dem Ärmel seines kurzen Shirts. Die Wurzeln rankten kräftig über seinen sehnigen Unterarm und der massive Stamm war auf seinem Bizeps von einem Wikingerkreuz durchstoßen.

»*Duir*«, sagte ich gedämpft und er blickte überrascht auf.

»Der Baum des *Taranis*.« Noch immer lag mein Blick auf dem detailliert gestochenen Bildnis. Der Baum des Lebens vereinte unsere Welt mit der Anderswelt, den Sitz der Götter mit der Unterwelt der Ahnen. »Verbinder der Welten. Seine Wurzeln erstrecken sich tief in den Schatten, während seine Krone dem Licht entgegenstrebt.« Mein Blick tastete sich zu seinem und verband sich mit ihm. Etwas prickelte ungeordnet hinter meiner Brust. »*Duir* braucht beides, um seine volle Lebenskraft entfalten zu können.«

»Wir alle«, erwiderte Eliot. »Es gibt kein Licht ohne Schatten.«

»Und keinen Schatten ohne Licht.« Das Prickeln wurde zu einem drängenden Glühen. O Heiliger, seine Aura griff unaufhaltsam nach mir. Warum musste der Duft seiner Haut nur so unwiderstehlich sein? Als hätte er sich mit dem Aphrodisiakum einer Sirene eingesprüht. Die ungebrochene Wildheit in seinen Augen machte mich rasend. Seine Seele bestand aus nichts als Feuer, und Gott, sein Herz würde zerbersten vor Leidenschaft, wenn er es nur ließe. Wenn nur irgendjemand auf dieser traurigen Welt imstande wäre, es wieder zu wecken. Ich wünschte es ihm mehr, als ich je zugeben würde.

»Du denkst, er sei ein feiner Kerl«, sagte Eliot plötzlich. »Aber da lauert etwas unsagbar Hässliches in ihm. Ich kann es sehen, weil er es mir bereitwillig zeigt. Eines Tages wird er auch dir dieses andere Gesicht zeigen, aber dann ist es zu spät. Und auch wenn ich es verdammt gern tun würde, ich kann dich nicht mit Gewalt aufhalten, also müssen in dem Fall Worte reichen.« Er schwieg und sein funkelnder Blick bohrte sich in meinen Magen wie ein Speer. »Geh nicht zu ihm zurück, Shona!«

Was … Schmerzlich zog ich die Brauen zusammen. Ich wusste, dass etwas in Andrew lauerte, aber ich hatte keine Wahl. Er verstand das nicht. Verstand nicht, dass ich eine Übereinkunft mit Andrew hatte, die nicht nur mich betraf. Es war meine Pflicht, diesen Mann zu heiraten, denn so konnte ich die Sünden meiner Vergangenheit reinwaschen.

Und überhaupt … Sorgte sich der skrupellose North McTavish, Herrscher des Nordens und Gebieter über die schottische See etwa um mich? Um die verfluchte Craig-Hexe? Den bösartigen Sukkubus, der sich seinen Körper nahm, um ihm die Sinne zu vernebeln? Sein schneidender Blick ließ mir das Blut heiß in den Kopf brodeln.

»Scheiße, dein Zukünftiger ist ein Psychopath. Ich wünschte, es würde mir zustehen, dich zu packen und so weit von ihm wegzutragen, bis du den Weg zurück vergisst. Er wird dich umbringen, Shona. Und das ist … Das kann ich nicht … « Sein Kiefer mahlte und er klammerte sich an die Brüstung der Terrasse, wahrscheinlich, um nicht darauf einschlagen zu müssen.

»Und was soll ich stattdessen tun? Hier bei dir bleiben?« Mein Unterton war spöttisch, und er starrte mich überrascht an, als hätte ich soeben das Abwegigste gesagt, was ich hätte sagen können. Und das hatte ich wohl auch. Keinen blassen Schimmer, aus welchen absurden Tiefen meines verlorenen Seins das eben gekommen war.

»Nein«, brummte er und blickte düster in die Ferne. »Du sollst laufen. So weit weg von hier wie möglich und dir etwas aufbauen, das nur dir gehört. Lauf, verdammt noch mal! Ergreif die Chance und blick nicht zurück, ich beschwöre dich!«

Das Herz flatterte mir aufgeregt hinter der Brust. Mein

schwerer Puls wurde mit einem Schlag federleicht. Hieß das etwa ...

»Ich werde dich nicht aufhalten.« Sein Blick verbiss sich trotz der Distanz in seinen Worten in meinem wie ein wütender Wolf. »Nicht mehr. Und auch niemand sonst.«

Für einen Moment, der sich wie ein ganzes Leben anfühlte, sahen wir einander nur an, etwas wie Bedauern flackerte durch das helle Blau seiner Augen, dann drehte er sich um und ließ mich allein auf seiner Terrasse zurück.

NORTH

W ährend ich dabei zusah, wie die Wellen vom Bug meiner Jacht zerrissen wurden, donnerte Elijahs Hubschrauber über uns hinweg und hielt auf ein noch nicht sichtbares Ziel im Ozean zu. Ich hasste es, zu fliegen, aber mein Bruder liebte es, die Dinge von oben zu betrachten, wo sie schön übersichtlich und klein waren. Wo er Hermes, den Götterboten mimte, war ich Poseidon, der sich in den Wellen versteckte und mit einem ganzen Tsunami im Rücken zuschlug, wenn es jemand darauf anlegte.

Und im Moment war tatsächlich jemand so lebensmüde, das zu tun, verdammte Axt.

»Darf es etwas zu trinken sein, Mr. McTavish?« Meine kurvige Privatkellnerin Bess musterte mich fast ein wenig besorgt. Normalerweise hatte ich auf den Überfahrten nur Augen für sie. Sie war ein echter Blickfang mit ihrem gewellten Haar bis zur Hüfte und den endlos langen Wimpern, aber heute war ich zu verkopft, um ihr hautenges neues Kleid wertschätzen zu können, und verneinte nur knapp. Sie presste die Lippen zusammen und ging wieder nach hinten zu den anderen.

Ein paar Möwen schwirrten über uns hinweg und die Abendsonne blendete so sehr, dass mir nicht einmal die Sonnenbrille half.

Selbst meine Jungs waren ungewöhnlich ruhig, wo sie sonst immer grölend das Partydeck auseinandernahmen wie eine Horde unreifer Halbstarker. Uns allen war der Ernst der Lage mehr als bewusst, und das war nicht das Einzige, was mir den Kopf verstopfte wie zäher halbgarer Mörtel. Ein tiefer Atemzug hob meine Brust, und ich schloss für einen Moment die Augen, damit diese beschissene Sonne sie mir nicht mehr versengen konnte.

Ich hatte sie gehen lassen.

Weil Glenn recht behielt. Sie war ein Sicherheitsrisiko in einer ohnehin schon riskanten Situation. Ich konnte mir den Feind nicht ins Herz meiner Burg holen, wenn mich seine Truppen bereits umstellt hatten. Das war, als würde ich bereitwillig mitten unter meinen Männern ein Feuer entzünden, während jede Wand und jeder Felsen um uns herum mit Dynamit ausgekleidet war.

Bullshit! Du hast sie gehen lassen, weil dich die Wirkung ankotzt, die sie auf dich hat.

Weil sie anfängt, Arran in deinen Träumen zu ersetzen.

Weil du Angst um sie hast, du Weichbirne! Angst, dass sie zwischen die Fronten geraten könnte in diesem Krieg.

Und vor allem anderen, Eliot McTavish, und das ist das Traurigste: Hast du Angst VOR ihr.

Deshalb hast du sie gehen lassen.

Du hast die Hosen voll.

Knurrend ballte ich die Hände zu Fäusten und presste mit Macht weiter Luft in meine Lungen und wieder heraus. Das Donnern von Elijahs Rotoren verhallte über dem Meer. Wie immer würde er eher da sein als wir, aber das war gut so.

Sollte sich eines Tages mal irgendein Flachwichser einfallen lassen, an meinem Boot herum zu manipulieren, gab es am Ende immer noch Elijah. Es war sicherer, wenn wir getrennt anreisten. Genau wie es sicherer gewesen war, Shona wegzuschicken. Hoffentlich rannte sie nicht direkt wieder diesem frauenverachtenden Abschaum in die Arme.

Du bist selbst ein frauenverachtender Drecksack, North.

Zur Hölle, was? Ich *vergötterte* Frauen.

Kopfschüttelnd wischte ich mir übers Gesicht. So weit war es mit mir also schon gekommen. Ich kauerte an der Reling meines Bootes, starrte in die untergehende Sonne wie ein verkappter Emo und führte in Gedanken ganze Streitgespräche mit mir selbst.

Trauriger Jammerlappen! Armer, trauriger Jammerlappen.

»Alles in Ordnung, Boss?« Lennox spielte schon wieder mit der blutverkrusteten Klinge seines schwarzen Messers. Dieser verfluchte kleine Perversling. Könnte glatt ein jüngerer Bruder von mir sein. Aber ha, ich hatte ja schon einen. Und der reichte mehr als aus.

Lennox lehnte einen seiner drahtigen Arme über die Begrenzung und fischte nach den Wellen. Zäh wie Leder, dieser Scheißer, und trotzdem noch ein Kind im Kopf. Ein Kind Satans, aber ein Kind. »Die Jungs werden unruhig, wenn sie dich so sehen.«

Schnaubend zerrte ich mir die Sonnenbrille vom Gesicht und drehte mich in seine Richtung. »Wie genau?«

»Na ja, so ... in dich gekehrt.« Er zuckte hilflos die Achseln.

»Nennst du mich gerade eine Pussy?«, brummte ich und er zuckte fast unmerklich zusammen. »Oder einer von den Mistkröten da hinten?«

»Denke, sie machen sich einfach nur Sorgen«, erwiderte Lennox und zog die Brauen nach oben.

Freudlos lachend drehte ich den Kopf wieder in Richtung Gischt. Es fühlte sich herrlich an, wie die kühlen Spritzer mein erhitztes Gesicht bedeckten. »Also sind sie die Pussys.«

Lennox hatte es endlich geschafft, den Großteil des alten Blutes von seinem Spielzeug zu waschen und betrachtete sein Werk stolz. »Wahrscheinlich. Wie ernst ist es denn, Boss?«

Für eine Sekunde stockte ich.

Verflucht noch mal, ordne endlich deine Gedanken, du vernebelter Bastard!

»Sagen wir mal, mir geht der Arsch gepflegt auf Grundeis.« Mein Blick schmetterte in seinen wie eine Abrissbirne. Ich sah ihn erschaudern und das war gut so. Andrew hatte etwas von einem Geschwür gefaselt, das ab und an die eigenen Reihen infizierte, und ich musste auf alles gefasst sein.

Lennox war unser jüngstes Mitglied. Er hatte im Süden von Prayer's Well illegale Straßenkämpfe abgehalten und alle durchweg besiegt. Hatte immer wieder andere Orte im Wald dafür gewählt, damit South nicht so schnell Wind davon bekam, aber an meinem Bruder ging nichts vorbei. Er war verflucht noch mal allwissend und besaß Sinne wie ein Falke. Eigentlich wollte er Lennox dafür killen, kurz und schmerzlos, wie er es am liebsten tat, aber ich hatte stattdessen vorgeschlagen, gegen den schmutzigen Herumtreiber anzutreten. Hätte er verloren, hätte ich ihn Elijah überlassen, aber er war so verdammt wendig und verbissen gewesen, dass ich nicht ganz so fest zuschlug, wie ursprünglich geplant, und ihn gewinnen ließ. Ich hatte Potenzial in ihm gesehen. Allein schon die Tatsache, dass er gegen North McTavish persönlich angetreten war, verdiente Respekt. Auf der anderen Seite hatte er auf die Ehre meines Bruders geschissen. Woher wusste ich, dass er es hinter meinem Rücken nicht genauso mit meiner tat? Misstrauisch betrachtete ich sein kantiges Gesicht. Sollte er uns verraten, würde ich ihm bei lebendigem Leib die Haut abziehen und sie ihm zu fressen geben. Er kannte mich noch nicht lange genug, um wissen zu können, dass so etwas wie Moral in meinem Wortschatz nicht existierte. Vielleicht hatte er schon einiges für mich getan, aber wenn es hart auf hart kam, vergaß ich solche Dinge schnell.

Während ich ihn aus schmalen Augen weiter musterte, wurde er zunehmend nervös.

»Na ja, jedenfalls stehen wir hinter dir und keiner von uns ist zimperlich«, stammelte er und wich meinem Blick aus, während die massige Insel am Horizont in unser Sichtfeld rückte.

»Aye«, raunte ich langgezogen. »Keiner von uns.«

NORTH

Während wir einmal um die kleine Insel herumgingen, um meinen Bruder und seine willenlosen Stehaufmänner zu begrüßen, zählte ich in Gedanken meine Jungs durch. Wir waren zu zehnt. Die erste Hälfte war gleich mit mir gekommen, der Rest nahm unser anderes Boot. Die *Stardust A85*. Den dicken Brummer, den ich dem Militär aus dem Kreuz geleiert hatte. Das Teil war so massiv gepanzert und mit allem möglichen kranken Schnickschnack ausgerüstet, dass es imstande gewesen wäre, den Scheißeisblock unter der Titanic wegzusprengen. Ich liebte diese tarnfarbene Abscheulichkeit. Trotzdem fehlte noch ein ganz besonderes Schiff in meiner Sammlung, an dem ich schon sehr lange arbeitete. Viele Jahre, um genau zu sein. Wollte es einem unserer Drogenbarone abkaufen, dem Schlimmsten wohlgemerkt, einem fetten, Zigarre rauchenden Bastard mit Goldketten über der haarigen Brust, der all seine verstorbenen Haustiere ausstopfte und sie sich ins Schlafzimmer stellte. Darunter auch einen Gepard, den er sein ganzes trauriges Leben lang an einer Kette gehalten und ihn mit Koks gefüttert hatte, damit er vor seinen Kunden mit einem tollwütigen Monster angeben konnte. Er war ein schmieriger Goldbarren scheißender Sack, dem alle Welt die Lackschuhe leckte, und er gab es mir aus Prinzip nicht. Ein Sammler gönnte einem anderen selten die dicksten Brocken. Aber hatte ich mich einmal in etwas verbissen, ließ ich nicht mehr los, das wusste jeder, der mich kannte. Ich war wie ein Pitbull. Vielleicht würde ich ihm auch einfach eines Tages die speckige Birne wegballern. Seine arme Frau wäre mir sicher dankbar.

Mit der gab er vor seinen fragwürdigen Gästen genauso an wie mit seinen exotischen Haustieren. Zwang sie, sich knapp anzuziehen und sich auf den Schoß der schmierigen Kokser zu setzen und sich von ihnen begrapschen zu lassen.

Zac holte zu mir auf und blickte wie nebenbei an der dunklen Ruine hinauf, die das Zentrum der Insel darstellte. Das alte Gefängnisgelände war erstaunlich gut erhalten. Vereinzelt stand sogar noch der Stacheldrahtzaun um den freien Platz, auf dem Elijahs Hubschrauber gelandet war.

»Alles gut, mein Freund?« Belustigt betrachtete ich Zac aus dem Augenwinkel. Sein roter Bart spiegelte seinen Gemütszustand auf eine absolut beeindruckende Weise wider. Er war wie einer dieser bunten Stimmungsringe aus dem Kaugummiautomaten, die bei mir damals in der Schulzeit immer schwarz geworden waren.

»Wenn das hier vorbei ist, vielleicht. Ich hasse diesen Ort«, grummelte er in sein struppiges Gesichtsbuschwerk und machte die Augen ganz klein. »Dann besorge ich uns ein Spanferkel und wir feiern.«

»Kann noch dauern«, erwiderte ich und legte ihm die Hand auf den Rücken. »Lass uns reingehen, Zac. Was irgendwann enden soll, muss vorher beginnen.«

Elijah wurde von Kearon flankiert, als er durch die zerklüfteten Felsen auf uns zukam, und warf mir einen ernsten Blick zu, den ich genauso erwiderte.

Ja, ganz genau, Brüderchen. Die Kacke ist am Dampfen.

Unsere Tafel stand in der alten Arena der Gefangenen, und wenn ich durch die verlassenen Zellen darauf zuging, konnte ich die Schreie der Insassen noch immer hören. Dieser Knast hatte seinen Verfall verdient. Hier draußen waren Stromstöße, Kämpfe auf Leben und Tod und Experimente am offenen Hirn an der Tagesordnung gewesen.

Die Arena wirkte wie eine riesige, runde, überdachte Fabrikhalle. Nicht mehr ganz taufrisch, denn das Blechdach war inzwischen voller Löcher, und Schlingpflanzen kamen durch die zerschlagenen Fenster hereingekrochen, aber für unsere Zwecke war sie mehr als perfekt.

Runde Bankreihen zerbröselten unter den Gezeiten und der Wut der Geister dieser Insel, von denen aus reiche Säcke den Gefangenen bei ihren aussichtslosen Kämpfen zugesehen hatten. Die Wärter hatten die Kämpfer zum Spielball ihres Sadismus gemacht, ihnen Morgensterne gegeben, Ketten-sägen und Dornenbandagen. Hier draußen musste richtig irrer Scheiß abgegangen sein vor einigen Jahren.

Elijah sah sich mit leuchtenden Augen um und regis-trierte jeden getrockneten Blutfleck und jede Schleifspur auf dem staubigen Boden. Wie immer, wenn wir hier raus kamen. Die bloße Ahnung von blutigen Kämpfen in der Luft machte ihn geil.

Wahrscheinlich hatte auch *er* deshalb diesen Ort für unsere geheimen Treffen ausgewählt. Seine dunkel angezo-gene Meute folgte ihm in gebührendem Abstand.

Meine Bande war lose verstreut und jeder starrte anders besorgt vor sich hin.

»Wo ist der Rest?« Elijah scannte meine Männer und ließ sich am Kopf der Tafel nieder, die wir vor einer Ewigkeit aus dem Essenssaal für unsere Zwecke hierhergeschleppt hatten.

»Nehmen die Stardust«, erwiderte ich und ließ mich auf der anderen Seite des Tisches nieder.

Unsere Männer versammelten sich um uns herum auf den klapprigen Stühlen und Zac zeichnete nervös Kreise in den Staub unter seinen klumpigen Händen.

Lennox und Elijah leisteten sich über den zerkratzten Kunststoff hinweg einen stummen Krieg mit Blicken, das entging mir nicht und gefiel mir ebenso wenig. Der kleine Irre forderte meinen Bruder heraus. Wieder und wieder, weil er sich wahrscheinlich nach dem Tod sehnte. Aber noch mal würde ich ihn nicht aus der Scheiße ziehen. Elijah genoss meine bedingungslose Loyalität, und die Sache mit Lennox war das erste Mal in meinem Leben gewesen, dass ich so etwas Ähnliches getan hatte wie ihn zu hintergehen.

Das erste und letzte Mal.

»Also dann, lasst uns schon mal anfangen, die Zeit rennt.« Ich blickte ernst in die Runde. Es war fast schon amüsant, zu sehen, wie unterschiedlich meine und Elijahs Gang waren.

Zac popelte im Ohr und Lennox spuckte durch die Zähne, während die Männer meines Bruders sich alle vollkommen identisch mit gefalteten Händen auf meine Worte konzentrierten.

Hölle, ein BISSCHEN von den Jungs meines Bruders, ihr Bastarde. Nur ein klitzekleines Bisschen!

»Wir haben uns heute hier zusammengefunden, weil wir angegriffen werden«, startete ich direkt und ohne Chichi.

»Und meine erste Frage dazu lautet ganz ohne Glitzerscheiß und Zuckerguss: Habt ihr die verdammten Pisser gekriegt?«

Elijah erwiderte meinen Blick eiskalt, während meine Jungs bestätigend zu murmeln begannen.

»Was denkst du denn, Bruder?« Blaue Augen, die aussahen wie meine, wenn die Mordlust in mir ausbrach. »Sie warten an einem sicheren Ort, bis unsere Unterredung beendet ist.«

Meine Finger berührten wie beiläufig das Kreuz an meinem Lederband, das Elijah genauso an seiner Kette trug. Ich hatte nicht eine Sekunde gezweifelt, dass sie sie kriegen würden, und trotzdem beeindruckten mich diese irren Bluthunde immer wieder von Neuem.

»Ich will sie in meiner Grotte.« Meine Stimme war Stein, während sich Kälte in meiner Brust ausbreitete. »Muss noch ein wenig mit ihnen plaudern, bevor wir endgültige Schlüsse ziehen können.«

»Was immer du willst, Bruder.« Elijahs Mundwinkel zog sich nach oben. »Welche Schlüsse ziehst du bisher?«

»Es ist natürlich Craig, dieser verweichlichte Anzugträger«, platzte es aus Lennox heraus wie ein Tischfeuerwerk und meine Männer redeten bestätigend durcheinander.

Elijahs Blick fixierte Lennox. Lange und beharrlich.

»Alles weist darauf hin«, pflichtete ich ihm bei und fing den Blick meines Bruders auf. »Er hat im Revier von South sein Gift versprüht und auch bei uns ordentlich mit Scheiße geworfen, wie ihr wisst.« Ich wandte mich an meine Jungs. »Trotzdem dürfen wir bei all dem Offensichtlichen nicht vergessen, dass sich Ratten gern im Schatten verstecken.« Meine Augen scannten jede einzelne der ausdruckslosen Visagen meiner Vertrauten. Keinem von ihnen wollte ich einen Putsch zutrauen, in niemandem von ihnen sah ich einen Judas. Trotzdem traute ich einigen von ihnen mehr und anderen weniger. Andrews Gefasel von Krebsgeschwüren machte mich noch immer ganz kirre. »Der Vorfall draußen bei Moray Firth«, fügte ich noch hinzu und schwieg einen Moment, weil alle bedröppelt die Köpfe senkten. »Keiner hätte wissen dürfen, dass wir einen Transport auf diesem Weg geplant hatten, *keiner*! Dazu kommen Kassenbücher, bei denen ich das Kotzen kriege. Der alte Hiddleston hat Umsätze in seiner Fleischerei wie ein Makler mit verfickten Luxusimmobilien, von denen nichts in unserer Kasse landet. Ich war vielleicht eine Weile im Knast, aber mein Hirn habe ich ganz sicher nicht dort gelassen.«

Ich hatte es hier eigentlich nicht ansprechen und erst einmal weiter beobachten wollen, aber ich tolerierte Geldwäsche nur, wenn sie von mir selbst angewiesen war. Und meine Lippen waren einfach manchmal schneller als mein Kopf.

»Was können wir dafür, dass der alte Sack seinen Scheiß türkt?«, grunzte Olec mit den zerschlagenen Fäusten, und ich hoffte inständig, dass diese ungehobelten Bastarde hier drin nicht gleich eine Keilerei mit mir anfingen. Ein bisschen Anstand vor Elijahs Jungs war schon angemessen. Vor allem, weil sie nicht verstanden, wie wir miteinander umgingen. Mein Bruder hatte mir schon des Öfteren höflich dazu geraten, dem ein oder anderen eine Kugel in den Kopf zu jagen, aber ich wusste, wie ich sie zu nehmen hatte. Sollten sie ruhig ihre Meinung sagen, wenn sie das Echo vertragen konnten.

»Ist wirklich so. Damit haben wir nichts am Hut«, pflichtete Zac dem alten Großmaul zu.

»Nimm's mir nicht übel, Boss, aber vielleicht solltest du mal lieber die Kleine von Craig näher unter die Lupe nehmen, die in unserer Mitte herumgeistert wie ein geduldetes Übel.«

Dylan, dieser mutige Trottel! Er war dürr und krumm, vielleicht konnte ich ihn ja wieder gerade hauen.

Für eine Sekunde war ich sprachlos, dann bemerkte ich Zacs bestätigendes Nicken und die gesenkten Blicke der anderen Jungs und musste ihnen beinahe zustimmen. Ein toller Anführer war ich, der uns das Übel nach Hause holte und es frei herumspazieren ließ.

»Auf ein Wort?«, holte Elijahs Stimme mich aus meiner Wut auf mich selbst. »Wir warten ohnehin noch auf die anderen.«

»Hmm.« Ich nickte und folgte ihm durch die quietschende Blechtür an die frische Luft.

»Ich hab sie gehen lassen«, nahm ich ihm den Wind aus den Segeln, noch bevor er sich zu mir umdrehen konnte.

»Du hast bitte was?«, fragte er, als wäre ich ein zahnloser Nuschler und er taub. War er auch gleich, wenn er mich weiter so irre anstarrte, dieser kleine Hundesohn. »Damit sie mit allem, was sie gesehen hat, direkt zurück zu Andrew Craig laufen kann? Mit dem Querschnitt deiner gesamten Basis im Kopf und allen Zufahrten und Zugängen?«

Ich sagte nichts. Beobachtete ihn nur sehr aufmerksam, weil er wieder dieses bösartige Glitzern in den Augen bekam.

»Okay«, machte er und räusperte sich. Das war der Taktiker in ihm. »Weit kann sie noch nicht sein, ich werde Kearon anweisen, dass er ...«

Als er durch die Tür zurück in die Halle gehen wollte, packte ich ihn am Arm. Hart. Unsanft. Und sehr bestimmt.

Für eine Weile fochten unsere Blicke einen schmutzigen Kampf aus, dann schüttelte Elijah langsam den Kopf. »O nein, Bruder.« Er befreite seinen Arm und ich ließ es geschehen. »Du weißt sehr genau, dass die einzige Lösung für dieses Problem eine Kugel in ihrem hübschen Kopf ist.«

Er hatte recht. Aber die Vorstellung riss sich durch meine Gedärme wie eine stumpfe Klinge. Und Elijah schien mir das anzusehen, denn sein Blick wurde weicher. »Aber du bist vernarrt in sie.« Ein ungläubiges Lachen presste sich durch seine Zähne und er fuhr sich kopfschüttelnd durch das dunkle Haar. »Du Hund bist vernarrt in sie. Weißt du eigentlich, wie selten dämlich das ist?«

»Sie wird nicht zu ihm zurückgehen«, ignorierte ich den Drang, ihm meine Faust in seine überhebliche Fratze zu schlagen.

»Was wird sie nicht?« Wieder lachte er. »Eliot, diese Frau hätte dir alles erzählt, damit du sie gehen lässt. Du wolltest, dass sie für dich die Beine breit macht? Klar, wenn sie damit ihrem Ziel näher kommt. Du wolltest, dass sie dir etwas vorweint von einem schweren Leben oder dass ihr Papa sie geschlagen hat? Bitte schön! Und ausgerechnet jetzt, Eliot McTavish ... ausgerechnet jetzt fängst du wieder an, zu fühlen? Ausgerechnet jetzt wirst du eiskalter Bastard weich?«

Ich stand einfach nur da und starrte ihn an wie ein Trottel.

Und zum Teufel, der war ich auch. Mein Bruder hatte recht. Ich war ein verdammter Vollidiot!

»Was erzählen wir den Jungs da drin jetzt, Bruder?« Seine Stimme bekam einen mitleidigen Klang, der nur bewirkte, dass ich mich noch dämlicher fühlte.

»Dass sie keine Gefahr mehr darstellt«, erwiderte ich tonlos. Das war eine Lüge, aber ich wusste mir keinen anderen Rat.

»Ich kann ihr immer noch Kearon nachschicken. Du musst es auch nicht mit ansehen.« Elijahs beschwörender Blick riss alles in mir nieder. In jedem anderen Leben hätte ich seinen Vorschlag angenommen, nein, verflucht! In jedem anderen Leben hätte ich es selbst getan.

Aber zur Hölle, nicht in diesem!

KAPITEL 38
SHONA

I ch konnte noch immer nur schwer glauben, was er getan hatte. Stand seit einer Ewigkeit auf dieser Terrasse und starrte die Sonne an, die sich auf den Abend vorbereitete. Weil ich es nicht fassen konnte. Wenn ich ging, würde er sich mich wieder greifen, diesmal schlimmer als zuvor, und mich in seinem Kerker verhungern lassen, so musste es sein. Eliot McTavish konnte mich nicht einfach gehen lassen. Nicht nach allem, was ich hier gesehen hatte. Ich kannte sogar einen geheimen Zugang von der Bucht aus. Was, wenn ich Andrew davon erzählte?

Aber das würdest du nie tun, Shona. Weil du den Verstand verloren hast, sieh es ein.

Genau so war es und nicht anders. Seine Worte hallten wieder und wieder in meinen Ohren nach. Einfach wegzulaufen und von vorn zu beginnen. War so etwas möglich? Nicht ganz, aber vielleicht würde ich einen anderen Weg finden. Einen Weg ohne Andrew. Eliot hatte etwas in mir heftig verschoben und das machte so viel mit mir, dass ich es kaum greifen konnte. Waren es meine Werte? Meine Vorstellung, wie ein Mann für seine Frau einstehen sollte? Ich wusste es nicht, war völlig verwirrt.

Aber eines wurde klarer und klarer in meinem Kopf.

Ich machte einen Schritt von der Balustrade weg und tastete mich an der Wand entlang Richtung Tür.

Du bist frei, Shona. Das erste Mal wirklich frei. Also lauf und sieh später, wie es weitergehen wird. Lauf! Los, lauf!

Ein tiefer Atemzug dehnte meine Lunge und dann lief ich.

Durch Eliots Zimmer, das nach ihm duftete und mich kurz stocken ließ. Dann durch den verlassenen Gang. Kein Piet. Keine andere Wache, niemand. Die Stufen hinunter in den Thronsaal hinein. Als ich leise Stimmen flüstern hörte, verharrte ich im Schatten des Kamins. Das war Glenn. Dem wollte ich keinesfalls über den Weg laufen.

Vorsichtig! Und vor allem leise.

Konzentriert sah ich mich nach dem schnellsten Weg zur anderen Seite des Raumes um. Leicht geduckt hinter der Tafel entlang müsste klappen. Er war drüben bei den Samtsofas. Ich erkannte die Silhouette einer Frau, aber sie tuschelten so leise, dass ich kein Wort verstand.

Ich hielt die Luft an und schlich los. Aus dem Schatten des Kamins heraus erkannte ich, dass Glenn mit dieser grässlichen Person zugange war, die mir dieses unverschämt knappe Kleid in den Kerker gebracht hatte. Sie zierte sich, aber wenigstens waren sie abgelenkt genug, um mich nicht zu bemerken.

»Lass das, Glenn. Wir haben jetzt keine Zeit dafür.«

»*Dafür* ist immer Zeit.« Jetzt hörte ich sie. Musste am Winkel liegen.

Sie keuchte schmerzerfüllt. Wahrscheinlich zerrte er ihr an den Haaren oder verdrehte ihr den Arm auf dem Rücken, dieser ekelhafte Mistkerl.

Nur noch ein paar Meter bis zu Eliots Thron. Spöttisch schmunzelte ich wieder in mich hinein. Welcher Mann, der sich nicht komplett selbst überschätzte, besaß heutzutage bitte einen Thron? *Los jetzt!*

Ich spürte das dunkle, raue Holz unter meinen Fingern und verharrte kurz. Möglich, dass er sich selbst überschätzte, aber sein Herz trug er am rechten Fleck. Es musste nur lernen, wieder zu schlagen. Oder ... vielleicht auch besser nicht in seiner Position. Wahrscheinlich machte es Sinn, dass er es in einem Gefängnis aus Stein weggeschlossen hatte.

»Lass mich, Glenn!« Für einen Moment überlegte ich, ob ich dazwischengehen sollte. Egal wie unmöglich eine Frau war, sie hatte keine Vergewaltigung verdient. Fest presste ich die Zähne aufeinander. Nein, hatte sie nicht. Niemals!

Sein gieriges Keuchen weckte etwas in mir. Diesmal noch schlimmer als alles andere, was ihm so über die Lippen ging.

Meine Nägel krallten sich in die Lehne von Norths Thron und meine Beine wurden mit einem Mal schwer wie Blei. Was war plötzlich los?

Du wirst mir nicht weiter deine Lügen von Hilflosigkeit in den Kopf pflanzen.

Seine Worte stahlen sich wie Gift zurück in meine Gedanken und es schnürte mir die Brust zu. Nicht nur seine Worte, auch seine Stimme ...

»Komm schon, halt brav still, Täubchen«, hörte ich ihn raunen und es riss mir endgültig die Beine unter dem Körper weg.

Der Saal begann sich, um mich zu drehen, und nur der Stuhl, an den ich mich klammerte, hielt mich noch im Jetzt.

Ich konnte nicht atmen, war wie gelähmt und mein Herz hämmerte mir gegen die Rippen, wollte aus diesem Körper fliehen, um das hier nicht ertragen zu müssen.

Komm schon, halt brav still, Täubchen, dann ist es auch schneller vorbei.

Rasche Schritte, Keuchen. Dann hatte mir jemand in die Haare gegriffen und ich war gestürzt. Auf allen vieren gekrabbelt. Es war stockdunkel. Ich hatte nur Schemen erkannt. Nur Schemen.

So viele Jahre hatte mich mein Gedächtnis vor dem geschützt, was da draußen in dieser Nacht geschehen war, mich abgekapselt von all dem Bösen, und jetzt kam es mit einer solchen Heftigkeit zurück, dass ich Mühe hatte, weiterzuleben.

Ich war noch ein halbes Kind gewesen, meine Knie aufgeschlagen und der Ozean laut. Nicht laut genug, um sein lüsternes Keuchen zu übertönen, nah bei meinem Ohr. Nicht einmal der Mond hatte sich diese Tat ansehen können, er hatte die Welt in Schwärze gelassen, wohl um zu vertuschen, wozu seine Schützlinge imstande waren. Dieses Keuchen ... Jetzt hörte ich es wieder.

Ich hatte ihn nicht gesehen, aber ich hatte ihn gehört. Ihn und noch jemanden, der einfach nur zugesehen hatte.

Und jetzt hörte ich ihn deutlicher denn je.

Glenn hatte mich vergewaltigt.

Ich erinnerte mich plötzlich an alles, an die Schemen seines groben Gesichtes, die Schmerzen in meiner Mitte und seine unnachgiebigen Stöße, obwohl ich schrie.

Tränen liefen mir übers Gesicht, während ich noch immer versuchte, mich an dieser Welt festzuklammern, um sie nicht gänzlich zu verlieren.

Du wirst mir nicht weiter deine Lügen von Hilflosigkeit in den Kopf pflanzen.

Er erinnerte sich an mich und ich mich an ihn. Verflucht, ich erinnerte mich an ihn, und ich wünschte, ich würde es nicht tun, denn das hieß, dass ...

»Hey, ihr verfluchten Tiere! Die anderen sind schon lange draußen. Es wird Ärger geben, wenn ihr nicht pünktlich seid. Husch! Husch!« Piets donnernde Stimme holte mich ein Stückweit aus dem reißenden Strudel, in den ich geraten war, und ich schnappte hilflos nach Luft.

»Sag ich doch, du Lüstling«, tadelte die Frau Glenn im

Spaß. »Später ist immer noch genug Zeit für deine Schweinereien.«

Deine Schweinereien ...

»Shona, bist du in Ordnung?« Piet stand so plötzlich über mir, ich hatte nicht gemerkt, wie er sich genähert hatte.

»Oho, wir haben eine kleine Spannerin, Lacey«, triumphierte Glenn, als er mich in meinem Versteck entdeckte. »Na, hat dir die Show gefallen?«

Ich konnte nicht aufblicken, denn das hätte ihm alles verraten. Aber ich spürte seinen Blick auf mir. Lange und bohrend wie ein glühendes Eisen direkt auf meiner Brust.

Mir war so übel, dass ich mit der Galle kämpfte, während Glenn und sie an mir vorbei durch die Tür gingen.

»Shona«, wiederholte Piet. »Komm hoch.« Im nächsten Moment packte er mich am Arm und zog mich auf die Füße. Verwurzelte mich wieder mit dem Sein. Ich zitterte am ganzen Körper und er musterte mich von oben bis unten. »Was ist passiert?«

»Ist Eliot noch hier?«, fragte ich mit dünner Stimme und wusste nicht einmal, warum. Wollte ich ihm davon erzählen? Mich bei ihm in Sicherheit wiegen, obwohl er Glenns bester Freund war? Vielleicht taten diese Kerle so etwas einfach. Hier draußen unter den Wilden ging man seinem Trieb nach. Ohne Rücksicht auf Verluste. Hoffte ich etwa, Eliot würde seinen engsten Vertrauten dafür bestrafen, dass er mich vor neun Jahren da draußen in den Felsen verfolgt und vergewaltigt hatte?

Wie dämlich konnte ein Mensch sein? Grob wischte ich mir die Tränen vom Gesicht.

»Nein, er ist schon weg.« Piets zerschlagenes Gesicht strotzte vor Mitgefühl.

»Besser ist das«, brachte ich mit Mühe hervor. »Ich werde jetzt auch gehen. Ich ... Er ... hat mich gehen lassen ... Ich meine ...«

Piet musterte mich eine Weile sehr aufmerksam. »Ist wirklich alles in Ordnung?«

»Ja.« Mit Macht kämpfte ich noch immer gegen die heftige Übelkeit in mir und stützte mich auf den Tisch.

»Gut, dann mach, dass du wegkommst. Ich muss jetzt auch los.« Er hatte nicht vor, mich aufzuhalten. Wie konnte man nur so sehr auf die Entscheidung eines Mannes vertrauen? Ich könnte die Hölle über sie alle bringen. Aber ich tat es nicht. Denn es reichte, wenn *ich* auf immer dort gefangen war.

KAPITEL 39
NORTH

Während wir noch immer über unsere verlorene Ware am Moray Firth lamentierten, traf auch endlich der Rest meiner Bande ein. Piet führte die Bagage an und ich taxierte jeden Einzelnen aufmerksam mit den Augen.

»North«, raunte Piet mir zu und deutete mir, ihm ein paar Schritte weg von den anderen zu folgen.

»Macht weiter, Jungs. Alles gut«, wies ich die anderen an und Elijah fuhr mit seinen Ausführungen über Strategie und Planung fort.

»Es geht um deine Kleine.« Piet starrte mich verschwörerisch an.

»*Meine* Kleine? Wer zur Hölle soll das sein?«, fragte ich vollkommen überflüssig, denn ich wusste sehr genau, wen er meinte.

»Boss ... Sie war vollkommen aufgelöst, als ich ging. Ist wohl ziemlich verknallt in dich. War voller Tränen und so Zeug, das Frauen machen, wenn sie traurig sind.«

Um ein Haar hätte ich gelacht, wenn mich dieser Scheiß nicht so beunruhigen würde. »Bezweifle ich stark«, brummte ich nachdenklich. »Ist dir noch etwas anderes aufgefallen? Warum war sie überhaupt noch da?«

»Na, weil sie dich gesucht hat.«

Hmm, so kam ich offenbar nicht weiter. Alarmiert sah ich mich um. »Wo ist Glenn?«

Piets Blick folgte meinem vollkommen ratlos. »Eigentlich dachte ich ...er wäre mitgekommen, ist er aber wohl doch nicht.«

Das gefiel mir ganz und gar nicht. Glenn hasste Shona wie die Pest, und mich packte plötzlich der böse Verdacht, dass er absichtlich zurückgeblieben war, um ihr in Ruhe den Garaus machen zu können.

»Du musst zurück, Piet«, wies ich ihn an.

»Was? Nein, das geht nicht.«

»Du nimmst meine Yacht und fährst zurück. Jetzt sofort, hörst du? Nimm Shona und bring sie, wohin auch immer sie will. Hauptsache nicht nach Swamp Head und weg von North Castle, okay?«

»Ich kann nicht, Boss. Ich begleite in einer Woche eine wichtige Lieferung, die wollten wir doch heute planen.«

Gerade war ich dabei, wegen seines vehementen Widerspruchs echt sauer zu werden, da packte eine Hand meine Schulter.

»Ich kann fahren, Boss.«

Misstrauisch drehte ich mich zu Lennox' grinsender Fratze um. Hölle, ihm traute ich noch weniger als Glenn, aber wen sollte ich bitte sonst schicken? Piet hatte recht, wir brauchten ihn heute hier, denn den Verlust einer weiteren Lieferung konnten wir uns nicht leisten.

»Zuerst einmal kannst du aufhören, mich zu begrabbeln, du lüsterner kleiner Sack.« Mit spitzen Fingern nahm ich seine Hand von mir.

Lennox zog eine Braue nach oben und sah mit seinem ausrasierten blonden Zopf und den gebleckten Zähnen aus wie ein blutdurstiger Wikinger.

Mutter, steh mir bei!

Ich konnte schlecht selbst fahren, ohne das Gesicht vor den Jungs zu verlieren. Und Lennox hatte eine Chance verdient, sich zu beweisen.

»Ich werd's nicht verkacken, Boss. Wäre ich ja schön blöd.«

»Ja, das wärst du.« Nachdenklich starrte ich hinüber zu den anderen. Elijah tippte gerade wiederholt auf eine große Karte, die er auf dem Tisch ausgebreitet hatte.

»Dann los, verschwinde und gib mir Bescheid, wenn es vorbei ist.«

»Mach ich.« Lennox klopfte mir noch einmal auf die Schulter. Diesmal ließ ich ihn und sah ihm seufzend beim Verschwinden zu.

»Er macht das schon, North. Ist ein großes Ding für ihn, dir seine Treue zu beweisen.«

Tja, wollten wir mal schwer hoffen, er würde es nicht versauen.

»Komm, es geht schon um die Route nächste Woche«, navigierte ich Piet zurück zur Truppe.

Diesmal planten wir alles hieb- und stichfest. Es würde mehrere Patrouillen geben und der Weg führte teilweise durch ein altes Bergwerk. Auf die Art würde uns keiner vor den Karren fahren, sonst wollte ich ab sofort Elionore heißen und in einem von Elijahs Clubs an der Stange tanzen.

»Hey, Boss.« Der krumme Dylan beugte sich zu mir herüber. »Das mit der Kleinen von Craig, ich meine ...«, wisperte er und ich verschränkte ungeduldig die Arme vor der Brust, ganz kurz davor, ihn zu maßregeln, dass man nicht dazwischentuschelte, wenn mein Bruder sprach.

»Also zumindest das vorhin«, fuhr er fort. »Das tut mir ...« Ein dröhnender Knall zerriss die Stille und Blut spritzte mir ins Gesicht.

Entsetzt starrte ich Dylan an, dessen Kopf ein schweres Geschoss getroffen hatte. Für einen Moment stand alles still, dann sackte sein lebloser Körper vom Stuhl und draußen verhallten zahllose Schritte.

»An die Waffen, los«, wies Elijah an und alle begannen nahtlos, zu funktionieren.

Eilig griff ich nach meiner Glock und entsicherte sie. Mit dem Blick scannte ich alle Fenster um uns herum und ging hinter einem umgeworfenen Regal in Deckung. Wir wurden angegriffen? Meine Gedanken hatten Mühe, den Worten zu folgen, die sich in meinem Kopf formten. Ein offener Angriff? Hier draußen auf unserer sicheren Insel? Das war verfickt noch mal unmöglich! Keiner außer uns wusste von diesem Ort.

»Raus, raus, raus!« Elijah und sein Sturmtrupp bewegten sich wie eine dunkle Einheit auf den Haupteingang zu, die Waffen im Anschlag, die Sinne geschärft.

Ich sprang auf und stürmte durch die Hintertür hinaus, um sie von der anderen Seite zu überraschen. Piet und Zac folgten mir, deckten mich, wie es gute Männer taten. Die anderen hängten sich an Elijahs Mannschaft.

Schüsse zischten durch die Luft. Wir schlichen uns um das zerfallene runde Gebäude herum und ich sah vier große graue Boote vor der Insel schaukeln. Diesen Bootstypen hatte ich noch nie vorher gesehen. Kein Emblem. Keine Zeichnung. Da griff uns jemand inkognito an. Ein paar vermummte Pisser luden darauf gerade ihre Maschinengewehre durch. Hatte uns vielleicht der verschissene MI5 auf dem Radar? Nein, eine solch plumpe Attacke aus dem Hinterhalt war mehr als untypisch für einen Geheimdienst.

»Die sehen nicht nach Kaffeekränzchen aus«, stellte Piet sehr treffend fest.

Rasende Wut brodelte in mir hoch. »Zac, gib mir die verdammte Bazooka!« Er nahm die M72 immer mit auf die Insel, weil er auf die Art Leuchtfeuer schießen wollte, sollten wir mal hier festsitzen. Wahrscheinlich hätte er damit eher ein paar Passagierflugzeuge vom Himmel geballert, wenn es je dazu gekommen wäre. Was nie der Fall war, weil diese Scheißinsel unser Besitz war.

»Zurück mit euch«, knurrte ich, schulterte das Ungetüm von Waffe und feuerte ohne jede weitere Verzögerung.

Eine Rakete raste aus dem Rohr auf das mittlere der Boote zu. Die kleinen Kerlchen in Schwarz kreischten und stürzten sich hektisch von Bord, kurz bevor das Geschoss einschlug und der Kahn in einer brüllenden Feuersbrunst in die Luft flog.

Scheiße, war das ein befriedigendes Gefühl.

Aus schmalen Augen scannte ich die Umgebung durch den dichten grauen Rauch hindurch.

Ein paar der Typen zappelten noch im Wasser, aber ihre Boote waren hinüber. Jetzt saßen diese Pisser hier mit uns fest. Und zur Hölle, so wie es in mir aussah, wünschte ich das im Moment keinem.

»Gut.« Ich reichte Zac den Raketenwerfer und zog wieder meine Glock. »Ich gehe runter.«

Mit ein paar langen Schritten war ich zwischen den Felsen, griff mir einen der zappelnden Schlappschwänze, zerrte ihn ein Stück aus dem Wasser und drückte ihm meine Knarre an die Schläfe.

»Wer?«, grollte ich zähnefletschend, während der Zorn in mir überkochte. »Wer schickt euch?«

In einer Bewegung riss ich ihm die Sturmhaube vom Gesicht. Zähe, verbissene Züge, schmale Augen. Da klingelte nichts bei mir.

Der Typ gurgelte und versuchte, sich aus meinem Griff zu befreien, indem er unkontrolliert um sich schlug.

»Wer?«, brüllte ich ihm in die verzerrte Fratze und ließ ihn los, um ihm einen Schlag auf die Nase zu geben. Nicht zu hart, damit er nicht gleich k.o. ging. Blut vermischte sich auf seinem Kinn mit Wasser und er starrte mich einfach nur an. Mit einer guten Mischung aus Hochmut und Angst.

»Hast du dir selbst ... zuzuschreiben, McTavish«, stammelte er und versuchte, sich die Nase abzuwischen, aber ich verpasste ihm eine harte Kopfnuss mit der Stirn.

»Möglich, ist aber keine Antwort auf meine Scheißfrage!« Ich holte wieder aus, seine Augen verdrehten sich nach oben. Nicht mehr lange, dann würden ihm die Lichter ausgehen.

Stöhnend hing er in meinem Griff, driftete immer wieder ab. Ich packte ihn fester und verpasste ihm eine harte Ohrfeige mit der flachen Hand. »Komm schon! Hierbleiben! Wer schickt euch?«

Er ächzte und spuckte, versuchte noch einmal, sich zu befreien. Gut trainiert, der Knilch, aber schon ziemlich angeschlagen und chancenlos gegen einen wie mich.

»Ich zähle bis drei, dann ballere ich so lange Löcher in dich, bis du absäufst wie ein Sieb. Eins ...«

»Du ... du kannst mich.« Mutig.

»Zwei.«

»Fick dich.«

Zeitgleich mit der Drei drückte ich ab und jagte ihm eine Kugel ins Knie. Seine Lebensgeister erwachten wieder und er brüllte wie am Spieß. Gischt spritzte mir ins Gesicht.

»Es ist Andrew, North«, sagte Zacs Stimme mitten in meine Raserei hinein und ich fuhr herum.

Er hatte einen unserer wohl bekannten Polizeimarken aus dem Wasser gefischt und hielt sie nach oben. In der anderen Hand hielt er ein Maschinengewehr.

Ich hatte es gewusst und trotzdem traf es mich. War das nicht absurd? Es raste in meine Eingeweide wie ein Stromschlag, der mit einem Mal alles da drin reanimierte, was keiner je kennenlernen wollte. Mein Inneres wurde kalt, meine Seele hart. Ich wurde wieder ganz zu North. Denn es gab verdammt noch mal Arbeit für ihn.

Ohne den Kerl noch einmal anzusehen, jagte ich ihm eine Kugel in den Kopf und ließ seine Leiche unsanft ins Wasser fallen.

»Fuck, woher weiß dieser Bastard von diesem Ort?« Auch Piet war inzwischen zu uns heruntergekraxelt.

»Das ist nicht gut, Mann.« Er kratzte sich am Kopf und starrte auf das Chaos zu meinen Füßen.

Nein, das war es nicht.

Ich hatte ihm offen den Krieg erklärt, er hatte das Schlachtfeld eröffnet. Aber dass er so von innen heraus zuschlagen würde, damit hatte ich nicht gerechnet. Das konnte er niemals allein geschafft haben.

»Wo steckt dieser Wichser?« Die Worte, die aus meiner Brust hervorquollen, waren nicht mehr als ein Donnern. Wutentbrannt stapfte ich aus dem Wasser, um den Geräuschen der Schüsse nachzugehen. Piet und Zac folgten mir.

Meine Jungs kämpften Seite an Seite mit denen meines Bruders auf dem Platz unter dem Stacheldraht. Einige suchten Deckung hinter den zerfallenen Mauern, ein Schuss surrte verdammt nah an meinem Ohr vorbei und im nächsten Moment packte mich ein Kerl von hinten und wollte mir die Waffe abnehmen.

»Stirb, McTavish«, nuschelte er unter seiner albernen Maske und ich packte ihn am Hinterkopf und warf ihn über meine Schulter. Hustend landete er unter mir im Dreck.

»Und? Ist es das wert?«, schrie ich ihn an. »Zu sterben für den verschissenen Craig?« Er griff nach einem Messer in seinem Stiefel und ich schoss ihm direkt ins Gesicht. Ein anonymer Tod hinter diesem dreckigen Stoffteil.

Fuck! Diese verfluchten Trottel!

Kugeln surrten wie Hagel durch die Luft, die Verluste auf beiden Seiten waren schon jetzt unübersehbar. Konzentriert wich ich den Schüssen aus, überflog diese Bastarde nach irgendeinem Zeichen von Andrew, aber ich fand nur meinen Bruder, der am Fuß des Gefängnisgebäudes inzwischen zu einem Faustkampf mit zwei Maskierten übergegangen war. Wollte nicht mit ihnen tauschen. Die Treffer waren heftig.

Mit einem Satz war ich im Gebäude, das bereits von den Schatten des Abends durchzogen war.

»Andrew«, brüllte ich in den Gang hinein. »Komm raus, du feige Made!«

Mit zum Zerreißen gespannten Nerven schritt ich die Zellen ab. Der Kampf draußen klang hier drin gedämpft, die Welt schwieg an diesem unheimlichen Ort, wie sie es immer tat.

»Komm her! Hier bin ich.« Er wollte mich. Das war unser Kampf. Also sollte er gefälligst auch den Mumm haben, mir gegenüberzutreten.

»Hey, McTavish.« Eine Faust traf meinen Kopf, so unvorhersehbar und hart, dass ich zurücktaumelte.

Scheiße, der Schlag hatte gesessen.

Noch bevor ich mich wieder fangen konnte, packte jemand meinen Hinterkopf und schlug mein Gesicht vor die Gitterstäbe der nächsten Zelle. Meine Ohren klingelten wie weihnachtliche Kirchenglocken, als ich nach dem Arm des Schweines hinter mir griff und ihn aushebelte.

Er brüllte wie ein Bär, als er vor mir im Staub lag. Hatte ihm wohl die Schulter gebrochen. »Ach, sieh an«, sagte ich durch das Klingeln hindurch. »Der liebste Haus- und Hof-Gorilla der räudigen Craigs, was? Ganz schön lädiert, deine Fratze. Was ist denn da passiert?«

Der Affenmann sah echt beschissen aus. Gerade er trug keine Maske, nur Gott wusste warum, denn sein halbes Gesicht war von Brandnarben entstellt. War ich wohl nicht ganz unschuldig dran.

»Fick dich, McTavish!« In einer fließenden Bewegung zog er eine Waffe und wollte auf mich zielen, aber ich war schneller und trat ihm so heftig auf die Finger, dass er aufschrie.

Im nächsten Moment riss er mir die Beine weg und krabbelte auf mich wie eine zu groß geratene Ratte.

»Wo ist Andrew?«, fragte ich, während er mit seinen

unmenschlich großen Pranken meinen Kopf packte. Mit seiner Statur konnte er mir locker Konkurrenz machen und ich hatte ihn angezündet wie ein Silvesterfeuerwerk.

Scheiße, ich an seiner Stelle wäre verdammt sauer.

Mein Hinterkopf traf so hart auf Beton, dass mir kurz schwarz vor Augen wurde.

»Wo ist er?«, nuschelte ich benommen, bevor ich wieder seine Faust abbekam und für ein paar Sekunden die Vögelchen singen hörte.

»Denkst du, er wäre so dämlich, sich hier draußen abknallen zu lassen?« Der Riese ächzte, als er sich aufrichtete und wie ein Scheißgebirge über mir aufragte. Seine Finger waren unnormal nach allen Seiten verbogen, und ich musste fast lachen, so dämlich sah das aus.

»Feigling!« Blut sammelte sich in meinem Mund, aber lohnte sich wahrscheinlich gar nicht, es auszuspucken, denn *King Kong* würde mir jede Sekunde seinen schweren Stiefel mitten ins Gesicht treten. Echt schade um meine schöne Nase, aber die Mädels standen auf vernarbte Bastarde.

»Er ist wirklich stinksauer, dass du sein Mädchen gefickt hast, du gieriger Hurensohn.« Der Berg verzog spöttisch den Mund und keuchte dann wieder, weil seine Schulter ganz offensichtlich hinüber war.

»Hat Fotos gesehen, wie sie sich ganz einvernehmlich von dir durchnehmen lässt. Hat ihm nicht gefallen. Und jetzt ist er etwas außer Rand und Band deshalb. Verständlich, oder?«

Fotos??? Verfickt noch mal was? Welcher degenerierte kleine spannende Mistpisser fotografierte mich beim Vögeln mit Shona? Eine heftige Walze Zorn überrollte mich wie ein Tsunami und ich griff nach oben und packte seine Eier, um ein wenig darin herumzumalmen wie in einem Trog Trauben.

Er brüllte ohrenbetäubend und sank mir vor die Füße, wo er jammernd kauern blieb.

»Was ist, hat dir das gefallen?«, schrie ich ihn an. »Willst du mir noch einen blasen und dein kleiner Spannerfreund fotografiert uns dabei für Andrews Familienalbum, huh?«

»Er ist ... nicht ...«, brachte er mühsam und dünn hervor.

»*Nicht was?*«, dröhnte ich ungeduldig.

»Nicht *mein* Freund. Er ist *deiner*.« Die Stimme versagte ihm und ich konnte mit meiner Wut nicht mehr umgehen. Mein Knie traf sein Kinn. Zweimal, dreimal. Blut sprudelte aus seinem Gesicht, und ich schlug so lange zu, bis er nur noch ein stöhnender Haufen Elend war.

»North, hier drüben.« Das war Piet. Keuchend drehte ich mich zu ihm um, da zerriss ein Schuss die Luft und ich verstand erst, was passiert war, als sein Blick sich veränderte.

Ungläubig starrte er mich an und ich blickte ebenso zurück.

Erschrocken fuhr ich herum. Dieser Abschaum von Andrews Jammergestalt hatte es geschafft, sich die Waffe zu greifen, die ich ihm aus der Hand getreten hatte, und zielte jetzt mühsam damit auf mich.

»Du Hundesohn!« Brüllend warf ich mich auf ihn, riss ihm die Knarre aus der Hand und drückte sie gegen seinen Schädel, um fünfmal abzudrücken. Dass ich dabei immer weiter geschrien hatte, registrierte ich erst, als die Schüsse verhallt waren.

Und auch draußen vor dem Gefängnis war es plötzlich verdächtig ruhig geworden.

»Du Hundesohn!« Meine Stimme bröckelte wie lockerer Fels. Ungläubig blickte ich auf den Mistkerl hinunter, während Piet hinter mir in die Knie ging.

Etwas zerrte schmerzhaft an meinen Innereien, warf mich umher wie ein Boot im Sturm. Ich konnte mich nicht erinnern, zu Piet gegangen zu sein, und trotzdem beugte ich mich im nächsten Moment über ihn und sah ihm beim Sterben zu. Blut quoll ihm über die Lippen; der Schuss hatte seine Lunge erwischt.

»Und ich sage noch, lass uns Scheißrüstungen tragen«, hustete er angestrengt.

»Es tut mir leid, mein Freund.« Fest griff ich nach seiner Hand und er drückte zu. Das hier würde er nicht allein durchmachen, wenn ich schon dafür verantwortlich war. »Es tut mir leid.«

»Nein.« Er lächelte angestrengt. »Du bist … mein Irrlicht. Ich folge dir.«

»Irrlichter führen in den Sumpf, Mann. Hat dir das denn keiner je gesagt?« Meine Augen brannten und meine Kehle war eng.

»Oder mitten hindurch«, hauchte er, dann wurde sein Griff schwach und sein Blick leer.

Oder mitten hindurch.

Ich rang gequält nach Atem, kämpfte mit der Wut auf mich, auf Andrew und die ganze verschissene Welt. Mit bebenden Fingern schloss ich seine Lider, dann richtete ich mich auf und schlug schreiend meine Faust gegen die Wand.

Fahr zur Hölle, Eliot McTavish!

Fahr endlich zur Hölle!

SHONA

E ndlich hatte der Fluchtinstinkt wieder eingesetzt und ich rannte orientierungslos durch die Burg, die mich verschlang wie ein vermaledeites Labyrinth. Entweder war ich tatsächlich zu dumm, den Weg hinaus zu finden, oder meine wieder erwachten üblen Gedanken trieben mich in die Irre.

Gnädiger Gott, war ich am Ende, wollte nur noch weg. Weit weg und all das Chaos ordnen. Falls ich das je wieder schaffte.

Weit vor mir erkannte ich die Stufen, die hinunter zum Kerker führten, das hieß, nach oben genommen mussten sie der Weg in die Freiheit sein. Ich erinnerte mich daran.

Es war nicht weit. Fast hatte ich es geschafft.

Als ich loslief, bog jemand um die Ecke und ich prallte so hart gegen ihn, dass ich nach hinten sackte.

Etwas packte mein Handgelenk, und als ich mich umdrehte, sah ich direkt in das Gesicht von Lacey. Es war kalt und ohne jedes Mitgefühl.

»Sieh an, jetzt sind wir ja ganz allein in der großen Burg.« Glenns Stimme ging mir durch und durch, und ich wagte es nicht, zu ihm aufzusehen, denn ich hatte keine Ahnung, was das mit mir machen würde.

»Na na na, du kannst mir nicht einmal in die Augen gucken«, tadelte er. »Sag bloß, deine Amnesie ist vorüber?«

»Keine Amnesie«, erwiderte ich mit bebender Stimme. »Mein Kopf hat dich mit Macht gestrichen, weil ich ...« Die Kehle schnürte sich mir zu und ich konnte nicht weitersprechen.

Wehe, du heulst jetzt, Shona Blythe! Bleib stolz!

»Ich war fast noch ein Kind, du Schwein«, presste ich mit letzter Kraft hervor, denn ich hatte das Gefühl, mich würde jeden Moment alles auf einmal verlassen. Der Glaube an die Menschheit, die Kraft, mein Stolz, alles.

»Hm, die Party ist öde.« Glenn verschränkte die Arme vor der Brust und Lacey ließ nicht los, trotz allem, was sie hier hörte. Entweder war sie dumm wie Stroh oder sie wusste bereits alles. Wie nahe standen diese beiden sich bitte?

Vielleicht ist es ihr auch einfach nur egal.

»Deshalb hab ich noch jemanden eingeladen. Scheiße, der wird dir gefallen.« Glenn klatschte in die Hände. »Lass ihn rein, Lacey.«

Sie ließ mich los und ich sank sofort zu Boden, weil meine verräterischen Beine mir den Dienst versagten.

»Meinen guten Freund Andrew.« Die Worte verwischten in meinen Ohren.

Was?!

Vollkommen verstört blickte ich auf und da stand er. Andrew. Direkt vor mir. Mit einem übel zugerichteten Gesicht. War das etwa Eliot gewesen? Mein Verlobter stand neben Glenn, als wären sie tatsächlich Freunde. Aber das waren sie nicht. *Er war doch Eliots Freund ... Sie ... Ich ...*

»Hallo Shona. Wir beide machen jetzt eine kleine Spazierfahrt.«

Du halluzinierst. Er ist nicht wirklich da. Du verlierst nur den Verstand.

Der Griff an meinem Arm war alles andere als sanft. Ich wurde über den Boden zur Tür geschleift.

»Du magst es gern hart, was? Trifft sich gut, ich auch. Dann können wir ab jetzt ja endlich andere Saiten aufziehen.«

Ich verstand nicht.

Er beugte sich zu mir herunter und starrte mir mit seinen grünen Augen mitten in die verletzte Seele. Aber ich verstand nicht. Ich ... Was ... Er hob die Hand zu meinem Gesicht. War das eine Spritze? Ein brennender Schmerz fuhr mir in die Seite des Halses. Dann war ich weg. Weg von ihm. Weg von Eliot und von all dem anderen Wahnsinn. *Endlich weg.*

NORTH

Unsere übrigen Männer sammelten die Toten ein, unter ihnen einer der besten Freunde, die ich je hatte, und ich konnte nicht zusehen. Ich konnte einfach nicht.

Elijah hatte mich zur Seite genommen und mich raus an die frische Luft bugsiert, *damit ich wieder ein Stück zu mir selbst zurückfand*, wie er es genannt hatte.

Ich fühlte mich wie ausgekotzt, aufgefressen und danach noch einmal ausgeschissen, und selbst das war noch nicht genug. Jeder Scheißknochen tat mir weh, der Gorilla hatte mich ordentlich zugerichtet, aber noch viel schlimmer war der zertrümmerte Matsch hinter meiner Brust.

»Ich weiß, wer uns verraten hat«, sagte ich dumpf, während Elijah seine blutigen Bandagen wieder fester band. Er hatte einen Schmiss an der Lippe abbekommen, aber dieser kleine Scheißer stand immer wieder auf wie eine Katze mit sieben Leben, deshalb musste man sich nie wirklich um ihn sorgen und das war gut so.

»Ich hab eine Ratte.«

Für einen Moment schwiegen wir beide. Die Kiefer meines Bruders mahlten.

»Wer ist es?«, knurrte Elijah schließlich, ohne mich anzusehen. Er war vielleicht ein zäher Hund, aber blass und ausgemergelt wirkte er nach diesem ungeplanten Kampf trotzdem. »Wir machen ihn kalt.«

»Du verstehst das nicht«, presste ich durch die Zähne und starrte in die rote Sonne am Horizont. »Diese Jungs sind wie eine Familie für mich. Jeder einzelne. Ich würde für sie durchs Feuer gehen, stattdessen tun sie es immer wieder für mich und dann so etwas. Dann Scheiße noch mal so etwas.« In meinem Inneren tobte eine schlimmere Schlacht, als Andrew sie je anzetteln könnte.

Für eine ganze Weile schwiegen wir, und ich versuchte, mich einzukriegen, weil es niemandem etwas brachte, wenn ich jetzt durchdrehte.

»Dann trag das zu Grabe«, raunte Elijah ruhig und tippte mir gegen die Brust. »Lass es noch einmal zu! Lass zu, dass es schmerzt, und dann werde wieder zu North und tu, was du tun musst, verstanden?«

Sein eindringlicher Blick rüttelte mich wach. Wir waren die McTavish-Brüder. South und North. Wir hatten ein Schicksal, eine Bestimmung. Es war unsere verdammte Pflicht, die Kriege zu führen, wie sie fielen. Wenn der Sturm uns anbrüllte, sprangen wir auf und ritten ihn zu. Wenn das Feuer um uns herum tobte, gingen wir mitten hindurch. Weil es genau das war, was uns ausmachte.

Ich zog mein Telefon aus der Jeans und wählte Lennox' Nummer.

»Alles in Ordnung, Boss?«, meldete sich seine kratzige Stimme am anderen Ende.

»Zur Hölle, nein. Bist du wieder drüben?«

»Aye, die Kleine ist weg und alles in bester Ordnung, wie du gewünscht hast.«

»Hast du sie weggebracht?« Alarmiert presste ich die Augen zusammen.

»Musste ich nicht. War schon weg, als ich kam.«

Zur Hölle mit ihm, das war nicht gut. Im Hintergrund hörte ich Glenn einen aufgebrachten Monolog führen.

»Hör mir jetzt genau zu«, grollte ich in mein Telefon. »Du verhältst dich ruhig, bis ich wieder da bin. Auch jetzt. Keine dämliche Grimasse ziehen, einfach nur nicken, verstanden?«

Für einen Moment war Ruhe am anderen Ende, dann brummte er zustimmend.

»Die Insel wurde angegriffen«, erklärte ich ihm kühl. »Ein paar der Jungs hat es erwischt. Wir wurden in großem Stil überrannt. Du willst mich jetzt sicher fragen, wie sie unsere Insel finden konnten ...« Ich schluckte schwer und bohrte meinen Blick in die ruhigen Wellen am Fuße des Gefängnisses. »Wir haben eine Ratte, Bruder.«

Er nahm einen tiefen Atemzug. Ruhig und beherrscht. Sehr gut.

Diese dreckigen Fotos ... Wer war an diesem Tag plötzlich an der Kapelle aufgetaucht, weil er aus unerfindlichen Gründen nicht mit den Jungs auf Jagd gewesen war?

Wer sonst hätte diesen kranken Irrsinn anrichten können? Wer, außer meinem engsten besten Freund? Der Mann, den ich mit meinem eigenen Bruder auf eine Ebene stellte, hinterging mich und bei allen Teufeln, ich würde beide Beine dafür geben, um die folgenden Worte nicht aussprechen zu müssen, aber das lief so leider nicht.

»Es ist Glenn«, fügte ich etwas leiser hinzu, weil es mich von innen heraus auffraß wie ein Scheißrudel tollwütiger Kojoten.

Wieder schwiegen wir. Ich hörte sein Blut bis hierher kochen und schmeckte noch immer die Worte auf meiner Zunge wie giftiges Zyankali.

Etwas summte in meiner Ohrmuschel.

»Hör zu, ich bekomme einen Anruf auf der anderen Leitung. Ganz ruhig bleiben, bis ich zurück bin, verstanden?«

»Verstanden, Boss.« Seine Stimme klang dunkler, als sie klingen sollte, aber ich konnte es ihm nicht verübeln.

Das waren beschissene Neuigkeiten.

Und welcher Wichser rief mich jetzt bitte noch mit unterdrückter Nummer an?

»Was?«, motzte ich in das Telefon.

»Oh, nicht doch so schlecht gelaunt, Eliot, mein Freund!«

Mir gefror das Blut in den Adern zu Eis.

Andrew.

»Was bildest du mieser Schwanzlutscher dir ein, mich anzurufen?« Am liebsten wäre ich durch den Hörer gekrochen und hätte ihm mit bloßen Händen den Hals umgedreht, schön langsam, damit er den Riss jeder Faser spürte.

»Deine Männer sind hier draußen bei deinem Anschlag draufgegangen und du verkriechst dich feige in einem Loch, du dreckiger Wurm? Du bist eine Schande für dich selbst und deine ganze Sippe, Andrew!«

»So verbittert.« Er seufzte theatralisch. »Wäre ich wohl auch, wenn ich merken würde, dass ich nicht der mächtige Schäfer bin, für den ich mich einst gehalten habe. Manche Schäfchen schlagen eben lieber einen anderen Weg ein.«

»Schieb dir deine dämliche Metapher in den Arsch, bevor ich komme und das für dich übernehme.«

»Oh, ich war schon da, North. Bei dir in der Burg. Wollte gern mit dir über deinen Abzug aus Prayer's Well reden, aber du warst leider gerade beschäftigt.« *Abzug aus Prayer's Well?* Er befaselte mich unbeschwert wie eine verschissene Blumenverkäuferin auf dem Wochenmarkt. Klar, er hatte ja auch nicht durch den Schmutz und den Kugelhagel kriechen müssen wie seine Männer.

»Ich wurde freundlicherweise trotzdem eingelassen, damit ich mein abtrünniges Mäuschen wieder nach Hause holen konnte. Sie hat sich von meinem Erzfeind verführen lassen, kannst du dir das vorstellen?« Seine Stimme klang böse, und alles, was bis eben noch Stein in mir gewesen war, wurde zu einem Fegefeuer. Bebend ballte ich die freie Hand zur Faust.

Atme, Eliot! Atme!

»Aber ich muss dir wohl sogar danken«, plauderte er munter weiter. »In unserer Beziehung lief einiges falsch, weißt du? Sie steht offenbar eher auf Schläge, Fesseln und Missbrauch. Du hast mir die Augen geöffnet, mein Guter. Jetzt können wir endlich glücklich miteinander werden. Nachdem ich sie für ihr Vergehen bestraft und ihr deinen stinkenden Dreck von der Haut geschrubbt habe, wenn du verstehst.«

Scheiße, ich implodierte. Meine Hand zerquetschte das Handy fast und ich zitterte am ganzen Körper, als hätte mich jemand unter Starkstrom gesetzt.

»Um also etwas deutlicher zu werden«, fuhr er fort. »Räumt North Castle und verlasst die Stadt, sonst werde ich nach und nach jeden von euch töten. Hinterhalt oder nicht ist mir dabei völlig gleich. Ich muss nicht den Helden spielen. Und ich habe Wege, denn ich weiß alles über dich. Oh, und bis dahin werde ich meiner bezaubernden Versprochenen jeden Tag ein Stück mehr aus ihrem besudelten Korpus schneiden, bis nur noch die Teile übrig sind, an denen du noch nicht deine schmutzigen Hände hattest.«

Meine Zähne mahlten so fest, dass es schmerzte. »Ich komme dich holen, Andrew Craig«, knurrte ich bösartig in das Mikrofon. »Ich komme dich holen und diesmal lasse ich keinen Knochen in deinem missratenen Körper heil!«

»Dazu musst du mich erst finden.« Das Freizeichen ertönte und ich schleuderte das Telefon fluchend ins Meer.

Mein Blut kochte, meine Haut prickelte und es war nichts mehr in mir übrig als Hass. Nur noch rücksichtsloser Hass, der keine Regeln oder Gesetze kannte. Keuchend stemmte ich die Hände auf die Knie und versuchte, diesen unbändigen

Zorn zu zähmen, ihn für mich arbeiten zu lassen, wie ich es immer tat. Aber diesmal bohrte er tiefer. Diesmal fraß er mich von innen heraus auf und braute sich zu etwas Schlimmerem zusammen, als ich je zuvor gebändigt hatte.

»Ist er für das hier verantwortlich?« Die Stimme meines Bruders klang angeschlagen, aber aktiviert.

Ich nickte nur düster.

Nicht nur für das hier. Für alles, Bruder. Für einfach alles.

»Okay.« Elijah legte mir die Hand auf die Schulter. Er wusste sehr genau, was all das mit mir machte. Dafür musste er nicht fragen. »Bist du zurück, Bruder?«

»Scheiße, ja, ich bin zurück!«

North war so präsent in mir wie seit einer Ewigkeit nicht mehr.

Und nur ihn würde ich erledigen lassen, was es jetzt zu erledigen gab.

Ende Teil 1

DAS ABENTEUER *geht weiter*

Gerade, als Eliot North McTavish Shona mit seiner rauen, animalischen Art umgerissen hat wie ein schottischer Gewittersturm, entführt ihr Verlobter Andrew sie zurück. Aber nicht, um sie zu lieben und zu ehren, bis dass der Tod sie scheidet, nein. Nun ist er derjenige, der seinen Erzfeind mit ihr ködern will, denn die fragwürdigen Sympathien, die sie für den Gangsterboss entwickelt hat, sind ihm nicht entgangen. Er straft sie als Verräterin, aber North ist ihnen bereits auf den Fersen.
Ein wilder, blutiger Kampf um Shona und Prayer's Well entbrennt, bei dem sich der Hass, den Shona und Eliot füreinander empfanden, in eine gefährliche Leidenschaft umkehrt.

North weiß, dass er seine Burg und seine Männer nur retten kann, wenn er Shona opfert und seine Prioritäten sind klar:
Der Teufel des Nordens steht für sein Territorium ein.
Immer!
Ohne Kompromisse!
Aber ist er immer noch der eiskalte schottische Wilde, der er einst war, oder flammen in seiner versteinerten Brust doch verbotene Gefühle für Shona auf?

Das actiongeladene Finale der North-Dilogie mit tiefen Gefühlen, schroffem Schottland-Feeling, expliziten spicy Szenen, einem WikingerSchiff und der mystischen Kraft der Adler.

BESUCHT NORTH UND SEINE BANDE ERNEUT IM *März 2023*

NACHWORT

Lust auf weitere wilde, feurig heiße Abenteuer? Besuche mich gern auf:

https://www.instagram.com/sophie.moore_freya.dawn/

https://www.tiktok.com/@sophie.moore_freya.dawn

https://www.amazon.de/Sophie-Moore/e/ B094CGHJL5%3Fref=dbs_a_mng_rwt_scns_share

Du stehst auch auf Hexer, Vampire, Wikinger und Sirenen? Perfekt! Unter dem Namen Freya Dawn schreibe ich düstere, romantische Fantasy, die nur darauf wartet, dich in vergangene und neue packende Welten zu entführen. ;)

TRIFF ELIOTS BRUDER ELIJAH BEI

Sara Rivers

**DU HAST NOCH LANGE NICHT GENUG VON UNSEREN WILDEN SCHOTTISCHEN BRÜDERN?
DU WILLST MEHR VON DIESEM HERRLICHEN RAUEN GEFÜHL?
DAS KANN ICH NUR ZU GUT VERSTEHEN UND HABE TOLLE NEUIGKEITEN FÜR DICH:
DER ANDERE MCTAVISH IM BUNDE ERWARTET DICH EBENFALLS BALD BEI MEINER WUNDERVOLLEN
WILDNISSCHWESTER SARA RIVERS.**

Ja, genau! Wir haben es wieder getan und gemeinsam eine Geschichte gezaubert. Diesmal noch intensiver, als in der Wild Dark / Fucking Wild-Reihe, denn ihr lernt Saras Elijah bereits in meiner Dilogie kennen und werdet Eliot, meinen herrlichen Wikinger bei Sara wiedertreffen.

Hier ein kleiner Vorgeschmack auf den Boss des Südens:

**Eiljah _South_ McTavish herrscht mit eiserner Faust über den Süden von Prayers Well. Er ist skrupellos, er ist dominant, er ist das blutige Gesetz des schottischen Untergrunds. Jeder weiß, dass der ungeschlagene MMA-Fighter keine Schwächen hat.
Bis auf eine.
SIE.**

Naaa? Freust du dich schon? Dann haben wir hier die Reihenfolge für den vollen schottischen Lesegenuss:

UNDERGROUND _Bastards_ - North 1

UNDERGROUND _Devils_ - North 2

UNDERGROUND _Bastards_ - South 1

UNDERGROUND _Devils_ - South 2

LUST AUF EINEN WILDEN TRIP IN DEN
kanadischen Wald

**Diese Wildnis ist keine Gegend für dich, kleines City-Girl.
Ich werde dich vor den Gefahren draußen im Wald beschützen – aber
nicht vor mir.**

Nachdem Brooke ihren Freund mit einer anderen im Bett erwischt hat,
flüchtet sie aus der Großstadt in den abgelegenen Ort Blackwater
Mountain. In der Kleinstadt findet sie einen Job in der einzigen Bar, die
Ezra Crave gehört – dem düsteren Barbesitzer, der so unergründlich ist,
wie die Wildnis, die den Ort umgibt. Er lebt jenseits aller Gesetze im
kanadischen Wald und ist für seine Härte und Impulsivität bekannt. Und
jeder Fremde bekommt dies zu spüren – auch Brooke. Einzig die Tatsache,

dass sie Ezras Wölfin gerettet hat, macht es ihm schwer sie als Feind zu
betrachten. Und obwohl ihn Brookes loses Mundwerk in den Wahnsinn
treibt, ist die Energie zwischen ihnen so stark, dass sie nicht voneinander
loskommen. Doch die Geheimnisse und Lügen, in die ihr Boss Ezra
verstrickt ist, ziehen Brooke tiefer in die düsteren Abgründe des Waldes
und sie merkt zu spät, dass sie inzwischen in Lebensgefahr schwebt ...

ODER EINE AUFREGENDE REISE INS
schillernde London

EIGENTLICH SOLLTE DER TRIP NACH LONDON FÜR ABBIE NUR EINE KURZE ABLENKUNG SEIN. EIN LETZTER AUSFLUG IN DIE FREIHEIT, BEVOR SIE IHR PERFEKTES LEBEN ALS EHEFRAU DES ERFOLGREICHEN STARANWALTS MARC OLIVER MINOR IN DER NEW YORKER HIGH SOCIETY ANTRITT.

ABER DANN BEGEGNET SIE IM LONDONER NACHTLEBEN JAMES BOLDEN, DEM BERÜHMT BERÜCHTIGTEN UNDERGROUND-REGISSEUR. ER IST DUNKEL, VERRUCHT UND HÖLLISCH ANZIEHEND – UND DAS KOMPLETTE GEGENTEIL IHRES VERLOBTEN.

ER ENTFACHT EIN HUNGRIGES FEUER IN IHRER BRUST, DAS SIE LÄNGST VERLOREN GLAUBTE UND STELLT DABEI ALLES AUF DEN KOPF, WAS SIE SO SORGFÄLTIG GEPLANT HATTE.

ALS ABBIE DAS BEWUSST WIRD, IST ES LÄNGST ZU SPÄT.

DENN EINES IST KLAR:
WENN JAMES BOLDEN ETWAS WILL, BEKOMMT ER ES AUCH.

»ICH SOLL DICH LOSLASSEN?«
ER IN MEIN OHR UND ZOG MICH TIEF ATMEND
R AN SICH. SEIN KÖRPER BEBTE, ER GRIFF IN
N NACKEN UND DRANG MIT SEINEM DUNKLEN
BLICK IN MICH.

»WILLST DU DAS WIRKLICH?«

KTUELL IN PLANUNG FÜR 2023

Freya Dawn **MC REVERSE HAREM** *Sophie Moore*
URBAN FANTASY MIT LONDON-SETTING

HTTPS://WWW.INSTAGRAM.COM/SOPHIE.MOORE_FREYA.DAWN/

ERLEBE WEITERE FEURIGE GESCHICHTEN BEI

Sara Rivers

NACHTS IN EINE GOTTVERLASSENE KIRCHE EINSTEIGEN? KEINE GUTE IDEE. SICH IN DEN BEICHTSTUHL SCHLEICHEN UND DABEI ZUHÖREN, WIE EIN MANN EINEN BRUTALEN MORD GESTEHT? NOCH SCHLIMMER! VOR ALLEM, WENN DIESER MANN DEIN NEUER BOSS IST.

Ende Februar 2023

...LLEN ALLES VON DIR HABEN, KLEINE FAYE. EINEN VERFÜHRERISCHEN KÖRPER. DEINE ZARTE SEELE. DEIN ZERBRECHLICHES HERZ. WIR SIND BEREIT, DICH ZU TEILEN. BIST DU ES AUCH?

Besuche Sara auf Instagram

HTTPS://WWW.INSTAGRAM.COM/SARAHSTANKEWITZ.SARARIVERS/

DANKSAGUNG

Mein erster Dank gilt DIR! Weil du es gewagt hast, Eliots Burg zu betreten. Weil du mit ihm gelacht, gelitten und geflucht hast. Weil du Shona Hoffnung gegeben und Freyas Krallen auf deiner Haut gespürt hast. Ich danke dir, weil du Eliots Abenteuer teilst, weiter erzählst und im schönsten Fall liebst! Ohne dich könnte ich diese Geschichte nicht erzählen. Wenn du mir jetzt noch eine kurze Rezension auf Amazon hinterlässt, ist mein Glück perfekt. Das würde mir unheimlich helfen <3

DANKE auch an meine liebste Wildnisschwester Sara Rivers, die mir in unserer gemeinsamen Zeit eine gute Freundin geworden ist und mit der ich mich mit den McTavishs an das zweite gemeinsame Projekt gewagt habe - wartet nur ab, wenn sie im Sommer Eliots Bruder Elijah auf euch hetzt ... ;) Danke, dass wir dieses Projekt gemeinsam wuppen, mein Schatz! I love you!

DANKE an meine Soulsister Selina! Weil du immer für mich da bist, weil dein Herz aus purem Gold besteht und du immer ein offenes Ohr hast <3

DANKE an Bente, meine epische Reel-Königin, die Eliot so viel Herzblut schenkt!

DANKE an meine Testi-Mädels Anna, Celina, Chrissy, Julie und Natalie, Lisa, Marie, Sabrina, Stephi, Jasmin, Isabel und

Vanessa, wobei ein ganz besonderer Dank Bianca, Michelle, Thyra, Kristina, Sandra, Yvonne und Resa gebührt - ihr wisst, warum. Ihr rockt! <3

DANKE an Cover-Queen Jaqueline für ein weiteres Meisterwerk, das eines meiner Buchbabys einkleidet - und für deine ritterliche allnächtliche Hilfe, wenn es mal wieder zu grell oder zu milchig ist oder die Schlange eine Brille trägt :D!

DANKE an Astrid für dein „Freya-Auge" beim Korrigieren von Eliots Geschichte!

TRIGGERWARNUNG

Achtung! Sensible Leser könnten getriggert werden durch:
Waffengewalt, sexuelle Gewalt, Häusliche Gewalt, derbe Sprache,
Nacktheit, explizite Sexszenen, Missbrauch in der Vergangenheit
(nicht als aktuelles Geschehen), Drogen, Alkoholkonsum,
Entführung, übersteigerte, toxische Männlichkeit,
Freiheitsberaubung

Anmerkung: Ich liebe meine Charaktere zwar alle sehr, spiegle aber
nicht ausnahmslos jede ihrer Ansichten oder Taten wieder und
bitte, zur Kenntnis zu nehmen, dass ich als Autorin nicht meine
Figuren bin. Ich sehe ihnen nur zu und schreibe mit. ;) <3